CB067706

NIKKI J SUMMERS

PSYCHO

Traduzido por Allan Hilário

1ª Edição

The GiftBox
EDITORA

2023

Direção Editorial:	**Revisão Final:**
Anastacia Cabo	Equipe The Gift Box
Tradução:	**Arte de capa:**
Allan Hilário	Gralancelotti
Preparação de texto e diagramação:	Carol Dias

Copyright © Nikki J Summers, 2021
Copyright © The Gift Box, 2023

Todos os direitos reservados.
Nenhuma parte do conteúdo desse livro poderá ser reproduzida em qualquer meio ou forma – impresso, digital, áudio ou visual – sem a expressa autorização da editora sob penas criminais e ações civis.
Esta é uma obra de ficção. Nomes, personagens, lugares e acontecimentos descritos são produtos da imaginação da autora. Qualquer semelhança com nomes, datas ou acontecimentos reais é mera coincidência.

Este livro segue as regras da Nova Ortografia da Língua Portuguesa.

CIP-BRASIL. CATALOGAÇÃO NA PUBLICAÇÃO
SINDICATO NACIONAL DOS EDITORES DE LIVROS, RJ
Gabriela Faray Ferreira Lopes - Bibliotecária - CRB-7/6643

S953p

Summers, Nikki J.
 Psycho / Nikki J. Summers ; tradução Allan Hilário. - 1. ed. - Rio de Janeiro : The Gift Box, 2023.
 284 p. (Soldados da anarquia ; 1)

Tradução de: The psycho
ISBN 978-65-5636-290-8

1. Romance americano. I. Hilário, Allan. II. Título. III. Série.

23-85220   CDD: 813
               CDU: 82-31(73)

UMA MENSAGEM DA AUTORA

Bem-vindos a Brinton Manor.

Um lugar onde os vilões se transformam em heróis. Onde a violência é a segunda língua e eles controlam o sistema judiciário. Aqui, eles não pedem desculpas por serem quem são. Se você não gosta disso, vá embora.

Brinton Manor não é para todos.

Você acha que tem o que é preciso?

Se um herói moralmente neutro com tendências psicóticas e o hábito de perseguir sua protagonista não te interessa, é melhor parar de ler. Se uma heroína confiante em sua sexualidade, que fala o que pensa e sabe o que quer o assusta, esse livro não é para você.

Essa é uma história de amor obsessivo instantâneo com violência, linguagem imprópria e cenas de natureza sexual.

Ainda deseja nos visitar? Bem, aperte o cinto e aproveite o passeio. E, como dizem em Brinton Manor, prepare-se, porque a partir deste ponto...

Não há como voltar atrás...

"Todos que vierem aqui abandonem o seu medo."

O que você consegue quando cruza um doente mental solitário com uma sociedade que o abandona e o trata como um lixo?
Vou lhe dizer o que você recebe...
VOCÊ RECEBE O QUE MERECE, PORRA!
Coringa (2019), o filme.

PRÓLOGO

DECLARAÇÃO DE ADAM

Quando uma sociedade perde a fé em seu sistema judiciário, quando as leis do país são corruptas e servem apenas para alimentar a ganância dos que têm dinheiro e poder, as massas esquecidas acabam se levantando e revidando. Aqueles que não têm nada — que se sentem como se não fossem nada — não têm nada a perder. Do meu ponto de vista, tudo tem que ter importância, ou nada tem importância. E, quando nada importa, é aí que vigilantes como nós entram em ação.

Eles nos chamam de Soldados da Anarquia. Soldados, porque lutaremos por aquilo em que acreditamos. E anarquia, porque não damos a mínima para quem temos que destruir para fazer isso.

A vida não tem sido gentil conosco, e aprendemos a nos adaptar ao nosso ambiente. Em nossa selva urbana, somos os leões, indiscutivelmente reis. Caçamos em grupo e não fazemos prisioneiros… bem, pelo menos, não por muito tempo. Não temos ilusões sobre a merda que acontece e que os outros preferem ignorar. A sujeira que vive entre nós. Mas, ao contrário do resto da comunidade aqui em nossa cidade de Brinton Manor, com a força policial ausente, não abaixamos nossas cabeças.

Nós nos levantamos.

Nós os denunciamos.

Nós somos a justiça que precisa ser feita.

Certa vez, um homem sábio me disse que todos nós temos escolhas na vida, e com essas escolhas vêm as consequências; sempre decida seu caminho com cuidado. Eu gostei desse ditado. É uma frase pela qual tenho vivido, especialmente quando se trata de nosso jogo brutal, mas totalmente justificado, de consequências com os participantes involuntários que são os nossos alvos neste mundo fodido. É a nossa chance de retomar o controle das ruas. A vingança por cada erro que precisa ser resolvido.

O que envolve o jogo das consequências?

É um jogo que começamos há muitos anos, quando todos nós nos conhecemos como jovens delinquentes em uma unidade de encaminhamento de alunos em que nos enfiaram para nos manter longe do sistema que falhou conosco. Longe das ovelhas inocentes e com a mente controlada que eles queriam proteger de nossas verdades feias. Esses pequenos cidadãos perfeitos que pagavam seus impostos e sorriam enquanto eram sacaneados pelo alto escalão. É um jogo que iniciamos com os elementos da sociedade que precisam ser eliminados. A sujeira que ninguém quer reconhecer, que muitas vezes passa despercebida e pode apodrecer abaixo da superfície da sociedade, borbulhando sem ser notada, sem ser comentada até que entre em sua vida e destrua tudo o que toca. Só então eles nos procuram, porque não temos medo de sujar nossas mãos. Não temos medo de lutar pela verdadeira justiça.

Nossos "desafiantes" recebem tarefas para realizar para nós e, se fizerem isso de forma satisfatória, são recompensados. Se falharem, garantimos que nunca mais terão a chance de nos decepcionar novamente.

Gostamos de brincar com nossas presas, mas, no final das contas, não vamos parar por nada para fazer o que precisa ser feito.

Lutaremos por aqueles que não podem.

Vamos causar medo em qualquer um que ultrapasse o limite.

Somos os Soldados da Anarquia.

A voz de uma geração esquecida.

Seremos ouvidos.

E vocês nos escutarão, porra.

CAPÍTULO UM

ADAM

— Tique-taque, Harvey. Estou esperando. — Bati no meu relógio e dei um passo para perto de onde ele estava, equilibrando-se na borda do telhado do centro comunitário abandonado de Brinton Manor. Seus pés se arrastavam contra os escombros e a alvenaria em ruínas, tentando se firmar mais na borda.

Poderíamos ter lidado com essa escória suja em qualquer lugar, mas parecia apropriado trazê-lo aqui esta noite. Era um lugar que deveria englobar o espírito de nossa comunidade. Um serviço construído para o povo de Brinton e, em seu estado atual, fedia a mijo, merda e estava cheio de agulhas usadas e outras porcarias imundas. Uma ironia amarga de uma promessa não cumprida, se é que existe alguma.

Comunidade?

Nós criamos a nossa.

Nunca recebemos nada de bandeja. Aprendemos desde cedo que, se quiséssemos alguma coisa, tínhamos de tomá-la e, neste momento, eu queria levar esse filho da puta para o inferno. Quebrá-lo em um milhão de pedaços no chão abaixo de nós, mas não antes que ele nos dissesse o que queríamos saber.

Onde estavam os outros que o ajudaram a realizar seus atos doentios?

Quem mais precisávamos eliminar?

O tempo de Harvey havia chegado ao fim. Ele já viveu por tempo o suficiente. Mas sabíamos que havia outros por aí, e nunca pararíamos até que tivéssemos lavado as ruas de Brinton e as livrado de sua sujeira.

— Estou perdendo a paciência, Harvey. — Inclinei a cabeça para o lado e olhei para ele, esperando que pudesse sentir a nitidez do meu olhar penetrar nos seus, penetrar em seu cérebro e arrancar o que ele sabia, literalmente, para depois sangrar aos seus pés. O fato de que todos nós usávamos nossas balaclavas características aumentava o efeito geral. Esse era seu próprio filme de terror pessoal, que se desenrolava bem no coração do local onde ele havia cometido suas atrocidades. Brinton Manor.

— Eu quero nomes e endereços. Você pode me dizer e facilitar as coisas para você, ou... vou chamar o Devon para fazer a mágica dele e te obrigar a denunciar de outra forma. — Eu me inclinei para frente para sussurrar em seu ouvido, torcendo o nariz para o fedor de odor corporal e cabelo oleoso e sujo que soprava em minha direção quando me aproximei dele. — Não é à toa que o chamam de ceifador. Na verdade, eu o chamo de artista, porque cada morte que ele faz é uma maldita obra-prima. — Inclinei-me para trás e cheirei com nojo. — E pelo seu cheiro, você precisa ser abatido como o animal imundo que é.

Fazendo uma careta, dei um passo para longe dele a fim de colocar o tão necessário ar em meus pulmões, enojado com a ideia de me aproximar dele novamente. Mas gostei de observar sua reação, deleitando-me com a dor de sua resposta. Ele sabia que havia chegado ao fim de sua vida de mentiras, mas nunca deixava de me surpreender como homens como ele se agarravam a seus segredos vis até o fim. Homens como ele não tinham vergonha. De fato, ele não era um homem. Era só um verme.

Harvey, o sujo, respirou fundo entre os dentes e fechou os olhos. Imaginei que o arrepio involuntário que ele deu não tinha nada a ver com o vento frio e cortante que soprava ao nosso redor. Não, isso foi provocado pelo fato de que ele sabia que aquele era o seu dia do ajuste de contas. Seu tempo havia acabado e ele temia o que o aguardava na vida após a morte. Um covarde até o fim, esse era Harvey. Até o inferno seria bom demais para esse pedaço de merda.

Suas mãos estavam amarradas atrás das costas, mas ele havia parado de se debater e de tentar se libertar. A luz fraca dos postes próximos nos banhava com um brilho alaranjado, como um pano de fundo solene para os eventos que estavam ocorrendo no telhado. O burburinho que podíamos ouvir da cidade abaixo nos lembrou por que estávamos aqui.

Esta era a nossa cidade.

Nós a mantínhamos limpa.

E ele era uma sujeira que não pertencia a ela. Uma sujeira que precisava ser tratada.

Por esta noite, éramos seu juiz, seu júri e seus carrascos.

Dois de meus colegas Soldados o seguraram, mantendo-o firme no parapeito, enquanto eu lia seus direitos.

Seu direito de nos dizer o que quer que quiséssemos saber — onde estavam os outros doentes escondidos nesta cidade?

Seu direito de levar uma surra por ser o pior pedaço de escória que já passou por Brinton.

E seu direito de ter uma morte dolorosa depois do que ele havia feito a inúmeros outros por aí. Outros que não tinham voz, nem poder para revidar. Não como nós fizemos.

Alguns poderiam dizer que era justiça poética. Só que a nossa forma de poesia não era escrita, era executada.

Segurando seu braço esquerdo e sorrindo como se não pudesse esperar pelo *grand finale*, estava Colton King, nosso próprio coringa. Ele mataria qualquer um com um sorriso no rosto. Cortaria sua garganta enquanto ria como se não fosse nada. E, neste momento, ele estava rindo para si mesmo como um maníaco e olhando para Harvey, sem dúvida imaginando o que viria a seguir. Ele adorava o jogo. Vivia por isso. Em nosso jogo de consequências, a parte que ele mais gostava era a perseguição. Para mim, era o medo nos olhos. Isso e o fato de que controlávamos tudo, até mesmo o momento em que eles davam o último suspiro.

— Eu já cansei disso. É inútil — gemeu Will, que tinha o braço direito de Harvey em um aperto mortal, não porque o estivesse segurando com firmeza, mas porque estava se preparando para levantar o filho da puta e mandá-lo direto para o inferno. Will Stokes era um jogador, mas os jogos que ele preferia eram totalmente diferentes. Ele gostava dos elogios que vinham do fato de pertencer à nossa gangue, mas se deleitava mais com as vantagens adicionais. Ele era um mulherengo e tinha orgulho disso.

Ao meu lado estavam Devon — nosso próprio ceifador — e Tyler, que provavelmente já havia esvaziado os bolsos do cara, juntamente com as economias de sua vida, no tempo que o resto de nós levou para piscar. Éramos todos tão diferentes e, ainda assim, parecíamos nos encaixar. Todos nós tínhamos nossos papéis e os desempenhávamos perfeitamente. Um exército de vigilantes que trabalhavam como uma unidade, vivia e provavelmente morreria lado a lado.

Então, qual era o meu papel?

Eu era o único que não tinha limites morais.

Eu não tinha mais nada a perder.

Não tinha consciência e isso facilitava meu trabalho, porque quando as decisões precisavam ser tomadas e as coisas precisavam ser feitas, eu as fazia, sem perguntas. Eu era o consertador, o martelo que colocava o último prego em seu caixão sem pensar duas vezes.

O que nos levou ao ponto em que estávamos agora, segurando Harvey — o pedaço de merda inútil — na beira do prédio depois de lhe dar a maior surra de sua vida. No entanto, ele ainda não havia nos dado os nomes dos outros malucos, aqueles que poderiam ter conspirado com ele. Sabíamos que estava mentindo quando alegava a inocência. Podíamos sentir a mentira a uma milha de distância e, neste momento, estávamos com nojo desse cheiro nele. Sem mencionar que seu celular continha todas as provas de que precisávamos para saber que ele era um saco de merda inútil. Ele havia machucado crianças. Roubou-lhes a infância. Ele não merecia uma voz e definitivamente não merecia viver.

— Esta é a sua última chance, Harvey. Diga-nos a quem mais precisamos visitar e tudo estará terminado. Fale. Agora. — Tentei negociar com algum grau de convicção, mas percebi que era uma tentativa inútil. Harvey havia chegado a um ponto sem retorno. Ele não nos daria o que queríamos, e isso estava se tornando uma perda de tempo. Precisávamos encerrar o assunto.

Na hora certa, Colton sacudiu o braço e olhou para o lado do rosto dele, sussurrando em seu ouvido:

— Podemos fazer isso da maneira mais difícil ou... Que se dane. Do que estou falando? Nós só fazemos as coisas da maneira mais difícil. Parece que hoje é o seu dia de sorte... *babaca*.

Mas Harvey balançou a cabeça freneticamente, ainda agindo como um idiota sem noção, e também não fazendo um bom trabalho.

— Não sei o que você quer de mim. Eu não tenho nenhum nome. Já lhe disse. — A maneira como ele balançava a cabeça fazia com que parecesse um peixe patético, balançando no convés de um barco, se debatendo e dando seu último suspiro.

Ele encarou cada um de nós, um por vez, com olhos arregalados e lamentáveis que não fizeram nada para esfriar nossa sede de vingança. Depois, fixou seu olhar covarde em mim, respirando fundo e trêmulo para se preparar para o que estava prestes a acontecer. Por um segundo, algo cintilou em seus olhos, e pude perceber que ele ainda nutria alguma esperança tola de que algo, ou alguém, pudesse salvá-lo na última hora. Ele realmente era uma vergonha de ser humano.

Será que ele achava que nós o deixaríamos ir?

Que éramos uns inúteis?

Esse não era nosso primeiro rodeio; fazíamos isso por esporte. Também éramos muito bons nisso. Para isso que vivíamos. Era a nossa vocação.

As ondas de irritação ficaram mais fortes à medida que percorriam meu corpo, e senti algo estalar em minha cabeça. Eu já estava farto disso. Não costumava dar tantas chances às nossas vítimas, e esse cara estava me irritando. Eu havia lhe dado todas as oportunidades possíveis, e isso me irritou. Eu nunca demonstrava fraqueza ou clemência. Não era isso que eu estava programado para fazer. O tempo de falar havia acabado. Agora, era a hora do show.

— Você realmente não ajuda a si mesmo, não é, amigo? — Colton riu ao olhar para mim e depois de volta para Harvey. Ele sabia que, se não o matassem agora, eu estava prestes a me lançar sobre ele e rasgá-lo com minhas próprias mãos. Colton nos deu um sorriso diabólico e depois voltou-se para mim, que acenei com a cabeça para dar luz verde aos dois.

Façam o pior que puderem, rapazes.

Instantaneamente, Colton e Will entraram em ação, arrastando-o ainda mais para a beira do abismo, enquanto ele começava a chutar e gritar, fazendo qualquer coisa que pudesse para deter sua desgraça iminente. Os olhos de Harvey se arregalaram e ele implorou por sua vida, oferecendo-nos dinheiro, favores e implorando para que parássemos e ouvíssemos. Mas já estávamos fartos de suas táticas de enrolação. Era hora de agir.

Dei um passo à frente e arranquei minha balaclava. Eu queria que ele soubesse exatamente quem o estava enviando diretamente para os portões do inferno. Em seguida, cruzei os braços sobre o peito, sorri e olhei diretamente para ele, enquanto o levantavam no ar e o jogavam do prédio. Aqueles poucos segundos, vendo-o voar pelo ar até o chão, foram uma poesia em movimento, literalmente. Ele não gritou por muito tempo, e o impacto de sua aterrissagem empalado na cerca de ferro abaixo foi a maior recompensa pelo nosso primeiro trabalho da noite.

Os outros tiraram suas balaclavas e me virei para ver o sorriso presunçoso no rosto de Devon. Ele tinha conseguido o final artístico que queria. As entranhas de Harvey, o filho da puta, estavam saindo de seu corpo como se ele fosse uma peça de arte de rua. Devon, o ceifador, poderia acrescentar isso como mais um triunfo em seu livro de contos de fadas macabros. O final feliz perfeito, no estilo Devon.

Todos nós ficamos na beira do telhado, olhando para o pedaço de lixo imundo que estava lá embaixo. Seu final foi apropriado para um desperdício de oxigênio como ele. O cara parecia um animal atropelado que precisava ser raspado do chão e servido aos porcos.

— Será que sua vida passou diante de seus olhos quando ele caiu? — Colton pensou, erguendo as sobrancelhas para nós e depois nos dando um sorriso sádico, pensamentos doentios passando por sua mente.

— Espero que sim. Ele viveu uma vida de merda e merece ir direto para o inferno com isso gravado em seu cérebro — Tyler respondeu, tirando a carteira do bolso e folheando-a, pegando o dinheiro e jogando o resto sobre o cadáver.

Eu não poderia concordar mais. Viver na merda e morrer na merda. Ele teve o que merecia.

Colton deu de ombros e acenou com a cabeça para Will.

— Pronto para liberar um pouco dessa adrenalina? — Ele sorriu e esfregou as mãos, entrando facilmente no lado brincalhão de sua personalidade. O botão de desligar que ele tinha na cabeça ficou mais fácil de ser ativado. De psicopata a sociável em menos de um segundo. Colton sabia fazer isso muito bem.

— Você precisa mesmo perguntar? — Will estufou o peito e endireitou a camisa, como se estivesse se endireitando depois de um dia de trabalho duro. — Estou animado e pronto para agitar o mundo de alguma garota sortuda.

— Garota ou garotas? — Colton balançou as sobrancelhas, mas ele sabia tão bem quanto todos nós que tudo era possível quando se tratava de Will.

— O que quer que aconteça, acontecerá. — Will deu de ombros, despreocupado. — Você me conhece. Não sou exigente. — Então ele se virou para sorrir em minha direção. — Não como este aqui.

Eu não reagi. Meu rosto não revelava nada e eu não estava a fim de entrar em outro debate sobre o fato de que eu era mais exigente do que eles quando se tratava de onde enfiava meu pênis. Eu não via a graça da boceta sem nome e sem rosto que eles mergulhavam toda semana. Eu tinha padrões, um código que seguia em todos os aspectos da minha vida. Não respondia a ninguém. Para a sorte dos outros, eles não insistiram. Sabiam que não deveriam me induzir a uma reação. Já haviam tentado uma vez... Nunca mais aconteceu.

— Lembrem-se de que a noite de hoje não é só para molhar o pau de vocês — anunciei, de forma seca, tentando e não conseguindo conter minha irritação. — Ainda temos outros assuntos para resolver.

Eles poderiam estar animados para a festa depois do que acabamos de fazer, mas eu não. Tínhamos mais algumas dívidas para saldar antes de encerrarmos a noite, e eu tinha que manter o foco. Ser o líder que eles precisavam que eu fosse.

— Pense — acrescentou Tyler, passando por mim em direção às escadas que nos levariam para fora daqui. — Quando tivermos nosso próprio clube, não precisaremos ir atrás de boceta, a boceta virá até nós.

Se todas as decisões fossem deixadas para Tyler, nunca conseguiríamos fazer nada. O cara pensava com o pinto e, assim como Will e Colton, tinha visto mais ação do que um filme dos *Vingadores*. Para nossa sorte, eu tinha muito mais controle nesse aspecto. Alguém tinha que tomar as rédeas.

— Eu não vou atrás de bocetas. — Colton deu uma piscadela em resposta e depois revirou os olhos. — Ela sempre vem rastejando até mim. — Ele deu um tapa nas minhas costas, passando por mim e seguindo Tyler pelas escadas. — Fique comigo hoje à noite, Ty. Vou arranjar alguém para você — ele disse, às gargalhadas.

Tyler resmungou algo sobre não precisar de sua ajuda e seguiu em frente. Fui junto, deixando-os com suas besteiras de quem tinha o pênis maior, e tirei meu celular da calça jeans. Mandei uma mensagem para o nosso encarregado da limpeza, Gaz, avisando que ele precisava passar no centro comunitário e arrumar a bagunça das grades. Gaz e sua equipe gostavam de pensar que eram Soldados, mas precisavam provar seu valor, e fazer nossa limpeza era uma dessas maneiras. Uma mensagem foi enviada instantaneamente para me informar que ele estava a caminho e que tudo seria resolvido. Ele sabia que não deveria me deixar na mão.

Guardei o celular no bolso e mantive a cabeça erguida, seguindo os outros, que riam e brincavam. Todos eles pareciam achar fácil se desligar de uma morte e voltar a ser eles mesmos, mas eu não. Descobri que era melhor para mim me desligar da realidade. Porque o interruptor que eu tinha em minha cabeça só ia de psicopata a irritado. Não havia botão de desligamento.

Eu duvidava que algum dia fosse existir um.

CAPÍTULO DOIS

ADAM

Então, seguimos para a nossa próxima tarefa da noite. Essa era uma grande noite para Brinton Manor. Não só porque havíamos limpado as ruas de outro pedófilo sujo, mas porque os infames homens da Renascença de Sandland — Finn Knowles e seus meninos de ouro — estavam organizando uma de suas festas em nossa cidade. Não me entenda mal, não éramos especiais para eles, nem tínhamos uma seleção de locais incríveis para os eventos ilegais que eles geralmente organizavam em sua cidade natal. Ah, não. Isso era uma vingança. Chantagem em sua melhor forma.

Finn tinha sido um de nossos jogadores não muito tempo atrás. Ele era um cara com muitos segredos, e usamos isso a nosso favor. Sabíamos que ele faria qualquer coisa para manter seu passado enterrado, então o provocamos, chantageamos e fizemos com que o conhecimento que tínhamos sobre ele e sua irmã trabalhasse a nosso favor. Não éramos estúpidos. Sabíamos que ele era uma pepita de ouro única na vida que havia caído em nosso colo e o manipulamos de todas as formas possíveis. Uma oportunidade como a de Finn Knowles não aparece todos os dias.

Uma das tarefas que ele recebeu durante seu jogo de consequências foi a de organizar um evento em nossa cidade. Hoje à noite, queríamos que ele colocasse Brinton no mapa, mas também tínhamos outro motivo mais egoísta para nossa decisão de fazê-lo passar por esse evento em particular. Queríamos pegar a vaca leiteira que era Brandon Mathers e suas lutas de boxe sem luvas.

Ele era um lutador que ninguém podia tocar. Ninguém chegava nem perto. E o dinheiro que vimos apostado nele era algo de que queríamos fazer parte. Não estávamos planejando correr pelas ruas para sempre, tínhamos nossas próprias ambições e, com o dinheiro que obtivemos por meio do nosso fundo de vigilantes, estávamos bem perto de atingir nossa meta.

Acrescente um pequeno ganho inesperado, cortesia do Sr. Mathers esta noite, e estaremos rindo. Os Soldados estavam crescendo.

— Então, como exatamente vamos jogar esta noite? — perguntou Devon, referindo-se a Finn Knowles, acompanhando meu passo e caminhando pela rua escura e vazia. Íamos em direção à antiga fábrica de plásticos onde o evento estava sendo realizado, mas o pico de nossa adrenalina não era devido à perspectiva de festa. Tínhamos outros motivos para estarmos animados. Era sempre a mesma coisa no caminho da batalha. Atacar primeiro, com força e fazer o trabalho.

Os outros três tinham ido na frente, mas Devon era mais parecido comigo do que com os outros. Ele queria ação de um tipo diferente e sabia que, se ficasse ao meu lado, conseguiria o que estava procurando. Estávamos empolgados e prontos para destruir qualquer coisa que passasse em nosso caminho.

— Eu vou enviar para ele sua tarefa final — respondi e peguei meu celular para fazer isso. — Ele vai fazer com que Mathers perca a luta. Apostaremos contra ele e, com as apostas malucas que estão fazendo a favor dele, será o dia do pagamento para todos nós. Todo mundo sai ganhando.

Devon olhou fixamente para frente e não falou, provavelmente refletindo sobre a logística do que eu tinha acabado de lhe dizer.

— Uma vitória para todos, exceto para Mathers. — Devon não era estúpido. Ele sabia que havia uma chance de o tiro sair pela culatra para nós. Brandon Mathers não era o cara mais estável, e o fato de estarmos apostando que ele escolheria sua amizade com Finn em vez de sua carreira de lutador era um risco enorme. Mas eu gostava de riscos. Nunca me esquivei de um desafio. Eu tinha um bom pressentimento sobre esta noite, porque não importava onde as fichas caíssem, nós sairíamos com o que queríamos. Garantiríamos que todos soubessem que os Soldados estavam no topo.

— Ele vai fazer isso. Se não o fizer, vamos ser criativos com outra maneira de levantar o dinheiro. Finn não vai querer que vazemos seu segredinho, e a namorada dele não está com pouco dinheiro. Eu vi onde ela mora.

Não tive dúvidas em seguir esse caminho. Por qualquer meio necessário, nós venceríamos. Eu não machucava as mulheres, mas não era avesso a usá-las para conseguir o que queria. Muitas vezes, a ameaça de violência era todo o incentivo de que você precisava. Imaginei que esse seria o caso nessa situação. Finn era um daqueles cavalheiros à moda antiga. Ele faria qualquer coisa para proteger sua garota, e isso nos deu outro trunfo para lidar com ele e sua consciência. Ela era seu ponto fraco.

— E depois desta noite, vamos embora? É só isso para o Finn Knowles? — Devon perguntou, com uma careta. Ele conhecia a maior parte do plano, mas também sabia que eu gostava de manter algumas cartas na manga. Nunca mostrar a mão completa. Sempre os manter em dúvida.

— Talvez.

Amanhã, eu compartilharia com eles o que havia planejado para tornar realidade nosso sonho de ter nossa própria boate, mas, esta noite, eu tinha de me concentrar em fazer com que a última peça do quebra-cabeça se encaixasse. Precisávamos daquele dinheiro, e o Mathers perder a cara na frente de seu público adorador também não faria mal algum. Era sempre divertido assistir à queda dos poderosos. Uma cereja extra no topo do bolo da nossa vitória.

Viramos a esquina e vimos as filas de pessoas esperando para entrar na fábrica. Mulheres tremendo de frio, vestindo quase nada e se abraçando para se aquecerem. Os rapazes observavam as moças e bebiam garrafas e latas de cerveja, dando a si mesmos uma vantagem para a noite seguinte. Eu tinha que reconhecer que os homens da Renascença certamente sabiam como atrair multidões.

Pude ver Tyler, Will e Colton andando na frente, abrindo caminho para a frente da fila. Quando algumas garotas chamaram sua atenção, eles fizeram um gesto para elas e, como mariposas, elas deixaram seus lugares para se juntar a eles. Mas, ao contrário dos três, eu me mantive alerta, dirigindo-me para onde os seguranças estavam verificando as pessoas. Eu não tinha interesse em nada além de negócios esta noite.

— Vocês precisam esperar na fila como todo mundo — disse um dos porteiros quando paramos na entrada. O desgraçado devia ter bolas de aço para parar e nos interrogar. Ou isso, ou não tinha a menor ideia de quem éramos e, considerando que se tratava de uma festa em Brinton, isso já era uma grande estupidez. Essa era nossa cidade, nosso povo, nosso evento. Ninguém nos diria o que fazer.

— Nós não esperamos na fila — respondi, e um dos homens cutucou o outro e sussurrou algo em seu ouvido. Vi Devon colocar a mão no bolso e passar a mão sobre a faca que guardava ali. Se eles soubessem o que era bom para eles, acabariam com essa besteira e nos deixariam passar. Afinal, essa era, para todos os efeitos, a nossa festa.

O primeiro cara cerrou a mandíbula, mas sabiamente guardou seus sentimentos para si mesmo e se afastou para nos deixar entrar.

Devon retirou sua mão e o suspiro que deu me disse que estava desapontado por eles terem desistido tão facilmente. Assim como eu, Devon preferia fazer as coisas da maneira mais difícil. Era mais divertido.

— Sábia escolha, amigo — Colton zombou, olhando-o de lado e passando pela porta com uma garota morena pendurada em seu braço.

— Como se ele tivesse outra escolha. — Will bufou, olhando diretamente para o porteiro, provocando o idiota a revidar. Mas ele não mordeu a isca. Sabia que era melhor assim.

As meninas riram, exagerando o balanço de seus quadris, e caminharam conosco em seus saltos ridículos. Colton riu e deu uma piscadela para elas, mas, para mim, o som do flerte delas era como unhas em um quadro de giz. Não havia nada de remotamente atraente nisso e suas gargalhadas estridentes me fizeram cerrar os dentes e me dirigir ao salão principal, desesperado para conseguir alguma distância entre mim e o ar insípido que os cercava. Os rapazes podiam se divertir por enquanto, mas uma palavra minha e as mulheres seriam deixadas para trás. Elas não eram nada de especial e, apesar de suas ações, os outros sabiam qual era a prioridade aqui. Soldados permanecem unidos e lutam juntos até o fim.

Entramos no salão, onde a música estava tocando. Verifiquei meu celular e vi que Knowles havia lido minha mensagem. Ele sabia que tinha de fazer Mathers desistir da luta ou seu jogo de pesadelo conosco nunca terminaria.

Colton, Will e Tyler estavam alheios aos cordões que eu estava mexendo nos bastidores, mais concentrados em entrar nas calcinhas das mulheres. Observei quando Colton deu um tapa na bunda da morena ao lado dele e disse:

— Acho que temos tempo para nos divertir um pouco antes de começar o trabalho de verdade.

Eu não estava incomodado.

Avisaria quando a ajuda deles fosse necessária.

Colton a arrastou para fora, não que ela tenha resistido muito, e Tyler e Will seguiram o exemplo com as outras. Devon ficou comigo e examinamos o local. Os garotos de ouro de Sandland tinham pensado em tudo, e notei um bar no canto mais distante.

— Preciso de uma cerveja — eu disse, contornando as multidões e indo até lá. Percebi que as mulheres me olhavam, mas só fiz contato visual com os rapazes pelos quais passava, para que soubessem que eu estava aqui, que não aceitava sacanagem e que estava pronto para mostrar isso.

Um olhar de advertência. Um olhar do tipo "me testa e eu vou acabar com a sua vida". Funcionou. Sempre funcionava e, como sempre, eles quebravam o contato visual primeiro, bebendo a cerveja e se afastando de mim para disfarçar o medo.

Medo.

Era algo que nos esforçávamos muito para incutir em todos que nos conheciam. Tínhamos até um lembrete pintado no alto da parede quando se entrava em Brinton pelo lado de Sandland da cidade.

"Todos que vierem aqui, abandonem todo o seu medo."

Esse era o nosso lema e a primeira coisa que você via quando entrava em nossa mansão. Não era que quiséssemos que as pessoas se sentissem confortáveis, pelo contrário, elas deveriam ter muito medo. Não, essa mensagem era para o povo de Brinton, os nativos. Eles não precisavam temer o que poderia acontecer, esse era o nosso trabalho. Nós expulsamos os lobos de suas portas porque alguém precisava assumir a responsabilidade. A polícia não se importava. Eles não vinham aqui depois do anoitecer, independentemente do crime. Mal apareciam durante o dia. Anos atrás, achávamos que isso era besteira, mas agora funcionava a nosso favor.

Todos nós cinco tínhamos uma história para contar, todos tínhamos nossos motivos para proteger o que era nosso. Cinco garotos que se uniram em um internato criado para crianças que nenhuma escola queria ensinar. Aqueles que eram incontroláveis, mas nós tínhamos controle, apenas escolhíamos usá-lo de maneiras diferentes. Nós nos controlávamos, ninguém mais tinha esse poder. Nunca nos disseram o que fazer. Nosso destino era só nosso.

Não precisei chamar a atenção do barman, ele nos viu e foi direto para lá, perguntando o que queríamos beber, e então serviu duas cervejas. Quando as colocou na nossa frente, Devon abriu a carteira, mas ele ergueu a mão para impedi-lo.

— Estas são por conta da casa — disse ele, dando um passo atrás e cruzando os braços. Seu rosto permaneceu estoico, mas a flexão em sua mandíbula mostrou que ele sabia quem éramos e estava desconfiado. Nossa reputação nos acompanhava.

— Legal. Obrigado — respondeu Devon, totalmente alheio a qualquer tensão, levantando sua bebida em saudação antes de tomar o primeiro gole.

Fiz um aceno sombrio e peguei a minha. Não lhe agradeceria. Nós éramos os donos desta cidade e esta era a nossa noite. Se quiséssemos um drinque, tomaríamos, porra.

— Acha que haverá mais deles? — perguntou Devon, referindo-se ao problema que tivemos com Harvey.

— Eles são vermes — respondi em voz baixa, mantendo minha cabeça abaixada para que ninguém que estivesse por perto pudesse ouvir. — Provavelmente voltaram para debaixo da pedra de onde vieram, mas não ficarão lá por muito tempo. Se vierem aqui novamente, estaremos prontos para eles.

— Da próxima vez, eu quero matar — sibilou Devon, e então, mudando um pouco o humor, acrescentou: — Você já fez nossas apostas para a luta de hoje à noite?

Eu franzi a testa para ele. Devon sabia que não devia me questionar. É claro que eu tinha tudo sob controle. Quando foi que não tive controle? Estava prestes a dizer a ele que não era um maldito amador, quando senti um corpo roçar em mim.

Minha pele se arrepiou e me virei para ver quem tinha a coragem de invadir meu espaço pessoal, sentindo uma irritação instantânea quando descobri exatamente quem era.

A porra da Sarah Pope.

Irônico que ela compartilhasse o nome com um homem santo quando tudo o que ela fazia era sujo. Eu deveria saber que a mulher estaria aqui esta noite. Ela era como uma mosca em volta da merda sempre que saíamos. Só o cheiro de seu desespero me dava náuseas.

— Oi, Adam. — Sorriu e mordeu o lábio sugestivamente, correndo os olhos para cima e para baixo como se eu fosse dela.

Será que ela achava que isso me faria cair a seus pés?

É pouco provável.

Essa garota não me atraía em absolutamente nada. Seu cabelo ruivo era falso. Suas longas unhas pretas eram falsas. Toda a sua maldita personalidade era falsa, e eu estava ficando cansado de fingir minha paciência para suas besteiras. Ela precisava entender a porra da mensagem.

Não respondi, apenas voltei a me concentrar em minha cerveja, porque isso era mais interessante do que esse caso perdido que estava atrás de mim. Eu não precisava fingir que estava entediado quando se tratava de Sarah Pope, eu estava entediado pra caralho.

— Esperava que você estivesse aqui hoje à noite — continuou, com aquela voz irritante e estridente, agarrando-se desesperadamente a qualquer forma de conversa que pudesse para tentar chamar minha atenção.

— Onde mais eu poderia estar, porra? — retruquei, olhando para qualquer lugar que não fosse a direção dela, na esperança de que desistisse, como sempre fazia. A garota era como a maldita peixinha Dory, alheia ao fato de que eu a odiava. A única diferença era que ela era mais piranha do que a peixe-azul. Nemo não teria tido a menor chance em sua piscina.

Ela deu uma risadinha para si mesma e cutucou meu braço com o ombro.

— Adoro o jeito como você se faz de difícil.

Franzi a testa e estreitei os olhos, virando-me para encará-la como se estivesse pronto para eviscerá-la com o poder do meu olhar.

— Quem disse que estou brincando? — rosnei, depois afastei meu braço, fazendo uma careta pelo fato de ela estar tão perto de mim. Ela precisava que isso fosse dito de forma clara e simples. Aquela mulher não iria a lugar algum comigo esta noite. Nunca tinha conseguido e nunca conseguiria.

Mas ela não entendeu a dica e deu outra risadinha irritante, passando as unhas compridas pelo meu antebraço.

— Não. Me. Toque. Caralho — sussurrei, afastando-me dela com repulsa. Essa vadia estava andando em uma linha tênue. Estava irritando meu último nervo.

— Ah, vamos lá... — Ela se inclinou para mais perto de mim, e pude sentir o cheiro de álcool em seu hálito. Obviamente, isso lhe deu mais coragem, pois ela estava um pouco mais persistente esta noite. — Sabe, eu poderia fazer você se sentir muito bem. Leve-me para casa, e vou chupá-lo e fodê-lo com tanta força que você nunca mais vai querer me soltar.

Eu ri, e não porque a achei engraçada. Ela era uma maldita piada.

Abaixei a cabeça para responder, aproximando meu rosto do dela — mesmo que isso tenha feito meu estômago revirar.

— É o que ouvi do resto dos rapazes. Mas todos eles deixaram você ir embora, não foi? — Eu sorri e inclinei a cabeça para o lado, dando a ela um olhar que eu normalmente reservava para os idiotas que queria assustar. Colton o chamava de olhar psicopata.

No momento, era o meu olhar de "tire a Sarah de perto de mim". Ela não gostou disso, e seu rosto instantaneamente passou de sedutor para furioso.

— Um dia, você vai perceber o quão idiota você foi ao me recusar, Adam Noble — ela gritou um pouco alto demais, o que lhe rendeu uma onda de bufadas e risadas abafadas das pessoas que estavam próximas. Olhou ao redor, seu rosto ficando tão vermelho quanto seu cabelo e então cuspiu: — Vá se foder. — Em seguida, girou sobre os calcanhares, jogando o cabelo no meu rosto e fazendo com que eu recuasse em repulsa.

— Isso nunca vai acontecer, querida — murmurei, antes de tomar outro gole da minha cerveja, aliviado por ela ter ido embora, mas ainda sentindo os efeitos de sua presença que pairava pesadamente como um demônio que precisava ser exorcizado.

— Essa aí nunca vai desistir — disse Devon, sabendo que precisava ser cuidadoso com esse assunto. — Você transformou isso em um jogo para ela. Quanto mais você a afasta, mais ela quer você.

— Talvez eu precise afastar mais. — Virei-me para encará-lo e levantei uma sobrancelha, mantendo meu rosto neutro para que ele soubesse que eu realmente não estava nem aí. — E ter certeza de que ela está perto o suficiente da margem do rio para que isso signifique alguma coisa.

— Ela provavelmente voltaria para assombrá-lo de qualquer forma. — Devon riu, tomando o último gole de sua cerveja. Era isso que eu adorava em Devon; ele não perdia tempo com besteiras sem sentido.

— Ela quer uma casa cheia de Soldados em sua cama — eu o lembrei. — E isso nunca vai acontecer. Ela deve se contentar com quatro de cinco. — Minha testa doía de tanto franzir a testa, mas não consegui evitar. Eu não estava aqui para nada além de ganhar dinheiro e destruir sonhos. Certamente não estava aqui para acariciar o ego de Sarah Pope, ou qualquer outra coisa dela, aliás. Sua boceta provavelmente vinha com garras. Não pude deixar de sorrir para mim mesmo com esse pensamento, mas, quando olhei para o outro lado, o rosto de Devon estava desprovido do humor de momentos atrás.

— São três — disse, com nojo. — Não a toquei e nunca tocaria. — E ele levantou o nariz como se pudesse sentir o cheiro do desespero dela também.

— Ela provavelmente tem medo de que você exagere ao sufocá-la e faça jus ao seu apelido de ceifador no quarto também. — Agora eu estava sorrindo totalmente por trás do meu copo de cerveja, porque nós dois sabíamos que o que eu disse era verdade. Devon era um pouco sombrio demais, mesmo para Sarah Pope.

Ele não negou, apenas encolheu os ombros e se apoiou nos calcanhares.

— Um homem quer o que quer — foi o que disse em resposta, o que era justo com ele. O que ele fazia em seu próprio tempo não era da minha conta.

— Sim. — Acenei com a cabeça em concordância. — E o que eu quero agora é ver Brandon Mathers ser nocauteado em seu próprio ringue de boxe na frente de seus adorados fãs.

Os olhos de Devon brilharam como se ele tivesse sido iluminado por dentro. Ele sabia tão bem quanto eu que noites como essas eram o que importava. Noites em que lembrávamos a todos quem éramos e o que defendíamos.

Reis do caos.

Soldados da Anarquia.

Os mascotes de uma geração de reprovados, sem marcas e fodidos.

— Está acontecendo, porra — ele disse, com um sorriso largo que não conseguia conter. Não era sempre que Devon sorria, mas, quando o fazia, você sabia que significava algo.

Abrimos caminho entre as multidões suadas que dançavam ao som da batida forte, nos empurrando e se perdendo na música que os levava a outro nível de euforia. Ao contrário deles, nossos pés estavam firmes no chão, enquanto nos dirigíamos para o salão ao lado. Já havíamos inspecionado o prédio há alguns dias para verificar os preparativos para o evento, então sabíamos onde as lutas seriam realizadas, mas até nós ficamos impressionados quando entramos na sala e vimos o resultado final.

Estava escuro, mas as luzes estroboscópicas aleatórias que haviam sido instaladas nos cantos da sala emitiam a quantidade certa de luz para dar aquela vibração subterrânea e corajosa que a fazia parecer crua, real e elétrica. O rugido da multidão ao assistir à luta de aquecimento que ocorria no ringue no meio da sala abafava o baixo que vinha do salão principal, e ouvi-lo fazia os cabelos da nuca se arrepiarem. Dei uma olhada ao redor, observando todos os estandartes que estavam pendurados ao longo das passarelas de metal que circundavam o perímetro da sala. É verdade que os slogans nelas eram um monte de merda.

Vença-os no soco.

Mostre seu instinto assassino.

Uma merda total e absoluta, se é que eu já vi isso. Mas deu à sala aquela sensação de arquibancada de futebol. Brandon Mathers era um homem inglês e tinha orgulho disso, isso era claro. Mas Mathers gostava demais de si mesmo e, se fosse possível, eu o estrangularia com uma de suas faixas de merda de cavalo e lhe mostraria como era o verdadeiro instinto assassino. Não importava o quanto você tentasse, não era possível polir um cocô, mas ele achava que o dele era ouro maciço. Seria divertido ver o poderoso cair com tanta força.

— Guardamos o lugar perfeito para vocês assistirem à nossa vitória — Colton veio por trás de nós e gritou em nossos ouvidos por cima do barulho da multidão. Nós dois nos viramos e olhamos para a plataforma do primeiro nível para a qual ele estava apontando, onde Will e Tyler estavam de pé, parecendo presunçosos com os braços cruzados. Como nós, eles estavam prontos para a hora do show. Estavam prontos para ganhar dinheiro e testemunhar o fracasso e o incêndio dos garotos de ouro de Sandland. Essa era uma derrota da qual gostaríamos de nos gabar.

Mathers lutaria contra Joe Hazel. Conhecíamos Hazel, e ele sabia o quanto essa luta era importante para nós. Ele tinha instruções estritas para não ser derrotado em nenhuma circunstância, mas não sabia que preparamos a luta para ele. O garoto precisava de um impulso de confiança, e pensar que havia vencido o imbatível Brandon Mathers faria isso por qualquer um. Portanto, manteríamos essa pequena joia em segredo. Afinal, não éramos todos ruins. Chamamos isso de nosso esquema de investimento e apoio aos jovens de Brinton. O derrotado pensaria que era a bosta do cachorro por algumas semanas e nós teríamos outro fantoche para manipular. Está vendo, sempre é uma vitória para todos.

Tomamos nossos lugares na plataforma com vista para o ringue. Dois caras estavam terminando sua luta, mas as pessoas gritavam por Mathers. Olhei para a multidão abaixo e vi Finn Knowles, Ryan Hardy e Zak Atwood ao lado do ringue, com caras de irritação. Eles não nos viram. Uma pena, na verdade. Eu queria que soubessem que estávamos aqui. Queria que nossa presença os enervasse. Eles pensavam que eram reis, mas estávamos aqui para garantir que soubessem que seus tronos estavam prestes a ser esmagados. Amanhã, suas coroas estariam esmagadas na sujeira, exatamente onde deveriam estar.

De repente, os holofotes se apagaram e a energia da multidão se intensificou, fazendo meu estômago revirar de ansiedade. Uma onda de entusiasmo percorreu a sala, e até eu senti uma onda me percorrer — e eu era um maldito bastardo de coração frio. Agarrei-me às grades e preparei-me. Isso seria ainda mais divertido do que acabar com Harvey de uma vez.

Os alto-falantes explodiram, enviando ondas de choque através de nossos corpos, as luzes estroboscópicas dançando ao redor. O som de *Killing in the Name*, de Rage Against the Machine, encheu o ar e eu pude me sentir revirando os olhos internamente por causa da breguice de tudo aquilo. Colton não conseguia conter sua empolgação e gritava ao meu lado, inclinando-se para a frente sobre as grades e gritando a letra da música junto com o resto da multidão. No entanto, fiquei calmo, deixando o momento passar. Mathers estava nos dando uma mensagem. Ele não faria o que lhe disséssemos. Essa música era o seu "foda-se" para nós. Isso não me incomodava nem um pouco. Se alguma coisa me agradava foi o fato de saber que o havíamos atingido. Ele estava tão irritado que começou a usar músicas antigas dos anos 90 para tentar argumentar conosco. Apenas mais uma prova de que o cara não tinha classe.

— Ele não vai perder essa briga, vai? — Devon gritou em meu ouvido.

Dei de ombros, mostrando que não me importava nem um pouco.

— A vida é assim — respondi.

Eu nunca faria nosso sucesso depender das ações de alguém como Brandon Mathers. O que quer que acontecesse aqui esta noite, nós sairíamos com o que era nosso. Tínhamos um dia de pagamento chegando, fim de papo.

— É incrível pra caralho, isso sim — disse Colton, rindo, enquanto um Mathers superconfiante emergia das sombras, pavoneando-se em direção ao ringue, com Hazel seguindo atrás dele.

Os dois homens entraram na área de luta e dançaram, o público os absorvendo. Então, Mathers assumiu o controle, lançando-se em mais uma de suas pomposas apresentações antes da luta. O cara estava falando besteiras como se estivesse em uma plataforma no canto dos alto-falantes no Hyde Park. Ele precisava se superar. Todos aplaudiram e gritaram, enquanto ele usava seus golpes verbais para tentar enervar Hazel. Mas suas ameaças e xingamentos tiveram o efeito oposto em mim. Isso me fez sorrir, sabendo que o herói deles estava prestes a se tornar o maior idiota daqui, e tudo isso por causa de nós, os Soldados da Anarquia.

A multidão adorou tudo, é claro, e até Colton gritou como se estivesse em um teatro. Mathers era o melhor showman, eu podia reconhecer isso, mas todo showman tinha seu último momento. Esse seria o dele.

— Acalme-se, porra — Tyler gritou para Colton. — Qualquer um pensaria que você queria que o maldito ganhasse.

— Eu gosto da teatralidade — respondeu Colton, se pendurando na borda e se juntando aos cânticos.

— Você vai gostar mais da porra do pagamento quando ele cair no chão depois de um nocaute do Hazel — respondi, calando a boca dos dois.

Os dois lutadores se enfrentaram em círculos e, depois de um impasse estranho e de alguns olhares acalorados, o árbitro começou a luta. Não foi nenhuma surpresa ver Mathers superar Hazel em todos os aspectos no ringue.

Seus socos eram mais fortes e precisos. Seu trabalho com os pés era impecável. A maneira como ele se abaixava e dançava pelo chão, fazendo o oponente se esforçar para acertar cada golpe, era uma forma de arte em si. Ele era o dono da luta e, se eu tivesse coração, me sentiria mal pelo que havíamos orquestrado aqui esta noite, mas não me senti. Eu não podia dar a mínima para a carreira dele.

A tensão no ar era tão forte que poderia ter despertado os mortos de seus túmulos. Isso me fez ficar de cabeça erguida e orgulhoso, ouvindo a multidão entoar seu nome, mais do que confiante de que o garoto deles, Mathers, tinha todas as cartas na manga, mas eu sabia que não era assim.

Então, de repente, houve uma mudança no ar quando Mathers deixou os braços ao lado do corpo e olhou para onde o resto de sua equipe estava, e senti meu corpo enrijecer em antecipação. Era isso, o momento em que tudo mudaria. Hazel balançou o punho para a frente e bateu em Mathers uma, duas vezes e, então, bum, o cara caiu no chão e todo o salão irrompeu com vaias ensurdecedoras de raiva e ódio pelo que estavam testemunhando.

— Ele conseguiu — disse Will, sem fôlego, como se não conseguisse acreditar no que estava vendo. — Ele realmente fez isso.

— É claro que fez. Ele sabia que tínhamos seu amigo Knowles nas mãos e é idiota demais para bolar um plano sozinho — respondi, porque, com toda a honestidade, caso não tenha ficado claro, eu odiava o Mathers. O cara achava que era grandes coisas. Eu mesmo ficaria feliz em enfrentá-lo. Na verdade, aqui, eu não sabia ao certo por que nunca o havia feito antes. Acho que a frágil paz que mantivemos entre Sandland e Brinton Manor foi motivo suficiente para me manter afastado. Mas não mais.

Colton estava com as mãos sobre a boca, arfando e rindo como um palhaço ao ver a algazarra que havia adorado no início se transformar em uma tragédia shakespeariana. Tyler e Will olhavam um para o outro e para a multidão lá embaixo, e eu meio que esperava que começassem a se cumprimentar. Mas Devon e eu permanecemos estoicos, ilegíveis. Estávamos em uma sala cheia de partidários de Mathers e, por mais que quiséssemos zombar de sua derrota, não éramos estúpidos.

— Está na hora de receber as apostas, rapazes — eu disse, afastando-me do corrimão e me virando para descer a escada de metal que estava lotada de apostadores irritados, prontos para se revoltar com o dinheiro que perderam esta noite.

Eu?

Eu estava em êxtase.

— Estão levando-o para fora. Devemos ir falar com Archer sobre os nossos ganhos? — Tyler perguntou, subindo os degraus atrás de mim e espiando por cima da cabeça dos foliões para ver o que estava acontecendo no ringue. O tema de futebol inglês que Mathers havia cultivado estava assumindo um aspecto mais parecido com o de um Hooligan dos anos 80 agora, com os bandidos cuspindo veneno de seus rostos vermelhos e raivosos.

— Archer pode esperar — eu disse a eles. — Quero acabar com toda a besteira do Knowles. Ele pode ser um covarde, mas o garoto nos ajudou esta noite. Por mais que eu odeie a equipe dele, vou fingir ser um humano para variar. Mostrar a ele que está fora de perigo. — Vi seus olhos se arregalarem quando disse isso. Sarcasmo obviamente não era meu ponto forte.

— Humano? Está brincando? — Colton ficou olhando para mim com a boca aberta, pegando mosca.

— Claro que estou, porra. — Franzi a testa e estreitei meus olhos para eles. — Vamos assistir à miséria deles, torcer a faca ainda mais. Que se dane ser humano. A compaixão é muito superestimada.

Colton riu e acenou com a cabeça em concordância. Devon bufou sua aprovação. E os outros dois? Suas mentes já tinham mudado para o que estava acontecendo em seguida e o que isso significava para todos nós.

Os Soldados estavam em ascensão.

Nada poderia nos deter agora.

Abrimos caminho em meio à multidão que tentava invadir o ringue em protesto e nos dirigimos para a área dos fundos, onde os outros rapazes de Sandland haviam se escondido. Eles realmente eram como ratos em um navio que estava afundando.

Quando chegamos ao corredor, vimos Emily Winters saindo de uma porta, segurando o celular e parecendo que vomitaria. Emily era a namorada de Ryan Hardy e onde Ryan — o primeiro garoto de ouro de Sandland — estava, sabíamos que encontraríamos Mathers e Knowles.

Chegamos à porta e senti uma onda de serenidade passar por mim. Uma sensação que sempre me invadia antes de um confronto. Meu corpo estava fortalecendo sua armadura, pronto para a batalha, e meu cérebro estava ligando o interruptor. Eu estava pronto e carregado. Um lançador de mísseis humano, preparado e pronto para atacar. Abri a porta com força e sorri quando ela bateu contra o reboco da parede. Eu gostava de fazer uma entrada e, a julgar pelos olhares assustados em todos os rostos, tinha feito exatamente isso.

Não esperamos que eles falassem, apenas entramos, deixando-os saber que não estávamos aqui para dar nossas condolências a Mathers. Estávamos falando sério.

Considerando que Mathers tinha acabado de ser retirado do ringue em uma maca, ele parecia bem tranquilo, até mesmo convencido, e, embora fosse a estrela do show, seu vestiário era uma completa e total bagunça. Parecia mais um armário de loja com cadeiras de plástico e algumas garrafas de água espalhadas pelo chão de concreto sujo. A fumaça do cigarro pairava no ar, e imaginei que ele provavelmente precisava de nicotina para acalmar os nervos desgastados depois do que aconteceu. Mantive o olhar fixo em Mathers, sorrindo para ele e esperando que soubesse o papel que eu havia desempenhado em sua triste morte. Se não, eu gostaria de lhe contar esse segredo. Quando ele se lançou da cadeira de plástico barata em que estava jogado e voou em minha direção, percebi que não havia dúvidas. Ele sabia o que eu tinha feito, então eu teria que me divertir em outro lugar.

— Você é um homem morto — ele rosnou, apontando para mim, mas seus rapazes, Zak Atwood e Ryan Hardy, o seguraram.

Eu gostaria que eles não tivessem feito isso. Teria gostado de sentir os punhos de Mathers em mim. Só a adrenalina disso já teria me incentivado. Eu provavelmente teria rido dele também. O filho da puta maluco era a combinação perfeita para mim.

Mantive meu olhar demoníaco em Mathers enquanto falava:

— Nós sabíamos que você nos ajudaria. — E então, lentamente, me virei para encarar Finn Knowles, que estava de lado, tremendo e parecendo um coelho preso nos faróis.

Ainda não havíamos recebido nossos ganhos da Archer, mas isso não importava. Eu queria que eles soubessem que a derrota deles era a nossa vitória esta noite, e tirei uma pilha de dinheiro do bolso para acenar para eles. A maneira como seus rostos empalideceram foi impagável, me deu arrepios, e eu queria poder engarrafar o sentimento de superioridade que experimentei naquele momento. Éramos imbatíveis.

— Sua pequena façanha nos rendeu um monte de dinheiro esta noite — acrescentei, o mais presunçoso que pude. — Obrigado por isso.

Notei a veia no pescoço de Brandon ao tentar acalmar a fera interior que estava implorando para se libertar e nos separar.

— Não foi uma porra de uma façanha — ele gritou, como se tivesse alguma autoridade aqui. — Você o está chantageando. — Ele gesticulou para onde Finn estava, como uma criança perdida em um shopping center, e depois voltou seu olhar imundo para mim. — E esta noite, eu vou acabar com isso. Está me ouvindo? Isso acaba agora.

Não pude deixar de rir da falsa coragem que ele tinha. Aqui estava um cara que tinha acabado de brigar, que também tinha jogado fora seu sustento, e ele achava que estava em posição de fazer ameaças? De nos dizer o que aconteceria? Ele não tinha a menor ideia de com o que estava lidando. Sua ingenuidade era tão cômica que joguei a cabeça para trás e soltei tudo. Dei uma gargalhada tão alta que foi contagiante, e meus quatro Soldados uivaram junto comigo, enquanto o resto da sala olhava para nós como se fôssemos os malditos anormais.

— Você mesmo deveria ter feito algumas apostas. As chances de Hazel ganhar eram ridículas. — Eu sorri e olhei para onde Ryan Hardy estava, mordendo os dentes até as gengivas.

— É disso que se trata? Dinheiro? — Hardy falou, como se não conseguisse acreditar que homens como nós estivessem interessados em algo tão básico. Ele precisava acordar e sentir o cheiro do café. O mundo inteiro girava em torno do dinheiro. Não era isso que todos nós queríamos neste planeta esquecido por Deus? Não era isso que lhe dava o poder supremo? Sem ele, pessoas como nós não eram nada. Ninguém.

Olhei para Mathers, começando a perder a paciência com esse confronto de merda. Eles se achavam muito melhores do que nós.

— Não é tudo uma questão de dinheiro? — eu disse, afirmando o óbvio. — Não finjam que são melhores do que nós. Vocês sujam suas mãos de sangue e são pagos por isso. A única diferença é que somos mais espertos. Não nos batem na cabeça por causa de grana.

Ele sabia que eu estava certo. Nossa maneira era mais inteligente, melhor. Eles poderiam seguir o nosso exemplo, se tivessem coragem.

— Não — escarneceu Mathers. — Vocês só chutam todo mundo, sua maldita aberração psicopata. — O cara estava perdendo o controle, e o fato de ter recorrido a merdas fracas como xingamentos prova isso.

Ele se lançou à frente novamente, tentando passar à força por seus amigos idiotas para chegar até mim. Eu ri de volta. Ele provavelmente achava que um confronto como esse iria me irritar, mas estava enganado, eu queria mais. Eu queria que ele ficasse tão irritado, furioso como um maldito touro, que todo o mundo não pudesse detê-lo, e então talvez, apenas talvez, eu conseguisse o que queria, uma chance justa de enfrentá-lo da maneira que sempre quis. Eu estava mais sedento por isso do que ele jamais estaria, e o que me fazia tremer de orgulho era saber que estávamos chegando até ele. Eu estava calmo, minha cabeça estava limpa. Ele estava bufando e pulando como um idiota. Ele era a única aberração aqui.

Fiquei de cabeça erguida, sentindo-me superior a todos esses filhos da puta, e disse:

— Acho que vocês vão descobrir que cumprimos nossa parte do acordo. Afinal, somos homens de palavra. — Certifiquei-me de que Mathers soubesse que a declaração que eu acabara de fazer era em parte para seu benefício, que tínhamos alguma honra, apesar do que ele gostava de pensar. Então, lentamente, para dar um efeito dramático, virei-me para encarar Finn Knowles com um olhar maligno e incisivo para que ele soubesse que também estava envolvido naquela declaração. Ele tinha participado do nosso jogo de consequências e, agora que tinha conseguido, o jogo tinha acabado. — Verifique seu celular. Acho que você vai gostar do que vai encontrar lá — informei a Knowles com orgulho. — Podemos ser sádicos, mas nos colocamos à disposição quando necessário. — Isso era o que significava ser um soldado da Brinton Manor. Você se levanta e fica de pé. Voltei meu olhar para Mathers, que espumava pela boca, e sorri ao acrescentar: — Ao contrário de alguns.

— Que porra isso quer dizer? — cuspiu o boxeador raivoso com tanto veneno quanto uma víbora recém-nascida. Ele precisava ser lembrado de que estava jogando nas grandes ligas agora. — Sua palavra não significa nada...

Mathers começou a falar mais besteiras, mas eu apenas sorri diante de seu esforço ridículo para parecer durão e o bloqueei. Sua falsa demonstração de poder obviamente ajudava a reparar seu ego, que havia sido atingido no ringue esta noite, a julgar pelo modo como estufava o peito e flexionava os músculos. Mas, quando se tratava de força, meu cérebro era sempre melhor do que o dele.

— Eu fiz o que você não conseguiu — afirmei, cansado desse vai e vem. — Limpei a sua bagunça.

Eu sabia que isso irritaria Mathers ainda mais, sabendo que seu melhor amigo tinha tido um problema e nós o resolvemos. Usamos nosso jogo de consequências para livrar Finn de seu tio sádico que atormentava sua vida, mas recebemos muito em troca. Olho por olho e tudo o mais. A verdade dói, e ficou claro que ela estava doendo muito nesses filhos da puta, porque Knowles realmente saiu de seu cantinho seguro e atravessou a sala para se juntar aos seus irmãos que estavam na nossa frente. Vê-lo erguer o queixo com tamanho desafio fez algo dentro de mim estalar, e fui até lá para ficar bem na cara dele, pronto para lembrá-lo de quem ele realmente era. Um covarde e um fantoche. E um dos bons.

— Você se acha um grande homem agora que tem esses três ao seu lado? — Estreitei os olhos para ele, querendo que me enfrentasse. Que ganhasse coragem e nos enfrentasse.

— Não tenho medo de vocês — disse as palavras, mas seus olhos não concordavam com elas. Parecia que estava prestes a se borrar nas calças e, como eu sou eu, não pude evitar que ele se precipitasse. Pressionei meu rosto ainda mais contra o dele e inclinei a cabeça como se estivesse pensando em como iria matá-lo, sorrindo de orelha a orelha para dar aquela dose extra de magia psicótica.

— Como eu disse antes — sussurrei. — Você deveria ter medo de mim. Na verdade, deveria estar me agradecendo. Depois do que o inútil do seu tio nos contou sobre você quando o estripamos como um peixe, você deveria agradecer à sua sorte por termos cuidado dele. Uma porcaria como ele não pertence a Brinton. — E tínhamos feito nosso trabalho. Agora era o dia do pagamento e da vingança. Além disso, ver os homens da Renascença de Sandland morrerem era a maior recompensa por todos os anos que eles cagaram em nossa cidade.

Ryan franziu o rosto e cuspiu:

— Mas lixos como vocês fazem isso? — Eu me virei para encará-lo. Ele precisava se controlar. Podíamos ser filhos da puta, mas éramos filhos da puta com um código. Nunca machucamos mulheres ou crianças. Não como os ratos de esgoto que derrubamos diariamente.

— Nós cuidamos dos nossos — Colton falou em nome de todos nós e se colocou diretamente na frente de Ryan, pronto para dar o primeiro golpe. — Você deveria fazer anotações. Talvez aprenda alguma coisa.

— Não precisamos aprender merda nenhuma com você — Ryan respondeu, olhando Colton de cima a baixo como se ele fosse merda na sola de seus tênis caros.

Eu já tinha ouvido o suficiente.

Estava a segundos de começar um maldito tumulto ou de abrir a maldita porta e deixar que os clientes furiosos do lado de fora fizessem o trabalho por mim. Esses homens não estavam em posição de dominar nada sobre nós. Eles não eram nem mesmo nossos iguais. Longe disso.

— Cale a boca e nos deixe terminar isso — rosnei para Ryan. Os demônios estavam saindo para brincar, e eu precisava controlá-los por mais um momento. Então, respirei fundo para me acalmar e deixei que as vozes em minha cabeça passassem de um grito raivoso para um sussurro monótono. Depois, quando o controle estava de volta, sorri com os olhos arregalados e um sorriso demoníaco e psicótico, com o qual eu realmente não precisava fazer nenhum esforço, pois sempre foi natural, especialmente em situações como essa. Encarei profundamente os olhos de Knowles, alimentando-me de seu medo, e então lhe disse: — Acabou.

Seus ombros afundaram como se o peso do mundo tivesse sido tirado deles e uma respiração silenciosa, mas baixa, deixou seu corpo. Um sinal de puro alívio de sua parte.

Um homem melhor teria deixado as coisas assim. Teria lhe dado a liberdade que ele desejava e ido embora. Mas eu não era um homem bom.

— Só para você saber — acrescentei, torcendo a faca metafórica uma última vez. — Ele estava morto antes mesmo de lhe enviarmos sua primeira tarefa a ser concluída.

Não consegui me conter. Eu me alimentava de sua dor, sabendo que ele tinha jogado nossos jogos e vivido com nossas ameaças quando não precisava. Uma piada de mau gosto, mas que me fez rir. Eu adorava essa facada imaginária. Uma torção poderosa para nosso prazer.

— Seus malditos bastardos. — Brandon tentou mais uma vez nos atacar, mas seus rapazes o seguraram, tentando acalmar a fera que ele era.

— Sim, Mathers. Abaixe a cabeça. Fizemos o trabalho que você não conseguiu. Supere isso. Está feito — disse Colton, sorrindo e cruzando os braços para mostrar que não tinha medo de Mathers ou de qualquer outra pessoa aqui. Ele não precisava ficar em posição de sentido, pronto para um ataque, e a maneira como se postou calmamente, balançando para trás em seus calcanhares, mostrou isso.

Suspirei. A festa tinha sido divertida, mas eu estava pronto para ir embora. Já estava farto e queria ir para casa, com a chance de que meus demônios me permitissem pelo menos algumas horas de sono antes de recomeçar a guerra em meu cérebro.

— Divirta-se assistindo ao vídeo, Knowles. Colton se empolga um pouco no final, mas acho que isso contribuiu para o efeito geral. Quem imaginaria que um pescoço jorraria tanto sangue? Achei que os filmes estavam exagerando. Justiça poética para um homem que causou tanta dor em sua vida. Agora você pode reviver a agonia dele várias e várias vezes. — Eu estava fazendo Mathers suar após os discursos dramáticos, de parar o trânsito, para agradar ao público esta noite, e isso me fez sorrir.

Mas tínhamos terminado aqui.

Era hora de seguir em frente.

Esses rapazes tinham servido ao seu propósito e agora tínhamos coisas maiores e melhores para focar nossa atenção, como colocar as rodas em movimento para garantir o prédio que eu havia escolhido para abrir nosso primeiro clube.

— Acho que você já não é mais bem-vindo — Hardy teve a coragem de anunciar, tentando dar a última palavra. Eu não gostei disso, então cruzei os braços e me mantive firme.

Teimosia?

Talvez.

Mas eu não faria nada do que eles me mandassem. Eu iria embora quando eu quisesse e pronto, não antes.

Ouvi o estalo da porta atrás de nós quando ela se abriu, batendo no reboco e danificando a parede exatamente no mesmo lugar em que a havíamos danificado antes. Esperando que os rapazes de Sandland tivessem chamado reforços, eu me preparei para um ataque. O que eu não esperava era que a esposa de Ryan, Emily, e outra garota entrassem na sala como se fossem a cavalaria. Dei um sorriso maligno, observando para Emily e passando os olhos pelo seu corpo para irritar Ryan. Mas ela não se importou, mal me notou e gritou algo sobre Mathers precisar chamar sua mulher, algo relacionado a dores e trabalho de parto. Para ser sincero, eu havia me desligado. Essa reunião estava me irritando e eu queria ir embora, mas não antes de dar um tiro de despedida que deixaria sua marca em todos eles.

Brandon Mathers rosnou algo sobre a necessidade de ir embora e depois atravessou a sala, recuando apenas por um segundo para nos dizer:

— Isso não acabou. Estou indo atrás de vocês, porra. — E então ele se foi, e todos os olhos estavam voltados para mim, enquanto eu subia e descia os meus pelo corpinho de Emily Winter.

Ryan se transformou em um homem das cavernas e a puxou para perto de si, e eu ri. Se eu quisesse pegar a mulher dele, pegaria. Se eu quisesse alguma coisa, conseguiria. Sua demonstração de domínio era patética. Ele tinha tanto poder quanto fogos de artifício molhado. Cheio de promessas e expectativa, mas nada além de decepção quando você tentava acender o pavio.

Esse era o problema com esses chamados homens da Renascença. Suas mulheres eram a fraqueza deles. Guardei isso para o futuro e, então, sentindo-me entediado, me virei para ir embora.

Foi quando vi um lampejo de vermelho saindo pelo canto do olho.

Virei-me para o local onde estava a namorada de Knowles e senti um aperto no peito.

Aquilo era novo.

Eu nem sabia que tinha algo dentro da cavidade vazia que chamava de peito na maior parte do tempo, muito menos que o sentia fazer algo assim.

Quem diabos era a garota que estava ao lado da namorada de Finn Knowles, com os longos cabelos loiros e o vestido vermelho justo?

CAPÍTULO TRÊS

ADAM

Eu não queria perder a cabeça, não queria mostrar que algo havia afetado minha armadura de aço reforçada. Mas, caramba, essa garota era impressionante. Eu nunca a tinha visto antes.

Por que eu nunca a tinha visto antes?

Eu não tinha ideia de quem ela era, mas queria saber. Queria saber tudo a seu respeito e tinha toda a intenção de descobrir. Eu me vi caminhando até ela, embora não me lembrasse de ter dito às minhas malditas pernas para se moverem. Ela era algum tipo de sereia? Porque estava me puxando para frente como um maldito ímã, e isso nunca tinha acontecido antes, não com nenhuma garota. Eu não sabia o que estava acontecendo, mas de qualquer forma, não lutaria contra isso. Eu não sabia como fazê-lo. Como diabos eu poderia controlar algo que não conseguia entender?

Fascinava-me o fato de que uma garota que nunca havia me dirigido uma palavra sequer pudesse me fazer sentir dessa forma, e eu a olhava fixamente, perdido na atração hipnótica que ela exercia sobre mim. Olhando em seus olhos, senti uma familiaridade me atravessar, como se já os tivesse visto em algum lugar. Então, senti um baque percorrer todo o meu corpo quando percebi que eles eram tão familiares porque eram como os meus, cheios de desafio, me provocando, zombando de mim.

A maneira como ela me colocou em alerta máximo, fazendo com que todos os meus nervos ficassem atentos, me deixou desesperado por mais. Eu queria me aproximar dela. Empurrá-la contra a parede, enterrar meu rosto em seu pescoço e sentir seu cheiro, seu gosto, saber qual era a sensação de estar enterrado dentro dela. Eu não podia me importar menos com o fato de estarmos em uma sala cheia de canalhas. Desde que ela apareceu, eles desapareceram. Engraçado, eu achava que minha noite tinha acabado, mas parecia que a diversão estava prestes a começar.

Não parei para pensar no que diria, não tinha tempo para besteiras sem sentido, então disse a ela:

— Venha para fora — deixando bem claro exatamente o que eu queria dela esta noite. Mas ela não reagiu. Nem se deu ao trabalho de olhar para mim.

Então, me aproximei um pouco mais para ver o que ela faria, testar sua determinação enquanto me inclinava para cheirar seu cabelo loiro liso. Ela arfaria? Gemeria, talvez? Será que o fato de eu estar tão perto dela teria o mesmo efeito em seu corpo que estava tendo no meu? Será que ela se sentiria como se tivesse sido sacudida por uma corrente elétrica que rivalizava com o raio mais forte que já existiu?

O resto da sala estava em silêncio e, pelo que me importava, eles tinham nos deixado sozinhos e ido para algum lugar. Certamente parecia que éramos os únicos ali dentro. Fechei os olhos por uma fração de segundo para saborear o que o cheiro dela me causava. Doce como cerejas, ou alguma coisa que parecia me acalmar. Eu queria essa garota. Eu a queria muito. Mas ela não estava respondendo. Nenhum som. Nenhum gemido. Nem mesmo um recuo ou movimento para se afastar de mim. Ela estava me tentando, me induzindo a me abrir ainda mais para que ela se comportasse bem, e isso não me agradava. Eu ditava as regras aqui. Ninguém mais.

— Eu disse, lá fora. Agora. — Minha voz ficou tensa, e isso me fez ranger os dentes ao ver como eu soava fraco e desesperado em minha própria mente. Essa garota precisava obedecer bem rápido, antes que eu perdesse a razão e meu interruptor de matar assumisse o controle.

Por que ela não estava reagindo?

Por que estava parada ali como se tivesse sido atingida por um golpe de misericórdia?

Respirei fundo, pronto para me repetir, mas não precisava. Naquele momento, ela se afastou de mim como se o raio que eu estava sentindo tivesse acabado de atingi-la e, com o atraso, ela só agora estava sentindo os efeitos posteriores.

Então, eu causei um efeito nela.

É bom saber disso.

Mas, quando olhei em seu rosto, não vi admiração ou desejo... Apenas repulsa.

Sua boca se torceu e seus olhos me perfuraram quando ela respondeu:

— Como se eu fosse a algum lugar com você, sua aberração — falou, com mais veneno do que a maioria dos homens que cruzaram meu caminho, e eu adorei isso. O ódio que ela pintava em seu belo rosto só me fazia querer irritá-la ainda mais. A fúria sempre foi atraente para mim nas mulheres, mas nessa garota era puro fogo.

Sorri para mim mesmo ao pensar em toda a diversão que teria ao domar essa garota.

Que os jogos comecem, princesa. Lute comigo o quanto quiser. Eu adoro isso. Adoro a perseguição, mas você logo perceberá que eu sempre ganho. Mas será interessante saber que você não facilitará as coisas para mim. Quando foi fácil ter alguma coisa que vale a pena?

— Liv, não — a namorada de Finn sussurrou para ela em advertência, e eu franzi a testa.

Liv.

Isso não combinava com ela. Eu não gostava. Mas, em minha mente, eu repetia o nome várias vezes, como se fosse um enigma que estivesse tentando resolver. Liv, Livy, Livia, Olivia.

Olivia.

Agora, disso eu gostava.

— Não o quê? — Olivia riu de volta, cruzando os braços sobre o peito, fazendo com que seus seios quase saltassem do vestido. Tive que me impedir de rosnar como um homem das cavernas possessivo. — Ele é um maldito cretino. — Ela me encarou, e retribuí o olhar. Parece que eu precisava dar uma lição de boas maneiras a essa garota.

— Liv — eu disse, mas imediatamente soube que esse nome nunca mais sairia de meus lábios. Ela poderia ser Liv para eles, mas não era para mim.

Minha mente entrou em parafuso, imaginando todas as maneiras pelas quais eu poderia destruir a Liv deles. Fazê-la rastejar de joelhos para mim e depois arrancar esse nome dela. Não sobraria nada da Liv deles depois que eu terminasse com ela. Todos ficaram ali, olhando para nós como um bando de idiotas, e não pude deixar de rir. Olivia foi a única pessoa nesta sala que realmente me enfrentou esta noite. Eu iria gostar de arruiná-la para qualquer outro cara.

— Você não é engraçado, porra — rosnou para mim. — Não sei por que você está rindo.

Estou rindo porque você não tem ideia de com quem está brincando, mas vou gostar de lhe mostrar.

Mantive o sorriso malicioso no rosto e a encarei.

— Acho que você não me entendeu — afirmei, com convicção, cruzando lentamente os braços sobre o peito. Não consegui me impedir de soltar uma gargalhada quando notei seu olhar de um segundo para os músculos dos meus braços antes de desviar o olhar, corando como se não tivesse sido afetada. Essa noite tinha tomado um rumo interessante e inesperado, e eu estava aqui para isso. Adorava entrar em jogos, e ela era o peão perfeito. — Não foi uma pergunta; foi uma afirmação — falei, com calma, embora meu coração estivesse acelerado e a tensão dentro de mim estivesse atingindo o nível máximo. Se eu não deixasse essa garota sozinha logo para lhe dar uma lição, eu explodiria. — Quero que você venha…

— Eu ouvi o que você disse e a resposta continua sendo não. — Ela se inclinou para a frente, colocando seu rosto tão perto do meu que pude sentir o gosto de cereja doce de seu beijo. Tive que me impedir de fechar aquele último centímetro, colocar a mão em volta de sua nuca e puxá-la para frente para pegar o que eu queria. Sem mencionar que me deixou muito duro estar recebendo um movimento que normalmente era feito por mim. Ela estava me encarando, e me excitava muito tê-la me imitando daquele jeito, com os olhos fixos nos meus. Isso me fez perceber que ninguém mais tocaria nessa garota. Não agora. Não até que eu tivesse conseguido o que queria.

Ela era minha.

— Frases como essa funcionam com garotas em Brinton? Porque comigo não funcionam, então vá em frente. Cuzão.

Sua resposta veio diretamente do arsenal de respostas de Adam Noble. Eu queria responder que não sabia nem me importava se elas funcionavam com as garotas de Brinton, que nunca as havia experimentado e que nunca o faria. Diabos, eu evitava a maioria das garotas de nossa cidade pelo simples fato de que elas não despertavam um pingo de interesse em mim. Mas ela? Olivia provocava todos os tipos de emoções dentro de mim, e o fato de ela estar tentando me afastar tornava tudo ainda mais interessante. Ninguém jamais havia feito o que ela estava fazendo. Ela estava me fazendo sentir. É verdade que eu estava me sentindo irritado e também excitado no momento, mas era um sentimento mesmo assim.

Eu não tinha percebido que estava atordoado até que uma risada do outro lado da sala me tirou de lá. Então, dei um passo para trás, tentando quebrar o feitiço que essa garota havia me lançado e recuperar algum tipo de controle. A última coisa que eu queria era parecer um fracote na frente de alguém. Não deixaria ninguém me fazer de idiota.

Zak Atwood, um dos palhaços de Sandland, fez uma tentativa fraca de parecer durão, estufando o peito e me dizendo:

— Vai embora — porque, segundo ele, ela não estava interessada.

PSYCHO

Ele poderia muito bem ter me cutucado com uma vara afiada para ver como eu reagiria, porque, naquele momento, minha fúria não poderia ser mais forte. Quem diabos ele pensava que era para se meter em meus negócios e impor a lei?

— Quem te perguntou alguma coisa, Atwood? — rosnei, atravessando a distância de dois metros como se minha vida dependesse disso, totalmente concentrado em dar um soco na garganta do maldito por se atrever a respirar perto de mim, quanto mais me questionar. — Está ficando bem corajoso aí, hein? — zombei dele, implorando que me enfrentasse para que eu tivesse um motivo legítimo para descarregar um pouco da minha raiva.

Respirei fundo, imaginando bater com a cara dele no chão de concreto, mas também mentalmente me acalmando e voltando a um estado de espírito mais tranquilo. Ele estava jogando um jogo perigoso, brincando com uma fera que não tinha interruptor. Meu cérebro não funcionava como o deles e ele precisava se lembrar disso.

Como se estivesse sentindo a mudança na atmosfera, Ryan Hardy voltou a falar.

— Só dá o fora daqui.

Pensei por um segundo, tentando decidir se valia a pena insistir mais com ela, para ver se cederia. Mas ela não era uma pessoa fácil, e eu sabia que essa não seria a última vez que a veria. Isso era apenas o começo. Eu tinha acabado de encontrar um novo brinquedo para mim, um foco longe de toda a merda de soldado que tínhamos e algo para acabar com o barulho que atravessava meu crânio todos os dias. Ela seria minha nova distração. Todo mundo precisava de alguma coisa, certo? Algo para aliviar a dor. Ela seria isso para mim. Eu gostaria de pensar em novas maneiras de atormentá-la. Provocá-la. Quebrá-la até que ela percebesse que não tinha escolha. Ela ia fazer o que eu queria.

— Você já tem o que queria, agora vá se foder — disse Hardy, e estreitei os olhos para ele, depois me virei para Olivia, que estava de pé e orgulhosa, com o queixo e a cabeça erguida.

— O que eu quero acabou de se tornar ainda mais interessante. Mas ela vai ficar aqui — eu respondi, e Olivia riu. Ela riu de mim, porra. Jesus, esse seria o jogo mais divertido que tive em séculos. Eu sorri para ela quando dei meu tiro de despedida. — Vejo você por aí... Olivia.

— Ah, vá se foder — ela respondeu, mas com algo que me fez vibrar de excitação e rir quando saí daquela sala. Era um desafio.

Seu jogo de consequências estava prestes a começar.

Tique-taque, Olivia. Seu tempo acabou.

CAPÍTULO QUATRO

ADAM

Três dias depois...

Estávamos em nosso lugar habitual, embaixo da passagem subterrânea que levava à rua principal de Brinton Manor. Esse sempre foi o nosso lugar, porque podíamos ver qualquer pessoa que viesse de ambos os lados da cidade antes que ela nos visse. Além disso, havia o bônus adicional de ser coberto, portanto, nos dias em que chovia muito, tínhamos um lugar para nos abrigar. Mas o mais importante era que nos sentíamos porteiros, guardiões de Manor, protegendo o que era nosso de quem quisesse se arriscar e entrar em nosso território.

Mas eu vou ser sincero, era um buraco de merda. Você não gostaria de passar uma noite por aqui, a menos que fosse necessário. A maioria dos postes de luz não funcionava. As calçadas estavam quebradas e rachadas, como se o inferno estivesse se preparando para se abrir e engolir a cidade inteira. As pequenas lojas que permaneciam abertas tinham barras de metal instaladas nas portas para proteger os funcionários e seus estoques, qualquer coisa para tentar impedir que ladrões roubassem o que não lhes pertencia. Na verdade, não se tratava de uma cidade, mas de uma selva, e nós éramos os caçadores, atacando qualquer coisa que se movesse.

As crianças que viviam aqui não conheciam nada melhor, e a maioria dos adultos havia simplesmente desistido de se esforçar para criar um futuro melhor para si mesmos, castigados pelas realidades da vida. Mas nós não. Eu me esforcei muito para que isso nunca acontecesse. Estava grato por termos finalmente conseguido os meios para bancar o aluguel do prédio que usaríamos para montar nosso negócio e criar um império do qual poderíamos nos orgulhar. Nossos dias nas esquinas das ruas estavam chegando ao fim. De agora em diante, governaríamos em um trono mais vantajoso.

Asilo Sandland.

Esse pensamento me deixou orgulhoso. Estávamos fazendo algo que ninguém mais em Brinton havia feito. Estávamos rompendo as correntes da desesperança, rastejando para sair da miséria que prendia todos os outros filhos da puta de Brinton. Não me entenda mal, Brinton Manor estava em nosso sangue, em nossos ossos, em nossas almas — isso nunca mudaria —, mas não nos impediria de alcançar tudo o que queríamos. De uma forma distorcida, nós amávamos essa cidade, mas estávamos destinados a coisas melhores.

De onde estávamos, era possível ver os prédios abandonados e os blocos de apartamentos altos com metade das janelas fechadas com tábuas, que pairavam sobre a cidade. Eram coisas desagradáveis que nos prendiam a essa prisão urbana. As pessoas que estavam alojadas ali sabiam que deveriam ficar caladas sobre o que viam acontecendo lá embaixo. Elas não eram estúpidas. Algumas noites eram barulhentas, um pouco desordeiras, mas eles sabiam que nos ter aqui era melhor do que a alternativa. Brinton, sem a influência e a proteção dos Soldados, não merecia nem pensar no que lhes dizia respeito. Trouxemos uma forma de paz para suas vidas que, de outra forma, seriam caóticas. Mas os Soldados sem Brinton? Esse era o início de uma era totalmente nova.

Estava escuro, frio, e a luz fraca do único poste de luz que funcionava nas proximidades era a única coisa que poderia revelar nossa posição aqui. Eu gostava de pensar que éramos sombras na noite; demônios prontos para atacar. Ouvimos risadas a alguns metros de distância e olhamos para cima quando um grupo de jovens mães atravessou a rua, empurrando seus carrinhos de bebê. Era tarde demais para elas estarem por ali. Aquelas crianças precisavam de suas camas, mas não fizemos alarde. Cada um com suas vidas. Era assim que as coisas aconteciam por aqui. O que eles faziam não era da nossa conta.

Eu estava navegando pelo o celular, olhando as mensagens na conta de e-mail dos Soldados, quando ouvi Tyler ofegar.

— Não é possível.

Puxei a coleira de Tyson, meu Rottweiler, certificando-me de que ele estava pronto, e fiquei de pé, virando-me e mantendo o capuz da minha jaqueta baixo para garantir que quem quer que estivesse vindo visse a constituição do meu corpo, mas não o meu rosto. Ombros para trás, rosto coberto, corpo tenso e pronto para atacar. Alguém tinha muita coragem de vir até aqui e começar algo esta noite.

Foi o som de saltos batendo na calçada que ouvi primeiro, seguido por um assobio baixo de Colton, que estava alguns metros à minha frente. Quando me afastei um pouco mais para me posicionar sob a luz da rua e dar uma olhada melhor, quase não acreditei no que estava vendo. O cabelo loiro estava amarrado para trás e, no entanto, balançava ao redor dos ombros como se ela estivesse em um comercial de xampu. Calças jeans apertadas, um top preto ainda mais apertado que não cobria a barriga e um rosto como um trovão que fez meu pênis se mexer e meu coração se contorcer.

Fazia três dias que eu tinha visto Olivia Cooper pela primeira vez. Três dias em que ela dominou todos os meus pensamentos, tanto acordados quanto dormindo. Três dias em que tudo o que eu fazia era pensar em maneiras de chegar até ela. E agora aqui estava ela, entrando em Brinton como se fosse a dona do lugar. Cabeça erguida, ombros para trás, confiança escorrendo de cada um de seus poros perfeitos. O que diabos ela estava pensando ao vir aqui? E sozinha? As ruas de Brinton Manor não eram lugar para uma garota como ela.

— Ora, ora, ora — disse Colton, em sua voz melodiosa. — Se não é a própria Viúva Negra de Sandland.

Olivia não interrompeu o passo, apenas zombou dele, esticando a mão para esfregar o pingente pendurado em seu pescoço, e disse:

— Prefiro a Arlequina, mas o que quer que flutue em seu barco, soldadinho. — E então parou bem na minha frente e me encarou. Foi um daqueles olhares do tipo *eu desejo que você caia morto*, mas isso me fez sorrir. Eu adorava o fato de ela ter tanta marra. Ela era estúpida por vir aqui na calada da noite, e eu a chamaria para sair, mas, droga, a garota tinha um fogo de si que me deixava louco.

— Você não deveria estar aqui — eu disse, inclinando-me para olhá-la nos olhos, mas ela não ficou nervosa ou incomodada com minhas ações.

Ela não moveu um músculo sequer, apenas deu de ombros e disse:

— Eu faço a porra que eu quiser fazer.

Sorri e neguei com a cabeça.

— Uma garota boazinha como você não pertence a este lugar. — Gesticulei ao meu redor com os braços para o buraco de merda em que estávamos atualmente, como se ela precisasse ser lembrada. Dorothy estava muito longe do Kansas agora.

Mas ela apontou o dedo para frente em meu peito e rosnou:

— Eu decido qual é o meu lugar… — e então recuou um passo e sorriu para mim. — E quem disse que eu sou uma garota boazinha?

Os outros deram risadinhas baixas, e fiz um péssimo trabalho para esconder meu próprio sorriso, balançando a cabeça para sua bochecha.

— São duas horas da manhã... Olivia.

Inclinei-me para frente novamente para dizer seu nome. Eu queria que ela soubesse que, apesar do que dizia, era eu quem estava dando as ordens. Mas gostava do fato de ela tentar se manter no topo. Adorava seu lado argumentativo. Isso certamente tornaria as coisas interessantes quando eu terminasse de quebrá-la.

Tentei manter contato visual, mas não consegui parar de olhar para baixo, onde um pingente de concha de prata estava pendurado entre seus seios perfeitos. Quando ela o pegou novamente, levantei meu olhar para encará-la.

— Duas da manhã é o horário perfeito para sair e perseguir os ratos da rua. De que outra forma eu poderia encontrá-lo? — Ela cruzou os braços sobre o peito, depois levantou a mão para morder sugestivamente a unha. Ela certamente tinha os gestos da Arlequina, o que era algo que eu aprovava muito.

— *Ratos?* — Colton falou, levantando os braços em sinal de dúvida. — Gostamos de nos ver mais como raposas, rondando à noite, procurando nosso próximo alimento. Somos raposas. — Ele acenou com a cabeça orgulhosamente para si mesmo e olhou para Tyler e Will em busca de uma reação. Seus sorrisos pareciam satisfazê-lo, mas Devon e eu ainda estávamos concentrados em Olivia e por que diabos ela havia colocado a vida nas próprias mãos para vir aqui. Quero dizer, estava me fazendo sentir todo tipo de raiva, confusão e excitação por tê-la na minha frente, mas, ainda assim, se eu pudesse escolher, ela estaria o mais longe possível das ruas de Brinton. Essas ruas não eram seguras, e eu a queria. Ela era minha. Se outra pessoa a tocasse antes de mim... Esse pensamento me fez cerrar os dentes e disparar um fogo aqui dentro.

— Tanto faz — Olivia bufou. — As raposas também são vermes. Você definitivamente se encaixa nesse critério. — Então ela voltou sua atenção para mim.

— Você poderia ter se machucado — eu disse, em um tom baixo e ameaçador, entrando no espaço dela. — Qualquer pessoa poderia ter te atacado.

— Mas não o fizeram — ela sibilou, mantendo os olhos fixos nos meus. — Eu não sou uma mulherzinha indefesa, se quer saber.

— Ah, sério? — Colton voltou a falar. — Onde está a sua arma? Porque, pelo aperto desses jeans, não consigo ver nada além de...

— Cale a porra da boca — retruquei. Eu realmente não queria que ele terminasse aquela frase, para o bem dele. Soldado contra soldado nunca teve um bom resultado. Mas se ele continuasse olhando para ela daquele jeito, eu o mataria, sem fazer perguntas.

— Minha arma — respondeu Olivia, enrolando o cabelo no dedo. — Se você quer saber, são 15 centímetros de Louboutin.

— Como assim? — Colton respondeu, curvando-se e cobrindo a boca para abafar o riso. — Quem é Lou Bootan? E por que seu pênis tem apenas 15 cm? Isso não é motivo para se gabar, querida.

— Ela se referia aos sapatos de salto, seu idiota — respondeu Devon, provavelmente revirando os olhos da mesma forma que eu.

— Deixem de besteira — eu disse, dirigindo-me a Colton e Olivia. — Diga-me por que está aqui. Sentiu a minha falta? — Dei-lhe uma piscadela e ela gemeu, revirando os olhos.

— Vim dizer a vocês para se afastarem. Meus amigos significam mais para mim do que qualquer família, e vocês destruíram tudo. Vocês são animais. Eles acham que eu não sei o que está acontecendo, mas ouvi o vídeo que Finn escutou e que você enviou a ele. Sei o que você fez. E o incêndio? Que porra você está fazendo? Vocês são doentes. Todos vocês. Mas estou aqui para lhes dizer que isso acaba aqui. Agora. Porque se eu descobrir que você fez mais alguma coisa para machucar meus amigos, vou arrancar todas as suas bolas e dar para o seu cachorro raivoso.

Colton se inclinou para cobrir as orelhas de Tyson e brincou:

— Ei, não dê ouvidos a ela. — Em seguida, ele olhou para Olivia e disse com um sorriso: — Nosso garoto não é raivoso e é muito sensível.

— Tanto faz. Eu não trabalhei tanto nos bastidores para que vocês, bando de idiotas, aparecessem e estragassem tudo. — Olivia se manteve desafiadora, e Devon disse o que estava na ponta da minha língua:

— O que a faz pensar que ainda estamos mexendo com seus amigos?

Eu a encarei, estudando-a de perto e, pela primeira vez, vi uma fenda em sua armadura. Ela vacilou um pouco e respirou fundo, esfregando o pingente em seu pescoço antes de responder:

— Eles estão sofrendo. Estão passando por um inferno, e eu culpo você. Eu o culpo por tudo isso. Sabemos que você começou o incêndio na fábrica de plásticos naquela noite. Zak Atwood quase morreu por sua causa.

— Nós não começamos nada — respondi, com raiva. — Esse não é o nosso modo de agir. Soubemos do incêndio, mas não fomos nós. Não machucamos pessoas inocentes.

O incêndio na fábrica de plásticos tinha sido o assunto da cidade desde que aconteceu, mas não podíamos dar a mínima. Isso era problema de Sandland, não nosso. O que quer que tivesse acontecido lá naquela noite estava na cabeça dos homens da Renascença. Se eles quisessem descobrir quem era o responsável, precisariam procurar um pouco mais perto de casa. Mas não éramos nós. Não era assim que operávamos.

— Vocês não machucam pessoas inocentes? — ela zombou, ignorando a questão do fogo. — E quanto ao Finn?

— Podemos ter feito alguma coisa pelo Knowles... — eu disse, mas ela me interrompeu.

— Fizeram merda *para ele*, mais precisamente. Ele não merecia isso. Nenhum deles merece — falou, com tanta compaixão que quase senti pena do Knowles e de sua situação. Quase. O garoto também havia ganhado algo de nós. Nós cuidamos de seu pequeno problema... Seu tio doente.

Parece que os homens da Renascença realmente precisavam começar a se organizar. Sua equipe estava se desfazendo. Não que isso nos importasse.

— Dissemos ao Knowles que estava tudo acabado na noite em que fomos ver a luta. Avisamos que nos afastaríamos e nos afastamos. Se há outras coisas acontecendo com seus amigos, não tem nada a ver conosco. Fomos sinceros no que dissemos. Somos *homens de palavra* — declarei, mantendo minha postura firme.

— Você poderia ter me enganado. — Ela bufou. — Apenas... se afaste. Deixe-os em paz. Deixe-me em paz. E se contar a alguém que eu vim aqui, bem... meu Louboutin será a menor de suas preocupações.

— Quer dizer que ninguém sabe que você veio aqui? — Eu podia sentir a raiva borbulhando dentro de mim com essa constatação. — Que amigos de merda eles são, deixando você lutar as batalhas deles.

— Eles não estão me deixando lutar as batalhas deles. Eles me matariam se soubessem que eu vim para cá. Mas eles não sabem nem da metade das coisas que fiz ao longo dos anos para ajudá-los. Sabe, ao contrário de vocês, não sinto a necessidade de gritar sobre o que faço. Não faço nada para obter reconhecimento ou algum prêmio ridículo. Não sou de roubar a cena. Sou uma solucionadora de problemas. Só que, as coisas que resolvo, eu mantenho em segredo.

Ela me deixou intrigado com esse pequeno discurso. Eu não podia mentir, precisava saber mais.

— Como assim? Você é uma solucionadora de problemas?

— Não que seja da sua conta, mas a Emily e o Ryan nunca teriam se acertado se eu não tivesse usado o que sei para nos levar às festas deles. Até arranjei encontros falsos para Emily para deixá-lo com ciúmes. Quanto a Effy e Finn, passei um tempão armando tudo, garantindo que eles se encontrassem no parque ou onde quer que estivessem. Foi exaustivo. E nem me fale do maldito Brandon Mathers. Aquele homem me levou aos meus limites quando se tratava de ajudá-lo. — Ela cerrou os dentes, respirou fundo e continuou: — Zak Atwood não é o único que sabe usar um computador em Sandland. Eu queria muito ter escolhido um nome de usuário melhor para a sala de bate-papo. Mas vou lhe dizer uma coisa. — Ela apontou o dedo para mim novamente. — Não vou deixar que todo o meu trabalho duro vá por água abaixo por causa de vocês, cinco idiotas, e de algum complexo de Lúcifer que vocês têm.

Fiquei ali parado e, pela primeira vez, fiquei sem palavras. Ela era uma solucionadora de problemas, assim como eu. Antes, eu achava essa garota muito atraente, mas isso tinha acabado de disparar para algo muito mais perigoso. Senti como se tivesse encontrado a porra da minha alma gêmea. Estar aqui e vê-la toda animada e irritada era como olhar no espelho e ver a outra metade de mim. Então, em vez de me concentrar na maneira como ela estava me fazendo sentir, ou em como eu achava incrível que ela tivesse vindo aqui para dizer tudo aquilo, optei por uma resposta um pouco menos óbvia.

— Pelo amor de Deus, Olivia. Ninguém lhe ensinou nada? Você não sai tarde da noite por conta própria, especialmente em um bairro como este, e, se estiver fora, diga a alguém onde está. — Eu precisava começar a ficar muito atento a ela. Isso não aconteceria novamente.

— Por que você se importa? — ela respondeu, negando com a cabeça e parecendo cansada e pronta para se virar e ir embora.

— Ele gosta de proteger o que é dele — disse Colton, sem um pingo de humor em sua voz. Ele podia ser um brincalhão, mas sabia quando devia se policiar. Também sabia que aquela não era uma garota qualquer que estava diante de nós. Ela era algo completamente diferente.

— Eu não sou dele — Olivia falou suavemente, e me surpreendeu o fato de ela não ter gritado isso com mais veneno. Tudo o que ela havia dito esta noite tinha sido dito com o máximo de impacto.

— Você será — sussurrou Colton, mas não tenho certeza se ela o ouviu.

— Ugh. Estou farta. — Ela suspirou. — Eu já disse o que tinha a dizer. Agora, talvez provem que são homens de palavra e deixem meus amigos em paz. Eles já passaram por muita coisa.

Ela girou nos calcanhares para sair e dei um passo à frente para segui-la, puxando Tyson comigo e gritando para os outros ficarem quietos.

— O que você está fazendo? — disse ela por cima do ombro, torcendo o nariz em sinal de repulsa para mim, que segui atrás dela.

— Eu vou acompanha-la até em casa.

— Não, não vai. — Seus olhos se arregalaram, mas apenas olhei para frente e continuei andando. Essa era uma briga que ela não venceria.

— Tudo bem — decidi fazer uma concessão. — Vou segui-la até a sua casa. Mas, de qualquer forma, você não vai voltar sozinha. Não a esta hora da noite.

— Acha que é algum tipo de cavalheiro? — Eu podia ouvir a zombaria em sua voz, mas isso não me incomodou. Quanto mais cedo ela descobrisse quem eu era e o que representava, melhor para nós dois.

— Não. Não sou um cavalheiro. Nunca afirmei ser e nunca serei. Mas eu me recuso a deixar que você se afaste de mim em direção à escuridão e ao que quer que esteja à espreita aqui fora a esta hora.

— Você sabe tudo sobre o que está à espreita — ela sussurrou.

— Se você me conhecesse melhor, talvez gostasse do que descobriria. — Eu sabia que isso a irritaria. O fato é que eu gostava de pressioná-la.

— Eu duvido muito disso. — Ela riu para si mesma. — Há algas em nossa lagoa que exercem mais atração do que você.

Eu a deixei divagar sobre todas as maneiras que ela poderia pensar para descrever o quanto me desprezava, e o tempo todo eu não conseguia tirar os olhos de seus saltos ridículos, que eram muito altos para andar nessas ruas irregulares, mas, porra, eles faziam suas pernas parecerem incríveis. E nem me fale de sua bunda apertada naqueles jeans, e o quanto eu queria jogá-la sobre meu ombro, bater naquela bunda e depois mordê-la para calá-la. Depois, havia seu cabelo. O rabo de cavalo loiro perfeito balançando ao vento, implorando para ser agarrado e para que eu o envolvesse com o punho enquanto lhe mostrava exatamente o que significava ser propriedade de um Soldado. E ela era. Poderia argumentar o quanto quisesse, mas eu estava marcando essa garota como minha. Eu a queria. E me certificaria de que ninguém mais a tivesse.

— Por que você não veio de carro? — eu a questionei.

— Por que você não se mete na sua vida? — respondeu, e eu ri. A disputa com Olivia estava abrindo novos caminhos de diversão para mim. Sempre achei que a violência era a única emoção que eu tinha. Agora eu tinha mais uma para acrescentar à pequena lista de pontos positivos em minha vida.

— Está vendo, Ty — eu disse, puxando a guia de Tyson. — Esta é a aparência de uma mulher de verdade. Dê uma boa olhada, garoto. Você precisa proteger essa aqui para mim.

— Tenho pena do cachorro. — Ela se virou para olhar para Tyson e depois me lançou outro de seus olhares antes de voltar a encarar o caminho que estava percorrendo. — Deve ser um trabalho duro ser arrastado por vocês, seus perdedores, a noite toda. Eu deveria chamar a proteção animal. Veja bem, eles podem ficar confusos sobre qual dos animais deve ser levado sob custódia. — Ela riu, achando que estava sendo engraçada.

— Uma noite, talvez eu lhe mostre o quão animal eu realmente sou — rosnei de volta e isso pareceu calá-la por alguns minutos.

Caminhamos pelas ruas desertas de Brinton, direto para Sandland, e então eu a acompanhei à medida que as condições das calçadas melhoravam e as pequenas casas se transformavam em construções em forma de caixa com jardins imaculados. Por fim, chegamos ao lado mais rico da cidade, onde as casas ficavam escondidas atrás de portões ou tão afastadas da rua que era como se estivessem tentando se distanciar da sujeira das ruas à sua frente.

Olivia parou em frente a uma enorme casa branca com pilares do lado de fora e espaço verde suficiente para que Tyson levasse um ano para mijar em tudo e marcar seu território.

— Você pode ir agora. Estou em casa. — Ela se virou e ficou de frente para mim, cruzando os braços sobre o peito e batendo o pé no chão.

— Irei quando a vir entrar por aquela porta e não antes — respondi.

Ela deu alguns passos em minha direção, depois se abaixou e começou a acariciar Tyson, coçando sua cabeça com as unhas e fazendo-o choramingar em agradecimento. Ele não gostava de muitas pessoas, mas certamente estava se afeiçoando a ela.

— Ele gosta de você. — Sorri para ela, sentindo uma estranha sensação de calor se espalhar por mim ao vê-la cuidar do meu cachorro.

— Ele é lindo — respondeu. — Acho que você tem uma coisa a seu favor. Seu cachorro é fofo.

Fofo? Tyson já foi chamado de muitas coisas. Mas fofo? Meu Rottweiler? Eu o amava, mas ele não era fofo. Talvez houvesse esperança para mim, afinal, se era isso que ela achava atraente. E, de repente, eu queria desesperadamente saber o que ela achava atraente. Eu queria saber tudo. Tinha que saber.

— Eu diria que o verei por aí, mas realmente espero que não. — Ela deu um beijo na cabeça de Tyson, depois se levantou e saiu em direção à porta da frente sem olhar para trás.

— Ah, você vai me ver, Olivia — avisei, para nada além do ar ao meu redor. — Pode contar com isso.

Três dias atrás, conheci uma garota que achei que seria uma distração bem-vinda na minha vida. Eu sabia que ela seria um desafio. Mas agora, sentia como se tivesse acabado de ser atropelado por um caminhão de dez toneladas. Ela não era uma distração, e chamá-la de assim era um insulto. Ela era tudo, e seria tudo para mim, quer ela gostasse ou não. Meu interesse por Olivia Cooper acabara de passar para um nível totalmente diferente. Ela era minha nova obsessão. Ela era minha, e eu mal podia esperar para conquistá-la.

CAPÍTULO CINCO

ADAM

Três meses depois...

Eu estava na esquina da rua, bem em frente ao bar lotado onde ela havia escolhido passar a noite. Ela não podia me ver. Ninguém podia. Eu estava com o capuz abaixado e tinha me tornado muito bom em me misturar ao fundo. Os frequentadores das festas de sábado à noite passavam por mim, rindo ao se dirigirem para o próximo bar, mas ninguém me olhava de relance. Para ser um soldado vigilante, você tinha de aprender a se esconder à vista de todos, e eu era o melhor.

Observei quando ela jogou a cabeça para trás e riu de algo que uma de suas amigas disse. Adorava vê-la tão despreocupada, sem saber se eu a estava seguindo esta noite. Tomou seu drinque e olhou ao redor do bar, e foi então que notei uma mudança em seu comportamento. Havia um ar de apreensão na maneira como ela se comportava. Em todos os meses em que acompanhei Olivia Cooper, conheci alguns de seus traços característicos e, neste momento, ela não estava à vontade. Eu via isso na maneira como mexia no cabelo, como se estivesse nervosa e precisasse de algo para fazer com as mãos. A maneira como ela tomava sua bebida com muita frequência como uma distração de seus pensamentos acelerados. A forma como seu corpo se enrijeceu e uma perna deslizou para a frente enquanto ela deixava o quadril de lado, fazendo com que parecesse estar à vontade, mas não estava.

Ela estava procurando por mim?

Será que podia sentir que eu estava aqui, observando?

Era eu que a estava deixando nervosa?

Fazia três meses desde nosso primeiro encontro na luta com Mathers. Três meses desde que seu jogo de consequências havia começado e, quanto mais eu a seguia, mais ela se infiltrava dentro de mim. Eu não apenas gostava dela, ia muito além disso. Estava fascinado, intrigado, seduzido. Em resumo, eu estava obcecado por ela. Mesmo nas raras ocasiões em que estávamos fazendo um trabalho e eu precisava me concentrar e canalizar meus demônios internos, não demorava muito para que todos os meus pensamentos voltassem para ela. Eu tinha que saber onde ela estava 24 horas por dia, sete dias por semana, o que estava fazendo e com quem estava. Não saber não era uma opção. Eu não me importava com a forma que isso parecia para o mundo exterior. De qualquer maneira, nunca me importei com os sentimentos dos outros, mas ela estava acima de tudo, até de mim mesmo.

Tirei meu celular do bolso e digitei uma mensagem. Queria que ela soubesse que não estava sozinha. Dar a ela a certeza de que eu estaria aqui se algo acontecesse. Mas, acima de tudo, precisava que entendesse que, como sempre, havia consequências para suas ações. Consequências que eram controladas por mim. Era melhor que não houvesse nenhum problema hoje à noite, porque eu estava com vontade de estragar tudo se algum malandro tentasse a sorte com ela.

> Eu: Onde você está?

Assim que pressionei enviar, ela olhou para o próprio celular e sua testa se enrugou em pensamentos quando começou a digitar de volta.

> Olivia: Por que está perguntando? Você provavelmente está aqui também, seu perseguidor psicopata de merda.

Ela me conhecia tão bem, e me fez sorrir o fato de ainda ter aquele fogo dentro de si. Depois de todo esse tempo seguindo-a, estudando-a, eu queria saber exatamente o que a fazia vibrar. Mas ela não tinha feito o que a maioria das garotas faria. Nunca procurou a polícia ou bloqueou minhas ligações. Não. Ela gostava da perseguição tanto quanto eu. Adorava me provocar e sempre respondia às minhas mensagens imediatamente. Ela me surpreendia todos os dias e ninguém nunca havia feito isso.

> Eu: O que você está vestindo?

Respondi a mensagem, brincando com ela mais um pouco.

Pelo modo como ela sorriu, percebi que tinha acabado de soltar uma gargalhada; abaixou a bebida para me dar toda a atenção, mexendo na tela como se estivesse escrevendo uma resposta digna de um *best-seller*.

> Olivia: Mais uma vez, por que está me perguntando isso quando provavelmente está olhando para mim agora? Eu o chamaria de canalha, mas covarde se encaixa melhor. Você prefere se esconder nas sombras e me atormentar em vez de me enfrentar e levar um tiro na vida real. Mas acho que a rejeição é difícil para alguns caras aceitarem. Especialmente quando eles não têm coragem e têm um pênis pequeno.

Ela estava tentando me irritar, mas não funcionou. Nós dois sabíamos que ela nunca me rejeitaria quando chegasse a hora. Ela era forte, mas não era tanto assim.

> Eu: Talvez eu prefira observar.

Eu a conhecia bem o suficiente para saber que ela gostaria dessa resposta. Minha garota era uma garota má, disso eu tinha certeza. Ela também tinha começado a gostar que eu a observasse, por isso começou a deixar as cortinas do quarto abertas à noite. Eu não era burro. Também estava muito grato por isso. Certamente aquilo tornou as coisas muito mais interessantes nos últimos tempos.

> Olivia: Vamos parar com a besteira. Sei que é você... Adam. Pare de me seguir. Pare de me mandar mensagens. Arrume uma vida, seu maldito psicopata.

E aqui estava o problema. Ela sabia que era eu, mas, nas raras ocasiões, como esta noite, em que reconhecia isso, estragava a diversão. Eu preferia ser sua sombra. Sorrateiro. Sem identidade. Uma fantasia. Gostava quando trocávamos mensagens como se fôssemos estranhos.

Fiquei olhando para o celular por alguns segundos, pensando se deveria responder, mas desisti. Ela não estava entrando no jogo esta noite e, quando estava em um desses estados de espírito, não era tão divertido.

Então, desliguei o celular, coloquei-o de volta no bolso da calça jeans e cruzei os braços sobre o peito, esperando. Esperando e observando. Eu não sabia qual seria meu próximo passo e foi isso que tornou tudo tão interessante. Deixei que ela ditasse o ritmo. Eu seguia suas dicas, e o que quer que esta noite trouxesse, tudo dependia do que aconteceria naquele bar.

Depois de descobrir que eu estava aqui, será que ela me pressionaria ainda mais e falaria com outro cara? Para o bem dele, eu esperava que não. Mas Olivia não era boba. Ela sabia exatamente do que eu era capaz. Então, quando a vi sair e entrar em um Uber momentos depois, não me surpreendi.

Boa jogada, princesa.

Peguei meu celular novamente e abri o aplicativo de rastreamento para me certificar de que ela estava realmente fazendo escolhas sábias e não indo para outro bar para tentar me afastar. Meus meninos podiam ser muito engenhosos quando precisavam e configurar um rastreador no celular de Olivia tinha sido uma dessas maneiras. Mantive o aplicativo aberto, mas guardei o aparelho no bolso, depois tirei o capuz, coloquei o capacete e subi na moto. Ela começou a vibrar debaixo de mim, então entrei no trânsito e fui em direção à casa dela. A essa altura, eu não confiava nem mesmo no Uber. Não estava correndo nenhum risco com a sua segurança.

Quando parei em um sinal vermelho, peguei meu celular para verificar sua posição e sorri ao ver que ela estava indo para casa. Aquele pequeno ponto vermelho que se movia pelas ruas de Sandland, perto de onde ela morava, fez com que eu me sentisse um pouco menos tenso. Mas eu não ficaria feliz até vê-la em segurança do lado de dentro, e com meus próprios olhos, não por uma tela.

Cheguei à casa dela, onde o pequeno ponto vermelho do aplicativo já havia parado de se mover, estacionei nos fundos da propriedade e desliguei o motor. Chutei o suporte com o pé, pendurei o capacete no guidão e deixei a moto em um caminho isolado, longe de olhares curiosos. Coloquei o capuz, para o caso de o circuito interno de TV me flagrar, pulei no muro e atravessei a perna para escalar a cerca nos fundos.

Aterrissei no meu local habitual, onde o solo era macio e os pinheiros mantinham minha presença bem escondida. Com cuidado, caminhei pela lateral da propriedade até ter uma visão clara de sua casa, e foi quando vi o brilho suave de seu quarto. Ela estava sentada em frente ao espelho, tirando a maquiagem, realmente deslumbrante. Fiquei observando-a, sentindo uma calma tomar conta de mim que raramente havia sentido antes de conhecê-la. Ela estava segura e, ainda assim, eu queria sair das sombras e pegá-la. Sujá-la e torná-la minha. Ela era a luz para a minha escuridão. O anjo para o meu demônio. Mas era meu anjo especial, que me rebatia e tinha muita atitude. Um anjo feito só para mim.

Ela se levantou e foi até a janela, olhando para o jardim lá embaixo, e vi o que pensei ser um sorriso gentil se esboçar em seu rosto. Mas então ela me deu as costas e, em poucos segundos, as luzes se apagaram e a escuridão era tudo o que eu podia ver.

Tirei o celular do bolso e me afastei para a vegetação rasteira, de modo que a luz da tela não fosse detectada.

> Eu: Boa garota. Você fez a coisa certa. Bons sonhos, Olivia.

Os pontos que mostravam que ela estava respondendo começaram a dançar na minha tela e ri alto quando li sua resposta.

> Olivia: Vai tomar no cu, seu tarado.

Meus negócios da noite tinham acabado de dar uma guinada. A brincadeira com Olivia havia terminado, por enquanto, e me ergui da cerca externa na qual estava encostado para voltar à minha moto, e depois ao lugar que todos nós agora chamávamos de lar.

Asilo Sandland.

Para a maioria das pessoas, a ideia de viver em um antigo asilo provavelmente pareceria uma loucura, mas não para nós. Eu estava de olho nele desde que entrou no mercado há alguns meses e, quando juntamos o dinheiro necessário para fazer uma oferta, juntamente com o apoio de alguns parceiros silenciosos, fizemos a nossa jogada. Agora, o Asilo Sandland era nosso e, apesar de estar fora de Brinton Manor, não nos importávamos.

Brinton sempre viria em primeiro lugar, e todos os habitantes locais que quisessem experimentar o que estávamos construindo lá eram mais do que bem-vindos às nossas portas. Veja bem, não vivíamos apenas no Asilo, estávamos criando um negócio que rivalizava com os pequenos eventos de merda que os homens da Renascença de Sandland organizavam. O que antes era conhecido como Asilo Sandland foi rebatizado de O Santuário, e estávamos organizando noites diferentes de tudo que essas cidades já tinham visto antes. Estávamos fazendo sucesso em mais de um sentido.

Dirigi pelas ruas escuras de Sandland, desviando do trânsito como se estivesse em um videogame. Eu adorava essa moto, e o fato de poder chegar onde queria sem a besteira de esperar que os outros veículos da estrada saíssem do meu caminho era um bônus adicional. Eu não gostava de perder tempo. Além disso, o ronco do motor e o zumbido que ele me proporcionava, juntamente com meus pensamentos incontroláveis sobre Olivia, ajudaram a abafar as vozes que atormentavam minha vida. Não exatamente erradicar, mas entorpecer era melhor do que viver com o que eu tinha antes.

Quando dobrei a esquina da rua onde ficava o Asilo, pude ver as multidões já enfileiradas na frente do nosso refúgio gótico, escuro e sinistro, prontas para uma noite que jamais esqueceriam. Desviei a moto, decidindo ignorar as portas da frente e, em vez disso, optei pela lateral, nossa entrada particular. Uma maneira de evitar qualquer atenção indesejada. Estacionei e tirei minhas chaves do bolso e, quando olhei para cima, vi Devon parado na porta fumando um cigarro.

— A noite está boa? — perguntei, acenando com a cabeça atrás dele para os sons dos foliões perdidos na música e em outras... atividades que tínhamos a oferecer.

— Há uma multidão decente — respondeu, dando de ombros, olhando por cima do ombro. — Mas será muito melhor quando a capela estiver funcionando.

Ainda estávamos no processo de colocar a capela do Asilo em um estado viável para o uso que queríamos dar a ela. Quando contratamos alguns construtores que conhecíamos, eles nos disseram que a estrutura não era estável. Somado ao fato de que a diocese da igreja local estava nos pressionando por se tratar de uma terra sagrada e nos enchendo de petições e besteiras com as quais não nos incomodávamos, suspendemos o trabalho.

Além disso, tínhamos muitos outros cômodos que poderíamos usar para os hóspedes. Do meu ponto de vista, a capela era especial, mas não tanto assim. Infelizmente, Devon não compartilhava do meu sentimento e se tornou sua cruzada pessoal tentar enganar a igreja da melhor forma possível. Uma luta contra o bem e o mal, você poderia dizer, mas qual lado era realmente o mal? Só o tempo diria.

Fiquei ao lado de Devon e respirei fundo, saboreando o ar fresco da noite. Tínhamos realmente nos estabilizado desde a noite de luta de Brandon Mathers e a garantia do aluguel deste lugar. O Santuário era um labirinto de maravilhas. Um verdadeiro playground do demônio. Uma escuridão cheia de prazeres para os pagãos de uma geração esquecida.

Usávamos o andar térreo de plano aberto para festas, música e dança. O tipo de coisa que não tínhamos medo de que a polícia visse, caso ela ousasse dar as caras. O andar seguinte era para gostos requintados, atendendo aos membros hardcore do Santuário, que vinham às nossas noites em busca de algo que não podiam obter em nenhum outro lugar. Cada sala tinha algo único, uma experiência sob medida para toda e qualquer necessidade. Promovemos Gaz, nosso faxineiro, a segurança, e ele passava a maior parte do tempo certificando-se de que o andar térreo não se misturasse com o primeiro piso. A menos que houvesse um convite, claro. O que acontecia no primeiro andar ficava no primeiro andar.

Depois, havia o andar superior. Era o nosso alojamento. Para ser justo, o que acontecia lá não era muito diferente do que acontecia no primeiro andar, mas era nosso. Nosso próprio santuário, e pouquíssimas pessoas eram convidadas a ir até lá. Se fossem, não ficavam por muito tempo. Elas sabiam quando já tinham ultrapassado o tempo de permanência.

— Você voltou cedo — Devon comentou, estreitando os olhos para mim como se estivesse esperando que eu lhe desse uma razão para isso, enquanto tragava os restos de seu cigarro, depois o jogava no chão e o moía com o pé.

— Digamos que a avenida que eu estava percorrendo era um beco sem saída... por enquanto.

Devon sorriu para si mesmo e acenou com a cabeça, como se tivesse ideia do que eu estava falando. Em seguida, colocou os dedos na boca e assobiou sobre a batida da música que vinha de dentro.

— Tyson, venha aqui — chamou, e nosso fiel Rottweiler veio correndo do canto escuro onde estava escondido.

Ele correu direto para mim e o acariciei, afagando sua cabeça do jeito que ele gostava. Devon tirou a guia do bolso traseiro e a prendeu na coleira. Normalmente, não nos incomodaríamos com esse tipo de coisa, mas, ao conduzi-lo pelo clube, com todas as pessoas e o barulho, era melhor deixá-lo preso por uma coleira.

Afinal de contas, ele era um soldado honorário e, se alguém saísse da linha, olhasse para ele de forma errada ou simplesmente não gostasse dele, ele saberia.

— Está na hora de você encerrar a noite aqui, amigo. — Devon puxou sua guia e Tyson o seguiu, mas ficou perto de mim o melhor que pôde.

Mantínhamos a cama dele em nossa sala de jogos, mas, às vezes, eu o deixava dormir comigo. Tê-lo lá me ajudava a ter uma noite de sono melhor. Acho que era a companhia que acalmava minha mente agitada. Embora Tyson fosse nosso animal de estimação, ele parecia meu. Fui eu quem o encontrou quando filhote, abandonado embaixo de uma ponte perto do canal. Achamos que seus irmãos provavelmente haviam se afogado, mas, de alguma forma, Tyson havia escapado e sobrevivido. Ele era um lutador, assim como nós. Por isso o chamávamos de Tyson. E, assim como nós, ele havia sido abandonado para se defender sozinho. Então, eu o peguei, treinei, cuidei e, agora, ele era o amigo mais leal e confiável que eu tinha, depois dos meus irmãos, claro.

— Ele pode ir para o meu quarto hoje à noite — eu disse, coçando sua cabeça novamente, enquanto entrávamos na área principal do clube. — Você virá vigiar o andar de cima comigo, não é, Ty?

Devon sorriu e passou a coleira para mim.

— Vou deixá-lo com você, então — ele gritou por cima do barulho da música. — Tenho alguns… assuntos a tratar.

Não me dei ao trabalho de perguntar ao Devon qual era o assunto dele. Primeiro, provavelmente envolvia uma mulher e, segundo, não era da minha conta o que ele fazia. Eu realmente não queria saber.

Conduzi Tyson por entre a multidão de pessoas que se aglomerava em nossa área de dança. Algumas mulheres tentaram tocá-lo enquanto passávamos, abaixando-se para passar a mão em sua cabeça e acariciar o que elas achavam ser um cachorro fofo sendo conduzido pela boate. Mas um olhar meu e depois um olhar para o Tyson rosnando com suas presas e elas logo mudaram de ideia. Aquele não era um cão com o qual se podia brincar, assim como seus donos. Ele não confiava em estranhos e não deixava que qualquer um o tocasse.

Quando chegamos à escada principal, Tyson foi na frente, puxando a coleira, ansioso para chegar onde queria. Vi Gaz parado no topo da escada e ele me deu um aceno de cabeça em reconhecimento.

— Hoje é uma noite selvagem. — Ele riu ao som da música, e o brilho em seus olhos me disse que provavelmente queria ir embora e se juntar a nós. Mas simplesmente dei de ombros. Não dava a mínima para o fato de ser selvagem ou se havia um bando de freiras sentadas tomando chá e fazendo crochê, desde que o dinheiro continuasse entrando.

Passei por ele, sem nem mesmo parar para responder, e subi para o segundo andar, o nosso andar. Havia uma razão para eu ter deixado a porra do primeiro andar para Will, Colton e Tyler. Era o bebê deles e não tinha nenhum interesse para mim no momento. A única coisa que me interessava, além da violência e das ameaças, estava deitada em uma linda cama cor-de-rosa em algum lugar de Sandland; se eu desse sorte, pensando em mim também. Talvez um dia eu usasse o primeiro andar, mas, se usasse, seria com ela. Ninguém mais.

Os quartos podiam ser reservados para casais. Também havia cômodos temáticos. Os rapazes adoravam as salas comuns, mas sua favorita era o quarto escuro. Essa era uma ideia que eles tiveram bem antes de abrirmos o clube. Entrar no quarto escuro significava abrir mão do controle total para quem quer que fosse designado para se juntar a você lá, embora insistíssemos que assinassem acordos de renúncia antes mesmo de eles entrarem e os convidados que a usassem tivessem que passar por todos os tipos de verificações antes de serem autorizados a atingir esse nível de associação ao Santuário. Para dar o devido valor aos rapazes, eles fizeram um trabalho incrível. Tinha visto o que eles haviam criado, mas não era algo de que eu participasse e, definitivamente, não estava a fim de ouvir sobre isso esta noite.

Assim que subi os últimos degraus até o nosso andar, soltei Tyson da coleira e ele imediatamente correu para o meu quarto, parando do lado de fora da porta, esperando que eu a abrisse. Eu tinha o maior quarto na parte da frente do prédio. Anos atrás, provavelmente teria sido a sala dos funcionários, mas agora era só meu.

Destranquei a porta e acendi as luzes. Tyson entrou lentamente, indo até sua cama no canto para se deitar e se acomodar para passar a noite. Tranquei atrás de mim e joguei minhas chaves na mesa ao lado. Meu quarto não tinha muita coisa. Uma grande cama king-size ficava ao fundo, dominando o cômodo, mas tinha apenas lençóis brancos básicos. Eu não gostava de todas as coisas extravagantes que Colton gostava de ter em seu quarto. Havia mesas em ambos os lados e um tapete no meio do piso de madeira que Tyson havia começado a rasgar. Eu não dava a mínima. Quem mais veria isso?

Mantendo o tema minimalista de quem não dava a mínima, guardei as roupas em um cabideiro no lado mais distante da sala, bem perto da porta que dava para o meu banheiro. O barulho da boate era apenas um zumbido distante aqui, mas, quando eu colocava alguma música ou ligava a TV — que era a única coisa que eu tinha na parede —, era possível abafar o som com bastante facilidade. Esse era o meu espaço, e ninguém — além dos soldados — jamais havia pisado aqui.

Tirei meus tênis Nike e me deitei na cama, olhando para o teto. A noite de hoje tinha sido um fracasso total e eu não sentia que consegui minha dose completa de Olivia. Talvez ter ido direto para casa tenha sido a escolha errada. Talvez eu devesse ter aproveitado a oportunidade de ir um pouco mais longe e entrado na casa dela. Mas, às vezes, eu não conseguia pensar direito quando se tratava dela. Minha cabeça era um maldito pesadelo nos melhores momentos, porém, quando se tratava de Olivia, eu não conseguia nem pensar duas vezes.

Peguei meu celular e enviei outra mensagem, esperando que ela não me deixasse esperando até de manhã, caso tivesse adormecido.

> Eu: Você está pronta para jogar? Seu jogo de consequências ainda não terminou, Olivia.

Apertei o botão enviar e segurei o celular, olhando para a tela para ver se ela responderia. E então meu coração ameaçou saltar do peito quando vi aqueles três pontos dançando na minha frente. Ela nunca me decepcionava.

> Olivia: A menos que envolva dormir, não estou interessada. Vá se foder. Não acha que já estragou o suficiente da minha noite?

Isso foi apenas um convite para pensar em novos métodos para me infiltrar em sua vida.

> Eu: Como eu estraguei sua noite? Falar comigo deve ser o ponto alto de todo o seu maldito dia.

Ela me enviou um emoji de dois dedos se apertando e depois...

> Olivia: Estou perto assim de bloquear a sua bunda, Noble.

Foi uma resposta fraca. Não havia como ela me bloquear. Se eu quisesse ser ouvido, eu seria.

> Eu: Tente. Veja o que acontece.

Sorri para mim mesmo, sabendo que ela estaria revirando os olhos e concordando comigo. Era inútil, porra.

> Olivia: Eu sei exatamente o que vai acontecer. Você vai encontrar outra maneira de me perseguir.

Perseguir, admirar... Era tudo a mesma coisa.

> Eu: Você está aprendendo rápido! Agora. Tarefa. Está pronta para ela?

Não lhe daria nada muito exigente a essa hora da noite. Apenas o suficiente para que ela soubesse que eu estava no controle.

> Olivia: Argh! Por puro tédio e curiosidade, eu vou morder a isca. O que você quer?

Assim era melhor.

> Eu: Quero que você me envie uma foto.

Sabia que ela responderia com um "vá se foder" e estava certo.

> Olivia: Vá se foder. Não vou te enviar nudes.

Ela realmente achou que eu era tão previsível assim?

> Eu: Falei que era isso que eu queria?

Sim, eu queria vê-la, mas não por meio de uma foto. Quando isso acontecesse, eu queria a coisa real.

> Olivia: Você é um homem. Um cara bem perturbado. É claro que é isso que você quer.

Ela ainda tinha muito a aprender sobre mim.

> Eu: Eu não diria que não, mas essa não é a tarefa. Quero que você me envie uma foto de algo que tenha um significado para você.

Achei que estava sendo bastante poético, até mesmo enigmático, ao pedir que ela pensasse em todas as coisas com as quais se importava em seu mundo. Eu queria ter uma ideia do que a fazia vibrar. Talvez fosse uma foto de sua família, de seus amigos ou daquele colar que ela sempre usava com uma concha. O que recebi momentos depois me fez engasgar com minha lata de Coca-Cola.

> **Olivia:** Aqui está o Ronaldo, ou Ronnie, para abreviar. Eu o chamo assim porque ele sempre acerta o alvo.

Ela me enviou uma foto de um vibrador preto enorme, e isso me irritou muito.

> **Eu:** Você se acha engraçada?

Respondi, socando as letras na tela e tentando não jogar o celular contra a parede. Como essa garota conseguia me fazer passar de excitado para furioso em questão de segundos? Ninguém me atingia como ela.

> **Olivia:** Estou histérica. E sim, isso significa algo para mim. Isso me excita, mas não faz com que eu me sinta uma merda pela manhã. Ronnie nunca me trairia, e não traz um monte de bagagem consigo. Agora, já terminamos aqui? Porque Ronnie e eu estávamos ocupados antes de você nos interromper tão rudemente.

Que merda. Ela estava mesmo usando aquela maldita coisa quando lhe mandei uma mensagem? E agora eu estava com tesão de novo, já que ela me deixou com aquela imagem mental para ir para a cama. Bem, vamos ser honestos, dormir era a última coisa que eu faria quando essa conversa terminasse.

> **Eu:** Quero assistir.

Mais uma vez, eu sabia qual seria a resposta dela, mas não consegui me conter. Afinal de contas, eu era um homem de sangue quente.

> **Olivia:** Aposto que sim. Mas, que merda, estou fechando as cortinas e tendo um tempo para mim. Vá se divertir em outro lugar, psicopata.

Ela achou que eu estava lá fora? Se eu fosse honesto comigo mesmo, gostaria de estar, porque uma coisa era certa, eu não ficaria ali no escuro apenas observando. Era totalmente a favor da participação do público.

> Eu: Sabe, quanto mais cedo você perceber que isso vai acontecer, melhor será para todos. E, só para você saber, Ronnie pode até acertar o ponto, mas eu vou aniquilá-lo.

> Olivia: Quantas promessas.

Não é uma promessa. É um fato.

> Eu: Tenho mais um pedido.

Comecei, sem dar a mínima para o fato de estar abusando da sorte. Ela já havia me dado o suficiente por uma noite.

> Olivia: E estou ficando cansada de suas merdas.

Ela respondeu com todo o atrevimento que eu esperava.

> Eu: Quero uma foto. De você. Do seu rosto.

A resposta não veio de imediato. Parte de mim presumiu que ela havia jogado o celular em algum lugar e que não se envolveria mais esta noite. Mas então ela apareceu na minha tela e foi aí que eu perdi a cabeça.

Ela havia enviado uma foto de seu rosto, mas seus olhos estavam fechados, a boca ligeiramente aberta e o olhar de luxúria, como se ela estivesse no limite, fez com que meu pênis ficasse duro em meu jeans.

Eu não sabia o que escrever como resposta. Não conseguia tirar os olhos dela nem me tirar da órbita em que seu rosto havia me colocado.

> Olivia: Agora vá se foder e me deixe em paz.

Ela acabou respondendo.

> Eu: Pense em mim.

Digitei de volta, sentindo-me como um adolescente perdedor. É melhor ela pensar em mim, porque se eu descobrisse que havia mais alguém...

> Olivia: Nunca.

Respondeu, e eu sorri. Ela era uma mentirosa de merda. Mas eu sabia de uma coisa: estaria pensando nela quando me masturbasse hoje à noite.

Fiquei sentado por um momento, olhando para o teto, mas os pensamentos sobre ela não saíam da minha mente. Nunca saíam. Então, fiz a única coisa que qualquer homem poderia fazer na minha situação... Levantei-me e fui para o chuveiro, com o celular na mão, pronto para usar o que ela havia me enviado.

Passei o braço pela cortina do box para ligar a água e deixei-a correr até atingir a temperatura certa. Prédios antigos como este não tinham o melhor encanamento e levava algum tempo para que a água quente chegasse até aqui. Enquanto esperava, puxei minha camiseta por cima da cabeça e a joguei no cesto de roupa suja no canto. Em seguida, abri os botões da calça jeans e a empurrei para baixo, tirando-a das pernas e ficando só de cueca diante do espelho. Levantei o celular do balcão onde o havia deixado e cliquei novamente na foto dela que havia salvado na pasta da câmera. Caramba, a foto fez coisas comigo que eu não imaginava serem possíveis. Meu pau estava duro como uma rocha dentro da cueca, então a tirei e, depois de gravar o rosto dela na minha memória, deixei o celular de lado e entrei no chuveiro.

A água quente fumegante batia em minha pele, mas eu só conseguia me concentrar nela. Coloquei uma das mãos nos azulejos de cerâmica e me inclinei para frente, abaixando a cabeça e fechando os olhos. Com a outra, apertei meu pênis e cerrei a mandíbula, começando a me acariciar e pensar nela, pensar em todas as coisas que queria fazer com ela.

Eu a colocaria na minha frente, no chuveiro, só de calcinha, e ela me deixaria tirar o sutiã e deixá-lo cair no chão, enquanto a beijava, descendo os lábios até seu pescoço e depois levando cada um de seus mamilos rosados perfeitos à minha boca para chupar. Eu iria mordê-los e lambê-los até que ela gemesse e agarrasse meu cabelo, passando as unhas pelo meu couro cabeludo, e então eu iria me ajoelhar perante ela. Olivia seria a única garota pela qual me ajoelharia. Eu a morderia e chuparia através de sua calcinha, provocando-a até que ela não aguentasse mais e implorasse. Ela imploraria para que eu usasse minha boca para lhe dar o que ela queria. Desceria sua calcinha por suas pernas, muito lentamente, provocando-a até que ela não aguentasse mais e me desejasse. Ela me desejaria onde precisasse de mim para cuidar dela, para aliviar a dor entre suas pernas de uma forma que só eu poderia.

    Comecei a mover meu punho com mais força, me imaginando inclinado para a frente, colocando a língua em seu clitóris, lambendo e chupando-a em um frenesi que a faria levantar a perna sobre meu ombro e cavalgar meu rosto. Ela me agarraria, forçaria minha cabeça para a frente, implorando por mais, e eu lhe mostraria como poderia cuidar dela com a minha boca. Então, ela estremecia e gritaria meu nome quando gozasse em minha língua. Naquele momento, não conseguia parar de gemer, imaginando o gosto seu bom e o quanto ela sempre me deixava excitado.

    Fechei os olhos, sentindo a sensação aumentar, minhas bolas se apertando, e me imaginei de pé, segurando seu corpo trêmulo e, em seguida, girando-a e dizendo-lhe para segurar firme, enquanto a inclinava para frente, com suas mãos pequenas espalhadas sobre os azulejos e se abrindo para mim. Eu observaria meu pênis deslizar para dentro de sua boceta apertada e ambos gemeríamos e gritaríamos com a sensação de prazer. Eu a foderia com força e rapidez, segurando seus quadris para mantê-la firme, nossos corpos se chocando sob a corrente de água.

    Mordi o lábio quando todas as emoções dentro de mim se libertaram, e rosnei ao gozar em jatos quentes e grossos no chuveiro, desejando que cada gota estivesse dentro dela. Minha respiração estava pesada e abaixei a cabeça, ofegante, tentando recuperar algum tipo de controle. Não sabia por quanto tempo mais eu poderia continuar apenas imaginando, sem nunca provar de fato. Sonhando sem sentir o que eu queria desesperadamente.

Ela.

Comigo.

    O tempo estava passando e minha determinação estava diminuindo rapidamente. Eu precisava melhorar minha abordagem no que dizia respeito a Olivia Cooper, porque, se não a tivesse logo, explodiria.

CAPÍTULO SEIS

ADAM

— A noite passada foi uma loucura. — Colton se recostou em uma das cadeiras gamers na sala de estar, mantendo o foco apenas na TV, jogando contra Will no X-Box, mas seu comentário foi dirigido a mim quando passei pela porta para me juntar a todos eles na manhã seguinte. — Você deveria ter ficado e participado, Ad. Nunca se sabe, afinal, o quarto escuro pode ser a sua praia.

Todos eles já usaram o quarto escuro, menos eu. Eu me divertia em outro lugar, geralmente com certa loira que gostava de me provocar em todas as oportunidades. Me provocar e me deixar louco.

— Acho que vou deixar esse prazer para você... por enquanto. — Eu sorri, porque nunca diga nunca, certo?

Will deu uma risadinha para si mesmo e Colton fez sua própria careta, falando alguma merda sobre o jogo que estava jogando e depois disse a Will para ir chupar um pau. Tyler estava sentado no canto, batendo papo no celular, e Devon entrou carregando a tigela de Tyson, com o cão vindo logo atrás dele.

— Talvez seja melhor dar uma olhada na conta de e-mail dos Soldados — anunciou Tyler de repente, franzindo a testa para o celular. — Parece que temos um novo alvo.

— Ótimo. — Sorri de volta, sentindo aquela onda de adrenalina com a ideia de assumir um novo "cliente". — Tem estado quieto desde Harvey. Espero que seja um alvo suculento. Precisamos de um pouco de carne fresca. Isso vai nos manter concentrados e atentos.

Colton bufou, como se não tivesse gostado da minha insinuação de que alguns de nós estavam ficando muito confortáveis e, ouso dizer, preguiçosos. Mas a verdade era que, desde a abertura do clube, o trabalho dos Soldados começou a diminuir. Eu não gostava disso. Esse era o trabalho que eu mais amava e precisava desses sucessos para me lembrar de que ainda estava vivo. Que eu tinha um maldito propósito.

— Vamos torcer para que seja bom. Talvez o Padre Johnson tenha sido pego fazendo algo que não deveria, e podemos matar dois coelhos com uma cajadada só — disse Devon, e ele estava falando sério.

O Padre Johnson era o principal responsável por todas as petições e outras porcarias que apareciam em nosso caminho sobre o uso da capela do Asilo. Acabaríamos lidando com ele, embora, por enquanto, estávamos deixando essa bomba para trás. Tínhamos quartos suficientes para manter nossos clientes satisfeitos. Mas, quando quiséssemos usar a capela, nós a usaríamos, e dane-se a maldita diocese. Não nos curvamos diante de ninguém.

— Não tivemos essa sorte — Tyler respondeu, acabando com os sonhos de Devon, ou melhor, colocando-os em espera por enquanto. — Mas acho que vamos nos divertir com esse aqui.

Sentei-me em uma dos cantos vazios do sofá e tirei meu celular do bolso da frente da calça jeans. Toquei na tela e abri a conta de e-mail que havíamos criado especialmente para trabalhos como esse. A maioria das pessoas em Brinton sabia que, se precisassem de ajuda dos Soldados da Anarquia, poderiam nos contatar por lá e faríamos o trabalho.

O e-mail havia sido enviado por um cara chamado Michael Felton e, quando li a mensagem que ele havia enviado, ficou bem claro que ele era um *padre*, mas não do tipo que Devon esperava.

    Para: soldadosdaanarquia@gbmail.com
    De: MichaelFelton@express.com
    Assunto: Precisamos de sua ajuda.

Nunca escrevi para vocês antes e, para ser totalmente honesto comigo mesmo, ainda não sei se estou fazendo a coisa certa, mas minha família não pode continuar assim e, como marido e pai, preciso fazer algo para impedir.
Há três anos, minha filha de quatorze anos foi estuprada quando voltava da escola para casa. Me machuca digitar essa frase, mas vocês precisam saber exatamente com o que estão lidando. O indivíduo que cometeu o ato foi encontrado, preso e colocado na cadeia, mas não por tempo o suficiente. Uma sentença para a vida toda não seria o suficiente para esse pedaço de merda

nojento. Ele destruiu a vida da minha filha. Ela não consegue sair sozinha, ainda tem flashbacks e pesadelos. Sente dificuldades para estabelecer qualquer tipo de relacionamento, e isso afeta a todos nós.

Perdemos nossa bebê naquela tarde. Ele tirou tudo de nós e, quando foi preso, achamos que isso ajudaria. Que minha filhinha poderia ter tempo para se recuperar, receber aconselhamento e encontrar um pouco de paz depois de passar por uma provação tão angustiante. Não consigo nem imaginar isso.

Mas não.

Ele ainda nos provocava de dentro da prisão. Conseguiu um telefone e nos enviava mensagens de texto doentias dizendo o que faria quando saísse. Quando bloqueávamos seu número ou mudávamos o nosso, ele ainda nos encontrava. Também havia e-mails. Contamos à polícia, mas eles não fizeram nada. As coisas ficavam calmas por uma ou duas semanas, mas depois voltavam a acontecer. Ele arruinou a vida da minha filha, mas não foi o suficiente. Ele queria destruir todos nós.

Então, você pode imaginar como nos sentimos quando descobrimos que ele será solto em breve. Toda a minha família está petrificada. Minha filha voltou a se recuperar e é como se ela estivesse revivendo o trauma novamente. Eu mesmo quero ir até a prisão e meter uma bala na cabeça dele, mas tenho outras duas filhas e uma esposa para pensar. Além disso, não estou mais tão jovem. Um amigo me disse que você poderia me ajudar com isso, sem fazer perguntas.

Estou disposto a pagar o que for preciso para que esse indivíduo seja retirado das ruas de Brinton e enviado para o inferno que ele merece. Tudo o que peço é que isso seja feito o mais rápido possível, que ele não tenha a chance de se aproximar da minha família, especialmente da minha filha. E que eu tenha provas de que ele se foi.

Usei um pseudônimo para este e-mail e apagarei todas as suas respostas. Se precisar de mais alguma informação minha, entre em contato comigo. Posso transferir o dinheiro em um dia para confirmar o contrato, e pagarei o valor integral adiantado.

O homem que vocês precisam encontrar é Karl Cheslin, e a data de sua libertação é 17 de março, da Prisão de Belbroughton.

Saudações,
Michael.

Esse era o alvo perfeito. Exatamente o que fomos programados para fazer. Um estuprador sujo que tinha como foco meninas menores de idade e depois achava que tinha o direito de persegui-las da prisão. Fazê-las sentirem que seu pesadelo nunca acabaria. Eu mal podia esperar para levá-lo ao nosso depósito e mostrar-lhe como cuidávamos das ruas de Brinton e o que fazíamos com homens como ele.

— Mande uma mensagem para ele — avisei a Tyler, guardando meu celular no bolso e estendendo a mão para Tyson se aproximar. — Diga a ele que faremos isso. Nos termos normais.

— Quer que eu faça alguma pesquisa sobre o caso? — Tyler perguntou, já ocupado tocando em sua tela.

— Ele é um pedaço de merda, isso nós já sabemos — respondi. — Mas sim, descubra o que puder sobre o passado dele, a família, qualquer coisa que possa nos ajudar. — Eu já estava imaginando todas as maneiras pelas quais gostaria de torturar esse doente. Já havia perdido a conta das formas que encontrei para matar um homem, mas sempre havia novas, e eu gostaria de testá-las nele.

— Vamos ao jogo, irmãos — disse Colton, gritando pela morte que havia feito no videogame, mas sem dúvida visualizando a morte que faria na vida real.

— Esse precisa ser abatido o mais rápido possível — eu disse, só para ter certeza de que estávamos todos na mesma página.

— Mas ainda podemos brincar com ele quando estivermos no depósito? — perguntou Devon, esperançoso com a oportunidade de testar algumas de suas novas ideias.

A parte favorita de Devon era a tortura e a descoberta de maneiras únicas e criativas de fazê-los sofrer.

— Você pode brincar o quanto quiser. Quanto mais ele sofrer, melhor. — E eu estava falando sério.

Não éramos homens bons, mas tínhamos um código. Defendíamos aquilo em que acreditávamos. Se você não defendesse algo, cairia em desgraça, e não éramos tolos.

— Vamos desfrutar dessa — acrescentei. — Ele pegou a inocência de uma garota e ferrou com ela e com a família. Acho que vamos gostar de ferrar com ele de volta. Tyler? Veja se consegue falar com um de nossos contatos em Belbroughton. Se conseguirmos o número do celular dele, podemos começar nosso jogo de consequências e ferrá-lo antes mesmo de ele sair por aqueles portões.

— Essa foi boa — Tyler respondeu. — Eu vou conseguir. Quando terminarmos, ele nunca mais vai querer ser solto.

— Mas ele será solto — afirmei. — Porque a justiça precisa ser feita, e nós seremos os únicos a fazer isso.

CAPÍTULO SETE

LIV

— Então, ele finalmente parou de olhar para o próprio umbigo e te pediu em casamento? — Eu agia como se não estivesse nem aí, mas, na verdade, estava muito feliz com o fato de minha melhor amiga, Emily, estar noiva.

Ryan a levou ao parque onde eles tiveram o primeiro encontro e se ajoelhou. E agora, aqui estava ela, em nossa cafeteria local, sorrindo de orelha a orelha e estendendo a mão esquerda para nos mostrar a pedra que todos nós notamos no momento em que ela entrou no local em sua pequena nuvem de felicidade. Não era exatamente pequena, mas, no verdadeiro estilo de Emily, era elegante.

— Foi tão romântico. — Ela suspirou. — O piquenique, as flores, o fato de estarmos juntos, lembrando daquela primeira vez. — Emily fechou os olhos por um segundo, se perdendo em seu mundo de perfeição.

— Ele te pediu em casamento no mesmo lugar em que tirou sua virgindade? — Eu sorri e depois me senti constrangida com o quão grosseiro isso soou. Como minha mãe sempre me lembrava, às vezes eu precisava usar meu cérebro antes de falar.

Que merda. Será que Emily pensaria que eu estava sendo ciumenta e mesquinha? Eu realmente esperava que não.

— Não! — ela respondeu, corada, e ri para esconder meu próprio constrangimento com o que eu havia dito a ela. — Eu quis dizer a primeira vez que estivemos juntos em um encontro, não isso.

— Mas você batizou o parque, ou pelo menos o banco? — perguntei, afinal, por que não? Eles estavam apaixonados. Não era isso que significava estar apaixonado?

— Talvez. Mas isso não vem ao caso. O que importa é o casamento, o amor e...

— E sexo decente também ajuda. — Dei de ombros e mordi meu muffin.

— Bem, sim. Claro que sim. — As bochechas de Emily ficaram ainda mais vermelhas e ela levantou a xícara para assoprar o café com leite antes de tomar um gole. — Você só pensa em sexo, Liv.

Há coisas piores para se pensar.

— Não o tempo todo, mas se ele não estivesse atendendo às necessidades da minha melhor amiga, eu reclamaria.

— Acho que esse não é o tipo de conversa que ele gostaria de ter com você — disse Effy. Minha outra melhor amiga geralmente era quieta, mas, desde que descobriu o amor, se tornou mais franca. Isso combinava com ela. Eu gostava que minhas melhores amigas fossem felizes e encontrassem suas vozes. Queria que se sentissem fortalecidas.

— Quero que saibam que sou uma especialista — afirmei, com orgulho, e as duas levantaram as sobrancelhas para mim. — Posso ser péssima em encontrar o amor, mas entendo de sexo.

— Você entende de sexo? — Emily riu. — Por favor, diga isso um pouco mais alto, acho que o velhinho do fundo da cafeteria não ouviu.

Ajeitei-me em minha cadeira, pronta para fazer exatamente isso, mas a mão de Emily segurou minha boca, impedindo-me.

— Você pode se conter por um segundo? Eles vão nos expulsar em seguida por sermos muito bagunceiras e incomodarmos os moradores locais. — Emily estava tentando me repreender, mas o brilho em seus olhos a denunciou. Ela adorava meu lado rebelde, e eu nunca iria mudar.

Por que eu deveria? A vida era para ser vivida e eu queria me divertir. Deus sabe que já havia escuridão suficiente no mundo.

Sentamos juntas e conversamos um pouco mais sobre o que Emily havia planejado para o casamento. Nós duas seríamos suas damas de honra, o que foi um alívio. Eu realmente não queria ter que pensar em maneiras de persuadi-la — também conhecido como fazer chantagem.

Ela nos disse onde queria fazer o casamento… uma bela e tradicional cerimônia na igreja em Sandland. Mas a conversa logo se voltou para o assunto habitual de minha vida amorosa inexistente. Um assunto que era muito mais fascinante para minhas duas amigas do que para mim. Qual era a obsessão delas em encontrar um homem para mim? Eu havia desistido desse fantasma há muito tempo. Não precisava de um homem para me fazer feliz.

— Como assim, não há ninguém? — perguntou Emily. — Você realmente espera que acreditemos nisso? — Ela girou seu anel de noivado distraidamente enquanto falava. Ela era uma das sortudas. Nem todo mundo encontrava seu príncipe encantado nesta vida. A maioria de nós se contenta com um substituto.

— Por que eu mentiria? — indaguei, sentando-me na cadeira. — As escolhas são escassas em Sandland, senhoritas. Sejam gratas por terem pegado os bons.

Elas realmente não faziam ideia. Os dois caíram aos pés delas muito rápido, se você me perguntasse.

— Talvez você precise procurar mais longe? — Effy acrescentou. — Ou que tal aquele Gavin da pizzaria? Ele sempre lhe dá fatias extras quando pedimos, e ele sabe que é para você.

— Ai, meu Deus, Effy! Gavin? Está falando sério? Quer me vender para o cara que cheira a queijo todos os dias? Obrigada, mas não. Prefiro me arriscar com os que sobraram em Sandland ou, pior ainda, ir para Brinton Manor. Ouvi dizer que os padrões são bem baixos por lá. — Meu coração disparou em meu peito ao dizer o nome da cidade dele em voz alta. Por que isso aconteceu?

— Não se rebaixe! — Effy retrucou. — Um cara precisaria ter padrões muito altos para ser bom o suficiente para você. — Então ela deu uma risadinha para si mesma e acrescentou: — Mas talvez não o Gavin. Você o comeria vivo. — Ela não conseguia tirar o sorriso do rosto, e imaginei que provavelmente estava imaginando Gavin, o nerd, encolhido em um canto em algum lugar, enquanto eu me transformava em uma diabinha e o destruía. Não posso dizer que gostaria que fosse de outra forma. Ele estava tão longe do meu tipo que se afogaria em algum lugar do Oceano Atlântico. Poderia haver muitos peixes no mar, mas, se ele mordesse minha isca, eu o jogaria de volta para o lugar de onde veio. Nunca gostei de frutos do mar magricelos.

— Eu concordaria, mas a ideia de comê-lo me dá vontade de vomitar. — Fiz uma careta que dizia exatamente o que eu achava de suas pizzas com benefícios, e ela riu. — Sinceramente, há minhocas em meu jardim mais corajosas do que ele.

Naquele exato momento, meu celular tocou com uma mensagem recebida e minhas duas melhores amigas olharam para ele, que estava inocentemente sobre a mesa à nossa frente.

Por falar em pessoas de coragem, eu também conhecia alguém com muita.

— Por favor, me diga que não é quem eu estou pensando. — Emily estreitou os olhos para mim, mas dei de ombros. Eu não tinha nada do que me envergonhar. Então, eu gostava de brincar de gato e rato com meu perseguidor. É verdade que nem sempre eu tinha certeza de quem era o gato e quem era o rato, mas não era isso que tornava a brincadeira emocionante?

— Talvez seja, talvez não seja. — Fingi não parecer afetada, embora minha frequência cardíaca tivesse acabado de disparar. — Não saberei até olhar, não é? — Eu sabia exatamente quem era. Mas tive que entrar na brincadeira.

— Você deveria ter bloqueado o babaca há meses — repreendeu Emily.

Mas ela não entendia. Ninguém entendia. Não havia muito com o que se empolgar ultimamente, já que todos tinham se juntado. Essa era minha principal fonte de entretenimento. Então, atire em mim por me divertir respondendo a ele e vendo até onde eu podia ir. Quão ruim ele realmente poderia ser? Quero dizer, no final das contas, ele não me machucaria. Certo?

— Você deveria ter contado à polícia — acrescentou Effy. — Perseguição é um crime, e ele é um criminoso desagradável.

Effy tinha razão. Adam Noble não tinha sido exatamente simpático com o namorado dela, Finn, há alguns meses. Mas eu havia tentado ignorar isso depois do meu encontro com os Soldados na passagem subterrânea. O que quer que tivesse acontecido com Finn, estava acabado. Poderiam chamá-lo de psicopata por causa do que ele fazia nas ruas, mas, de certa forma, era diferente para mim. Eu estava no controle do jogo que estávamos jogando, não Adam.

— Vocês não precisam se preocupar comigo — tranquilizei-as. — Vocês já pensaram que talvez eu goste de provocá-lo? — Peguei meu celular, mas olhei para as duas com um olhar fixo. — Ele pode achar que está no comando, mas não sou uma garotinha indefesa.

As duas fizeram um esforço absurdo para parecer que acreditavam em mim, mas não me importei. Suas expressões vazias e olhares indiferentes em qualquer direção que não fosse o meu celular só pareciam me estimular ainda mais. Eu gostava de ter um segredo só meu. Não havia muito mais acontecendo em minha vida no momento.

Peguei o celular e digitei meu código para desbloquear a tela e, com certeza, lá estava o nome dele iluminando minha caixa de entrada.

> Psycho: Acho que você está me evitando.

Fazia menos de doze horas que eu havia lhe enviado a foto do Ronnie.

Um pensamento que me fez sorrir para mim mesma com o ás que eu havia jogado na noite passada. Ponto para a Liv. Dê sua próxima cartada, Noble. Continue com seu jogo de consequências fodido, porque as fichas podem cair do jeito que eu quiser. Ele precisava aprender a perder, e eu apostaria minha bunda que ele era um perdedor de merda também.

> Eu: Estou um pouco ocupada no momento, mas adoraria ter a chance de ignorá-lo em outra oportunidade.

Sorri enquanto digitava minha resposta, imaginando se ele poderia me ver. Eu podia ouvir as meninas conversando ao meu lado, mas não estava prestando atenção. Fiquei muito concentrada no que ele disse.

> Psycho: Não gosto de ser ignorado. Você já deveria saber disso.

Essa era uma resposta padrão de Noble. Fazer-se de grande homem. Ele provavelmente achava que isso me assustava, mas não. Eu estava me acostumando com seu jeito de falar. Só me mostrava que eu poderia atingi--lo. Suas respostas fechadas o deixavam aberto para que eu o ridicularizasse. Essa merda era fácil demais.

> Eu: Vou lhe dizer o que sei. Você é irritante. Vá brincar de ser uma aberração em outro lugar.

Eu sabia que ele não faria isso. Que minha resposta só o atrairia ainda mais. Como uma mosca na minha teia de aranha, ele não conseguiu resistir a se arrastar para dentro dela.

> Psycho: Bem, agora estou ofendido.

Nada ofendia esse cara. Juro que eu poderia chamá-lo de todos os nomes que existem, fazer a porra que eu quisesse, e ele ainda estaria explodindo minha caixa de entrada no dia seguinte.

> Eu: Ah, não! Você se ofende com as coisas que eu digo? Imagine o que eu escondo. ;-)

Não consegui me impedir de adicionar o emoji de piscadela. Infantil, mas quem se importava?

> **Psycho:** Sei que não vou me conter. Não quando tiver bem você onde eu quero.

Soltei uma risada com isso, e Effy me perguntou o que ele havia dito, mas eu não estava a fim de mostrar o que havíamos enviado por mensagem. Por mais fodido que parecesse, eu queria guardar isso para mim.

> **Eu:** E onde exatamente você me quer? Porque, pelo que vejo, você é só conversa.

Eu sabia que ele não era, mas gostava de provocá-lo. De ver o que ele me responderia.

> **Psycho:** Se eu fosse você, não me pressionaria, Olivia.

Mas pressioná-lo era meu novo passatempo favorito. Era como dizer a uma criança para não comer os doces que você colocava na frente dela.

> **Eu:** Pressionar você é a minha vida.

Respondi, mordendo o lábio e esperando, os pontinhos dançando em sua resposta.

> **Psycho:** E quebrar você é a minha.

Eu ri alto e Emily tentou esticar o pescoço por cima do meu ombro para ver o que estava na tela do meu celular.

> **Eu:** Boa sorte com isso.

Inclinei o celular para que ninguém mais pudesse ver o que estávamos compartilhando. Ainda bem que fiz isso, pois ele mudou de direção, como sempre fazia, e começou com seu jogo de consequências. Isso era algo que eu realmente não queria que ninguém mais descobrisse.

> Psycho: Tenho o jogo de consequências de hoje para você, também conhecido como verdade ou desafio. Então, como vai ser, Olivia? Vai me dizer uma verdade hoje ou está pronta para um desafio?

Eu sorri, porque, por mais estranho que parecesse, eu gostava disso.

> Eu: Vamos tentar um desafio.

Sorri, sentindo um calor se espalhar por mim.

> Psycho: Ok. Eu te desafio a me contar seu segredo mais profundo.

Eu sabia que, em sua pequena mente psicótica e fodida, ele achava que eu compartilharia algo sobre mim. Mas, na verdade, ele não me conhecia nem um pouco. Eu era uma profissional em responder a perguntas como essa.

Durante toda a minha vida, me esquivei para que ninguém pudesse realmente ver mais do que estava na superfície. Não confiava em muitas pessoas o suficiente para realmente deixá-las entrar.

> Eu: Isso não é apenas uma verdade embrulhada em um desafio?

Ele odiaria que eu o estivesse questionando, mas não me importava. Poderia enfrentar o desafio dele e me esbaldar.

> Psycho: Responda à pergunta, Olivia.

Paciência era uma virtude que ele não tinha. Na verdade, eu duvidava que ele tivesse alguma virtude.

> Eu: Tudo bem. Eu vejo pessoas mortas.

Eu respondi, sentindo-me como Haley Joel Osment em *O Sexto Sentido*.

> Psycho: Sério?

Ele achou que eu estava falando sério?

> Eu: Não, mas continuo vendo um perdedor com capuz em todos os lugares que vou. Quero dizer, sério, cara? Você acha que parece discreto? Isso é mais do que assustador e está começando a me irritar.

Levantei o rosto do celular e olhei pela janela, examinando a rua lá fora e, momentos depois, eu o vi, sentado em um ponto de ônibus, como se fosse para estar ali. E, no entanto, ele se destacava como um peixe fora d'água. Eu tinha dado um palpite de sorte com a minha resposta e, com certeza, tinha valido a pena. Ele estava me observando.

> Eu: Pegando o ônibus para algum lugar interessante? Espero que sim.

Seu capuz se levantou um pouco depois de ler minha última mensagem, mas eu não conseguia ver seu rosto, então tive que imaginar a carranca que provavelmente estaria lá. Eu estava um passo à frente dele, que não ia gostar disso.

> Psycho: Acho que você gosta que eu te observe.

Ele respondeu e, no fundo do meu cérebro, uma voz calma disse: "Pelo menos alguém se importa". Não é que eu fosse negligenciada ou viesse de uma família ruim, mas, às vezes, era difícil ser notada. Eu não tinha a beleza clássica de Emily, nem a graça e a bondade perfeitas de Effy. Era apenas a desbocada que a maioria das pessoas evitava. Diziam que às vezes eu podia ser exagerada e um pouco autoritária. Mas, de vez em quando, essa desculpa enjoava e eu só queria que alguém me notasse. Bem, agora alguém me notou, e pode não ter sido da maneira convencional, mas foi atenção mesmo assim.

> Eu: Mal posso esperar por essa pequena pérola de sabedoria. Então vamos lá. Por que eu gosto disso?

> Psycho: Porque você deseja a atenção. Quer que eu te deseje. E eu quero.

Não podia negar que a mensagem dele mexeu comigo. O que ele disse fez meu estômago se revirar de nervosismo e excitação. Esse relacionamento estranho que estávamos tendo havia se tornado uma espécie de obsessão para mim também. Eu nunca admitiria, mas esperava por suas mensagens como uma adolescente apaixonada que fica ao lado do celular. Mordi o lábio, sem saber o que responder a isso. Ele tinha acertado em cheio, mas o fato de admitir que me desejava estava causando um efeito em mim que eu não sabia como lidar. Então, decidi virar o jogo.

> Eu: Quero saber um de seus segredos mais profundos. Acho que é justo. Eu lhe mostrei os meus, você me mostra os seus.

Tática perfeita de desvio. Tornei-me boa nisso quando estava crescendo. Eu adorava os holofotes, mas só quando não me colocavam em uma posição desconfortável. As meninas foram até o balcão para reabastecer o café e me deixaram olhando para a tela em antecipação. Quando sua resposta chegou, engoli e respirei fundo.

> Psycho: Você não me mostrou nada, e sua resposta foi uma merda. Mas vou jogar. Essas pessoas mortas que você está vendo? Eu as matei.

Eu sabia que havia coisas sobre Adam Noble que meu cérebro tendia a ignorar, e sabia que estava dizendo a verdade. Ele havia matado pessoas. Não era um bom sujeito. Mas o que isso fazia de mim? Porque, com toda a honestidade, a ideia do que ele poderia ter feito não me assustava. Me intrigava, mas não me assustava.

> Eu: Espera que eu fique impressionada com essa resposta?

Optei por uma resposta vaga: "Não acredito em você".

> Psycho: Espero que saiba que não estou brincando, Olivia. Tudo o que eu digo é a verdade. Eu não fico enrolando.

Ele não ficava mesmo.

> Eu: Nem eu.

Respondi, com uma calma que veio de fontes inesperadas em meu cérebro. Eu estava explorando muitas coisas em minha mente que não sabia que existiam ultimamente. Ele me fez questionar tudo.

> Psycho: É por isso que gosto de você. Você é igual a mim.

Eu era? Ele achava que eu era psicótica como ele? Às vezes, eu podia ser indiferente ou rir em momentos inadequados, fazendo pouco caso de coisas que outras pessoas viam como uma tragédia. Mas uma psicopata? Eu não era nada parecida com ele.

Ou era?

> Eu: Você está confundindo apatia com psicopatia. Não sou nada parecida com você.

> Psycho: Se você não é nada como eu, então não terá problemas em mandar o cara sentado na mesa atrás de você se foder. Estou observando-o te comer com os olhos há meia hora e, se ele não parar, vou entrar aí para arrancar os olhos dele das órbitas e enfiar no cu do cara.

Olhei por cima do ombro e todo o meu corpo se retesou de repulsa quando vi Chase Lockwood sentado atrás de mim, sorrindo como o filho da puta que era e, em seguida, subindo e descendo pelo meu corpo. Que se dane. Se Emily o visse, perderia a cabeça. Ela tinha uma história com Lockwood que não era boa. Não havia muita gente em Sandland que ainda desse atenção a esse idiota. Mas, porra, se eu fizesse alguma coisa, pareceria que estava fazendo o jogo do Adam Noble.

Eu tinha duas opções aqui.

Poderia irritar Adam e me sentar com Chase, fazer parecer que estava flertando com ele. Mas isso faria com que o ego de Lockwood inflasse ainda mais, chatearia minhas amigas e me faria parecer uma grande vadia.

Então, foi o plano B. Com a escolha entre irritar Adam e minhas amigas ou irritar Chase Lockwood, Lockwood venceria todos os dias da semana.

Eu só tinha que pensar em uma maneira de garantir que Adam soubesse que isso não tinha nada a ver com ele.

Levantei-me e dei um toque no colar de conchas Tiffany que minha avó havia comprado para mim para dar sorte, depois peguei minha xícara de café e me virei. Meu café com leite tinha esfriado, de tanto eu falar e depois digitar, mas ainda estava quase cheio. Fui até a mesa de Chase e me sentei sedutoramente na cadeira em frente a ele, passando uma perna nua sobre a outra de uma forma sexy que eu sabia que chamaria sua atenção. Casualmente, encarei o balcão, e Emily e Effy estavam alheias ao que estava acontecendo, ocupadas em pedir bebidas novas e conversar com o barista. Inclinei-me para a frente, apoiando os cotovelos na mesa, e passei o dedo sobre os lábios.

— Oi, Liv. — Chase se inclinou para a frente e me olhou de soslaio, com os olhos passando da minha boca para os meus seios e depois de volta. — Não achei que você quisesse se sentar comigo. Mas acho que somos mais parecidos do que imaginamos.

— Como assim? — Inclinei a cabeça para o lado, dando-lhe um olhar inocente, mas eu sabia onde ele queria chegar. Só precisava que ele dissesse em voz alta para me dar uma desculpa para reagir.

— Bem, nós dois somos os excluídos. Ninguém realmente gosta de nós. Podem até fingir que gostam, mas, vamos lá, até uma garota como você sabe o que acontece. — Seu olhar imundo pousou novamente em meus seios, e precisei de cada fibra do meu ser para me controlar.

— Excluídos? É isso mesmo? — Estreitei meus olhos para ele, mantendo a fúria que eu sentia borbulhando dentro de mim por mais um momento. Brincando, passei o dedo na borda da minha xícara de café, meio esperando que um Adam irado invadisse a cafeteria e jogasse a mesa para o alto antes de dar uma surra em Chase.

— Você é uma provocadora, Liv. A garota com quem todo mundo gosta de brincar. Mas ninguém nunca vai se estabelecer com você. Você é a garota com quem eles transam, não a que levam para a casa da mãe. — Cerrei os dentes e tentei manter a calma, mas ele se inclinou para a frente e acrescentou: — Daqui a alguns anos, você estará esquentando a cama de algum punheteiro rico, transando com ele e chupando-o antes que ele volte para casa, para sua esposa amorosa e seus filhos. Você não é para casar, Liv. Você é um lixo. Dispensável. É boa para diversão, mas não por muito tempo. — Ele se recostou, descansando os braços sobre a parte superior do assento, e eu estalei.

— É aí que você se engana, Chase. Posso parecer o tipo dispensável... lixo, como você diz... mas tenho mais classe e dignidade em meu dedo mindinho do que você em todo o seu corpo. E por falar em ser dispensável, acho que você deveria ter pedido seu café para levar. — Peguei minha xícara e joguei toda a bagunça leitosa bem na cara dele. — Se alguma coisa é dispensável aqui, é a sua companhia.

Ele se levantou da cadeira, arfando e gaguejando, mas me levantei e o encarei, colocando as mãos nos quadris e ficando de pé.

— Se você voltar a falar comigo desse jeito, vou me certificar de que o café esteja fervendo, seu idiota arrogante. — E dei meia-volta, saindo da cafeteria, enquanto Emily e Effy chamavam meu nome e corriam atrás de mim.

Assim que cheguei lá fora, tirei o celular do bolso da calça jeans, pronta para enviar uma mensagem ao Adam e dizer que fiz o que fiz por vontade própria. E, o tempo todo, minhas pernas me levavam até o ponto de ônibus, onde ele estava parado assistindo a tudo. Mas, quando cheguei lá, ele não estava em lugar nenhum.

Olhei para o meu celular e vi sua resposta; embora devesse ter sentido repulsa, o que ele disse me deixou com outra sensação.

> Psycho: Esse babaca é um homem morto. Ninguém fala com você desse jeito e sai impune.

Ele estava lá.
Ele tinha ouvido.
E agora Chase Lockwood tinha mais do que as pessoas de Sandland para se preocupar. Ele havia cutucado o ninho de víboras de Brinton e a mais mortal de todas estava prestes a deixar sua marca.

Eu deveria estar assustada, enojada, até mesmo preocupada, mas não. Eu me senti... estranhamente orgulhosa. Porém, mesmo assim, furiosa.

O que foi aquilo?

CAPÍTULO OITO

ADAM

Não sei como me impedi de fazer chover sangue naquela cafeteria. Não era do meu feitio me conter, mas havia vozes em minha cabeça que me diziam para deixá-la ter seu momento. Eu cuidaria dele, mas não faria isso na sua frente. Ela merecia ter seu tempo sob os holofotes. Precisava disso.

Mas minha reação ainda me chocou.

Quem diria?

Talvez eu tenha autocontrole, afinal de contas?

Pelo menos quando se tratava dela, de qualquer forma.

Eu estava pronto, porém, se ele fizesse o movimento errado ou a tocasse. Estaria lá para intervir, acabar com ele e colocá-lo no chão como o vira-lata que ele era. Ninguém falava com ela daquele jeito e saía impune.

Ela não me viu parado no canto e observei quando ela jogou o café sobre ele, sentindo uma onda de orgulho por ela ter feito aquilo. Suas duas amigas a seguiram, mas fiquei para trás e me sentei em uma mesa no canto, observando-o se limpar com um guardanapo, o que não teve absolutamente nenhum efeito sobre a ridícula mancha marrom em sua camisa polo branca e calça jeans. Quer dizer, quem era esse garoto? Quem se vestia assim hoje em dia?

Ele olhou em volta com nervosismo e, quando viu os olhares de reprovação que lhe eram dirigidos, levantou-se, jogou o dinheiro na mesa e saiu como se fosse um rei e não tivesse acabado de ser feito de bobo pela minha garota na frente de todos.

Mantive a cabeça baixa enquanto ele passava despreocupadamente por onde eu estava e saía pela porta. Então, me levantei e o segui. Quando cheguei lá fora, olhei para a rua e vi Olivia parada no ponto de ônibus; pela forma como seus braços se agitavam, percebi que estava falando com as amigas.

Ela ficaria bem.

Estava segura.

Para minha sorte, o idiota estava indo na direção oposta. Foi uma atitude sábia de sua parte.

Acompanhei-o, perto o suficiente para segui-lo, mas longe o bastante para que não soubesse que estava sendo observado. Quando virou em um beco que levava a um pequeno estacionamento nos fundos das lojas, comecei a correr e me abaixei no beco atrás dele. Ele se virou para ver os passos que o seguiam e, antes que tivesse a chance de reparar em mim, agarrei a parte de trás de seu colarinho, bati-o contra a cerca e coloquei uma mão em sua garganta, tirando a faca da calça jeans com a outra mão.

Seus olhos se arregalaram e ele ofegou.

— Pode ficar com minha carteira, chaves, o que quiser, mas não me machuque. Por favor.

Dei uma risada maligna e empurrei meu rosto para frente, o nariz tocando o dele, e movi a faca de trás das costas e a pressionei em seu pomo-de-adão.

— Não quero o seu dinheiro — zombei, e sua respiração ofegante ficou mais forte, mais pesada, enquanto eu aplicava mais pressão à lâmina em seu pescoço.

— Então... o que... o que você quer? — Ele estava suando como um porco. Gotas escorriam pelo seu rosto como se tivesse acabado de sair do chuveiro, e eu sorri. Tinha sentido falta disso.

— Quero que você aprenda algumas boas maneiras. — Minha faca estava posicionada ao lado de seu pescoço agora, e a pressionei, rindo com vontade quando uma gota vermelha apareceu e escorreu por seu pescoço, manchando a gola de sua camisa branca. A maneira como ele fechou os olhos e começou a gemer provocou uma onda de satisfação em minhas veias. Se ele achava que isso era o pior, teria uma surpresa desagradável.

— O que quer que você queira dizer, apenas... diga — ele sussurrou, com a garganta tremendo de medo ao pensar no que minha lâmina faria em seguida.

Cerrei os dentes e o encarei, meus olhos ardendo com o ódio que eu sentia naquele momento.

— Você não dita as regras por aqui — gritei, enfiando a faca no mesmo local novamente e fazendo com que outro filete de sangue seguisse o rastro que o último havia deixado.

— Tudo bem — balbuciou, sem fôlego. — Está bem.

Eu sorri e dei um passo para trás. O fato de ele ter se inclinado um pouco para a frente e tentado regular a respiração, colocando as mãos nas coxas, me divertiu, e um pequeno sorriso irônico surgiu no canto da minha boca. Isso seria divertido.

— Então, do que isso se trata? — Ele ofegou. — Meu pai? Ele irritou sua família? — Levantou-se, esfregando as mãos úmidas na calça e tocando o pescoço antes de afastar os dedos para avaliar os danos. Quando viu o sangue, estremeceu e segurou a mão contra a minúscula ferida que tinha ali. Esse cara era um completo covarde.

— Não estou nem aí para o seu pai — rosnei em voz baixa e ameaçadora. — Se ele for parecido com você, acho que é um idiota arrogante que precisa de uma bala, assim como você.

Seus olhos se arregalaram pela segunda vez e ele examinou rapidamente meu corpo, procurando por uma arma de fogo, antes de virar a cabeça para cima e para baixo no beco, procurando uma saída.

— Não tenho uma arma — afirmei, dando um passo em direção a ele. — Não vou pelo caminho mais fácil. Se um trabalho vale a pena ser feito, vale a pena ser bem feito, e um vagabundo como você exige o melhor trabalho possível.

Não parei para pensar quando meu interruptor de matar entrou em ação. Agarrei sua mão esquerda, batendo-a contra a cerca e, em seguida, enfiei minha faca na palma, prendendo-o no lugar.

— Que porra é essa? — ele gritou, começando a ofegar; quando se virou para ver sua mão presa à cerca, começou a chorar como o fracote que realmente era. — Merda. Por favor, por favor. Não. Pare com isso. Tenho um Range Rover novinho em folha estacionado a alguns metros de distância. Está bem ali. Você quer? É seu. Por favor. Me deixe em paz. Não me mate.

— Não quero seu carro de merda — rosnei, e segurei o cabo da faca, torcendo-o para que ele sentisse toda a dor que eu queria infligir a ele. — Você precisa aprender a guardar suas mãos para si mesmo. — Sorri, torcendo cada vez mais. — Porque se não... eu vou cortar as duas e enfiá-las na sua bunda.

Ele estava gaguejando e chorando, com o catarro se misturando às lágrimas. Era um dos filhos da puta mais covardes com quem eu já havia lidado.

— Por favor, pare. Eu não consigo... aguentar isso. — Ele soluçava, mas sua tentativa débil de tentar se salvar não significava nada para mim.

Com um grunhido lento, para prolongar a agonia, puxei a faca e ele uivou, agarrando a mão encharcada de sangue com a outra, quase afundando no chão e gemendo como um garotinho. Mas não o deixei cair. Isso ainda não tinha acabado. Eu ainda não tinha me convencido.

Puxei-o de volta para a cerca pelo colarinho e encostei a faca em sua boca.

— Se eu ouvir você falar com a Olivia desse jeito de novo, vou cortar sua língua. Está me ouvindo?

Ele assentiu com a cabeça, mas não ousou abrir a boca. Ele sabia que não deveria me tentar.

— E, se você chegar perto dela — acrescentei, sussurrando em seu ouvido —, vou cortar seu pênis e costurá-lo no lugar da sua língua. — Encostei a testa na dele e olhei profundamente em seus olhos, para que soubesse que eu estava falando sério. — Ela é minha. Eu protejo o que é meu. E você passou dos limites hoje. Sabe o quanto que me irritou?

Mais uma vez, ele assentiu com a cabeça e, pelo modo como fez uma careta, eu tinha quase certeza de que borraria as calças.

— Você tem sorte. — Sorri, dando um passo para trás e pegando minha faca, limpando o sangue da lâmina em seu peito. — Não vou matá-lo hoje. — Ele soltou um suspiro, mas seu alívio durou pouco quando acrescentei: — Ah, eu vou matar você. Mas, por enquanto, você pode correr de volta para todos os seus amiguinhos em Sandland e dizer a eles que ninguém brinca com Olivia Cooper. Ela é propriedade dos Soldados.

Ele ficou parado, olhando para mim, como se não pudesse acreditar no que estava acontecendo, e eu sorri de volta, afastando-me ainda mais e guardando minha faca no bolso. Quando me virei e me afastei — de volta para a rua — dei uma risadinha ao ouvi-lo sair correndo como um rato. Ele vai ficar vivo. Eu não deixaria que saísse impune por desrespeitá-la. Mas ele tinha sua utilidade. O cara parecia um porco, e os porcos guincham. Hoje à noite, todos saberiam que deveriam ficar longe dela. A confusão dele tinha funcionado a meu favor. Agora, eu tinha um mensageiro para espalhar a notícia e um novo alvo para brincar. Suas cartas estavam marcadas. Ele era um homem morto.

CAPÍTULO NOVE

LIV

— Ele disse o quê?

Estávamos sentadas no novo apartamento de Ryan e Emily depois do meu confronto com Chase mais cedo. Eu também tinha tentado encontrar Adam, logo depois de ter encharcado Lockwood com a melhor mistura italiana que se pode encontrar em Sandland, mas ele fez seu habitual ato de Houdini. Típico, bem na hora em que eu precisava dizer a ele que a minha reação na cafeteria não tinha nada a ver com ele e seus jogos de merda — e tudo a ver com o fato de Chase Lockwood achar que eu era uma covarde —, ele havia desaparecido.

Chase sempre foi um perdedor, mas me irritava o fato de ele achar que podia me tratar como lixo. Eu já estava farta de ser vista como a piada do grupo. O alvo fácil. Emily era a inteligente. Effy tinha muita compaixão.

Mas eu?

Eu era a pessoa que todo mundo achava que podia ridicularizar porque eu sempre me ridicularizava. Eu me conhecia. Nunca quis ser vista como a solucionadora que era. A assassina silenciosa, esperando nos bastidores. Esse tipo de papel trazia expectativas, e eu estava cansada de tentar corresponder a elas em todos os outros aspectos da minha vida. Com meus amigos, eu só queria ser diferente. Eu mantinha as aparências por um motivo. Nunca deixava ninguém se aproximar da superfície, por que faria isso? Já havia me machucado o suficiente no passado para saber que era um jogo de azar. Proteja-se primeiro. Ninguém mais fará esse trabalho. E sim, eu dizia o que pensava, mas não significava que não tinha sentimentos. Nunca deixe que saibam que estão te afetando. Eu era mestre em deixar as coisas passarem por cima de minha cabeça e me elevar, mas não mais. Eu não era um capacho, e estava na hora de me levantar e mostrar isso a todos.

Eu achava que Adam tinha saído de cena porque tinha conseguido o que queria, mas não. Eu o havia subestimado. Mais uma vez. Ele tinha seus próprios planos e, agora que eu estava recebendo as fofocas de Emily — cortesia de sua amiga no hospital —, estava começando a perceber a profundidade de seus problemas. Eu tinha que voltar a exercer meu controle sobre essa situação antes que ela saísse do controle. Sempre soube que ele era desequilibrado, mas, até agora, nunca tinha percebido quão sombrios eram os seus demônios.

— Aparentemente, de acordo com uma das enfermeiras do hospital que tratou do ferimento na mão dele, Adam disse que você era deles. Propriedade dos Soldados — disse Emily, colocando as latas de Coca-Cola na mesa à nossa frente e se sentando em seu novo sofá de couro creme.

Ao ouvir o que Adam havia dito, tive vontade de cravar as unhas no couro em sinal de frustração. Ele não era meu dono. Ninguém era. Eu achava que nosso joguinho de mensagens de texto, verdade e desafio e todas as outras coisas eram uma provocação. Isso me deixava excitada. Mas eu não estava prestes a ser reivindicada como uma vaca premiada. Não era assim que as coisas deveriam acontecer.

Que merda.

No que eu havia me metido?

— Ele está se divertindo pra caramba se acha que pode sair por aí dizendo coisas como essa. O que ele está usando? — Eu sabia, antes mesmo de dizer isso, que Adam Noble não estava usando nada. Ele não precisava de drogas ou álcool para aumentar suas tendências psicopáticas, elas estavam firmemente estabelecidas em seu cérebro. Era assim que ele era. Era o que fazia. E eu achava que podia lidar com isso... até agora.

— Ele não precisa tomar nada. O cara é louco — respondeu Emily, negando com a cabeça.

— Claramente — retruquei, sentindo-me irritada comigo mesma por não ter impedido que isso acontecesse, porque sempre soube, no fundo da minha mente, que ele era capaz de coisas ruins. Eu odiava Lockwood tanto quanto qualquer outra pessoa, mas não gostaria de esfaquear o cara. Achava que um colo cheio de café era uma má ideia até ouvir isso. Adam tinha levado as coisas a um nível totalmente diferente.

— Tem certeza de tudo isso? — perguntou Effy. — Quero dizer, é de Chase Lockwood que estamos falando. Ele não é exatamente conhecido por sua honestidade.

Ela sempre tentava ver o melhor nas pessoas e, considerando a história que Adam tinha com seu namorado, Finn, foi muito atencioso de sua parte tentar encontrar um ponto positivo nisso. Mas eu era realista. Ela era uma sonhadora. O diabo existia, e ele estava explodindo minhas mensagens todas as noites. O único problema é que eu era um demônio que não aceitava sacanagem. Ele precisava de outro lembrete de que havia encontrado um semelhante em mim.

— Gosto de seu otimismo, Effy. — Sorri para ela, estendendo a mão para esfregar seu joelho. Foi uma besteira para tirar o foco de mim. Eu estava me sentindo envergonhada com tudo o que ouvi e, por isso, recorri a menosprezar minha amiga com massagens no joelho. Eu precisava ter uma maldita conversa comigo mesma. — Mas Eff, não é mentira. Ele disse isso. Isso é típico de Adam. — Afastei a mão e me recostei no sofá, com os olhos voltados para o teto como se estivesse esperando uma intervenção divina.

— Foi minha amiga Holly que o ouviu conversando com seu irmão Jensen sobre isso — acrescentou Emily. — Até o Jensen disse a ele para não se meter. De acordo com ele, os Soldados são de uma raça diferente e ele deveria ficar bem longe. — Os olhos de Emily se arregalaram enquanto ela falava e ela me lançou um olhar que dizia que eu precisava acordar e sentir o cheiro do café. Se era café, besteira, eu podia sentir o cheiro de tudo. Mas era uma bagunça que eu mesma limparia. Ele começou isso e eu terminaria.

— Bem, acho que é um ponto positivo. Chega de lidar com a bagunça de Lockwood. Como posso não gostar disso? — Eu sorri, tentando desviar a nuvem escura que pairava sobre nós e trazer um pouco de luz à conversa. Era nisso que eu era boa, afinal de contas. Trazer leveza e alívio para o grupo.

— Você não parece muito feliz — respondeu Effy, com uma expressão sombria. Seus olhos estavam baixos e havia uma ponta de apreensão neles, como se ela esperasse que eu surtasse a qualquer momento. Ela também estaria ali, me segurando se eu caísse. Minhas melhores amigas eram minhas rochas. Elas me aturam, não importava o que acontecesse, porque, às vezes, a família que você cria é mais próxima do que a em que nasceu.

— Você ficaria feliz se um maluco saísse por aí dizendo a todos que você está fora do mercado? Quero dizer, quem vai querer falar comigo agora se achar que ele estará à espreita na esquina, pronto para atacar? Nunca mais vou ter sorte. — Eu estava brincando. Não estava nem aí para a sorte agora. Toda a minha energia estava concentrada em Adam e em lidar com ele. Os homens eram a última coisa em que eu pensava. Bem, outros homens.

Ele parecia me consumir. Desde que entrou em cena, não havia espaço em minha vida ou em minha mente para mais ninguém. Era como se nada mais importasse, e eu não queria que isso soasse tão irreverente ou indiferente quanto parecia, mas era a verdade. Adam Noble tinha uma maneira de se infiltrar em meus pensamentos, manipular meu cérebro e distorcer todo o meu mundo até que tudo se tornasse um caleidoscópio que me confundia.

Eu deveria odiá-lo, mas ele me intrigava.

Deveria ter medo, mas ele me fascinava.

Deveria querer ficar longe dele, mas não conseguia.

Sentia-me atraída por ele e, apesar do que havia acontecido hoje, não podia simplesmente desligar. Mas precisava fazer alguma coisa. Isso tinha que parar. Minha obsessão por ele e por esse jogo precisava parar.

— Liv, vamos ser honestas. Você tem conversado com ele há um bom tempo. Não negue, porque não somos burras. Sabemos a verdade. — Emily me encarou de forma direta e incisiva, e algo dentro de mim estalou.

Minhas ações não eram passíveis de discussão. O que eu fazia ou deixava de fazer não era da conta de mais ninguém. Eu sabia que elas tinham boas intenções, mas, no final do dia, voltavam para casa, para seus namorados perfeitos e suas vidas perfeitas. Seus futuros felizes e seus doces sonhos. Eu não tinha nada. Fui deixada sozinha. Tudo bem, minha casa era enorme e meus pais me davam tudo o que eu queria, mas as coisas não podiam substituir o amor e o carinho que eu desejava. Só queria alguém para mim. Queria atenção. Queria ser amada. Certamente todos mereciam isso. Até eu.

— E daí? — respondi, inclinando a cabeça em sinal de dúvida.

— Então… você devia saber que algo assim aconteceria. Você o atraiu e o afastou, e ele não é o tipo de pessoa com quem se brinca. Isso sempre acaba em lágrimas — disse Emily gravemente.

— Não as minhas. De qualquer forma, por que não posso provocá-lo? Ele me enviou mensagens primeiro e eu não sou burra. Se fosse longe demais, eu pararia.

— E você acha que enfiar uma faca na mão de alguém e ameaçá-lo não é ir longe demais? Acho que é hora de dar um fim nessa situação. — Emily tinha razão, mas eu daria um fim nisso em meus próprios termos. Sabia exatamente o que tinha de fazer.

— E se eu não quiser? — Estava fazendo o papel de advogado do diabo, tudo para tentar provar um ponto… Eu não queria que me dissessem o que fazer.

— Então pense bastante sobre o que exatamente você quer — respondeu Emily com uma voz calma.

— Eu quero um pouco de diversão. Vocês duas já tem tudo. Encontraram seu "felizes para sempre". O meu geralmente desaparece em um sopro de fumaça cerca de cinco minutos depois de gozar, quando ele quer sair de casa e da minha vida. Estou farta de ser manipulada. Quero fazer parte do jogo, para variar.

— Mas não é com ele que você deveria estar jogando — Effy disse. — Isso... é perigoso, Liv. Estou preocupada com você. — Ela estava certa. O que aconteceu hoje não foi divertido, foi assustador e errado em muitos níveis. Mas ela não precisava se preocupar. Eu poderia cuidar de mim mesma. Sempre cuidei.

— Não se preocupe comigo, Eff. Estou no controle. Sei o que estou fazendo. Quando eu terminar, Adam Noble desejará nunca ter me conhecido.

— Eu realmente espero que você esteja certa. — Sorriu e acrescentou: — Uma vez você me disse que um verdadeiro amigo é aquele que se levanta e lhe diz quando um cara está fazendo pouco de você, lembra? Naquela vez, no hospital, depois que o Finn foi ferido pelo tio, você me disse que eu merecia respeito. Eu merecia mais. Bem, você também merece.

Não pude deixar de sorrir e me derreter um pouco com o que Effy estava dizendo, que ela havia se lembrado de minhas palavras naquele momento terrível de sua vida. A maioria das pessoas mal prestava atenção ao que eu dizia ou fazia.

— Sim, eu disse isso. — Tombei a cabeça para o lado, mordendo o lábio ao lembrar daquela vez em que compartilhamos nossa conversa franca no estacionamento do hospital local, e seu Finn jazia espancado e quebrado em uma cama de hospital. — Mas então outra pessoa me disse que a vida nem sempre é preta e branca. Às vezes, é preciso lidar com as áreas cinzentas também.

— Não acho que haja áreas cinzentas no que diz respeito a ele. É tudo escuro — respondeu.

— Ainda bem que tenho luz suficiente para me guiar, não é mesmo? — Levantei-me e peguei minha bolsa no chão, pronta para sair e controlar o tornado que era minha vida. — Agora, se você me der licença, acho que está na hora de fazer uma visita àquele maldito. Para que ele saiba que não vou mais aturar as besteiras dele.

— Tenha cuidado — pediu, e me dirigi para a porta. — Ligue para nós se precisar.

— Não precisa. Eu cuido disso.

CAPÍTULO DEZ

ADAM

— Ele é um filho da puta suspeito. Posso sentir isso em minhas bolas. Acho que devemos eliminá-lo logo nos portões da prisão. Não dar a ele a chance de se esquivar de nós. — Colton ainda estava recostado em sua cadeira gamer, como se tivesse caído do teto e aterrissado naquela posição. Ele sorriu para nós ao examinar a sala de jogos onde estávamos todos reunidos e deu outra tragada em seu cigarro. — O que acha, Dev? Um único tiro na cabeça. Isso vai saciar sua sede de sangue?

Devon fez uma careta para ele, depois se virou e começou a enrolar seu próprio cigarro, franzindo a testa, mas a concentração em seu rosto não estava ligada ao cigarro enrolado; o cara tinha outra coisa em mente.

— Parece uma saída fácil para mim — opinou, em um tom monótono e calmo. — Isso vai contra toda a nossa ética. Ou você se esforça ou vai para casa. — Ele lambeu o papel enrolado e olhou de volta para onde Colton estava sentado, estudando Devon como se não tivesse ideia de onde ele tinha vindo.

— Eu estava brincando — respondeu Colton, rindo. — Sei que você gosta de sujar as mãos. Deus me livre de tirar isso de você. Por mim, você pode nadar no sangue dele. Tomar banho nele. Faça uma festa, com espuma e tudo, e pinte a cidade de vermelho. — Devon fez uma careta, mas Colton continuou. — Sabe, eu posso ver você encharcado de sangue, transando com algumas mulheres de sangue vermelho. Entendeu? Mulheres… de sangue vermelho… cobertas de sangue.

Houve um gemido coletivo na sala, que foi merecido. Por mais que gostássemos de chamá-lo de nosso coringa, às vezes seu senso de humor não acertava o alvo.

— O quê? Você não gosta de piadas com sangue? — ele refletiu. — Esportes sangrentos não são a sua praia, Dev?

— Sua piada foi uma merda — falei, do meu canto da sala, e cada um deles se virou para me encarar. — Nem mesmo Tyler e Will estão rindo dela. — Dei um passo à frente, apontando para os dois rapazes e me dirigindo à geladeira para pegar uma cerveja gelada. — Talvez estejam rindo de você, mas não da sua piada.

Devon deu um sorriso e Colton o seguiu, colocando as duas mãos atrás da cabeça e concentrando sua atenção em mim.

— Bem, eu consegui tirar um sorriso de você. Então, para mim, isso é uma vitória. Abalei o poderoso Noble o suficiente para que ele revidasse.

— Você não foi a única pessoa que ele atacou hoje — disse Tyler, e o encarei, esperando que se atrevesse a falar mais. — Ou foi outro Soldado que prendeu um maldito de Sandland em uma cerca com uma faca na mão hoje? — Pela forma como ele sorriu, tive vontade de dar uma facada bem no seu rosto para arrancar aquele sorriso.

— Não preciso me explicar para você — respondi, fazendo uma careta, tirando a tampa da cerveja e jogando o abridor de garrafas no balcão.

— Não, não precisa. Mas seria bom ouvir isso de alguém que não fosse a Sarah Pope, que estava fofocando na esquina da Rua Oakdene esta tarde. Amigo, se alguém precisar de um lembrete de quem somos, nós o faremos juntos. Não é esse o acordo? — Tyler acrescentou.

— Não era assunto de Brinton. Vocês não precisavam estar envolvidos — informei, sem demonstrar interesse, o que deveria fazer com que ele parasse com o assunto.

— Será que isso tem algo a ver com certa loira bombástica pela qual você anda obcecado ultimamente? — perguntou Colton, balançando as sobrancelhas.

Estreitei os olhos para ele e notei uma ligeira mudança em sua expressão confiante, mas foi tão leve que ninguém mais notaria, somente eu. Conhecia esses rapazes melhor do que eles mesmos. E ele sabia que não deveria me testar.

— Eu não fico obcecado. Eu admiro. — Sorri, tentando mudar de assunto.

— E ela é muito digna dessa atenção — acrescentou Colton com uma risada, balançando o celular no ar. — Embora, pela cara dela agora, não acho que esteja gostando do seu nível de admiração.

De repente, percebi por que ele estava segurando o celular. Nosso sistema de câmeras de vigilância estava conectado aos nossos celulares, e Olivia devia estar em algum lugar em nossas instalações. Só esse pensamento fez meu estômago revirar. Primeiro, porque eu havia deixado a bola cair por algumas horas. Da última vez que verifiquei, ela estava no apartamento de uma amiga. E segundo, ela estava aqui. Finalmente, a mulher tinha atravessado a cidade para vir me ver. A ideia de ela estar aqui, seja qual fosse o motivo, estava me deixando nervoso, ansioso e animado ao mesmo tempo. Não tive muitos encontros cara a cara com Olivia, mas, quando tive, foram fogos de artifício com ácido, e eu adorei.

O som do interfone quebrou a tensão no ar e Colton se levantou da cadeira para atender, usando o sistema fixado na parede.

— E o que podemos fazer por você nesta bela noite? — cantarolou como se não estivesse nem aí para nada.

— Você está brincando, porra? — Mesmo através de um intercomunicador, ela soava sexy como o inferno, e senti minha frequência cardíaca aumentar ainda mais. — Apenas abra a maldita porta, está bem? Não quero ficar aqui mais tempo do que o necessário — gritou, e não consegui evitar que um sorriso surgisse lentamente no meu rosto ao imaginá-la irritada e pronta para iniciar a Terceira Guerra Mundial, com as bochechas ficando cada vez mais vermelhas a cada segundo e aproximando o rosto da câmera para tentar parecer ameaçadora. Tentando... mas falhando. Ela era fofa demais.

Porra, Olivia. O que você está fazendo comigo?

— Bem, isso é simplesmente grosseiro — respondeu Colton. — O que há de errado com nossa empresa? Quero que saiba que há mulheres que matariam para estar no seu lugar. Elas brigam entre si para conseguir uma audiência conosco. — Colton poderia ganhar Oscars com suas performances, mas não conquistaria Olivia. Era isso que eu amava nela. A mulher não era feita de boba por ninguém.

— Brigando para ficar longe de vocês, é mais provável. Pare com essa besteira. Ou você abre isso ou manda ele vir até aqui para me enfrentar.

— E por *ele*, presumo que esteja se referindo ao nosso estimado e autoproclamado líder, Sr. Noble — acrescentou Colton ao se virar para me encarar.

— A quem mais eu me referiria? — respondeu, impaciente.

— Há quatro outras opções aqui em cima. E alguns de nós não são avessos à ideia de compartilhar, ao contrário do seu homem, Noble. — O comentário de Colton me fez ficar tenso e devolver seu olhar com uma expressão de advertência.

Não abuse, amigo.

— Ele não é o meu homem — rosnou, e então ouvi o som dela batendo nas grossas portas de madeira, sacudindo-as como se pudesse forçá-las a abrir com suas pequenas mãos. Eu teria que assistir ao sistema de câmeras mais tarde. Essa era uma imagem que eu realmente precisava ver com meus próprios olhos.

— Está bem, está bem. Acalme-se — disse Colton, com uma pitada de diversão em sua voz. — Não queremos que você quebre a unha agora, não é? Dê-me dois minutos e descerei para deixá-la entrar, princesa.

Ele se virou para olhar para mim ao dizer a última parte. Depois sorriu e desligou o interfone.

— Quer ir até ela? Ou devo trazê-la aqui para cima? — Ele deu uma olhada ao redor da sala e acrescentou: — Todos nós poderíamos rir um pouco.

— Não. Mande-a para o meu quarto. — Deixei minha garrafa de cerveja no balcão e depois me virei lentamente para encará-lo. — E se você voltar a chamá-la de princesa, vai usar suas bolas como lembrança no pescoço.

— Seu quarto? — Ele ofegou, como se não pudesse acreditar no que eu estava dizendo, ignorando totalmente minha ameaça de dar um apelido para ela.

— Você tem um problema de audição e um distúrbio de personalidade? Sim. Meu quarto.

Os outros deram de ombros e Colton revirou os olhos antes de murmurar baixinho:

— Essa deve ser especial. E quero que saibam que tenho muito orgulho do meu transtorno de personalidade. Levou anos para ser aperfeiçoado. — E então ele saiu pela porta.

CAPÍTULO ONZE

LIV

Eu estava de braços cruzados na porta da casa, tentando respirar fundo para acalmar os nervos. Essa era a primeira vez que estava no Asilo desde que o abriram como sua nova boate, O Santuário. Eu tinha ouvido falar muito bem do lugar e de como ele era, mas nunca quis pisar aqui. Não até agora. Agora eu precisava acertar as contas. Precisava enfrentar isso, o que quer que fosse, de frente.

Perdida em pensamentos, pensando no que diria, estremeci quando as grandes portas duplas de madeira se abriram, tirando-me do meu torpor. Fiquei surpresa quando vi Colton King parado na porta com um sorriso idiota no rosto. Adam nunca viria até aqui e faria seu próprio trabalho sujo. Colton me olhou de cima a baixo e deu uma risadinha para si mesmo, mas eu não tinha tempo para explicar todos os seus problemas. Ele poderia entrar na fila. Eu tinha problemas maiores para resolver.

— Típico — resmunguei. — Ele nem se deu ao trabalho de vir atender a porta pessoalmente. Sempre um covarde. — Bati o pé em sinal de irritação e o encarei, mas ele não se incomodou comigo. Em vez disso, parecia se divertir com minha irritação, sorrindo como um idiota e dando risadinhas para si mesmo.

— Ah, vamos lá. Todos nós estávamos lutando para chegar até aqui e abrir a porta para você. Eu fui o sortudo que ganhou. — Ele piscou para mim e acariciou sua mandíbula, continuando a fazer o papel de palhaço. — Não me negue esse prazer, Liv.

Ele não deu nenhuma indicação de que eu era bem-vinda para entrar. Não se moveu para o lado nem me deu uma maneira de passar por ele. Em vez disso, ficou ali parado, olhando para mim e sorrindo.

— Onde ele está? — gritei.

— Mal-educada. — Colton fingiu estar ofendido, colocando a mão no peito e aparentando estar ofegante. — Sou tão boa companhia quanto ele. Provavelmente mais, na verdade. Há muitas coisas que posso fazer com minha boca além de falar.

Encolhi o rosto e ele jogou a cabeça para trás, rindo.

— Sabe, não é sempre que recebemos visitas — acrescentou. — Vai ficar para o jantar? Devo colocar um lugar extra na mesa para você?

— Vocês se sentam todos juntos ao redor da mesa? — Franzi a testa, esforçando-me para imaginar o cenário estranho que ele estava pintando.

— Bem, na verdade, está mais com cara de que vamos dividir um balde do KFC, mas vou guardar um lenço de papel para você. — Ele escolheu esse momento para dar um passo para trás e fazer um gesto com o braço para que eu entrasse.

— Você é hilário — respondi com ironia, revirando os olhos, passando por ele e entrando no saguão principal do edifício.

— Foi o que me disseram — rebateu, fechando a porta com muito mais força do que o necessário.

Fiquei no meio do saguão e olhei em volta. Eles haviam feito um bom trabalho de limpeza no local. Até mesmo o teto de vidro colorido, que costumava estar quebrado e cheio de pássaros presos que cagavam em tudo, parecia novo e brilhante. Como na maioria dos clubes, o cheiro de bebida velha misturada com produtos de limpeza e lustra-móveis pairava no ar. Era bom saber que eles se esforçavam para manter tudo limpo. As velhas paredes de gesso ainda exibiam alguns dos grafites de Finn, e o piso — que antes era rachado e irregular — havia sido substituído por um efeito de madeira altamente polida. Eu duvidava que fosse madeira maciça. Não acreditava que nada do que esses homens fizeram fosse legítimo ou verdadeiro. Afinal de contas, eles eram os mestres dos truques e das ilusões. Mas, de fato, parecia... elegante. Para eles.

— Gostou do que fizemos com o lugar? — perguntou Colton ao se aproximar de mim.

— Achei que os escombros e a merda de pássaro combinavam mais com vocês. Mas todos os criminosos gostam de se esconder em algum lugar, à vista de todos. Vocês criaram um esconderijo e tanto.

— O esconderijo perfeito — sussurrou. — Somos como o Bruce Wayne, só que existem cinco de nós aqui para sermos extraordinariamente incríveis e foder com tudo. Você deveria passar por aqui em uma das noites. Tenho certeza de que o Ad não se importaria de lhe mostrar as salas temáticas que temos à disposição.

Virei-me para lhe dar uma resposta sarcástica, mas ele já estava se afastando pelo corredor em direção às escadas que nos levariam aos outros andares.

— Quartos temáticos? — chamei, por trás dele. — Contanto que uma delas seja uma câmara de tortura, eu aceito. Acho que ele merece provar de seu próprio remédio depois da merda que fez, e eu adoraria estar lá quando isso acontecer.

— Você não está falando sério — comentou, virando a cabeça para sorrir para mim ao subir as escadas, duas de cada vez. — Você diz que o odeia — ele parou no último degrau e girou, inclinando-se para a frente de modo que seu rosto ficasse no nível do meu —, mas esse olhar em seus olhos diz o contrário. Você gosta dos jogos, admita. Quer toda essa perseguição.

Dei mais alguns passos para que meu rosto ficasse mais próximo do dele e o encarei.

— Também gosto da minha liberdade. Não sou propriedade de ninguém.

— Bem… — Ele deu de ombros, ficando ereto e se afastando alguns passos. — Então, é melhor decepcioná-lo gentilmente. Acho que ele não vai gostar muito de saber que não pode ficar com você. — Virou-se e começou a subir o próximo lance de escadas, casualmente fazendo seu próximo comentário. — Porque quando Adam quer alguma coisa, ele sempre consegue.

Eu o segui até o último lance e, quando chegamos ao topo, ele parou novamente e acenou com a cabeça em direção à porta no final do corredor.

— Sabe que é a primeira pessoa a pisar no quarto dele além de nós quatro? — Inclinou-se mais perto de mim e sussurrou: — Você é a primeira garota a ser convidada a entrar no covil de Adam. Está pronta para isso? Está? Você se sente lisonjeada por ser a escolhida?

— Lisonjeada? — rebati. — Tão lisonjeada quanto um peru se sente quando é escolhido para a ceia de Natal.

Colton jogou a cabeça para trás novamente e riu.

— Eu gosto de você, Liv. Posso ver por que ele está tão… cativado.

— Cativado. Essa é uma das formas para nomear isso. — Apontei para a porta que estávamos olhando. — Aquele é o quarto dele?

— É isso mesmo. O palácio do amor.

— Acho que vou bater na porta, então. — Comecei a andar para a frente, mas Colton não se juntou a mim.

— Não bata na porta. É mais divertido pegar alguém de surpresa — gritou, e, quando me virei, o vi sair pelo outro lado do corredor, assobiando para si mesmo.

Quando cheguei à porta, fiquei paralisada.
Que diabos eu estava fazendo aqui?
Eu tinha acabado de fazer a maior besteira conhecida pelo homem ao vir aqui e confrontá-lo?
Gostava de pensar que tinha coragem, mas essa era uma missão suicida?
Será que eu realmente sabia no que estava me metendo?
Na casa de Emily, quando estávamos discutindo tudo o que havia acontecido entre Adam e Chase, eu me senti furiosa. Queria explicações. Mas agora, estava nervosa, até mesmo apreensiva. E se o tiro saísse pela culatra e eu me colocasse em perigo ao vir aqui? Eu sempre estive convencida de que Adam nunca me machucaria. Machucar alguém por mim, como era claramente o caso de hoje, mas de fato me machucar... não. Será que eu tinha sido ingênua nesse quesito?

Senti os nervos fluírem através de mim, minha mão pairando sobre a madeira, pronta para bater. Meu estômago estava dando cambalhotas e eu me tremia igual vara verde. Toquei meu colar de conchas, lembrando-me de que precisava canalizar minha guerreira interior. Tinha chegado até aqui e não era de desistir. Tinha algo a dizer, e ele ouviria. Que se dane. Evitei bater na porta, como Colton havia dito, e girei a maçaneta.

Vamos acabar logo com isso.

Entrei em seu quarto e fechei a porta atrás de mim. Aquele cheiro másculo que era todo dele pairava no ar e meu estômago se revirou novamente, mas dessa vez não por causa do nervosismo. Eu não estava pronta para falar sobre o que era de fato, mas definitivamente não era medo.

Olhando ao redor do quarto quase vazio, não consegui vê-lo à espreita em lugar algum. Ele não estava aqui. Eu tinha sido enviada para cá sozinha e que ele viria quando estivesse bem e pronto, como uma espécie de sala de espera distorcida, para que ele brincasse um pouco mais com minha paciência e meu nervosismo. Ou talvez ele estivesse me observando de um esconderijo secreto e tivesse uma câmera em algum lugar da sala? Talvez quisesse me estudar primeiro, ver onde minha cabeça estava? Eu não duvidaria de nada. Por via das dúvidas, fiquei de pé e levantei o dedo médio, apontando o dedo do meio para os quatro cantos do quarto para que ele pudesse vê-lo.

— Pegue isso, sua aberração — sussurrei, sem fôlego, e então ouvi um grunhido vindo do outro lado da cama dele; cautelosamente, fui na ponta dos pés até o outro lado e encontrei seu cachorro enrolado em uma cesta no chão.

— Ei, garoto — chamei, abaixando-me para acariciá-lo e coçar atrás de suas orelhas. — Onde está seu dono? Ele está se escondendo de mim?

Ouvi o clique de uma porta se destrancando atrás de mim e, agachada, virei-me para ver outra porta — diferente daquela pela qual eu havia entrado — se abrir e Adam sair andando como se fosse um modelo em uma passarela.

Não consegui falar nem me mover por alguns segundos. Fiquei paralisada. Havia me esquecido de como ele era impressionante de perto. Para alguém que exalava o tipo de intimidação que assustaria a maioria das pessoas, ele não me assustava.

Seus olhos eram penetrantes, como se toda vez que olhasse para mim, não estivesse apenas observando, mas avaliando, reivindicando e, à medida que entrava na sala, mantinha o olhar apenas em mim. Provavelmente para me intimidar, mas a intensidade com que me fitava fez com que me sentisse nua. Quase quente. Como se ele quisesse conhecer cada centímetro do meu corpo e da minha alma. Devorar-me para me entender melhor, mas me deixar em ruínas como resultado.

Sua mandíbula tinha uma camada de barba por fazer que ficava bem nele, não posso mentir, e sua boca sempre parecia estar torcida em algum tipo de sorriso, como se mal pudesse esperar para ter a oportunidade de atacar com a língua. Para causar o máximo impacto de dano em seu cérebro e também em seu corpo. Ele tinha uma cicatriz na testa que eu nunca havia notado, e tive que me impedir de perguntar sobre ela. Eu não estava aqui para conversa fiada. Ele precisava ser informado de que o que havia acontecido hoje estava fora de cogitação. Precisava se afastar.

Então, por que eu estava franzindo a testa para mim mesma e me impedindo propositalmente de perguntar o que havia acontecido para causar aquela cicatriz? Por que eu me importava?

Ele ficou parado por um momento no meio da sala e me observou, ajoelhada ao lado de seu cachorro. Fiquei sem palavras pela primeira vez em muito tempo, e acho que ele sentiu o mesmo. Nenhum de nós sabia o que dizer para começar. Então, fiz o que era natural. Quebrei o gelo com um comentário informal.

— Você tem sorte de ter um cão tão leal. Pelo menos desse jeito sempre terá um amigo. Assim, quando o resto do mundo descobrir que você é um idiota, ele ainda estará ao seu lado.

Tive que desviar o olhar de Adam e me concentrar no cachorro. Seu olhar era muito intenso e irritante, até mesmo para mim; quando meu comentário o fez sorrir, tive que morder a língua e pensar em qual seria meu próximo passo. Ele gostava da maneira como conversávamos, e eu tinha que me certificar de não fazer o jogo dele. Tinha que ser mais esperta antes que ele me embolasse e eu acabasse sentindo que ele havia me enganado, e não o contrário. Ele tinha uma maneira de distorcer as coisas, uma habilidade macabra de me fazer duvidar de tudo.

— Por que você acha que eu o mantenho por perto? — Adam respondeu, em voz baixa, dando um passo em minha direção. — Eu confiaria nele mais do que em qualquer outro homem que já conheci. Ele é um amigo para a vida toda.

Achei sua resposta um pouco triste, mas reveladora, mesmo assim. Se eu tivesse um cachorro, provavelmente me sentiria da mesma forma. Éramos parecidos nesse aspecto. Não confiávamos facilmente. Mas eu não confiava nele de jeito nenhum e, por isso, não deixei que seu pequeno sinal de humanidade me influenciasse. Eu tinha um trabalho a fazer e precisava concluí-lo.

Dei uma última coçada atrás da orelha de Tyson e depois me levantei, preparando-me para o que estava prestes a acontecer.

— Você precisa parar. — Foquei bem em seus olhos, desligando meu cérebro com suas noções ridículas sobre intensidade e atração hipnótica. Acho que eu estava lendo muitos romances de Effy e Emily. Eu não estava prestes a me tornar a heroína fraca que cai nos encantos do bad boy por causa da maneira como ele olha para ela.

— Parar o quê? — Ele inclinou a cabeça para o lado, com um pequeno sorriso no canto dos lábios que fez meu coração passar de agitado a fumegante em um nano segundo. Ele achava que isso era uma piada. Para ele, tudo era um jogo. Ele achava que podia brincar com os sentimentos das pessoas e sair impune. Mas seus dias de brincar com os meus acabaram. Eu não era dele e nunca seria.

— Isso — eu disse, cerrando os dentes e apontando de mim para ele e vice-versa. — Tudo isso. Pare. Agora — afirmei, mas ele riu de mim e balançou a cabeça, o que só me estimulou ainda mais. — Não ria de mim, porra.

— Não estou rindo de você, Olivia. Estou rindo do fato de você achar que pode controlar isso. — Ele deu mais um passo para perto de mim. — Não há como parar isso. Nunca vai parar.

Eu bufei, mas me mantive firme, cruzando os braços sobre o peito e respirando fundo para me firmar. Não deixaria que ele me intimidasse.

— Você consegue se ouvir? — perguntei, olhando para ele com

exasperação em meus olhos. — Sabe como está parecendo ridículo? Você é louco! Não acredito que já tive qualquer tipo de resposta com você. Não acredito que continuei com isso por tanto tempo. Sei que sou parcialmente culpada por tudo isso, mas você não pode mais me enviar mensagens. É perigoso, estúpido, total e completamente ridículo, e já foi longe demais. — Apontei meu dedo para ele. — Você foi longe demais.

— Acho que não fui longe o suficiente. — Ele esfregou a parte de trás do pescoço e aquele sorriso sinistro apareceu novamente. — Acho que fiz a coisa certa hoje. Acabou bem para mim, de qualquer forma. Trouxe você até aqui.

— Jesus, quer ouvir a si mesmo? Você esfaqueou um cara. Tudo bem, ele pode ser um cara muito ruim, mas você o esfaqueou, Adam. Por minha causa. Isso não está certo. E não estou aqui para uma visita social. Não quero ver você. Eu precisava vê-lo para ter certeza de que saiba que isso acabou. Esse joguinho bobo que você acha que estamos jogando acabou. Depois de hoje, não quero nunca mais ver ou ouvir seu nome. Você não é nada para mim.

Minha declaração não atravessou nenhuma de suas paredes. Em vez disso, ele sorriu e respondeu:

— De onde eu venho, ele estava pedindo por isso.

— De onde *você* vem? — zombei. — Onde é isso exatamente? Da família Real? Porque, no que me diz respeito, isso não está certo no mundo de ninguém. De qualquer forma, não é um mundo que faça sentido. Argh! Não posso fazer isso, Adam. Você está ao menos me ouvindo?

— Ah, eu estou ouvindo — respondeu, e o sorriso que mostrava desde que entrou nesta sala se transformou em um olhar sério. — Ouço tudo o que você diz. Mas não apenas com sua boca.

— De que diabos você está falando agora?

— Ouço quando você está nervosa — ele sussurrou. — Porque você faz aquela coisa de enrolar o cabelo no dedo.

Soltei meu cabelo do dedo o mais rápido que pude e olhei para ele. Então ele sabia que eu brincava com meu cabelo. Grande coisa. Todo mundo sabia disso, não é? Mas ele não parou por aí:

— O modo como você engole a saliva e seus olhos se desviam para a esquerda quando não sabe o que dizer e precisa de tempo para pensar.

Engoli novamente. De onde diabos estava vindo tudo isso?

— A maneira como você coloca um pé na frente do outro e abaixa o quadril para fingir que está confiante, mas não está.

Porra, por que ele estava listando todas as coisas que eu estava fazendo agora?

— E há uma pulsação... — Ele estava bem na minha frente, só Deus sabe quando isso aconteceu, e se aproximou para passar o dedo gentilmente pelo lado direito do meu pescoço. — Uma batida suave... bem aqui, que eu sempre noto quando você está com raiva. — Inclinou o rosto para frente de modo que seu nariz tocasse o meu. — Eu ouço tudo.

Arrastei-me para trás, encostando-me na parede, mas sem me importar nem um pouco com o fato de que provavelmente me colocaria em uma situação pior. Eu precisava me afastar dele. Precisava me retirar do estranho vórtice que ele havia criado agora. Não conseguia respirar com ele tão perto de mim.

— Isso não vai parar. — Ele balançou a cabeça, com uma expressão mortalmente séria no rosto, e se aproximou de mim novamente. — Isso nunca vai acabar.

— Pode e vai — afirmei. — Do que você tem medo? — Ele inclinou a cabeça e franziu a testa para mim. — É de mim?

— Não tenho medo de você. — Soltei um sorriso, mas estava nervosa e os cantos da minha boca se contraíram, recusando-se a manter o sorriso que eu queria dar a ele.

— Então, você deve ter medo de enfrentar seus verdadeiros sentimentos? Tem medo de querer isso mais do que admite.

— Eu não quero nada de você! — rebati. — Por que você acha que eu quero? Tudo bem, talvez eu o tenha enganado um pouco, e sinto muito por isso...

— Você sente muito. — Ele ergueu os olhos para o teto e balançou a cabeça novamente; depois, devagar, voltou a olhar para mim, e percebi que ele não acreditava nas minhas palavras.

— Sim. Eu sinto muito. Sinto muito por ter te conhecido. Sinto muito por ter respondido àquela primeira mensagem. Sinto muito por tê-lo induzido e te feito pensar que o que quer que estivesse acontecendo nessa sua cabeça doentia era real. Porque não é. Não é real. Não sou sua e nunca serei. As mensagens não voltarão a acontecer. Não deixarei que você machuque mais ninguém por minha causa. Você pode não ter consciência, mas eu tenho.

— Consciência é algo muito superestimado. — Ele voltou para o meu espaço e cada centímetro do meu corpo ficou tenso. — Você precisa aprender a ignorar essa merda e deixar lado.

— Consciência mostra que você é humano, algo que você claramente não é. — Eu podia dizer que estava começando a afetá-lo agora. Algo em seus olhos havia mudado, até mesmo vidrado, como se ele estivesse travando uma batalha em sua própria mente.

— Eu nunca te machucaria — ele disse, e me perguntei se essa afirmação era para mim ou para ele. Quem ele estava tentando convencer?

— Mas você machuca as pessoas, Adam — falei baixinho agora, porque sabia que algo dentro dele havia mudado. Era como um animal selvagem, e eu tinha que agir com cuidado.

— Eu machuco pessoas que merecem — devolveu, com convicção, e eu sabia que, no fundo, ele acreditava que o que fazia era, de alguma forma, certo.

— Mas quem é você para dizer quem merece e quem não merece? Você não é Deus — declarei, imaginando se esse seria o ponto de virada. Será que eu finalmente tinha conseguido passar pelas fendas de sua mente endurecida?

— Não, eu não sou. Escolherei o inferno em vez do céu a qualquer momento — respondeu.

Olhei profundamente em seus olhos, mas não havia nenhum sentimento ali. Nenhuma emoção. Olhos mortos. Foi isso que vi.

— Acho que você já está lá — comentei, calma, mas minha resposta séria pareceu tirá-lo do transe em que se encontrava, e o fogo voltou com força total.

— Você realmente acha que pode se afastar de mim? Acha mesmo que será tão fácil assim? — Seu rosto começou a se contorcer de raiva e frustração. Ele não gostava do rumo que a situação estava tomando, porque sabia que eu estava ganhando.

— Não terei a segurança de outras pessoas em minha consciência — eu disse, mantendo minha posição.

— Ah, lá está ela de novo, sua maldita consciência. Bem, e quanto a isso? Não posso ter a sua na minha — ele rosnou.

— O que isso quer dizer? — Franzi a testa, sem ter a menor ideia do que ele estava falando.

— Eu marquei você. Você é minha. A maioria das pessoas vai ficar longe de você porque sabe o que é bom para elas, mas algumas vão querer tentar a sorte. Tentar chegar até mim por meio de você. — Quando ele disse isso, senti uma queda brusca dentro de mim, como se pedras invadissem meu estômago.

— Ai, meu Deus. Você está dizendo que pintou um enorme alvo vermelho nas minhas costas hoje? — Eu estava mais do que furiosa.

— Estou dizendo que fiz uma bolha ao seu redor. Ninguém mexe com você. — Ele sorriu, como se estivesse orgulhoso do que havia feito.

— Mas que porra é essa, Adam? Não. Chega. Chega de mensagens. Chega de jogos. Chega de verdade ou desafio. — Eu tinha que ir embora. Estávamos andando em círculos e ele não estava ouvindo. Obviamente, as ações falariam mais alto do que as palavras nesse caso.

— Você realmente acha que desistirei tão facilmente? — Seu corpo estava pressionado contra o meu agora, e eu podia sentir seu peito enquanto ele respirava, ofegante.

— Você não tem escolha — sussurrei para ele.

— Sempre há uma escolha. E eu escolho você.

— Eu não sou uma escolha que você pode fazer! — gritei em seu rosto e, calmamente, ele sorriu de volta para mim.

— Ah, mas você é.

Ele bateu com as duas mãos no gesso de cada lado da minha cabeça, bloqueando-me, e inclinou o rosto na curva do meu pescoço, respirando fundo, seu nariz roçando minha pele e depois se enterrando em meu cabelo.

— Não consigo parar, Olivia. — Ele suspirou baixinho em meu ouvido. — Eu quero você. Quero isso... nós.

— Não — respondi, com os dentes cerrados, todo o meu corpo tenso e alerta com a proximidade dele.

— Sim. — Ele moveu a cabeça ligeiramente para trás para olhar em meus olhos. — Eu sei do que você precisa — continuou, encostando o rosto em meu pescoço, enterrando-se em meus cabelos. — Eu a conheço melhor do que ninguém. Seus amigos acham que a conhecem, mas eles não veem o que vejo quando você está em casa sozinha. Ou mesmo quando sua mente divaga quando você está com eles, que não percebem que você está lá em corpo, mas não em espírito. Você quer ser notada. Precisa de carinho. Eu só quero ter a chance de cuidar de você.

Senti o calor de sua respiração dançando sobre minha pele, causando arrepios em mim mesma. E, quando senti a suavidade de seus lábios me beijando logo abaixo do lóbulo da orelha, reagi, colocando as duas mãos em seu peito para afastá-lo. Ele não gostou disso e bateu com as mãos no gesso ao lado da minha cabeça. Mas quando ouviu um rosnado feroz, começou a rir, deixou cair as mãos ao lado do corpo e olhou para a esquerda de nós, onde Tyson estava de pé, mostrando os dentes para Adam de forma ameaçadora, advertindo-o.

— Que se dane. Sei que disse para protegê-la, mas não quis dizer de mim — declarou, estendendo a mão para tentar acariciar Tyson até que ele se submetesse, mas o cão apenas rosnou mais alto e depois latiu quando Adam chegou perto dele.

— Está tudo bem. Eu estou bem. — Estendi a mão e Tyson veio se sentar aos meus pés, deixando que eu acariciasse sua cabeça para acalmá-lo. — Está vendo? Até seu cachorro acha que você é um idiota.

Adam riu, depois o brilho em seus olhos desapareceu e ele olhou de mim para o cachorro e vice-versa.

— Vocês dois são as coisas mais importantes do mundo para mim. Não estou nem aí se ele for contra mim, desde que esteja sempre te protegendo.

— Adam. — Passei a mão pelo cabelo e o agarrei com frustração. Ele não estava entendendo nada disso. Minha vinda aqui tinha sido inútil. — Você não sabe nada sobre mim — argumentei. — Isso tudo é tão… ridículo.

— Eu sei tudo o que preciso saber.

— Que é? — Levantei meus braços para o lado, desafiando-o novamente. Ok, ele conhecia pequenos sinais reveladores, mas não me conhecia de verdade, quem eu era, quais eram as minhas esperanças e sonhos. Ele conhecia uma fantasia que havia criado em sua própria mente. Isso era tudo.

— Você luta por outras pessoas, assim como eu — respondeu, parecendo esperançoso. — Só que não grita isso em público. Você é uma assassina silenciosa, e eu sou barulhento.

— Pode ser que sim, mas isso não quer dizer nada. — Suspirei.

— Para mim, significa. Nunca conheci ninguém como você antes. Não posso me afastar.

E eu acreditei nele. Em sua mente teimosa, ele nunca poderia admitir a derrota.

— Você não precisa se afastar. Mas eu vou. E estou fazendo isso agora mesmo.

Dirigi-me para a porta e segurei a maçaneta.

— Você pode tentar, mas eu sempre a seguirei. Sempre estarei lá.

Eu o ignorei, saindo para o corredor e, com certeza, ele me seguiu.

— Então, e agora? Você vai me seguir até em casa novamente? Como daquela vez na passagem subterrânea em Brinton Manor, quando vim lhe dizer para ficar longe de mim pela primeira vez?

— Que tipo de homem eu seria se te deixasse vir até aqui e não te levasse em casa novamente?

— Isso não é cavalheirismo — afirmei, andando pelo corredor e ouvindo os passos dele atrás. — O que quer que você pense que está fazendo. Não é uma gentileza, é simplesmente assustador.

— Sou eu. É tudo o que posso dizer, Olivia. Eu a acompanharei até em casa. E não será a última vez. Você é minha responsabilidade.

— Não, não sou, mas sabe de uma coisa? Estou ficando cansada de discutir esse ponto. Se quiser me seguir até a minha casa, que se dane. Mas saiba de uma coisa: não vou mais aturar suas besteiras, Adam. O que aconteceu hoje, com Chase, nunca mais acontecerá.

— Eu não faço besteira. Eu já lhe disse — respondeu, com uma leveza na voz.

— Sua vida inteira é uma besteira, Adam. — Senti-me esgotada pela nossa conversa, e o peso de tudo isso era esmagador.

— Como você quiser, querida. — Eu podia ouvir o sorriso em sua voz, não precisava me virar e olhar.

— Não me chame assim. Não sou sua querida — retruquei.

— Não, você não é. Você é minha Olivia.

Ai, Senhor, me dê forças.

— Eu desisto. — Suspirei e saí do Asilo e de sua vida.

CAPÍTULO DOZE

LIV

Ele cumpriu com a sua palavra, foi comigo até em casa. Mas, ao contrário da última vez, não o envolvi em uma conversa fiada ou brincadeiras. Não havia motivo para isso. Nada do que eu havia dito estava conseguindo atingi-lo e, a essa altura, eu já não estava mais tentando.

Quando chegamos à minha rua e pisei na entrada de casa, gritei por cima do ombro:

— Nem pense em me seguir até a porta. Se o fizer, vou mandar prendê-lo por invasão de propriedade.

— De qualquer forma, a vista é melhor daqui de baixo — gritou, e eu resisti à vontade de entrar em outra batalha de vontades. Não se pode argumentar com a estupidez, e ele era tão casca grossa que eu precisaria de todos os golpes possíveis para penetrar em suas paredes. Na verdade, não era bem assim. Não havia como penetrar em nada quando se tratava de Adam. Havia uma lei de Newton só para ele mesmo.

Fechei a porta com força e depois me encostei nela. Fechando os olhos, rezei a Deus para que meu dia tivesse atingido o ápice do horror e que, dali em diante, fosse ladeira abaixo. Mas quando ouvi minha mãe chamando meu nome da cozinha, percebi que esse desejo não se realizaria tão cedo.

— Liv? Querida? É você? Pode vir aqui por um minuto, por favor? Preciso colocá-la a par de algumas coisas. — Esse era o código da minha mãe para dizer: "Preciso que largue tudo e cuide da minha vida por mim". Minha mãe nunca precisaria de um assistente pessoal em sua vida. Ela me tinha para isso.

— Já estou indo! — Suspirei, empurrando-me para longe da porta que eu estava usando para me manter de pé e depois fui até a cozinha chique que minha mãe levou meses para escolher, mas na qual nunca cozinhou. Com certeza, quando entrei pela porta, ela estava preparando um prato de comida chinesa de embalagens para viagem. Eu não deveria reclamar. Pelo menos ela havia pensado em alimentar seus três filhos.

— O que está acontecendo? — perguntei, sentando-me em um dos bancos do bar, roubando um *wonton* da sacola e colocando-o inteiro na boca.

Minha mãe fez uma careta diante da minha falta de educação à mesa, depois voltou sua atenção para as minhas unhas e disse:

— Olivia, quando foi a última vez que você foi à manicure?

Virei minhas unhas para examiná-las e dei de ombros.

— Há algumas semanas. Por quê? Elas não estão tão ruins assim.

— Algumas semanas? — Ela arfou de horror. — Não é de se admirar que você não tenha um encontro há séculos. Como espera arranjar um namorado decente se não cuida de si mesma?

Quase engasguei com meu *wonton*.

— Eu cuido de mim mesma. E quem disse que quero arranjar um namorado?

Ela me deu um sorriso deplorável e estendeu a mão sobre o balcão para acariciar meu rosto.

— É claro que você quer. Toda garota quer um namorado. Talvez não como os que suas duas amigas escolheram, mas você é especial. É a mais bonita. Terá um que possa cuidar de você. Temos de ter certeza de que ele poderá cuidar de você da mesma forma que se acostumou com seu pai e comigo.

Minha mãe era inacreditável. Não que ela fosse uma mãe ruim, como a de Emily. Ela certamente não tinha um instinto maternal, como a mãe de Effy. Mas, juro, ela tinha um jeito de me diminuir sem nem mesmo perceber. Conseguia fazer com que eu me sentisse tão pequena, ao mesmo tempo em que tentava me engrandecer. Para ela, ser bonita significava ter menos cérebro. Eu sabia disso. Sim, minhas notas não eram tão boas quanto as das minhas amigas. Isso não significava que eu não tivesse minhas próprias ambições. Ambições que não envolviam casar e ser a esposa troféu.

— Mamãe, a condição das minhas unhas não significa merda nenhuma.

— Olha a boca, Olivia. Eu não te criei para ser tão grosseira. — Ela me lançou um olhar irritado e passou por mim, carregando os pratos até a mesa que havíamos arrumado para as refeições menos formais em família na nossa cozinha. Tínhamos uma sala de jantar separada, mas ela costumava reservá-la para quando chegavam convidados especiais, para que pudesse exibir seus móveis e louças Versace combinando.

Respirei fundo e engoli a réplica cortante que estava na ponta da língua.

— Sinto muito, mamãe. Vou marcar um horário amanhã, se isso a deixar feliz.

Ela sorriu docemente de volta para mim. Um sorriso que nunca encontrou seus olhos.

— Vai me deixar sim. Liv, você é uma menina tão boa. Eu já lhe disse isso ultimamente? — perguntou.

Aí vem.

Ela não estava me elogiando por nada. A mulher queria algo.

— Não, desde que você recebeu a visita daquele sócio de fora da cidade e precisou que eu fosse à escola todos os dias para buscar Hayden e Oliver — respondi, seca.

Hayden e Oliver eram meus dois irmãos mais novos. Eu os amava, provavelmente mais do que seus próprios pais. Também cuidava deles mais do que minha mãe e o meu pai, o que, aos sete e oito anos, respectivamente, não era uma tarefa fácil. Aqueles garotos tinham mais energia do que um pilha Duracell.

— Bem, é engraçado você mencionar isso… — minha mãe continuou.

Lá vamos nós de novo.

— Sabe que seu pai e eu fazemos 20 anos de casados este mês?

Sim, porque você menciona isso vinte vezes por dia.

— E… — continuou, cantarolando. — Ele nos reservou um cruzeiro incrível. Liv, preciso lhe mostrar o folheto depois do jantar. Ele faz com que nosso serviço cinco estrelas habitual pareça completamente inexistente. A suíte que ele reservou é maior do que o nosso quarto, a suíte e o closet juntos. É impressionante.

Ela estava tonta como uma adolescente falando sobre isso, mas eu sabia exatamente o que significava para mim.

— Pensamos em levar os meninos conosco — acrescentou. — Mas estamos no meio do ano letivo. Não podemos levá-los para viajar. Se eles forem incomodá-la, posso sempre perguntar à mãe de Effy, Jenny, se eles podem ficar lá…

— Não — interrompi. — Eles não são um incômodo. Nunca são. E não quero que fiquem com Jenny e Steve. O lugar deles é aqui. Esta é a casa deles. Não gosto que sejam perturbados.

Minha mãe veio até onde eu estava sentada e deu um beijo em minha bochecha.

— Eu sabia que você veria dessa forma. Você é sempre tão altruísta quando se trata desses meninos.

Alguém tinha que ser.
— Vou me certificar de que a despensa esteja bem abastecida e o seu pai colocará dinheiro extra na sua conta para cobrir qualquer comida para viagem e ou saída que vocês queiram dar. Vai ser muito divertido. Como uma festa do pijama entre irmãos e irmã.

Ela não precisava vender isso como um conto de fadas. Eles precisavam de um adulto responsável e atencioso, e era isso que eu seria.

— Está tudo bem. Eu tenho dinheiro — respondi, colocando outro *wonton* na boca e não dando a mínima para o que ela achava dos meus modos. Eu era boa o suficiente para criar seus filhos para ela, então que se dane.

— Ah, e não se esqueça da corrida escolar. E os dois têm treino de futebol na terça-feira — acrescentou minha mãe, como se estivesse sendo útil.

— Quarta-feira — corrigi. — O treino de futebol deles é na quarta-feira, até as cinco horas.

— Ah, sim. — Ela deu uma risadinha para si mesma. — Esqueci.

Isso porque você nunca foi assistir a um único treino. Eu já fui. Fui à maioria deles.

— Seu pai sempre se perguntou por que eu nunca tinha contratado uma babá quando tivemos os dois, mas é como eu disse a ele: por que pagar para alguém que não conhecemos fazer isso, quando temos você?

Ela realmente achava que estava me elogiando, e não a corrigi. O carma faria esse trabalho quando ela fosse mais velha e se perguntasse por que seus filhos nunca tinham tirado um tempo para visitá-la. Afinal de contas, você colhe o que planta nessa vida.

Ela deslizou até a porta — da maneira graciosa como sempre se movia — e chamou meu pai e meus dois irmãos para se juntarem a nós no jantar. Desci do banquinho e tomei meu lugar à mesa. Havia um ponto positivo... cuidar dos meus irmãos me daria uma distração da catástrofe que era minha vida no momento. Eu poderia ser um grande fracasso, mas estava determinada a evitar que meus irmãos mais novos seguissem o mesmo caminho. Para eles, a vida seria melhor.

Eu me certificaria disso.

CAPÍTULO TREZE

ADAM

Sentei-me na cama com o laptop aberto à minha frente. Eu o havia deixado ligado durante a maior parte da noite, mas, hoje de manhã, não tirava os olhos da tela. Não era apenas o nosso sistema de segurança que estava conectado, Tyler tinha conseguido invadir o de Olivia também e, neste momento, eu tinha um assento na primeira fila para ver o jardim dos fundos e o jogo de futebol que ela estava jogando com seus dois irmãos mais novos.

Seu rosto brilhava, como sempre acontecia quando ela não usava maquiagem. E ela estava usando uma calça de corrida cinza e uma blusa branca justa que me excitava ainda mais do que os vestidinhos de sempre. Os três estavam rindo enquanto chutavam a bola e Olivia falhou espetacularmente ao tentar derrubar os dois para tirar a bola deles. Um dos meninos marcou um gol e o outro correu e pulou nos braços dela, que o abraçou. Eu adorava vê-la nesses momentos. Ela sempre estava mais feliz e relaxada ao lado dos irmãos.

O peso de segurá-lo fez com que ela tropeçasse e caísse para trás, e os dois riram. O outro irmão viu o que estava acontecendo e abandonou sua dança da vitória para se juntar a eles e se amontoar em cima dos dois. Fiquei observando, congelado no lugar, os três rolando na grama, com Olivia fazendo cócegas neles. Eu estava com um sorriso enorme no rosto, e isso me fez estremecer. Que porra era aquela? Eu não sorria. Nunca.

A porta atrás de mim se abriu, e eu sabia que seria Colton. O desgraçado nunca batia. Não me dei ao trabalho de tirar o olhar da tela para cumprimentá-lo, apenas disse:

— O que você quer?

— Pensei em vir ver como foi ontem. Sabe, com o amor de sua vida. Vi vocês dois saindo ontem à noite e depois me distraí com uma ruiva muito persuasiva e curvilínea na sala comunal. Não te vi voltar para casa. O fato de você ter esfaqueado um cara na mão a excitou muito? Ela deixou você passar a noite na casa dela? — Colton se sentou na cama e tirei o laptop do caminho. — Ainda não se cansou dela, não é? — comentou, apontando para a tela.

Eu não estava a fim de me explicar para ele, ou para qualquer outra pessoa. O que aconteceu entre Olivia e eu não era da conta de mais ninguém. Então, o ignorei e continuei assistindo, esperando que meu silêncio o mandasse embora. Não foi o que aconteceu.

— Eu tenho uma teoria. Quer ouvi-la? — sussurrou, tentando parecer dramático, e inclinou a cabeça em minha direção.

Novamente, não respondi, mas isso não o impediu.

— Se você quer chegar até ela... quero dizer, realmente chegar até ela... eles são a sua chave.

Virei-me para encará-lo, intrigado com o que ele estava querendo dizer com isso.

— Aqueles dois garotos — ele disse, elaborando mais. — Eles são a chave para o coração dela. Nunca vi ninguém brincar com eles desse jeito.

Instantaneamente, minhas costas se ergueram.

— Você a tem observado? — perguntei, sentindo-me pronto para explodir e destruir a ele e a todo o resto da sala.

— Calma lá, garotão — respondeu. — Fiz uma manutenção de rotina na conexão na outra semana e a vi ensinando-os a jogar basquete bem ali. — Apontou para a tela, onde uma cesta de basquete estava presa a um banheiro externo próximo. — Mas, falando sério, eu não faria isso com você. Sei o quanto gosta dessa garota. — Ele foi sincero, mas ainda me senti irritado.

— Da próxima vez que precisar fazer a manutenção de rotina, quero estar lá — sussurrei, irritado com a ideia de alguém mais observá-la como eu.

— Anotado — devolveu, revirando os olhos. — Bem, por mais divertido que seja sentar e vê-la brincar de pique-pega com os irmãos o dia todo nesse seu quarto abafado, tenho outra coisa que pode tirá-lo desse seu mau humor.

— O quê? — Eu ia argumentar que não estava de mau humor, mas estaria mentindo. Só o fato de ele estar aqui já estava me irritando. Isso, e o fato de que ele tinha visto vislumbres da vida de Olivia que eu não tinha.

— Temos o número do celular que Karl Cheslin usa na prisão. Não queria enviar a primeira mensagem de texto sem passar por você primeiro — disse Colton.

Ouvir isso despertou meu interesse e me virei para dar-lhe toda a minha atenção.

— O que estamos esperando? Vamos enviar a mensagem e começar isso.

Colton tirou o celular dos Soldados do bolso, aquele que usamos para nosso jogo de consequências, e começou a ler o que havia escrito para a primeira mensagem, mas que ainda não havia enviado.

— Até agora, eu tenho... "Bem-vindo ao seu jogo de consequências, Sr. Cheslin. Nós somos os Soldados da Anarquia e estamos aqui para fazê-lo pagar por ser um estuprador desprezível que não merece ver a luz do dia. Sua hora da vingança finalmente chegou. Vou lhe dizer como o jogo vai funcionar: vamos definir algumas tarefas para você. Pode escolher se quer realizar essas tarefas ou não, mas, como diz o jogo, há consequências. Se cumprir as tarefas, viverá para ver outro dia. Se não cumprir, se arrependerá." E isso foi o mais longe que consegui chegar. — Ele gemeu e sua mão que estava segurando o celular caiu frouxa em seu colo. — Não sabia se gravaríamos um vídeo ou não. Nem sabia com o que o ameaçaríamos se ele não obedecesse, porque, convenhamos, ele é um filho da puta sem coração que não se importa com ninguém.

— A não ser consigo mesmo — acrescentei.

— Sou péssimo nesse aspecto — reclamou Colton. — É por isso que você está aqui. Você faz isso muito melhor do que o resto de nós.

— Precisamos de uma isca — informei, quebrando a cabeça para pensar no que poderia ser. — Precisamos de alguma coisa para fisgá-lo. Ele tem família? Encontrou alguma coisa quando estava verificando seus antecedentes? — Normalmente, eu mesmo fazia todas as verificações de antecedentes, mas, desde Olivia, meu foco havia diminuído um pouco.

— Ele tem três irmãos. Seu pai está morto e sua mãe se mudou há anos para longe dele. Mas não acho que nenhum desses fatores o persuadirá a ser um completo idiota para nosso benefício.

— E quanto ao dinheiro? — perguntei. — Negócios? Há algo obscuro lá que possamos usar?

— Dizem por aí que ele está ligado a algum tipo de tráfico, mas ainda não podemos confirmar — falou, torcendo as mãos no colo.

— Acha que é uma pista? O que seu instinto lhe diz? — Eu estava começando a me arrepender de não ter investigado isso mais a fundo. De uma forma ou de outra, eu saberia se era um caminho que poderíamos seguir.

— Meu instinto me diz que ele tem muita coisa escondida e que está mergulhado até os joelhos nessa merda. — A resposta de Colton foi suficiente para mim.

— Bem, aí está sua resposta. Sempre siga seu instinto. Vamos usar a ameaça de expor o tráfico. Ele não vai querer perder a chance de conseguir a liberdade condicional. O cara é um covarde, que fará o que puder para se salvar.

Eu conhecia o suficiente sobre homens como ele para saber que venderia a própria mãe para sair da cadeia e voltar para seus negócios imundos. Acho que foi por isso que ela o renegou e se mudou. Já havia percebido o inevitável e foi esperta o suficiente para se salvar.

Colton começou a mexer no telefone e a fazer uma careta para si mesmo.

— Você quer que eu escreva? — perguntei, e seu rosto se iluminou.

— Achei que você nunca perguntaria. — Jogou o celular no meu colo, eu o peguei e comecei a escrever nosso primeiro contato.

> Bem-vindo ao seu jogo de consequências, Sr. Cheslin. Somos os Soldados da Anarquia e estamos aqui para fazê-lo pagar por ser um estuprador desprezível que não merece ver a luz do dia.
> É hora da vingança.
> E será com seu sangue.
> Mas até lá, temos algumas coisas que precisamos de você.
> Deixe-me começar dizendo como o jogo vai funcionar: vamos definir algumas tarefas para você. Pode escolher se quer realizar essas tarefas ou não, mas, como diz o jogo, há consequências. Se cumprir as tarefas, viverá para ver outro dia. Se não cumprir, você se arrependerá. "Por que eu deveria obedecer?" Estou te ouvindo dizer. Acho que a comissão de liberdade condicional estaria muito interessada nas provas que temos envolvendo seu papel em certa rede de tráfico. A liberdade está tão próxima e, ainda assim, podemos lhe tirar tudo. E o faremos, se não fizer o que dissermos.
> Entraremos em contato com sua primeira tarefa muito em breve, mas saiba, Sr. Cheslin... Estamos sempre observando.
> Os Soldados.

Acrescentei nossa assinatura de desenho animado do Coringa na parte inferior da mensagem e passei o celular de volta para Colton.

— Sem vídeo desta vez? — perguntou.

— Sem vídeo. Não sabemos a que tipo de celular ele tem acesso lá dentro. Vamos manter as coisas simples.

Ele assentiu e leu a mensagem.

— Gostei. — Sorriu. — E envia. Pronto. Isso já foi. Agora vamos esperar pelos fogos de artifício. Tem alguma ideia que queira compartilhar sobre o que vai obrigá-lo a fazer?

— Eu tenho algumas. Na verdade, você pode verificar se Jake Colt ainda está em Belbroughton para mim. Acho que ele seria perfeito para a primeira tarefa.

Jake Colt era um conhecido assaltante à mão armada de Brinton. Ele também era um tatuador muito talentoso, que começou a praticar seu ofício na prisão para manter suas habilidades afiadas enquanto estava lá.

— Duvido que ele tenha sido solto. Nós saberíamos disso. Mas vou checar — Colton me informou, levantando-se e indo em direção à porta.

— Ótimo. E diga a ele que temos um novo cliente chegando em breve. Um cliente que ele vai gostar de tatuar algumas merdas fodidas.

Mais tarde naquela noite, quando eu estava me preparando para deixar o Asilo, recebemos uma mensagem de Karl Cheslin pelo telefone dos Soldados. Ele nos disse para irmos à merda e que não iria participar. Era uma resposta padrão e esperada. Então, Tyler mexeu alguns pauzinhos, enviou uma mensagem a um grupo de detentos de lá para visitá-lo em sua cela e garantir que ele soubesse que os Soldados poderiam contatá-lo em qualquer lugar.

Por que simplesmente não o matamos em sua cela?

Resposta: qual era a graça disso?

Éramos soldados, gostávamos de batalhas e apreciávamos a guerra. Ele era a nossa presa e queríamos brincar com ele. Era disso que gostávamos, onde nos divertíamos. Seus dias estavam contados, suas cartas estavam marcadas. Mas primeiro nos divertiríamos um pouco com ele. Era para isso que todos nós vivíamos.

Tirei da cabeça os pensamentos sobre a escória estupradora quando subi na minha moto e fui para a casa de Olivia. Já estava farto da câmera de segurança e queria ficar mais perto dela. Ela estava ignorando cada uma de minhas mensagens e eu não queria mais ficar em silêncio. Queria ser ouvido.

Quando entrei na estrada, virei na trilha de terra que passava pelos fundos de sua casa e estacionei no meu lugar habitual. Novamente, pulei o muro e atravessei para escalar a cerca. Em seguida, atravessei os pinheiros e a vegetação rasteira em direção à casa, vendo uma luz brilhando no andar de baixo, onde ficava a cozinha. Quando me aproximei, pude vê-la de pé e olhando concentrada, mexendo algo no fogão. Ela parecia serena, linda. Não consegui desviar meus olhos.

Seus dois irmãos mais novos entraram correndo e sorriram quando a viram. Ela disse algo a eles, que se sentaram, claramente fazendo o que lhes foi pedido. O vapor pairava no ar quando Olivia se dirigiu à pia para escorrer alguma coisa, provavelmente macarrão ou espaguete. Em seguida, ela se ocupou em servir a comida e levá-la para a mesa. Os três se sentaram para comer e senti meu coração disparar no peito.

Eu queria isso.

Queria estar sentado ali, naquela mesa, com ela.

Queria ser aquele que a apoiava quando os meninos não obedeciam.

E, de repente, um pensamento me ocorreu. Eu queria que fosse minha família. Queria colocar um bebê dentro dela e vê-lo crescer. Vê-la ser mãe. Em toda a minha vida, eu nunca havia desejado isso. Nunca pensei que fosse capaz de ser pai, mas o desejo que surgiu repentina e espontaneamente em meu cérebro me deixou totalmente perplexo. De onde diabos tinha vindo isso? E por que eu não estava sentindo repulsa?

Não conseguia tirar os olhos daquela janela, vendo-a recolher os pratos e sorrir, cada um deles pegando uma casquinha de sorvete do freezer e se dirigindo para o quarto como pequenos terrores que tinham conseguido roubar os biscoitos. Ela fingiu não vê-los, mas, quando se sentou à mesa sozinha e pareceu suspirar, meu coração se contraiu novamente.

Enfiei a mão no bolso e tirei meu celular.

> **Eu: Verdade ou desafio?**

Ela pegou o celular, leu minha mensagem e o colocou de volta na mesa. Sem resposta. Nada.

> Eu: Não me ignore, Olivia.

Dessa vez, ela manteve o celular sobre a mesa, mas tocou na tela para abrir minha segunda mensagem. Em seguida, virou o celular, de modo que ele ficou voltado para baixo. Sem resposta, novamente. Isso não me agradou.

> Eu: Não vou a lugar nenhum.

Ela tentou ignorar que tinha outra mensagem minha, mas, depois de alguns segundos, a curiosidade levou a melhor e ela pegou o celular. Quando viu o que eu havia escrito, levantou-se e foi até a janela, mas não respondeu. Eu estava perdendo a paciência e não gostava de ser ignorado. Então, peguei meu celular e tirei uma foto dela parada na janela e a enviei para ela com uma mensagem.

> Eu: Sempre estarei aqui.

Ela levantou o celular e olhou para a última mensagem e, quando a viu, arregalou os olhos. Instantaneamente, pegou o fio da persiana e a fechou, me banindo completamente.

Segurei o celular na mão e respirei fundo, contando até dez para me impedir de subir o gramado e invadir a casa dela. Então, seu nome apareceu na tela. Ela havia respondido.

> Olivia: Isso é para me assustar?

> Eu: Não estou aqui para assustá-la. Estou aqui para protegê-la.

> Olivia: Você tem um jeito engraçado de demonstrar isso.

> Eu: Mas estou demonstrando.

Esperei, mas a resposta seguinte não veio. Eu já tinha conseguido tudo o que queria dela esta noite. E, quando vi as cortinas de seu quarto se fecharem minutos depois, soube que ela não estava com vontade de brincar. Isso não importava. Só o fato de saber que ela estava segura ali já era suficiente para mim.

Por enquanto.

CAPÍTULO CATORZE

LIV

Tentei esquecer que Adam estava lá fora, em algum lugar, observando o que eu estava fazendo. Para ser sincera, eu estava mais irritada pelos meus irmãos. Como ele se atrevia a nos observar daquele jeito, invadindo nossos momentos particulares juntos? Pensei em chamar a polícia, mas, como sempre, ignorei esse desejo. Ele era muito esperto e a polícia — em minha experiência — era inútil. Eles nunca o encontrariam, e sua incompetência só me irritaria. Então, em vez disso, optei por bloqueá-lo. Ele acabaria ficando entediado quando não obtivesse a reação que queria. Não era assim que diziam para você lidar com os valentões?

Suspirei, pensando na bagunça que era minha vida no momento. Era quinta-feira à noite e, ao contrário das minhas amigas que estavam saindo com seus namorados, eu estava em casa, cuidando dos meus irmãos. Não era uma dificuldade tão grande assim. Eles jogavam Xbox e, quando eu dizia para escovarem os dentes e irem para a cama, eles o faziam. Raramente faziam barulho. Não como eu costumava fazer quando tinha a idade deles. Mas, ainda assim, era uma vida lamentável para os padrões de qualquer jovem de dezenove anos.

Quando os dois estavam na cama e eu havia apagado as luzes, fui para o meu quarto. Minhas cortinas estavam bem fechadas e me deitei na cama, pensando se assistiria a um filme da Netflix ou se me daria um presente extra, cortesia de Ronnie. Não demorou muito para que eu pensasse "foda-se" — merecia me sentir bem comigo mesma depois de tudo o que aconteceu ultimamente, então tirei meu amigo de confiança da gaveta de cima.

Acomodei-me na cama, ficando confortável, e fechei os olhos, deixando Ronnie fazer a mágica de sempre quando estava ligado. Mas, por alguma razão, não estava rolando. Tentei me distrair e imaginar minhas fantasias favoritas para ver se ajudava. Aquela em que eu estava na academia, sozinha nos vestiários, e um cara entrava e começava a falar palavrões para mim, dizendo tudo o que queria fazer comigo no chuveiro, mas não. Não funcionou. Então, mudei para aquela em que conheço um estranho sem rosto em um bar de hotel e decidimos ir para o quarto dele. Às vezes, havia outros caras esperando por mim quando eu abria a porta. Essa geralmente era um sucesso, mas, depois de um ou dois minutos, percebi que também não estava dando certo.

Eu estava começando a perder a paciência comigo mesma, então decidi sacar artilharia pesada e ir com aquela em que eu tropeçava em um covil escondido de uma gangue de motoqueiros e eles me levavam. A única garota em uma sala cheia de homens excitados, e ainda assim... Ah! Nada. Que se dane. Joguei Ronnie na cama ao meu lado e cerrei os dentes, sentindo-me total e completamente inútil. Eu precisava relaxar, desligar meu cérebro e seguir o fluxo. Deixar as coisas acontecerem naturalmente. Deixar minha imaginação assumir o controle.

Peguei Ronnie novamente e fechei os olhos. Dessa vez, fiz círculos lentos e doces e rocei delicadamente meu clitóris, me imaginando deitada exatamente onde estava, ouvindo o farfalhar das folhas do lado de fora, o barulho da brisa que soprava por entre as árvores. Imaginei minhas cortinas balançando, o vento as soprando pela janela aberta e, em seguida, um barulho na escuridão.

Ele estava aqui.

Entrando lentamente pela minha janela como um ladrão na noite, pronto para pegar o que quisesse. Vestido todo de preto, com o capuz abaixado para esconder o rosto.

Eu não me interrompi, e ele ficou parado, me observando, respirando fundo ao me ver dando prazer a mim mesma, exposta para ele sem nenhuma preocupação no mundo. O fato de ele me observar era o que mais me excitava, seus olhos focados no modo como eu brincava comigo mesma, sua língua se lançando para lamber os lábios e sua respiração irregular e desesperada. Ele me queria, e eu queria tanto chegar ao orgasmo, mas queria que ele também se divertisse. Queria que se excitasse ao me ver assim.

Quando ele se aproximou de mim, minha respiração ficou presa na garganta e me senti começar a pulsar, o calor entre minhas coxas ficando mais intenso. De repente, sem dizer uma palavra, ele tirou Ronnie de minhas mãos e o jogou na cama, subindo no colchão e rastejando sobre mim como um leão enjaulado que acabara de ser libertado. Agarrou minhas coxas, me puxou pela cama até onde queria e forçou minhas pernas a se abrirem mais. E então sua boca estava em mim. Sua língua girando sobre e ao redor do meu clitóris enquanto eu arqueava as costas, gritando com a sensação incrível. Ele fechou a boca sobre mim, e a sucção fez meu cérebro entrar em espiral. Eu não conseguia falar, mal conseguia me mover, mas as sensações, caramba, as sensações eram melhores do que qualquer coisa que eu já havia sentido antes.

Sua boca chupava, lambia, me comia como se ele fosse um homem faminto e, quando ele enfiou a língua em mim, eu gemia, sentindo a queimação familiar do meu orgasmo se formando, mas muito mais forte do que jamais havia conhecido.

Olhei para ele, vendo seu rosto enterrado entre minhas pernas, e o agarrei, empurrando-o para frente, cavalgando seu rosto como se minha vida dependesse disso. Sua língua voltou ao meu clitóris e, quando ele chupou com força, eu gritei, agarrando as cobertas ao meu lado e gozando mais forte do que nunca. Mas não parou, meu clitóris estava latejando tão forte que não consegui lidar com a intensidade, e gozei novamente, minhas pernas tremendo, e perdi totalmente o controle. Tive orgasmos múltiplos, os mais fortes e melhores que já tive, e ofeguei, sentindo o suor escorrer de mim para os lençóis da cama.

Eu estava ofegante, tremendo, lutando para sair do meu estado alucinógeno, mas, quando consegui, olhei para o Ronnie jogado na cama e depois para os meus dedos que estavam encharcados. A janela não estava aberta e havia uma escuridão total no quarto.

Que diabos havia de errado comigo?

Comecei a sentir nojo de mim mesma. Envergonhada. Será que eu realmente havia fantasiado com o meu perseguidor entrando no meu quarto e me fazendo sexo oral? Que tipo de aberração isso fazia de mim? E, no entanto, pensar nisso me fazia vibrar. Eu precisava ter certeza de que ninguém descobriria a respeito. Essa era uma fantasia que eu tinha que manter escondida.

Para sempre.

CAPÍTULO QUINZE

LIV

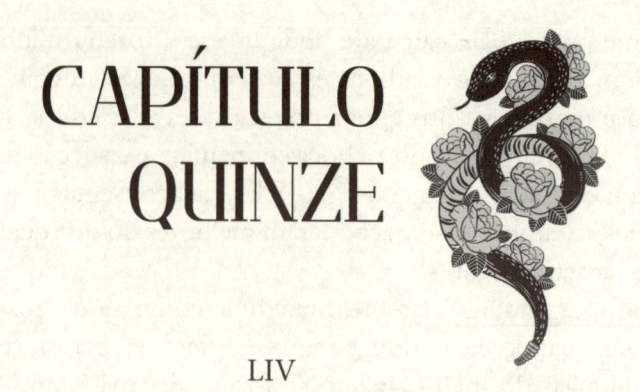

Acordei na manhã seguinte, e a vergonha ainda pesava em meu coração.

Em que diabos eu estava pensando na noite passada, imaginando-o daquela forma?

De todas as fantasias que eu poderia ter tido, essa foi a que deu certo?

Que se dane.

Olhei para o relógio em minha mesa de cabeceira e vi que tinha dormido demais. Eu precisava preparar os meninos para a escola e não havia tempo a perder. Pulei da cama e vesti uma roupa íntima limpa e um vestido de verão, comecei a amarrar meu cabelo e saí do meu quarto, gritando para que eles se levantassem e se vestissem. A porta de Hayden se abriu e ele ficou parado, me encarando, esfregando os olhos e bocejando.

— Estamos atrasados, vamos. Prepare-se para a escola — eu o repreendi, abrindo a porta de Ollie e o encontrando sentado na cama.

— Você precisa se levantar, amigo. Tome banho e vista seu uniforme. É dia de aula e todos nós dormimos demais.

— Mas eu não preciso do uniforme hoje — Ollie me informou com orgulho.

— Por quê? — Cruzei os braços e olhei para ele com cara de "não me venha com essa conversa fiada".

— Porque é o dia da Grécia Antiga na escola. Tenho que ir fantasiado de grego — falou, com muito orgulho e entusiasmo, mas eu apenas o encarei, sem acreditar no que estava ouvindo.

— Dia da Grécia Antiga? Você tem que se vestir de grego? Com o quê? Que roupa de grego você acha que eu tenho e que posso usar nos próximos quinze minutos? — A manhã, que havia começado uma merda do caramba, estava rapidamente se transformando em uma pilha catastrófica de merda. — Sério, Ollie, você não poderia ter me contado isso ontem à noite? — Virei-me para encarar Hayden, que estava se escondendo com culpa na porta. — E você? Tem que se vestir de grego também?

Hayden negou com a cabeça e suas bochechas ficaram vermelhas quando ele disse:

— A minha é na próxima semana. E é o dia do Império Romano.

— Bem, pelo menos posso encomendar algo on-line para isso. Mas o que diabos eu devo fazer agora?

Os dois ofegaram com o uso da palavra com "d", mas essa era a menor das minhas preocupações. Olhei para Ollie e seu rostinho se desfez, com lágrimas nos olhos.

— Querido, não chore. Nós vamos dar um jeito. Vai dar tudo certo — garanti, agachando-me para abraçá-lo, mas sem acreditar em uma palavra do que eu estava dizendo. Abri meu celular e procurei no Google por roupas infantis da Grécia Antiga e, quando vi as togas brancas e as faixas, achei que talvez pudesse dar certo.

— Ouça — eu disse, segurando-o pelos braços —, vá escovar os dentes, tome um banho e penteie o cabelo. Voltarei em um minuto e faremos com que você pareça o grego mais malvado que já existiu. — Levantei-me e fui em direção à porta, enquanto Ollie entrava no banheiro da suíte. — E você, Hayden. Vaza. — Eu o afastei. Ele era o mais velho dos dois, e Ollie precisava mais da minha atenção naquela manhã.

Fui para o quarto dos meus pais, amaldiçoando minha mãe por não ter me contado sobre isso antes de sair. Deve ter havido alguma correspondência enviada para casa ou algo no boletim da escola sobre isso. Mas não havia tempo para me lamentar e reclamar. Eu tinha um trabalho a fazer.

Vasculhei as gavetas dela e encontrei uma de suas fronhas brancas extragrandes, uma echarpe de seda azul, alguns cintos dourados e uma faixa dourada para a cabeça. Em seguida, fui até a cozinha e peguei a tesoura na gaveta, cortando um buraco para a cabeça de Ollie na parte superior da fronha e dois buracos nas laterais para que seus braços se encaixassem. Depois de fazer isso, corri de volta para o andar de cima, entrei no quarto do meu irmão e joguei tudo na cama.

— Agora, isso pode ficar um pouco curto, então talvez seja melhor colocar uma camiseta branca e seu calção de futebol branco primeiro — avisei, e ele se ocupou em fazer exatamente o que eu havia pedido. Sempre foi um menino muito bom.

Quando estava diante de mim com sua roupa branca, coloquei a fronha sobre sua cabeça, a echarpe azul sobre seu ombro — para que caísse até os quadris — e depois amarrei um cinto dourado em volta de sua cintura para manter tudo no lugar.

— Ainda tem suas sandálias marrons do verão passado? — perguntei, e ele acenou com a cabeça e apontou para o armário.

Arrastei-me até lá e peguei-as da pilha no chão. Em seguida, coloquei-as em seus pés e ajeitei as fivelas. Ele foi em direção ao espelho, mas eu o impedi.

— Um último toque, amigo — comentei, amarrando a faixa dourada na cabeça dele, como nas fotos que eu tinha visto no Google. — Pronto. Agora vá e dê uma olhada. — Fiz um gesto para o espelho.

Ele foi até lá para se ver e, quando ofegou e deu um soco no ar, quase caí em lágrimas. Meu Deus, eu o amava.

— Isso é incrível. Estou tão legal — ele disse, virando-se para se ver de todos os ângulos.

— Está mesmo — disse Hayden, vindo da porta, vestido com seu uniforme impecável.

— Pode me chamar de Super-Liv! — cantarolei, levantando-me do chão, decidindo deixar a bagunça das camas para depois. — Vamos lá, então. Temos que ir! — Bati palmas para que eles se mexessem.

Nós três descemos as escadas correndo e peguei suas mochilas e as lancheiras que eu havia preparado para eles na noite passada e saímos.

Quando entrei no estacionamento em frente à escola deles, alguns minutos depois, senti o orgulho me invadir. Todas as crianças da classe do Ollie estavam fantasiadas, e a roupa do meu menino era muito melhor do que a da maioria delas. Eu tinha feito um bom trabalho. Talvez eu não fosse tão idiota assim, afinal de contas?

— Tenham um bom-dia, crianças! — gritei, quando os dois saíram do carro e entraram pelos portões da escola.

E então fiquei ali sentada, pensando no que fazer com o meu dia depois da manhã turbulenta que acabara de passar. Eu poderia ir para casa e fazer uma faxina, mas não me daria ao trabalho. Minhas duas melhores amigas tinham aulas, mas eu já havia desistido do meu curso de administração depois de descobrir que era a maneira mais deprimente de passar os dias. Ainda não sabia o que queria fazer, mas meu pai me disse para tirar um tempo para descobrir. O único problema era que as respostas não vinham até mim. Eu precisava fazer algo para clarear a cabeça. Ir a algum lugar para tentar descobrir o que diabos eu estava fazendo com a minha vida.

CAPÍTULO DEZESSEIS

ADAM

Eu a observei deixar os meninos na escola, depois a segui em minha moto, enquanto ela parecia dirigir sem rumo pelas ruas de Sandland. Por fim, parou no estacionamento do parque local e saiu. Estacionei não muito longe de onde ela estava, mas mantive distância.

Havia um pequeno lago com barcos no meio do parque, com bancos ao redor, e ela se sentou sozinha, olhando para a água e para os patos que deslizavam pela superfície, bicando as velhas cascas de pão que haviam sido jogadas para eles. Acomodei-me embaixo de uma árvore que ficava afastada da área de recreação principal e a vi, sentada em um parque que estava ficando lotado àquela hora da manhã, com passeadores de cachorros, corredores e casais mais velhos dando um passeio, mas ela estava sozinha. Parecia solitária, e isso fez meu coração doer.

Não sei por quanto tempo fiquei ali, observando-a, mas minhas pernas ficaram cansadas, então me encostei no tronco. Estava tentando descobrir por que ela estava sentada ali, perdida em pensamentos.

Será que estava pensando em mim?

Algumas vezes, ela tirou o celular da bolsa que estava ao seu lado no banco, mas sempre que tocava na tela, guardava-o novamente momentos depois. Não havia mensagens. Será que ela estava esperando que eu lhe enviasse uma?

Notei uma van de sorvete um pouco adiante no caminho e me virei para um garoto que estava com seu colega, chutando uma bola. Eles deveriam estar na escola, mas quem era eu para julgar? Raramente ia para a escola na minha infância. Ninguém me queria lá e isso me agradava muito.

— Aqui. Colega — chamei um dos rapazes, e ambos pararam o que estavam fazendo, fizeram uma careta para mim e depois arregalaram os olhos quando viram quem eu era. Eles devem ter tido pais que os alertaram sobre os Soldados. Ou isso, ou eram de Brinton. No entanto, não os reconheci, então presumi que minha reputação havia me seguido.

— Estão vendo aquela van ali? — Acenei com a cabeça para a direção. — Quero que vá comprar um sorvete. Um decente, com todos os ingredientes. Depois, quero que o leve para aquela garota sentada no banco. Entendeu? — Tirei a carteira do bolso de trás e entreguei-lhes algum dinheiro. — Se fizerem isso, deixarei que fiquem com o troco. Se me foderem, eu corto suas bolas, levo para casa e dou de comer para o meu cachorro.

— Nós sabemos quem você é — disse o mais alto dos dois, tirando a nota de mim como se achasse que eu era um animal raivoso que poderia morder. — Não vamos atrapalhar nada.

— Ótimo. Ah, e quando ela perguntar, não pode dizer que eu dei.

— De quem devemos dizer que é? — perguntou o pequeno, franzindo a testa.

— Não estou nem aí. Digam que é de um admirador secreto, não me importo, só não digam que sou eu.

Os dois acenaram com a cabeça e atravessaram a grama como se suas pernas fossem feitas de chumbo, indo direto para a van de sorvete.

Eu os vi comprar um, todo coberto de granulado e outras coisas, e depois guardar o troco, sorrindo para si mesmos. Eles deram uma olhada para onde eu estava, escondido à vista de todos, e seus sorrisos desapareceram. Quando chegaram perto de Olivia, ela se virou e, quando eles empurraram o sorvete em sua direção, ela recuou, obviamente questionando o que diabos estava acontecendo. Houve alguma discussão, e eles balançaram a cabeça. Aposto que ela disse a eles para comerem sozinhos, mas, por fim, ela pegou o sorvete e eles a deixaram, correndo para fora do parque o mais rápido que puderam, sem olhar para trás.

Olivia segurou o sorvete como se fosse uma granada sangrenta e examinou o parque, analisando ao seu redor. Então, uma senhora idosa sentou-se na extremidade mais distante do banco e ela o estendeu, oferecendo-lhe o sorvete. A senhora negou com a cabeça e Olivia se levantou, com os ombros caídos como se estivesse suspirando, e o sorvete foi parar na lixeira ao lado.

Que se dane.

Eu não podia nem mandar um sorvete de merda sem que ela perdesse a cabeça. Não estava disposto a ignorar isso. Então, peguei meu celular e mandei uma mensagem.

> Eu: Você não quer nem comer um maldito sorvete?

Ela tirou o celular da bolsa e leu minha mensagem, e o que aconteceu em seguida me deixou totalmente surpreso. Ela parou no meio do parque e gritou bem alto:

— Eu não quero a porra do seu sorvete! Ele é uma porcaria! E você também! Me deixe em paz!

A senhora idosa se levantou e saiu correndo com medo. O vendedor de sorvete respondeu, gritando que seu sorvete era o melhor que Sandland tinha a oferecer.

E eu?

Eu não conseguia parar de rir.

Essa garota linda, teimosa e irritante era louca. O tipo de louca que eu gostava. E eu estava aqui para isso. Eu adorava isso, porra.

Ela saiu do parque e foi até o carro, entrando e batendo a porta antes de dar um soco no volante. E eu não pude resistir a enviar uma última mensagem.

> Eu: Adoro quando você fica irritada.

CAPÍTULO DEZESSETE

LIV

O que estava acontecendo comigo?

Eu estava perdendo a cabeça por causa de um sorvete.

Tudo bem, não era só por causa do sorvete... Eu estava estressada e irracional e não conseguia nem pensar direito. Mas, ainda assim, um sorvete me deixou louca.

Por que ele ainda estava me seguindo?

O que havia de tão especial em mim?

Respirei fundo, sentada no carro, tentando me acalmar, e liguei o rádio para ouvir a versão de *Paparazzi*, de Kim Dracula, tocando como um presságio para a minha infelicidade. Mas talvez Kim Dracula tivesse alguma razão? Ele me seguiria até que eu o amasse ou até que ele conseguisse o que queria. Não era assim que todos os homens eram? Os que eu havia encontrado certamente sim. No momento em que você se abria, ou abria as pernas, eles perdiam o interesse e você não os via mais. Eu apostaria dinheiro que ele era igual.

Desliguei o rádio, pois não estava sentindo o clima de perseguição da música, e de repente me senti culpada. Ele havia comprado um sorvete para mim. Poderia ter tido coragem e me dado ele mesmo, mas, se eu olhasse por um ângulo diferente, ele não estava apenas tentando fazer uma coisa legal?

Não, Liv. Pare com isso. Não há gestos bonitos e momentos doces quando se trata de Adam Noble. Ele é um Soldado, um vigilante, mata pessoas por diversão e tudo o que faz tem um toque sinistro, gratificante e de satisfação pessoal.

Balancei a cabeça e depois a bati contra o encosto de cabeça atrás de mim. Parecia que eu tinha um anjo e um demônio sentados em meus ombros e nem mesmo eles concordavam com o que estava acontecendo em minha vida. As linhas do bem e do mal estavam embaçadas, e eu não conseguia ver a diferença entre as ambas.

Tentei racionalizar isso em minha mente. Eu havia falado com ele, o adverti e ele ainda não havia se dissuadido. Tentei ignorá-lo, mas isso também não funcionou. Talvez eu precisasse seguir um caminho diferente? Talvez eu precisasse encontrá-lo no meio do caminho. Convidá-lo a entrar um pouco. Mostrar a ele como eu realmente era. Talvez assim ele perdesse o interesse e seguisse em frente. Eu precisava mudar o plano, reescrever as regras. Até agora, tinha feito o jogo dele. Era hora de ele fazer o meu, porque, convenhamos, se havia uma coisa que eu geralmente fazia muito bem, era assustar os caras e ser deixada para trás. O que Chase disse mesmo? Eu não era a garota com quem eles ficavam. Eu era dispensável. Talvez tudo o que o Adam precisava era ver isso.

Então, peguei meu celular e mandei uma mensagem para ele.

> Eu: Desculpe-me por ter jogado seu sorvete fora.

Os pontos que indicavam que ele estava respondendo dançaram e segurei o celular como se estivesse morrendo, esperando para ver o que ele responderia.

> Meu perseguidor: Por que você o jogou fora? Tinha granulado nele.

Eu ri, apesar de não querer. Boa tentativa de usar um pouco de sarcasmo para amenizar a situação.

> Eu: Porque eu estava com raiva e estou cansada. Cansada desses jogos.

Eu queria ter certeza de que ele sabia que isso não era uma piada para mim. Tratava-se de muito mais do que granulados e casquinhas de sorvete.

> Meu perseguidor: Eu só queria fazer você sorrir. Você parecia tão solitária.

Fiquei chocada com a resposta. Não era do feitio de Adam ser tão sincero. O anjo em meu ombro deu um pequeno grito como se dissesse: "Está vendo? Foi um gesto gentil". Enquanto o demônio bufou: "Sempre manipulador. Ele está até usando suas emoções para chantageá-la". Eu estava tão confusa que não sabia em qual acreditar.

> Eu: Como posso me sentir solitária se você está me seguindo?

Eu estava me sentindo só. Mas nunca admitiria isso, nem mesmo para minhas duas melhores amigas.

> Meu perseguidor: Às vezes, as pessoas mais solitárias são aquelas que se cercam de outras. Você se esquece de que a conheço, Olivia.
> Eu conheço você.

Ele achava que tinha me entendido. Mas como poderia, se nem eu mesma me entendia?

> Eu: Você acha que me conhece, Adam, mas na verdade não conhece. Sou uma pessoa horrível. Falo o que penso e as pessoas odeiam isso. Gasto muito tempo com minha aparência. Sou superficial. Se me conhecesse, perceberia isso.

Pensei em lhe dizer a verdade. Dizer a ele exatamente que tipo de pessoa eu realmente era.

> Meu perseguidor: Isso é o que você quer que as pessoas pensem, e me parte o coração se realmente acredita que isso é verdade. Você acredita? Porque não vejo dessa forma. Você fala o que pensa porque se importa. Se as pessoas não percebem isso, é porque são idiotas. Você é linda com ou sem toda a merda que coloca no rosto, porque a beleza é mais do que apenas um rosto bonito, é bondade e amor. Você faz coisas pelos outros, mesmo que não saibam disso ou não reconheçam. Eles não lhe agradecem porque não dão valor a você. Você não é superficial, Olivia. Tem mais profundidade do que jamais deixará alguém ver. Eu te conheço, mas quero saber mais.

Ele tinha acabado de acertar em cheio com essa resposta.

> Eu: De onde vem tudo isso?

> **Meu perseguidor:** Eu te observei. Entendo você. Gosto de você.

Essa última declaração, essas três pequenas palavras, me deixaram mais chocada do que qualquer outra coisa que eu já tinha ouvido na vida.

Ele gostava de mim?

O cara que havia me mostrado tantas faces diferentes no outro dia em seu quarto no Asilo, que eu fiquei tonta, me apreciava. Como esse mesmo cara poderia me enviar uma mensagem como essa?

Eu realmente queria que fosse verdade. Tudo o que sempre quis foi ser apreciada. Mas nunca fui. Na verdade, não. Meus amigos eram incríveis, eram como uma família para mim. Mas minha verdadeira família não me valorizava. Eu era uma conveniência para eles, mas não um bem. Até mesmo meu pai, quando me disse para tirar um tempo para pensar no que queria fazer da minha vida, não disse isso porque achava que era o que eu precisava ouvir. Ele simplesmente não tinha tempo para sentar comigo e pensar no que eu queria. Apenas jogou dinheiro no problema. Pagou para que eu saísse de perto dele. E a minha mãe? Eu não era nem mesmo uma funcionária contratada; estava um degrau abaixo disso.

> **Eu:** Você fala muito bem. Correção... escreve, no caso.

> **Meu perseguidor:** Eu falo o que acho. Não fico enrolando.

Estava começando a me sentir desconfortável com a honestidade dele e, por isso, decidi que daria um golpe de misericórdia nele.

> **Eu:** Verdade ou desafio?

Não demorou muito para ele responder:

> **Meu perseguidor:** Verdade.

> **Eu:** Diga-me algo de que você não gosta em mim.

Essa eu tinha que ouvir.

> **Meu perseguidor:** Não gosto que você se rebaixe. É quase como se você fizesse isso para chegar em primeiro lugar, para vencer o resto do mundo. Gostaria que você pudesse se ver através dos meus olhos.

Ah, droga. Isso era tão verdadeiro. Eu era ótima em provar às pessoas que elas não podiam me menosprezar, porque eu o fazia primeiro. Eu era a mestre da autossabotagem.

> **Eu:** Boa resposta. Você deveria mudar sua carreira de assassino de psicopatas para psicoterapeuta.

Respondi, tentando me manter distante e não deixar que ele soubesse que essas mensagens novas e mais profundas estavam me atingindo.

> **Meu perseguidor:** Diga-me algo que você não gosta em mim.

Ele perguntou, e eu ia responder com uma resposta maliciosa para rebaixá-lo, mas o anjinho em meu ombro me disse: "Use isso a seu favor. Traga o demônio da escuridão para a luz".

> **Eu:** Não gosto que você se esconda atrás de mensagens de texto e nas sombras. Se quiser me conhecer melhor, venha para a rua e faça isso.

Meu dedo pairou sobre o botão enviar, pensando se cutucar o urso adormecido seria uma boa ideia. Mas eu sabia que tinha que pelo menos tentar. Forçá-lo a sair do esconderijo e, então, talvez tudo isso chegasse ao fim.

> **Meu perseguidor:** Talvez eu saia.

Eu não sabia o que responder, então coloquei meu celular de volta na bolsa. Deixaria a bola no campo dele e veria o que aconteceria em seguida. Eu havia lançado minha rede, jogado minha isca. Agora, só precisava enrolá-lo e depois jogá-lo de volta quando ele experimentasse o que realmente significava ser pego por mim. Quando ele descobrisse como eu realmente era, desistiria.

CAPÍTULO DEZOITO

ADAM

Mais tarde naquela noite, eu estava na boate, tentando mostrar um pouco de esforço e fazer a minha parte. Eu não queria estar aqui. Queria estar onde quer que Olivia estivesse. Mas não podia deixar que os outros fizessem tudo, não o tempo todo. Já havia me descuidado bastante ultimamente, e esse pensamento estava começando a me irritar.

Fiquei no andar térreo, marcando minha presença, mas verificando o circuito interno de TV no meu celular, caso fosse necessário. Devon também estava circulando por ali, e os outros três mantinham as coisas funcionando no primeiro andar. O domínio deles.

Um pouco mais tarde, Colton desceu para se juntar a mim e saímos pelos fundos para tomar um pouco de ar fresco e descansar do que parecia ressoar por todo o corpo como um choque elétrico. Era bom sair de lá. Às vezes, eu me perguntava por que tinha concordado com essa história de boate, quando, na verdade, odiava outras pessoas, socializar e todas as outras coisas que vinham com isso.

— Sinto que, como seu melhor amigo, preciso lhe dizer algo, de homem para homem — disse Colton, enquanto estávamos na escuridão.

— Não sei se quero ouvir isso, e quem disse que você é meu melhor amigo? — respondi, enfiando as mãos nos bolsos e saboreando o ar fresco da noite.

— Tudo bem, talvez você goste um pouco mais do Devon, mas, convenhamos, eu sou a pessoa que mais o diverte. — Olhei para o lado onde ele estava e apenas levantei uma sobrancelha. Não foram necessárias palavras. — Tanto faz. Alguém precisa ajudá-lo, porque você está fazendo um trabalho muito ruim sozinho.

Eu me virei para encará-lo agora, intrigado com o que ele estava querendo dizer com isso. Certamente tinha coragem de me chamar a atenção para um trabalho supostamente de merda.

— Vá em frente. Desembuche — eu disse. Se ele ousasse questionar meu status no grupo, estava pronto para mostrar exatamente por que eu ainda era o número um.

— Essa sua mania de perseguição não está funcionando, amigo. Você precisa encarar os fatos. Se quiser essa garota, terá de tentar de outra forma. Confie em mim. A maioria das mulheres não gosta desse tipo de merda psicopata. Elas preferem flores e conversas doces. Sabe, talvez até mesmo ser convidada para um encontro. Até agora, Liv teve tanta influência em seu relacionamento quanto nossas mortes têm em seu último suspiro. Acho que você precisa abandonar todo o jogo de consequências com ela e ser um pouco mais suave. Guarde as coisas assustadoras para quando estiver trabalhando conosco.

Franzi a testa. Não gostava de ser questionado sobre nada, mas agora estava começando a me sentir como uma causa perdida.

— O que você quer dizer com ser um pouco mais suave? — Nunca esperei receber conselhos sobre mulheres do Colton, mas sentia que estava batendo a cabeça contra uma parede de tijolos ultimamente. Nada do que eu fazia parecia chegar até ela. Ela era minha. Mas não queria ser.

— Quero dizer, cortejá-la. Sabe o que deve fazer? — disse Colton, apontando seu cigarro para mim, enquanto estávamos na escuridão do terreno nos fundos do Asilo.

— Não tenho nem ideia.

— Você deveria convidá-la para vir aqui.

Balancei a cabeça em exasperação, achando que sua sugestão era a pior coisa que eu já tinha ouvido. Ela nunca viria aqui, não quando fosse eu a convidá-la. Ou viria? Ela havia dito que queria que eu saísse das sombras. Que se dane. O que eu sabia?

— Este é o último lugar para o qual eu gostaria de convidá-la. E ter todos os caras lá dentro em cima dela? Não vai acontecer — afirmei, embora minha mente ainda estivesse pensando na possibilidade.

— Eu não quero dizer lá dentro — Colton zombou, apontando para trás dele em direção ao andar térreo. — Estou falando de um convite especial. Talvez um dos quartos... Aaah, já sei, o quarto escuro. Ela pode não saber que é você. Isso pode até influenciar a decisão dela.

Ele se achava engraçado. Mas não era.

— Se eu a chamasse para sair, e se eu a convidasse para o quarto escuro, me certificaria de que ela soubesse que era eu. — E ela me conhecia bem o suficiente para saber que seria eu também. Nunca deixaria outra pessoa tocá-la.

— Então, vá em frente. Pergunte a ela. — Ele balançou as sobrancelhas, como se fosse simples assim.

— Não sei — respondi, irritado com minha própria indecisão. Eu sempre sabia o que fazer. Não gostava de me sentir assim.

— Acho que você sabe, e uma coisa que eu nunca imaginei é que você fosse um covarde.

Isso me fez recuar.

— Não sou um maldito covarde, estou apenas esperando a hora certa. Vou levá-la para onde eu quiser. Só quero fazer do meu jeito. Isso não é um jogo, Colton. Ela significa muito para mim e quero ter certeza de que, quando eu der tudo de mim, ela estará ao meu lado. Tenho de fazer isso do meu jeito.

Ele encolheu os ombros e deu outra tragada no cigarro.

— Do seu jeito? Observá-la por uma tela de vídeo e ficar a cinquenta passos atrás dela o tempo todo? Se quer saber, parece um pouco idiota.

— Não é.

— E está indo em um ritmo de caracol. Quanto tempo se passou desde que você a conheceu?

— Alguns meses, não que isso seja da sua conta. — Eu podia ouvir os demônios em minha cabeça se levantando novamente. Não gostava de ser questionado e desafiado.

— E, durante todo esse tempo, você nem sequer a beijou. Ou qualquer outra pessoa, aliás. Suas bolas devem estar tão azuis que você poderia arrancá-las e usá-las como enfeites de Natal. Provavelmente, também teria mais utilidade com elas.

— Não que eu espere que você entenda, mas nem tudo se resume a sexo para mim. Quero mais do que isso.

Ele riu de mim por ter dito isso, mas não me importei.

— Quer se casar com ela? — provocou. — Ter pequenos Adam e Liv correndo por aí, crescendo e se tornando ainda mais fodidos do que nós?

— Se eu tivesse filhos, faria um trabalho muito melhor do que nossos pais fizeram — respondi, sem pensar duas vezes no que dizia.

— Ai, meu Deus! Você realmente pensou sobre isso. Nossa. Isso é mais sério do que eu pensava. Você precisa de ajuda, amigo. — Colton negou com a cabeça, assobiando em desaprovação.

— Não de você, não preciso. Mas obrigado mesmo assim — afirmei, dando as costas para ele.

— Ah, cara. — Colton suspirou. — Acho que precisamos voltar para lá e fazer mais algumas coisas de Soldado. Você está começando a desenvolver uma vagina, você é mais menininha do que ela.

Ele riu, mas me irritei, jogando-o contra a parede e indo direto ao seu rosto.

— Acha que eu amoleci? Que ainda não posso arrancar sua cabeça e enfiá-la na sua bunda?

— De jeito nenhum — gritou, enquanto eu agarrava seu pescoço com força. — Adoro o fato de você ainda ter o controle. Aperte um pouco mais. Mostre-me que você realmente se importa. — Ele me jogou um beijo e eu voltei à realidade, soltando seu pescoço e empurrando-o para longe de mim.

Já tinha tomado ar fresco suficiente para uma noite, e agora meu peito estava ainda mais apertado do que antes. Então, deixei-o ofegante e esparramado onde estava, enquanto me dirigia para dentro. Atravessei a pista de dança, tirando as pessoas do caminho ao fazê-lo, e fui direto para as escadas e para o verdadeiro santuário que era meu quarto.

Quando cheguei lá, fechei a porta com força, fazendo com que Tyson, que estava dormindo, pulasse da cama e começasse a latir para mim.

— Não comece, porra — ordenei, apontando o dedo para ele. — Se você pudesse falar, também estaria me enchendo o saco por causa dela. Traidor de merda.

Ele rosnou e choramingou um pouco, depois se acomodou de volta na cama, virando-se de costas para mim e voltando a dormir.

— Não posso convidá-la para o quarto escuro — eu disse a mim mesmo, tentando dar algum sentido à confusão de emoções em minha cabeça. — Se eu quiser ser mais leve, talvez possa convidá-la para ir ao clube. Para chegar ao quarto escuro.

Não parei para pensar ou me convencer a não fazer isso. Peguei meu celular e mandei uma mensagem para ela.

> Eu: Quer que eu saia da escuridão? Então me encontre no meio do caminho. Venha ao clube neste sábado.

Fiquei olhando para o celular, esperando uma resposta; quando ela não veio, joguei-o na cama, sentindo-me irritado por não estar conseguindo o que queria. Eu precisava de uma resposta agora. Não gostava que me fizessem esperar.

Mas então recuei, sentindo-me um idiota por ser como era. Talvez eu precisasse mudar, por ela. De uma coisa eu tinha certeza: realmente precisava me acalmar, e achei que um banho poderia ajudar. Isso, e talvez eu pudesse me afogar em minha miséria, mas, quando ouvi meu celular vibrar, atravessei o quarto para pegá-lo.

> Olivia: Ok. É sua vez. Vejo você no sábado.

Meu coração deu uma cambalhota no peito e um nervosismo como eu nunca havia sentido antes me percorreu por inteiro.
Ela havia dito sim.
Ela viria para cá.
Para mim.

> Eu: Eu a verei antes disso, mas sábado será outra coisa.

Respondi, sentindo a dúvida e a fúria de antes desaparecerem mais rápido do que qualquer ducha.

> Olivia: Estou contando com isso.

Na manhã seguinte, entrei em nossa sala de jogos, sentindo-me mais leve do que há muito tempo não me sentia. Os outros quatro estavam todos lá, descansando; pela expressão de seus rostos, esperavam por mim.
— Você está parecendo muito satisfeito consigo mesmo — brincou Colton. — Quem você matou ontem à noite para atingir esse nível de felicidade?
— Não é da sua conta — respondi, e os outros sorriram para si mesmos.
— Recebemos notícias de Jake Colt na prisão — revelou Devon. — Ele está pronto para fazer o trabalho que você quiser em Cheslin. O que exatamente quer que ele faça?
Eu sorri para mim mesmo. Este dia estava ficando cada vez melhor.

— Quero mexer com a cabeça dele — respondi. — Vou pedir ao Jake para tatuar a palavra "estuprador" nele.

— Aaah, onde? Na testa? Ou, melhor ainda, no pênis e nas bolas? — Colton perguntou, animado.

— Como poderia ser no pênis e nas bolas dele? — Tyler perguntou, balançando a cabeça em exasperação para Colton.

— Nós poderíamos dar a ele uma escolha. Talvez espalhar um pouco as letras? — Colton acrescentou, apontando para sua própria virilha como se estivesse demonstrando a logística.

— Sem opções — afirmei. — Ele a colocará em algum lugar visível. Vou deixar Jake escolher onde. Ele é quem terá de prendê-lo e fazer isso. Também não haverá a higiene habitual. Quero que faça com que seja o mais doloroso possível.

— Ele vai usar uma faca enferrujada? — perguntou Colton.

— Não estou nem aí se ele usar uma colher de chá. Quanto mais doloroso, melhor — respondi.

Vi o celular dos Soldados ao lado da chaleira, então fui até lá e liguei o interruptor para fazer uma infusão e depois peguei o celular para enviar a mensagem para Cheslin. A primeira parte de seu jogo estava prestes a começar.

> Fico feliz que você finalmente tenha percebido e concordado em participar do nosso jogo, Sr. Cheslin. Sua primeira tarefa é simples. Há um amigo nosso em Belbroughton, Jake Colt. Sua tarefa é ir vê-lo hoje. Ele tem um presente especial que quer lhe dar, cortesia dos Soldados da Anarquia.
> Aguardaremos a confirmação de Jake de que a tarefa foi concluída para sua — e nossa — satisfação. Se você for bem-sucedido, viverá para jogar outra partida. Se falhar, garantiremos que você nunca mais veja a luz do dia na ala de segurança máxima, para onde o enviaremos. A solitária será um sonho ao qual você aspirará depois de algumas horas lá. Mas as horas não serão suficientes. Serão meses, anos, que você ficará preso lá. Portanto, pense bem, Sr. Cheslin. Como você vai jogar essa rodada? Entraremos em contato.
>
> Os Soldados.

A chaleira apitou, avisando-me que a água havia fervido, e coloquei o celular no balcão e me ocupei em preparar uma xícara de café.

— Alguém mais quer uma xícara? — perguntei, e os olhares que recebi de volta me fizeram perguntar: — O quê?

— Você nunca faz o café — respondeu Devon.

— Se eu não soubesse, diria que você teve sorte ontem à noite. — Colton sorriu para mim.

— Tive. — Dei as costas a eles para que não pudessem ver meu sorriso, pensando na minha Olivia e no fato de que eu teria a chance de vê-la e realmente estar com ela no sábado. — Mas é mais fácil o inferno congelar do que eu contar sobre para vocês.

CAPÍTULO DEZENOVE

LIV

Era sábado e eu havia planejado tudo nos mínimos detalhes. Reservei uma babá para meus irmãos. Comprei a roupa perfeita, que fosse sexy, mas não muito reveladora, apenas o suficiente para parecer elegante. Até agendei um Uber e tomei uma taça de vinho para me dar um pouco de coragem líquida antes de sair. O que eu não havia planejado era o meu nervosismo. Eu não conseguia parar de tremer, e isso não era típico de mim. Sempre fui a pessoa que não dava a mínima quando se tratava de sair. *Aceite-me como estou*, esse era o meu lema. Mas esse lema tinha se levantado e ido embora, deixando-me com uma ansiedade e dúvida incapacitantes.

Que diabos eu estava fazendo?

Não havia contado a ninguém que estava indo ao O Santuário esta noite. Em e Effy me convidaram para uma noite de casal, jurando que eu não ficaria segurando vela enquanto elas assistiam a um filme de baixa qualidade com suas caras-metades, com pipoca e olhares trocados. Agradeci por terem pensado em mim, pois, apesar de tudo, estavam tentando me incluir na noite deles. Mas eu não precisava de mais lembretes sobre como eu era tragicamente solteira. Poderia fazer isso sentada em minha própria sala de estar e provavelmente assistiria a um filme melhor também.

Mas agora, eu estava começando a duvidar de tudo. Talvez ir sozinha não fosse uma boa ideia, afinal de contas? Não seria a primeira vez que eu sairia sem ninguém, esse não era o problema. Era o nervosismo e o fato de que ele estaria lá. Eu não sabia se realmente tinha coragem de ir em frente com isso. Qual era o meu problema? O que havia acontecido com a garota que, meses atrás, havia se mantido firme na frente de todos eles e mandado que se fodessem?

Tentei deixar meus medos de lado e continuei a me arrumar. Deixei o cabelo solto e mantive a maquiagem simples, neutra. O vestido que escolhi era vermelho com alças. Quando o comprei, achei que a cor me destacaria. Eu adorava vermelho. Mas agora que estava diante do espelho, desejei ter optado por algo preto. Algo que me ajudasse a me misturar com a escuridão em que todos viviam.

Ouvi a campainha tocar e arrumei o cabelo uma última vez, tomei um gole do meu vinho, toquei meu colar de conchas para dar sorte e peguei minha bolsa de mão, indo em direção à porta. Quando desci as escadas, Hayden já havia deixado Charlotte, nossa babá, entrar em casa e estava falando aos montes sobre todas as coisas que haviam feito desde a última vez que a viram. Ollie estava me encarando da porta da sala de estar. Ele não gostava que eu saísse e, quando mamãe e papai estavam fora — como agora —, ele gostava de usar um pouco de chantagem emocional para tentar me fazer mudar de ideia e ficar em casa. Isso estava funcionando muito bem esta noite.

— Acho que seu Uber acabou de chegar quando eu já estava aqui — Charlotte me informou, apontando para a porta da frente atrás de si. Instantaneamente, o nervosismo fez meu estômago revirar.

— Acho que é melhor eu ir, então. — Inclinei-me para beijar Hayden e depois me virei para fazer o mesmo com Ollie. — Sejam bonzinhos com a Charlotte. Vão para a cama quando ela mandar e, se fizerem alguma maldade, cancelarei seu treino de futebol na quarta-feira.

Os dois gemeram, mas Charlotte sorriu.

— Eles ficarão bem. Sempre se comportam. Vá e se divirta. Não se sinta como se tivesse que correr para casa.

Assenti e respirei fundo, depois me levantei, jogando os ombros para trás e saindo em direção ao meu Uber.

Pedi ao motorista que me deixasse na esquina da rua onde o Asilo, ou O Santuário, como era chamado agora, estava situado. Eu podia ver grupos de pessoas caminhando em direção à entrada, e queria me juntar a eles, me esconder entre estranhos para tentar me dar coragem para atravessar as portas. Por sorte, consegui me agarrar às costas de um grupo de garotas que estavam se arrastando em direção à fila. À frente, eu podia ver os porteiros verificando as identidades das pessoas e examinando quem estava entrando. Eu me arrastava nervosamente sobre os pés e tentei me acalmar abrindo a bolsa e verificando meu celular. Quando o fiz, notei uma mensagem dele.

> Meu perseguidor: Avise quando chegar aqui.

Isso me fez dar uma risadinha. Como se ele precisasse que eu lhe dissesse que estava aqui. Aposto que seu circuito interno de TV já havia detectado minha presença. Ele não precisava ser informado de nada. Estava sempre um passo à frente.

A fila começou a avançar e, à medida que nos aproximávamos, vi um dos porteiros esticar o pescoço para olhar além do grupo de garotas com as quais eu estava, sem conseguir me misturar; quando me viu, fez um sinal para que eu saísse da fila e fosse até ele. Que droga. Ele provavelmente tinha recebido instruções para me acompanhar até lá dentro. Por que minhas pernas de repente pareciam estar cheias de chumbo?

Mantive a cabeça baixa e ignorei o resto da fila enquanto me dirigia à porta. O porteiro não fez contato visual comigo, apenas murmurou:

— Não precisa esperar na fila — e então me conduziu para o saguão, onde a música já estava tão alta que eu mal conseguia me ouvir pensar. E eu precisava pensar. Pensar no que diria e faria. Por que eu estava tão nervosa? Nunca fiquei tão nervosa com nada.

Olhei ao meu redor, tentando ver se encontrava algum dos Soldados, mas, por mais que o saguão estivesse lotado, não era a sala principal. Por que eles se dariam ao trabalho de perder tempo aqui?

Mordi o lábio, pensando se deveria lhe enviar uma mensagem, mas abri minha bolsa e depois a fechei novamente, decidindo manter a discrição por mais algum tempo. Droga, eu estava me tremendo de nervosismo e preocupação e começando a me arrepender de todas as decisões que tomei sobre tirá-lo do esconderijo, deixá-lo me conhecer e vir a este clube esta noite. Que se dane. Eu precisava de um drinque.

Abrindo caminho entre a multidão, fui para a sala principal e fiquei na porta, olhando em volta para todos os corpos que dançavam, bebiam e aproveitavam a noite — ao contrário de mim. Havia um bar do outro lado da sala, mas, quando comecei a planejar minha ida até lá, notei Devon Brady um pouco distante, olhando diretamente para mim. Mais pedras pesaram meu estômago e me afastei dele, apenas para ver Colton King descendo as escadas e sorrindo para mim como um filho da puta.

Eu não podia fazer isso.

Eu era como um animal sendo encurralado por uma presa.

O que diabos eu estava pensando ao concordar em vir aqui?

Instantaneamente, dei meia-volta e, com passos longos e decididos, voltei para a porta da frente, passei pelos porteiros e corri para fora.

— Você está bem, amor? — gritou um dos porteiros atrás de mim, mas não parei. Não conseguia. Meu coração estava acelerado e minhas pernas estavam no piloto automático, programadas para me tirar dali.

Por sorte, o Uber que eu havia usado mais cedo ainda estava lá, mexendo no celular e, quando abri a porta traseira do carro, ele olhou para cima e estava prestes a me dizer para sair, mas me reconheceu, franziu a testa e disse:

— Você realmente deveria ligar e reservar. Não posso aceitar reservas na rua.

— Tenho que ir embora — ofeguei. — Por favor. Eu pago o dobro.

Ele assentiu com a cabeça, obviamente percebendo que era inútil tentar argumentar com uma mulher nervosa como eu, e colocou o celular no suporte do painel. Ele conhecia uma mulher no limite quando a via. Em seguida, ligou o motor e se afastou do meio-fio, fazendo com que as pedras em meu estômago se reduzissem a escombros e as abelhas voltassem a ser borboletas. Não olhei para trás para ver se algum deles havia me seguido até a saída. Nem quis checar meu celular. Tudo o que eu podia fazer era fechar os olhos e desejar voltar para minha casa, para a segurança daquelas quatro paredes.

Achei que conseguiria lidar com isso, mas estava muito longe da minha realidade. Não estava pronta para enfrentar os soldados. Não agora. Há alguns meses, eu os havia enfrentado em um beco sangrento e senti que tinha saído vitoriosa. Agora, eu era uma ridícula pilha de nervos.

O que havia acontecido comigo?

Será que ele realmente tinha me deixado tão abatida?

Eu precisava conversar comigo mesma. Encontrar minha guerreira interior e começar a me comportar como a vadia durona que sempre pensei que fosse. Esta noite, eu tinha me atrapalhado. Mas tinha que aprender com meus erros. Não poderia demonstrar fraqueza daquela maneira novamente. Se eu fizesse isso, ele me comeria viva e cuspiria os ossos. Se eu estava enfrentando os melhores deles, precisava ser ainda melhor.

CAPÍTULO VINTE

ADAM

Eu sabia que ela estava aqui. Tinha visto sua localização pelo rastreador do celular, e a ideia de ela estar tão perto me fez sentir coisas que nunca pensei que um homem como eu pudesse sentir. Mas, quando saí do meu quarto, pronto para descer as escadas, vi Colton e Devon vindo em minha direção, ambos com expressões sérias.

— Qual é o problema? — perguntei, sabendo que a resposta seria uma que eu não queria ouvir.

— Ela foi embora — Devon me respondeu.

Dei uma olhada para Colton e deixei escapar:

— Que porra você fez?

Ele ergueu as mãos em defesa e, com um olhar de súplica, disse:

— Eu? Por que você acha que isso tem alguma coisa a ver comigo? Eu não fiz nada.

— Bem, deve ter havido um motivo para ela ter ido embora.

— Que tal ela ter mudado de ideia? — acrescentou Colton. — Ou talvez simplesmente não estivesse tão interessada em você.

Avancei para derrubá-lo, mas Devon se interpôs no meu caminho e depois disse para Colton:

— Cale a boca.

Cerrei os punhos, pronto para socar a primeira coisa que encontrasse. Passei de uma energia nervosa e animada para uma vontade de arrancar a cabeça de alguém, na mesma hora. O interruptor em minha cabeça tinha realmente perdido qualquer tipo de função agora. Eu não conseguia nem respirar direito, de tão irritado que estava. Tirei meu celular do bolso e mandei uma mensagem para ela:

> Eu: Por que você foi embora?

Mas, quando não obtive resposta, atravessei o corredor onde estávamos e entrei na sala de jogos, batendo a porta com raiva e fazendo com que ela batesse no gesso — e provavelmente deixasse uma marca.

— Não há necessidade de descontar nos móveis — acrescentou Colton, seguindo-me, e então seu sorriso desapareceu quando viu a carranca que eu estava fazendo.

— Isso é uma merda. O que aconteceu? — Sentei-me no sofá e inclinei-me para frente, colocando minha cabeça entre as mãos. — Quero saber tudo.

Naquele momento, meu celular tocou no bolso e eu o peguei, desesperado para saber que porra estava acontecendo.

> Olivia: Mudei de ideia.

Soltei uma risada e quase joguei o celular contra a parede por pura frustração.

— Ela mudou de ideia — eu disse, preferindo jogá-lo no sofá ao meu lado. — Ela mudou de ideia, porra.

— Eu diria que — Colton revirou os olhos —, de onde eu estava, parecia que ela não conseguia fugir tão rápido quanto queria.

Ele não estava ajudando, e repeti minha fala:

— Eu quero saber tudo.

— Não há muito o que dizer — respondeu Colton. — Ela deu uma olhada em nós e saiu correndo pela porta. É realmente uma pena, pois eu estava ansioso por alguns fogos de artifício. Liv é um verdadeiro foguete e sempre nos mantém atentos. Gosto disso nela.

— Não acho que tenha sido tão direto assim — acrescentou Devon, e desviei minha atenção em sua direção, precisando saber mais.

— O que você quer dizer com isso? — perguntei, desesperado para tentar dar algum sentido a tudo isso.

— O que dizia a mensagem dela? Ela deu alguma outra explicação? — perguntou Devon.

— Não. Nada. Apenas uma maldita frase. *Mudei de ideia*. — Cerrei os dentes, tentando respirar em meio à tempestade que assolava minha cabeça e que me fazia querer destruir o prédio inteiro em pedacinhos.

— Se eu fosse tentar adivinhar, diria que há mais do que isso. — Olhei para cima enquanto Devon falava, desejando que ele me desse algo, qualquer coisa que pudesse ajudar. — Ela chegou toda arrumada. Parecia... — Ele olhou para mim e depois estremeceu, esperando que suas próximas palavras não liberassem minha fera interior. — Linda. Seu cabelo estava solto e ela estava usando um vestido vermelho que a destacava. Mas quando ela me viu no bar e depois notou Colton na escada, seu rosto se transformou...

— O quê? — perguntei, precisando saber cada pequeno detalhe.

— Ela parecia petrificada. Como um animal preso em uma armadilha. Ela estava assustada, com medo. Nunca a vi com essa expressão.

— Acho que tenho que concordar com Devon — acrescentou Colton. — Ela parecia mais nervosa do que o normal. Ela não veio sozinha também?

— Acho que sim. — Devon assentiu em concordância, e abaixei minha cabeça com vergonha.

— Que merda. Eu estraguei tudo. — Passei as mãos pelo rosto e a tempestade interna se transformou de raiva em fúria e decepção comigo mesmo. — Ela veio sozinha... Que merda é essa? O que eu estava pensando ao convidá-la para vir aqui? Foi um plano estúpido.

— Acho que esse navio já zarpou — disse Colton, sentando-se ao meu lado. — Não vale a pena se estressar com isso agora. O que está feito, está feito.

Olhei para Devon, de pé acima de mim, com pena em seus olhos, e depois para Colton, sentado ao meu lado.

— Por que sinto que a perdi quando ela nunca foi realmente minha?

— Isso é um obstáculo no caminho. — Colton suspirou. — Você está em baixa, mas não está fora. — Então ele se levantou e disse: — Tome uma cerveja. Você precisa de alguma coisa para entorpecer a realidade e não está conseguindo pensar direito. O álcool pode ajudar nisso.

Eu o ignorei e deixei que continuasse a mexer na cerveja que estava na geladeira enquanto eu baixava a guarda e dizia o que sentia em meu coração.

— Achei que isso poderia ser diferente. Vi algo nela e tive essa ideia estúpida de que talvez eu pudesse ter o que as outras pessoas tinham. Nunca me importei com ninguém além de mim e de nosso trabalho aqui, mas ela me deu algo que nunca tive antes. Ela me deu esperança. Mas sou um perdedor de merda por achar que algo poderia mudar. O que uma garota como ela veria em um psicopata como eu?

— Você não é assim — disse Devon, franzindo a testa como se não conseguisse acreditar no que eu havia me tornado. — Você não desiste. Não pode desistir. Talvez só precise conversar com ela? Descobrir no que ela está pensando. Se quiser fazer algo com isso, ter um relacionamento adequado com ela... precisa encontrá-la no meio do caminho.

— Devon falou muito bem — acrescentou Colton, trazendo três cervejas e passando uma para Devon antes de se sentar novamente, ao meu lado. — Você a convidou para vir aqui, para o nosso clube, e ela veio. Ok, ela não ficou por muito tempo, mas pretendia ficar. Ela queria ver você, mas, por algum motivo, se assustou.

— Então, o que eu faço agora? Porque, a não ser drogá-la e mantê-la como refém aqui, estou perdido.

— Você vai até ela — disse Devon. — Encontre-a nos termos dela, no território dela. Em algum lugar onde ela se sinta confortável. Quem sabe, você pode descobrir que houve um motivo totalmente diferente para ela ter ido embora, mas até que você pergunte a ela, cara a cara, não saberá. Mensagens de texto não dizem como uma pessoa se sente, mas sim ações e expressões faciais. Até onde você sabe, "mudei de ideia" pode significar algo completamente diferente.

— Posso dar outro conselho? — perguntou Colton, e eu assenti. — Dê a ela um pouco de espaço esta noite. Depois, vá vê-la amanhã, mas não dê a ela a oportunidade de desistir novamente, apenas apareça. Mostre que você nunca desistirá. Porque, apesar desse pequeno discurso que você acabou de fazer, eu o conheço e sei que não vai desistir. Você não foi programado dessa forma. Nenhum de nós foi. Mas, às vezes, o amor nos faz cometer loucuras. — Ele deu de ombros quando minha cabeça virou para o lado e o encarei. — Nunca se desculpe por isso também. Todos nós já passamos por isso.

Optei por ignorar o fato de que ele havia usado a palavra com "A" e perguntei:

— Amanhã... eu vou até ela e o quê? Que porra eu devo dizer? — Parecia que eu estava perdendo a cabeça. Eu era melhor em forçar a questão, não em dançar em torno da merda. Não sabia como fazer isso.

— Você não precisa dizer nada. Apenas seja você mesmo. Passe um tempo com ela. Deixe que o conheça — disse Devon.

— Se for pra ser, será — acrescentou Colton e empurrou a cerveja que havia deixado na mesa à nossa frente para perto de mim. — Agora beba. A tensão que você está criando nesta sala está começando a me afetar. Não me dou bem quando um de nós tem uma crise. Especialmente quando não posso lutar para sair dela.

Tomei um gole da cerveja, embora não quisesse. Estava tão tenso que mal pude sentir o gosto amargo quando desceu.

— Só para tirar sua mente das coisas, recebemos uma mensagem de Jake Colt há cerca de uma hora. Ele conseguiu enviar uma foto da tatuagem que fez em Karl Cheslin. — Nós dois nos voltamos para Devon, intrigados com essa distração bem-vinda.

— Por favor, me diga que ele fez em algum lugar realmente doloroso — comentou Colton, sentando-se para frente em antecipação.

— Ele disse que foi difícil. Cheslin não facilitou as coisas para ele, mas conseguiu colocá-la no peito.

Colton bufou.

— Eu teria preferido o pênis e as bolas, mas acho que vai ter que servir. — Então anunciou: — Vamos enviar a próxima tarefa. Não queremos nos meter em confusão e, além disso, isso lhe dará outra coisa em que pensar, Ad.

Eu precisava mesmo de outra coisa para canalizar minha energia esta noite.

— Está bem — afirmei. — Vou enviar a próxima tarefa.

— O que é? — Colton sorriu, esfregando as mãos.

— Algo que pintará um enorme alvo vermelho em suas costas e fará com que suas últimas semanas na prisão sejam um maldito pesadelo para ele — garanti, começando a digitar a mensagem.

> Parabéns, Sr. Cheslin. Fui informado de que você passou no primeiro teste do seu jogo de consequências. Espero que goste de sua nova tatuagem.
> Agora vamos à tarefa número dois. Você provavelmente já conhece Charlie Dunn. Tenho certeza de que a reputação dele em Belbroughton o precede. Sua tarefa é se aproximar de Charlie, insultá-lo em público, deixarei os detalhes para você, e então você terá que começar uma briga e perder. Temos pessoas do seu lado da cerca observando para ver se você cumprirá essa tarefa e, se for bem-sucedido, viverá para realizar a próxima tarefa. Se falhar, não será apenas de Charlie Dunn que você deverá ter medo. Confie em mim.
> Até a próxima vez.
>
> Os Soldados.

Charlie Dunn era um filho da puta. Ele passou mais tempo dentro de Belbroughton do que fora. Era alguém com quem você não queria se meter e, se Cheslin levasse uma surra na frente do resto de sua ala, seria a abertura da temporada de caça. Sua vida não valeria nada lá dentro. Era uma tarefa arriscada para ele, que tinha que decidir qual dos dois males enfrentar. E, como eu sempre disse, eu gostava de desafios. Era mais divertido definir uma tarefa quando você não sabia o resultado.

Levantei-me e peguei minha cerveja na mesa, deixando as outras duas para trás e voltando para o meu quarto. Quando cheguei lá, peguei meu celular. Sabia que deveria ter ouvido o Colton e dado espaço a ela esta noite, mas quando foi que eu ouvi?

> Eu: Gostaria de ter te visto esta noite.

Tomei minha cerveja e observei os pontos dançarem, pararem e dançarem novamente. Ela não sabia o que me responder.

> Olivia: Já é tarde e estou cansada. O que você quer?

Eu quase podia sentir sua exaustão através do celular. Ela ainda estava irritada com o que havia acontecido antes.

> Eu: Quero saber se você está bem. E quero que saiba que não vou a lugar algum.

Esperava que ela lesse minha mensagem e ouvisse a sinceridade em minha resposta. Eu podia ser um idiota noventa e nove por cento do tempo, mas, por ela, eu queria me esforçar para ser melhor.

> Olivia: Estou bem. Boa noite, Adam.

Foi curto, direto ao ponto, e não era a resposta que eu queria.

> Eu: Verdade ou desafio?

A essa altura, eu tentaria qualquer coisa para mantê-la no celular.

> Olivia: Durma.

Ela respondeu a mensagem, mas eu não me intimidaria.

> Eu: Essa não é uma das opções.

> Olivia: Tudo bem. Se isso for fazer com que você pare de me mandar mensagens mais rápido, eu escolho verdade.

Eu sorri, feliz por ela estar respondendo. Se tivesse me bloqueado, eu não teria confiado em mim mesmo para me manter são.

> Eu: Se você pudesse ter qualquer superpoder, qual seria?

Mantive a pergunta leve, achando que ela já tinha tido estresse suficiente por minha causa esta noite.

> Olivia: Fácil, voar. Eu seria o máximo. E acho que o seu seria a invisibilidade.

Gostei do fato de ela parecer estar mais calma, mas sua opinião sobre mim estava muito errada.

> Eu: Você adivinhou errado. Se eu pudesse ter qualquer poder, gostaria de ler a mente das pessoas, porque, no momento, não tenho a menor ideia do que está acontecendo na sua, mas quero ter. Quero saber tudo, e talvez então eu possa fazer algo certo aos seus olhos. Eu poderia fazer você sorrir.

> Olivia: Essa é sua maneira de pedir desculpas? De dizer que quer fazer as pazes?

> Eu: Eu quero conhecer você, Olivia. Quero te fazer feliz.

> Olivia: Se você quisesse me fazer feliz, me deixaria dormir.

> Eu: Ok, tudo bem. Mas isso ainda não acabou. Vou consertar o que aconteceu esta noite. Não sei exatamente o que deu errado, mas vou resolver.

> Olivia: Boa noite, Adam.

Eu sabia que tinha que deixá-la ir por esta noite e, de certa forma, me senti feliz por ter desabafado. A tensão que eu sentia era menor. Ainda estava lá, mas eu podia respirar um pouco melhor.

> Eu: Bons sonhos. Pense em mim.

Vinte segundos depois, recebi minha resposta.

> Olivia: Nunca.

CAPÍTULO VINTE E UM

LIV

Não dormi bem e me odiei por isso. Por que eu estava deixando que ele me afetasse? Eu não era assim. Meus dias de deixar os homens me dominarem acabaram há muito tempo. Mas, ultimamente, eu sentia que aquelas paredes estavam desmoronando, lutando contra o peso de tudo o que estava dando errado na minha vida. Eu precisava comprar tijolos mais fortes. Talvez aço reforçado para rivalizar com Fort Knox fosse melhor se eu fosse enfrentar Adam Noble e seus soldados. Qualquer coisa menos que isso seria suicídio.

Depois de passar a maior parte do dia procrastinando, decidi me organizar e preparar os meninos para a festa do pijama na casa de um amigo deles. Eles tinham uma vida social melhor do que a minha atualmente e passariam a noite em uma barraca no quintal de um dos rapazes. Melhor eles do que eu. Eu não era do tipo que acampa. Prefiro uma cama quente e calefação.

Enrolei seus sacos de dormir e os adicionei à montanha de coisas que eles estavam levando e que estavam empilhadas na porta da frente. Atrás de mim, eu podia ouvir uma briga enquanto eles saíam da sala de estar e se dirigiam para o corredor.

— Vocês se lembraram de pegar as escovas de dente? — perguntei aos dois, que vinham correndo em minha direção. Puxei a cortina da janela para o lado e vi o carro da mãe do amigo deles entrar na nossa garagem.

— Sim, Livy. — Ollie sorriu, depois seu rosto assumiu um ar sério e solene, como se estivesse pensando em algo. — Você vai ficar bem sozinha esta noite? Sem nós em casa? Não vai se assustar, vai? — A preocupação estampada em seu rosto fez meu coração se derreter.

— Sentirei falta dos dois, mas ficarei bem. — Afaguei seu cabelo e fiz o mesmo com Hayden. — Não se preocupem comigo. Vão se divertir e voltem amanhã para me contar tudo o que aconteceu. Espero ouvir todas as histórias de fantasmas, os doces que vocês comeram e o que fizeram para assustar uns aos outros com aquelas tochas no escuro. Quero saber tudo.

— Mas o que você vai fazer? — Ollie perguntou, ainda sem parecer convencido.

— Vou me deitar no sofá com meu pijama e assistir a histórias de amor enquanto como uma pizza inteira sozinha. — Dei aos dois um sorriso falso e satisfeito que os fez torcer o nariz.

— Ainda bem que não vou ficar. Filmes de beijo são ruins. — Hayden fez uma careta e fingiu que vomitaria no chão.

— Veja, não há nada para vocês aqui esta noite. Agora vão. A mãe de Jayden está esperando por vocês, vejam. — Abri a porta e acenei enquanto os meninos desciam a rua para encontrá-la. Acho que eu mesma teria que carregar as malas até o carro. Típico.

Cinco minutos depois, fechei a porta da frente e fiquei no corredor, não gostando do silêncio que me esperava. Talvez uma maratona de filmes sem romance fosse melhor. Eu realmente não precisava mais sentar e me deprimir com histórias de amor e me lembrar do que estava perdendo. Então, seria Marvel, DC ou eu deveria exagerar e fazer uma noite de *Velozes e Furiosos*?

Corri para o meu quarto e vesti meu conjunto de pijama favorito. Em seguida, desci para a nossa sala, que minha mãe preferia chamar de sala de cinema, e comecei a navegar pelos canais. Eu preferia chamá-la de sala de cinema porque era escura, tinha dois sofás enormes e, quando você fechava todas as cortinas — como eu tinha feito agora —, parecia que estava escondido do mundo. Perfeito para o meu humor atual.

Decidi que não me daria ao trabalho de cozinhar, então acessei o aplicativo de entrega no meu celular e pedi uma pizza de carne completa com um acompanhamento e depois me deitei, esperando que a campainha me tirasse do meu estado de espírito enquanto assistia a um episódio de *American Horror Story* antes de começar o filme principal com minha comida mais tarde.

Quando a campainha tocou um pouco mais tarde, desliguei a TV e fui até a porta da frente, torcendo para que não fosse Gavin o entregador desta noite. Eu já havia usado todos os sorrisos falsos que tinha guardado hoje e não tinha mais nada para dar. Porém, quando abri a porta, meu queixo caiu no chão. Lá estava Adam, ocupando toda a moldura da minha porta e segurando três caixas de pizza nas mãos.

— Mas que porra é essa? Você está trabalhando como entregador de pizza agora? — Eu não conseguia acreditar no que estava vendo. O que esse cara faria só para me atingir era insano. Sem falar que eu estava de pijama. Não era o meu melhor visual, mas quem eu estava tentando impressionar?

— Só para você — afirmou, mantendo sua posição e me queimando com a intensidade de seus olhos.

— O que isso quer dizer? — respondi, tentando não demonstrar que estava me sentindo desconcertada e totalmente nervosa por ele estar aqui, na minha casa, na droga da porta da minha casa.

— Significa que eu mandei o cara da pizza ir se foder. Eu não o queria aqui. — Ele sorriu e inclinou a cabeça para o lado. — Não está feliz em me ver?

— Jesus Cristo, por favor, me diga que ele não está preso à minha cerca com sua faca também? — Seus olhos escureceram quando eu disse isso, e eu não podia dizer com confiança que Gavin, ou quem quer que tivesse aparecido na minha porta da frente, tinha escapado ileso esta noite.

— Isso me lembra que preciso fazer outra visita àquele maldito Lockwood. — Pela expressão em seu rosto, ele também estava falando sério.

— Não, você não precisa. Se chegar perto do maldito Chase Lockwood novamente, eu nunca mais o perdoarei. E estou falando sério, Adam. Fique longe do cara. Ele pode ser um traíra, mas não é nada. Um zé-ninguém. Não estou nem aí para ele, mas não quero mais problemas. Está me ouvindo?

— Vou pensar sobre isso — falou, mas, pelo olhar pensativo que me deu, ainda estava debatendo essa questão.

— Você vai pensar sobre isso. Ótimo. Agora, me dê minha pizza e vá se danar. — Estendi a mão para tentar pegar as caixas, mas ele deu um passo para trás, mantendo-as fora do meu alcance.

— Ir embora? — Ele deu uma risada baixa e descontente. — E eu que estava pensando que poderíamos aproveitar essa oportunidade para nos conhecermos melhor.

— Não vou deixar você entrar — avisei, cruzando os braços sobre o peito, determinada a manter minha posição. Quando ele não respondeu, bufei e peguei novamente a pizza. Era inútil, ele não ia abrir mão dela.

— Se eu não posso entrar, as pizzas também não podem, infelizmente. — Ele deu de ombros como se estivesse se sentindo mal com o ultimato que estava me dando, o que eu sabia que não estava.

— Então eu vou ficar sem. Provavelmente já está fria, depois de ficar aqui fora discutindo com você. Te vejo por aí — gritei, tentando fechar a porta, mas ele colocou o pé no caminho para que eu não conseguisse. Estava sendo persistente como sempre e, no entanto, havia uma suavidade nele agora. Seus olhos tinham um brilho novo e brincalhão, e seu sorriso era, ouso dizer, sincero?

— Veja. Olivia. Estou aqui apenas para pedir desculpas pelo que aconteceu ontem à noite e para, se me permitir, passar um tempo com você. Nada de gracinhas. Nada de jogos. Apenas duas pessoas, sem nada melhor para fazer agora, exceto comer pizza e... conversar.

Ele estava sendo realista, e eu tinha que admitir que meu plano de o afastar, deixando-o me conhecer, seria mais fácil se fosse nos meus termos, na minha zona de conforto.

— Não vou dividir minha pizza com você. — Encarei-o por baixo dos cílios, o que significava que eu estava falando muito sério, e observei quando sorriu de volta para mim.

— Você tem três caixas e sei com certeza que não há mais ninguém lá dentro. Pare de ser egoísta.

Ele estava falando sério?

— Egoísta? Está brincando comigo, porra? — indaguei, mas ele sorriu novamente e uma vozinha dentro da minha cabeça disse: "você está muito ferrada", enquanto meu estômago se revirava, pensando no que aquele sorriso estava fazendo comigo. — Tudo bem. Você pode ficar para comer a pizza. Mas é só isso. No momento em que tentar alguma coisa, vou chutar seu traseiro para fora daqui.

Pelo modo como seu sorriso se alargou, eu sabia que estava definitivamente ferrada.

— Seus Louboutins estão prontos caso seja necessário? — brincou, e dei uma risada falsa, revirando os olhos.

— Eu tenho mais do que Louboutins preparados. Não me provoque.

Abri mais a porta para deixá-lo entrar, e ele passou pela soleira como se fosse um vampiro que acabara de ser convidado, mas que ainda estava cauteloso, caso os poderes da minha casa o obrigassem a voltar para a entrada. Fechei a porta e voltei para a sala, sem me preocupar em puxar conversa, e ele me seguiu, sem falar nada também.

É engraçado, mas eu odiava o silêncio. Sempre gostei de preencher o vazio com conversas sem sentido, mesmo quando estava com meus amigos e familiares, mas não sentia essa necessidade com ele. Sentia-me à vontade como estava. Bem, tão à vontade quanto eu poderia estar com ele atrás de mim. Meu perseguidor. Meu oponente nessa batalha de inteligência.

Sentei-me em um dos sofás e ele se dirigiu ao outro, ficando em frente a mim e longe o suficiente para não ser ameaçador. Colocou as caixas de pizza sobre a mesa no meio da sala e, ao abri-las, começou a franzir a testa.

— Por que tem fatias a mais de pizza? — perguntou, e reprimi uma risada. Maldito Gavin e suas fatias de eterna esperança. Será que ele realmente achava que esse era o caminho para o coração de uma garota?

— Eu gosto de comer. — Dei de ombros e me inclinei para pegar uma caixa. — Mas você pode ficar com a outra caixa. Ao contrário da crença popular, eu realmente compartilho.

Ele balançou a cabeça e deu uma risadinha para si mesmo, depois abriu a maior caixa de pizza e sorriu largamente.

— Carne. Adorei. Sabia que você não escolheria uma simples margerita ou uma maldita princesa que prefere a de abacaxi.

— Não sou uma princesa. Sou uma rainha — respondi, levantando a sobrancelha para avisá-lo que era melhor não me desafiar.

Ele assentiu com a cabeça, mas não respondeu, depois se virou para olhar a tela da TV que estava em espera.

— O que estamos assistindo? — perguntou.

— Eu estava pensando em tentar *10 coisas eu odeio em você* ou *A morte te dá parabéns*, talvez *Assassinos por natureza*, ou não sei, *Ela é demais para mim*?

Sorri presunçosamente para mim mesma, mas ele não pestanejou, apenas se acomodou no sofá, mastigando sua fatia de pizza e disse:

— Sim, parece legal.

Eu o encarei enquanto ele olhava para a tela preta e depois se virou lentamente para me olhar. O modo como seus olhos se fixaram nos meus me fez sentir quente, desconfortável sob seu escrutínio, e a confiança arrogante de segundos atrás pareceu desaparecer enquanto eu me sentava para frente, tentando pegar uma fatia de pizza.

— Não estou aqui para assistir ao filme, mas será bom ter um ruído de fundo — acrescentou, e ignorei as borboletas no meu estômago que estavam dificultando a mastigação e a deglutição.

Liguei a TV novamente e os créditos de *American Horror Story* estavam passando. Pelo canto do olho, pude vê-lo sorrindo para si mesmo, e bufei, sem me preocupar em abordar o fato de que meus gostos provavelmente eram mais parecidos com os dele do que eu queria deixar transparecer.

Percorri os filmes, com a intenção de colocar algo que o entediasse até as lágrimas e o fizesse ir embora, mas então me deparei com *Cães de aluguel* e não pude resistir. Eu adorava esse filme. Não me importava se ele também adorava. Esta era a minha casa e eu assistiria ao que quisesse.

Ele não comentou sobre minha escolha de filme, mas, à medida que a história avançava, eu podia vê-lo me observando em determinados momentos, vendo como eu reagia. Não conversamos, mas não precisávamos. Eu estava começando a me sentir surpreendentemente relaxada e, pelo modo como colocou os pés para cima e se recostou no sofá à minha frente, ele também. Quando eu achava algo engraçado, podia ouvi-lo rir ao mesmo tempo. Seus pés batiam no ritmo da trilha sonora da mesma forma que meus dedos.

Era estranho, mas parecíamos ter caído em um estranho universo alternativo onde estávamos em sincronia um com o outro e quase... conectados de alguma forma? Nunca esperei me sentir assim perto dele, como se minha alma estivesse em paz, mas me senti. Não era esse o paradoxo mais louco de todos? O perseguidor violento e vigilante me fez sentir uma calma que nunca havia experimentado antes. A vida era certamente surpreendente.

CAPÍTULO VINTE E DOIS

ADAM

Tinha acabado de chegar à parte em que Michael Madsen faz a dança ao cortar a orelha do cara, quando me virei para ver a reação dela. No escuro, percebi que estava com a cabeça ligeiramente inclinada para a esquerda e o cabelo cobria parcialmente seu rosto. Então, me inclinei para frente a fim de vê-la melhor, mas, como ela não se mexeu, me levantei para ir até lá.

Ela havia adormecido.

Ajoelhei-me à sua frente, mas ela não se mexeu. Parecia desconfortável, a maneira como estava dormindo sentada, então coloquei meus braços ao redor dela para abaixá-la gentilmente, de modo que ficasse deitada, e levantei suas pernas para apoiá-las no sofá. Eu não queria que ela acordasse sentindo-se toda dura e dolorida.

Seu cabelo ainda cobria o rosto e, com cuidado, coloquei-o atrás de sua orelha, tirando-o do caminho. Olhar para ela, ver sua boca ligeiramente aberta e ouvir o suave ruído de sua respiração fez com que a sensação de torção em meu peito se apertasse. Ela era a garota mais bonita que eu já tinha visto. Seus cabelos loiros a faziam parecer um anjo, e eram tão macios — tudo o que eu queria era ficar aqui a noite toda acariciando-os. Usei a parte de trás do meu dedo para tocar sua bochecha e suspirei com a sensação incrível de sua pele, como veludo. Perfeita.

Ela estava usando uma blusa de ombro largo e shorts de pijama, e não consegui impedir que o demônio dentro de mim tocasse sua coxa nua, passando a mão até o joelho, mas me afastei quando a senti se mexer e suspirar. Não queria fazer nada que a deixasse desconfortável, e sabia que a mão em sua perna passaria dos limites. Eu nunca seria esse tipo de pessoa. Poderia ser um perseguidor, como ela gostava de me chamar, mas sabia que nunca poderia me aproveitar dela. Até era um filho da puta, mas, como eu sempre dizia, um filho da puta com um código. Ela era minha para proteger.

Vi um cobertor macio dobrado no canto do sofá, o peguei, sacudi e coloquei sobre ela. Quando percebi que ela estava acomodada e confortável, voltei para o meu lado da sala. Mas não tirei meus olhos dela.

Observá-la dormir era a sensação mais pacífica do mundo. E, de repente, percebi que o botão de desligar em minha cabeça, aquele que passava de psicopata a irritado, não estava nem mesmo ligado agora. As vozes, que normalmente eram um grito alto ou um rugido monótono, estavam calmas. Ela fez isso. Ela me centrou. E naquele momento eu soube que jamais me afastaria dela. O que começou como uma obsessão se tornou muito mais do que isso. Ela era tudo. Era minha tábua de salvação. Minha razão de ser.

Ela era a pessoa certa.

CAPÍTULO VINTE E TRÊS

LIV

Abri os olhos, primeiro me sentindo confusa sobre onde estava e, depois, percebendo que devia ter adormecido assistindo ao filme na noite passada. O pânico me atingiu como uma faca no estômago quando me dei conta de que ele tinha estado aqui. Ele me viu dormindo. Levantei-me, sentei e, quando olhei para onde ele estava sentado, tive que olhar de novo. Ele também estava dormindo, ligeiramente recostado com os braços cruzados, mas com o corpo tranquilo.

Adam sempre parecia ter uma carranca permanente ou um olhar de desdém no rosto, mas agora, enquanto dormia, seu rosto não tinha nada daquela raiva. Não havia nenhuma carranca tensa ou mandíbula endurecida, apenas linhas suaves e paz.

Ele era lindo.

Lindo como um modelo de capa de revista.

Sua mandíbula era forte e tinha aquela camada de cabelo que sempre ficava tão bem que me dava vontade de estender a mão e passar os dedos por ela. Sua boca era cheia e parecia estar curvada em um sorriso sedutor enquanto ele dormia.

Será que ele estava sonhando comigo?

Zombei do meu pensamento ridículo e, em seguida, silenciosamente, saí do sofá e me arrastei pelo chão, sentindo um desejo irresistível de ficar mais perto dele.

Ajoelhada em frente ao seu corpo adormecido, pude ver a cicatriz em sua testa e não pude evitar que minha mão se levantasse para tocá-la. No momento em que meu dedo se conectou com sua pele, seus olhos se abriram e ele agarrou meu pulso, como se eu fosse um predador e ele tivesse acabado de ser alertado para o fato de que era minha presa.

— Eu não queria acordá-lo — sussurrei, quando ele soltou meu pulso de seu aperto mortal e começou a se sentar, contorcendo os ombros para soltar os nós que havia criado ao dormir em uma posição tão estranha. — Como você conseguiu essa cicatriz na cabeça? — perguntei a ele porque, como sempre, quando estava nervosa, não conseguia controlar o que saía da minha boca.

Ele esfregou as mãos no rosto e eu saí da minha posição ajoelhada para me sentar ao seu lado.

— Tenho isso há muito tempo — começou, tocando a testa e depois dando de ombros. — Não é nada demais. Foi apenas um presente de um dos muitos pais adotivos que tive na infância. Acho que, se bem me lembro, esse foi cortesia de um atiçador de ferro para lareira e da minha incapacidade de jogar em silêncio enquanto ele assistia ao jogo de críquete na TV.

— Sinto muito em ouvir isso. — Inclinei a cabeça, percebendo que havia muito mais em sua história do que eu provavelmente jamais saberia.

— Aconteceu há muito tempo — foi tudo o que ele disse em resposta. Eu podia dizer que ele usava suas cicatrizes como um distintivo de honra. Também sabia que as marcas que ele guardava dentro de si eram provavelmente as piores de todas.

— Bem, nas palavras de minha heroína favorita, Arlequina: "Não sinta vergonha de suas cicatrizes. Elas apenas significam que você é mais forte do que aquilo que tentou machucá-lo". Ou algo do gênero. — Ri da estupidez que parecia, mas ele não. Nem sequer deu um sorriso. Apenas me encarou e, como se estivesse em câmera lenta, estendeu a mão para cobrir meu rosto e se inclinou para frente como se fosse me beijar.

Não pude evitar. Dei um salto para trás, afastando-me dele, e então, em meu constrangimento, deixei escapar:

— Não chegue mais perto. Não escovei meus dentes.

Ele baixou a cabeça, mas, dessa vez, sorriu para si mesmo e disse:

— Como se eu me importasse.

Ele não parecia constrangido, mas eu estava, então me levantei, passando a mão por meu pijama e sentindo que precisava sair dali para me recompor. A última coisa que eu esperava era acordar e encontrá-lo ainda aqui. Mais do que isso, ele estava tentando me beijar, com meu hálito matinal. Eu não conseguia lidar com a maneira como aquilo estava me fazendo sentir, então disse a ele que precisava me arrumar e fui direto para a porta para escapar.

— Há escovas de dente, pastas, desodorantes e outras coisas no banheiro de hóspedes. A primeira porta à esquerda quando você sobe as escadas — revelei, as palavras se misturando como se eu estivesse com diarreia verbal. — Minha mãe sempre guarda lá para o caso de recebermos hóspedes surpresa durante a noite. — Amaldiçoei-me internamente. Como se ele precisasse saber disso.

— Obrigado — ele disse, mas sua voz soou vazia, talvez derrotada?

— Não quero parecer grosseira, mas você precisa ir embora depois disso. Meus irmãos podem chegar em casa a qualquer momento e não quero você aqui quando eles voltarem. — Parece que não consegui me conter esta manhã. Eu estava com tudo.

— Irei embora quando estiver pronto — afirmou, com a voz desprovida de qualquer emoção.

— A escolha não é sua, Adam. — Virei-me na porta para olhar para ele. Adam precisava entender que isso não era negociável. — Eles são apenas crianças.

— E o que diabos você acha que vou fazer com eles? — esbravejou.

— Nada. Argh! — Suspirei e joguei minha cabeça para trás. — É só uma conversa que prefiro não ter com eles agora. Os dois já têm coisas demais acontecendo.

Ele assentiu com a cabeça, mas seu rosto permaneceu estoico.

— Tudo bem. Eu vou embora. Mas terei de encontrá-los um dia.

Franzi a testa, mas não tinha energia para discutir com ele. A tensão e a ansiedade que senti ao pensar em quando eles entrariam por aquela porta já haviam se instalado no fundo do meu estômago. Eu sabia que ambos tinham o sono leve quando não estavam em suas próprias camas e não precisava de mais complicações esta manhã.

Subindo para o meu quarto, comecei a me despir para tomar banho, e então me dei conta de que ele estava aqui, na minha casa, enquanto eu estava nua e prestes a entrar no chuveiro. Então, apertei a fechadura da porta do meu quarto e me ocupei em me preparar para o dia, tentando combater a energia nervosa que me percorria.

Quando voltei para o andar de baixo, momentos depois, encontrei-o sentado no balcão de café da manhã da cozinha, tomando uma xícara de café como se pertencesse a esse lugar.

— Está na hora de ir — lembrei, prendendo meu cabelo em um rabo de cavalo e evitando seu olhar.

— Não posso terminar meu café primeiro? — perguntou, sem fazer nenhum esforço para se mover, levando a xícara lentamente até os lábios.

— Não. Não pode. Passe em um Starbucks no caminho para casa.

Ele riu e colocou a xícara de café de volta no balcão.

— Mas eu não teria essa recepção calorosa no Starbucks. — Ele se virou no banco em que estava sentado para me encarar, e eu fiquei parada, olhando para ele, sem saber o que dizer.

Quando ele estendeu a mão para frente e passou o polegar em meu lábio inferior, percebi que não poderia dizer nada. Ele havia me enfeitiçado novamente, e eu não gostava disso. Ou será que gostava? Eu não estava acostumada a ser assim — idiota e desajeitada. Parecia que ele estava com todas as cartas na mão, controlando tudo, e eu precisava me controlar. Mostrar por que eu era igual a ele.

Lentamente, inclinei minha cabeça para trás e repeti minha afirmação anterior.

— Você tem que ir embora.

Ele suspirou e sua mão caiu de volta em seu colo.

— Sempre brigando — resmungou, se levantando da banqueta e se erguendo.

Ele foi em direção ao corredor, mas me interpus em seu caminho.

— Pela frente, não. Eles podem estar descendo pela entrada da garagem. Você precisa sair pelos fundos — indiquei, levando-o em direção às portas do pátio que davam para o nosso jardim.

Surpreendentemente, ele não discutiu muito e, quando abri as portas, ele entrou e se virou para dizer algo, mas não lhe dei chance de falar. Fechei a porta, as persianas e respirei fundo, aliviada por finalmente poder respirar um pouco melhor novamente.

Fui até a máquina de café e comecei a preparar um cappuccino para mim. A xícara de café dele estava no balcão como um lembrete culpado do que havia acontecido, de como eu o havia convidado para o meu mundo; quando ouvi uma batida na porta dos fundos, quase deixei cair a xícara que estava segurando de susto.

— Que porra é essa agora? — sussurrei e pensei em ignorá-lo, mas sabia que, se o fizesse, ele não iria embora.

Abri a porta e o encontrei ali parado, com os olhos fixos em mim e o peito pesado como se tivesse corrido uma maratona para ir de uma porta a outra.

Que diabos havia de errado com ele?

Antes que eu pudesse dizer qualquer outra palavra, ele entrou no meu espaço, agarrou meu rosto com as duas mãos e me beijou. Um beijo áspero, duro e possessivo, que me disse que ele já estava farto de se conter.

Agarrei-me a seus braços, seus lábios cobrindo os meus, e meu corpo reagiu como o traidor que era. Não conseguiria afastá-lo, mesmo que quisesse. Seu beijo era faminto, e eu estava de acordo com isso. Inclinei-me para ele, satisfazendo sua fome com a minha; quando dei um gemido baixo, ele tirou as mãos do meu rosto para envolver os braços em volta da minha cintura e me puxar para mais perto. Enrosquei os meus em seu pescoço e me abri para ele. Sua língua se misturou à minha, saboreando-me, provocando-me, fazendo-me esquecer onde eu estava. Danem-se os irmãos mais novos e compromissos familiares, meu corpo queria arrastá-lo para cima e descobrir se suas promessas de me aniquilar eram verdadeiras.

Sua língua trabalhava perfeitamente na minha, seus lábios eram exigentes e habilidosos. Senti-lo tão perto, o seu cheiro, perder-me nele, tudo isso estava me deixando louca. Uma sobrecarga de sentidos que transformou meu cérebro em mingau e fez com que meu corpo faminto por sexo desejasse tudo o que ele tinha para me dar.

Suas mãos deslizaram até minha bunda, amassando-me e puxando-me para mais perto. Mas quando sua mão foi para a frente e abriu os botões da minha calça jeans, rompi o beijo, ofegante e trêmula.

— Aqui não — ofeguei, empurrando sua mão para longe. — Eu não posso.

— Mas eu preciso de você — exigiu, rebolando os quadris contra os meus para me mostrar exatamente o quanto ele estava falando sério. Encostou a testa na minha e olhou profundamente em meus olhos. — Você sabe que isso vai acontecer.

Não precisei responder, pois o barulho de dois garotinhos gritando e berrando meu nome pelo corredor quando entraram pela porta da frente quebrou o feitiço, e coloquei minha mão em seu peito, forçando-o a sair da porta. O olhar de puro desejo em seu rosto quando fechei a porta fez com que um arrepio passasse por todo o meu corpo. Ele era meu perseguidor e, ainda assim, se eu tivesse a chance, provavelmente abriria a porta novamente e jogaria a cautela para o vento.

Sim. Era oficial.

Eu estava ferrada.

CAPÍTULO VINTE E QUATRO

ADAM

Nunca pensei que teria ciúmes de dois garotinhos, mas aqui estava eu, olhando para a porta fechada dela, me perguntando por que diabos eu não a estava arrombando depois de um beijo como aquele?

Aquele maldito beijo.

Senti que era o beijo que eu estava esperando para experimentar durante toda a minha vida.

Estar com ela acalmava minha alma. Dormir em sua presença era o melhor e mais profundo sono que tive desde que era criança. Mas beijá-la? Tê-la em meus braços? Não havia palavras. Era tudo.

E ela me beijou de volta.

Colocou os braços em ao meu redor, me puxou para si e me beijou de volta como se quisesse tanto quanto eu. Ela poderia ter fechado a porta na minha cara e me dito para ir embora, mas não havia como eu me afastar dela. Não agora. Não depois disso. Ela estava enraizada em minha alma, gravada em todo o meu ser. Se você me abrisse, encontraria o nome dela tatuado em meu coração. Ela me possuía, e eu mal podia esperar para possuí-la também. Torná-la minha de todas as formas possíveis.

Fiquei do lado de fora de sua porta dos fundos, ouvindo-a rir com seus irmãos. Mas, quando meu celular vibrou e o puxei para ver um fluxo de chamadas perdidas e mensagens dos Soldados, eu sabia que tinha que voltar à realidade. Minha Olivia, ficaria aqui. Eu a via o tempo todo, de qualquer forma. Tínhamos feito progresso na noite passada e nesta manhã, e eu era a favor de continuar com isso, trazendo-a ainda mais para o meu mundo. Mas também tinha responsabilidades que não podia ignorar. Eu tinha que voltar para o Asilo.

— Bem, está tudo certo para alguns, que ficam fora a noite toda, semeando suas sementes selvagens enquanto o resto de nós passa pela merda que é jogada em nosso caminho — anunciou Colton, com um sorriso malicioso no rosto ao me ver passar pela porta da sala de jogos.

— Se precisar de mim, sabe onde me encontrar — respondi, sem vontade de lidar com as merdas dele hoje.

— Nós sabemos. Mas ajuda se você realmente atender quando ligarmos. Seu celular não serve apenas para enviar mensagens de amor para a Olivia, sabia? Merda, essa coisa é o seu bat-sinal — acrescentou Colton dramaticamente, jogando os braços para cima e depois suspirando quando não reagi.

— De que merda você está falando? — perguntei, sentando-me no sofá e examinando a sala para avaliar a atmosfera. — O que aconteceu?

— Nada. Apenas uma mensagem daquele maldito Cheslin para nos informar que ele levou uma surra na prisão ontem à noite e está atualmente na ala médica — Devon me informou.

— Parece que ele logo estará de volta às ruas — acrescentei, perguntando-me por que isso era tão importante que eles bombardearam meu celular com mensagens e ligações.

— Exatamente! Precisamos atingi-lo agora, enquanto ele está fraco. Não temos muito tempo até que saia e precisamos manter o jogo em andamento por mais algum tempo — reclamou Colton. — Senti falta dessa merda. É divertido.

— O que você planeja fazer em agora? — perguntou Will, apoiando os pés na mesa em frente ao local onde estava sentado e recostado, como se estivesse esperando que outra pessoa fizesse todo o trabalho.

— Proponho que o desafiemos a deixar o sabonete cair nos chuveiros. Vamos fazer como nos velhos tempo. — Os olhos de Colton se iluminaram com a ideia. — Ou melhor ainda, que ele se torne a cadela de alguém.

Os outros riram, mas para mim não era uma piada. Esse cara tinha machucado uma garotinha. Destruiu uma família. Ele precisava pagar pelo que tinha feito e mais um pouco. Ela tinha quatorze anos de idade. Se alguém fosse infligir uma dor entorpecente a esse desgraçado, seria eu.

— Nada de banhos, nada de brincadeiras. Isso é sério — avisei, tirando meu celular do bolso. — Nós o marcamos, colocamos um alvo em suas costas e agora ele precisa fazer algo pelos pobres coitados que estão presos lá com ele, tendo que respirar o mesmo ar pútrido.

— Que é? — Will arregalou os olhos à espera de uma resposta.

— Ele precisa contrabandear alguma merda. Cigarros, comida, qualquer coisa que Jake e Charlie digam que os presos querem. Ele vai conseguir isso para eles — afirmei.

— Mas ele não recebe visitas há anos. Como diabos vai conseguir isso? — respondeu Will.

— Isso não é problema meu. — E eu estava falando sério. Não dava a mínima se ele fracassasse. Aconteça o que acontecer, ele ainda seria destruído pelos Soldados. Seus desafios não mudavam nada.

Comecei a escrever a próxima mensagem, detalhando as regras da terceira tarefa do jogo de consequências. Na minha opinião, era uma tarefa bem fácil. Tudo bem, ele não tinha amigos para ajudá-lo e seria impossível passar pelos guardas, mas, como eu havia dito aos outros, isso não era problema meu.

> Ouvi dizer que eu lhe devo minhas condolências, desejo que permaneça em segurança na ala principal, Sr. Cheslin. Aposto que fará de tudo para ficar no bloco médico, não é? Mas seu jogo ainda não acabou. Você passou na segunda tarefa, mas a terceira agora aguarda sua atenção. Em vinte e quatro horas, você se apresentará a Jake Colt, que tem uma lista muito específica para você. Essa lista contém todos os itens que você providenciará para que sejam trazidos para a prisão e para a ala. É uma lista de itens de luxo que todo prisioneiro deseja. Chame isso de recompensa por eles terem que suportar todos esses meses e anos respirando o mesmo ar que você. Por ter que dividir a prisão com um idiota como você. Se for pego contrabandeando esses itens ou se algum outro prisioneiro for repreendido como resultado de suas ações, você será reprovado na tarefa. Se não levar os itens para a ala até as 18h de sexta-feira, será reprovado na tarefa. Se falhar, estará implorando para enfrentar Charlie Dunn e seus homens novamente, em vez de nos enfrentar. Entraremos em contato.
>
> Os Soldados.

— Eu adoro o clube, mas às vezes sinto falta das ruas — disse Colton, e todos nós nos viramos para olhá-lo como se ele tivesse enlouquecido. — O que eu quis dizer é que mal posso esperar para voltar àquele depósito e dar uma surra nesse cara e depois rir enquanto ele vai direto para o inferno. Será que não fui claro?

Soltei uma gargalhada. Ele não estava errado. Nós éramos soldados. Isso era o que sabíamos. Todas as outras coisas eram apenas decoração para as vidas pelas quais lutamos. Enfeites extravagantes de que realmente não precisávamos. Defendíamos aqueles que não podiam fazer isso por si mesmos, e quando esse maldito fosse libertado, ele estaria rezando para nunca ter ouvido falar dos Soldados da Anarquia.

CAPÍTULO VINTE E CINCO

LIV

Foi difícil me concentrar em entreter dois garotos quando tudo o que eu conseguia pensar era nele. Ele e aquele beijo. Minha mente estava uma bagunça e meu plano de jogar com ele em seu próprio jogo; atraí-lo, mastigá-lo e cuspi-lo fora estava ficando mais fraco a cada segundo. Não era mais possível que eu fosse uma espécie de Viúva Negra. Eu me sentia como o maldito Bambi na ponta do rifle do caçador. Não sabia o que era para cima e o que era para baixo.

Estava limpando os pratos do jantar, depois de fazer lasanha para os meninos. Mais cedo, tínhamos passado por um momento sem sentido com meus pais, que acharam mais importante nos mostrar imagens do navio e da cabine deles do que perguntar como estávamos. Isso me deixou um pouco desanimada e muito irritada, mas, quando minha mente se voltou para ele, não pude deixar de sorrir. Achei isso irritante. Se eu quisesse sair ilesa dessa, precisava ser sensata — e rápida.

Raspei a comida dos pratos, coloquei-os na máquina de lavar louça e, em seguida, tirei o saco de lixo da lixeira, pronta para levá-lo para fora. Dei um nó no topo e o arrastei até a porta dos fundos. Podia ouvir os meninos correndo para cima, discutindo sobre algum jogo de computador que estavam jogando lá em cima.

— Falem baixo ou nada de Xbox — gritei, quando destranquei a porta e saí para o ar fresco da noite para jogar o saco de lixo na lixeira do lado de fora.

Quando me virei para a lixeira, gritei, vendo uma figura escura sair das sombras e vir em minha direção.

— Sou eu — disse Adam, levantando a mão como se tivesse vindo em paz e estivesse tentando me acalmar.

Eu estava com a respiração ofegante, o saco de lixo jogado no chão ao meu lado e minha mão agarrada ao peito como se isso fosse ajudar a evitar o ataque cardíaco iminente que ele quase me causou.

— Que porra é essa, Adam? Ficou escondido aqui esse tempo todo? — perguntei, porque, francamente, eu não me surpreenderia se ele dissesse que sim.

— Não. Estive em casa, cuidando de alguns negócios. Mas tinha que voltar e ver você.

— E achou que a melhor maneira de fazer isso era pular dos arbustos e me assustar?

— Não imaginei que você fosse tão fácil de assustar.

Soltei uma risada de sua ingenuidade.

— É claro que não pensou. Você é um perseguidor e seu trabalho é matar pessoas. Por que se sentiria nervoso?

— Eu não sou um perseguidor — repreendeu, mas não havia malícia em seu tom.

— Então, como você chamaria isso?

— Admiração de longa distância. Bem, até a noite passada... e esta manhã. — Eu podia ouvir a presunção em sua voz. Não precisei ver seu rosto para comprovar isso.

— Olhe, Adam... sobre esta manhã...

Ele não me deu a chance de terminar. Em vez disso, avançou, me empurrando contra a parede, e me beijou. Mas, dessa vez, não era urgente e frenético; ainda era exigente, mas sedutor, sensual e maravilhosamente arrebatador. Seus lábios eram perfeitos, sua língua deslizava sobre a minha, assumindo o controle. Instintivamente, estendi os braços ao redor de seu pescoço, e ele gemeu quando o puxei para mais perto de mim. Ouvi-lo fazer aquele barulho mexeu comigo. Fez meu corpo ansiar por mais. Fez com que eu me sentisse viva.

Fechei os olhos, perdida no momento e sem querer que acabasse. Ele me beijou como se eu fosse a coisa mais preciosa que ele já teve em seus braços. Como se quisesse se perder em mim tanto quanto eu me perdia nele. Nesse momento, ele não era Adam, o perseguidor, ou Adam, o psicopata, era apenas um cara que havia me escolhido, que me queria. E eu não podia mais negar isso. Eu também o queria. Esse pensamento me dava calafrios, mas também me assustava um pouco. Será que eu seria forte o suficiente para sobreviver a ele? Eu esperava que sim, pois não achava que conseguiria mais lutar contra isso. Aquele desejo primordial de ser amada — e de amar — estava aflorando e eu o estava abraçando.

Ele começou a descer os beijos pelo meu pescoço, suas mãos agarrando a minha bunda, puxando-me para ele, batendo os quadris contra mim. Era quase demais para suportar, mas consegui reunir o último fragmento de dignidade que tinha e ofeguei.

— Aqui não, Adam. Não posso fazer isso aqui.

Ele enterrou a cabeça em meu pescoço, respirando fundo, e então sussurrou em meu ouvido:

— Volte para mim. Não para o clube, para mim.

— Não posso — respondi, sem fôlego.

— Por que não? Não será como da última vez.

— Não posso deixar os meninos. Eles precisam de mim.

Ele deu outro suspiro e depois levantou a cabeça para me olhar.

— Venha para o clube. Você não precisa entrar pela porta da frente, há uma entrada lateral. Será diferente de antes. Serei apenas eu. Eu e você.

— Vou pensar sobre isso. — Mordi o lábio, ignorando os avisos e o incentivo que meu anjo e o demônio em meus ombros estavam me dando.

— Eu não vou desistir. Você sabe disso — afirmou, olhando-me com firmeza.

Assenti com a cabeça e observei enquanto ele pegava o saco de lixo do chão e o levava até a lixeira, levantando a tampa e jogando-o dentro. Depois, voltou para perto de mim, inclinou-se para me dar um leve beijo nos lábios e, em seguida, virou-se e foi embora, levando meu coração e minha respiração com ele.

Eu disse que estava ferrada? Sim, era pior do que isso. Eu estava vendida.

Mais tarde naquela noite, depois de colocar Hayden e Ollie na cama e dar-lhes um beijo de boa noite, vi uma mensagem esperando em meu celular:

> Meu perseguidor: Sexta-feira, sete horas. Venha até a entrada lateral. Por favor. Me dê uma chance.

Meus dedos passaram sobre as letras, mas foi inútil. As regras do jogo haviam mudado. Eu nem sabia mais quais eram. Mas eu tinha que levar isso até o fim pela minha própria sanidade.

> Eu: Ok.

CAPÍTULO VINTE E SEIS

LIV

Quando chegou a sexta-feira, eu tinha me convencido totalmente de que tinha conseguido. Eu iria para aquele Asilo, O Santuário, como eles o rebatizaram, e me manteria fiel a mim mesma. Diria a ele que todos os sentimentos que ele achava que sentia estavam em sua cabeça. Eu era apenas uma ilusão, um sonho que ele achava que queria transformar em realidade. Mas a vida não funcionava assim. A vida real era dura e confusa, e eu nunca me encaixaria no ideal que ele criou, no que ele queria que eu fosse. Eu era complicada, esforçada e levemente neurótica, apesar de mostrar para o mundo exterior que tinha tudo sob controle e que não sofria à toa.

Havia providenciado para que Hayden e Oliver ficassem com a mãe e o pai de Effy por alguns dias. Eles adoravam mimá-los e tinham a vantagem adicional de que sua husky siberiana, Luna, era uma ótima companheira de brincadeiras para meus irmãos superenergéticos. Esse era um problema resolvido, agora vamos nos concentrar no próximo obstáculo.

Recebi uma mensagem de texto da Emily na sexta-feira bem cedo, perguntando se eu queria ir jogar boliche com todos eles, mas disse a ela que tinha um encontro, o que eu sabia que era uma maneira de impedi-la de me importunar. A perspectiva de me fazer sair com alguém era muito atraente, então ela me desejou boa sorte e disse que eu deveria ligar para ela na manhã seguinte com todos os detalhes.

Dessa vez, decidi usar um vestido preto simples, curto e soltinho, mas que me fazia sentir confortável e poderosa. O preto parecia mais adequado para um lugar como O Santuário. Da última vez, eu realmente havia errado o alvo ao usar o vestido vermelho. Por mais que gostasse de me destacar, aquele não era o lugar para chamar a atenção para mim mesma. Às vezes, menos é mais.

Mantive o cabelo solto, a maquiagem simples e bebi uma taça de vinho para me dar a coragem que eu sabia que precisava. Meu fiel talismã, o colar de conchas Tiffany que minha avó havia me dado antes de morrer, estava em volta do meu pescoço, lembrando-me de que eu era uma pessoa durona. Eu podia fazer isso. Quando o Uber tocou a buzina na entrada da minha garagem, dei uma última olhada no espelho, peguei minha bolsa e saí, decidida de que, desta vez, seria diferente.

Um pouco depois, o carro parou na frente do Santuário e, como antes, pude ver as pessoas se aglomerando na entrada, fazendo fila para entrar. Inclinei-me para frente do banco de trás e perguntei ao motorista:

— Você poderia dar a volta pela lateral do prédio? Não vou usar a entrada principal. — Não tenho ideia de por que lhe contei essa informação extra. Talvez nervosismo? Eu tinha a tendência de divagar sempre que o nervosismo me dominava.

— Sem problemas, querida — ele disse, movendo o carro outra vez e dirigindo alguns metros a mais para parar na lateral.

Paguei e saí do carro, endireitando os ombros para aumentar minha confiança. Queria entrar ali, mostrando a todos que era uma mulher forte e vigorosa. Projete poder e positividade e isso pode mudar sua vida, ou assim me dizia o livro de autoajuda que minha mãe insistiu que eu lesse há alguns meses.

Caminhei pelo chão irregular em direção à porta lateral e, quando cheguei mais perto, ela se abriu e Devon Brady estava lá, olhando para mim como se eu tivesse descido da última nave espacial. Então, voltamos a jogar esse jogo novamente? Enviar outro Soldado para me pegar e me entregar em seu covil. Pensei que depois do beijo que demos — bem, dois beijos — ele poderia demonstrar algum grau de humildade, mas quem eu estava enganando? Aquele era o psicopata. Ele não agia da mesma forma que o resto de nós. Eu precisava me lembrar disso.

— Vejo que ele enviou outro cãozinho de estimação para me enfrentar — reclamei, parando bem na frente de Devon e olhando-o de cima a baixo como se estivesse prestes a lhe dar uma nova lição. — Pensei que tínhamos acabado com os jogos mentais.

— Nada de jogos — respondeu Devon, em uma voz monótona, e então engoliu em seco, mostrando uma ponta de vulnerabilidade. — Ele quer que eu lhe mostre o caminho. Ele ficou preso com algumas coisas, mas estará lá. — Ao dizer isso, ele olhou para a escada atrás de si e quase esperei que Adam aparecesse das sombras, mas não. Toda essa história estava muito longe das boas-vindas que recebi da primeira vez e, francamente, isso estava me irritando.

— Bem, o que estamos esperando? Mostre-me o caminho — pedi, fingindo meu entusiasmo. Ultimamente, eu estava duvidando seriamente da minha capacidade de tomar decisões sensatas e essa estava parecendo ser uma das piores. Minha cabeça dizia: "Vire e corra", mas eu estava ignorando aquela vadia em favor do demônio em meu coração que queria saber o que eu encontraria no topo daquelas escadas.

Ele acenou para si mesmo e deu um passo atrás para me deixar entrar. Depois de passar pela soleira, trancou a porta atrás de mim e me disse para segui-lo até a escada dos fundos. Uma coisa velha, escura e frágil que eu não tinha certeza se conseguiria suportar nosso peso. Eu certamente deixaria para trás alguns amassados de meus saltos na madeira amolecida. O cheiro de mofo e umidade pairava no ar aqui atrás, e os grafites que pintavam as paredes estavam muito longe das obras-primas que Finn, o namorado de Effy, gostava de fazer. Essas paredes estavam repletas de pichações grosseiras e outras marcas sem sentido. Era bom ver que ele estendeu o tapete vermelho para mim.

— Você veio de longe? — Devon perguntou, fazendo uma tentativa fraca de conversar.

— Eu moro em Sandland e peguei um Uber — respondi, certificando-me de que ele perceberia pelo meu tom que uma conversa amena não estava nos meus planos.

Enquanto subíamos as escadas, indo para o centro do edifício, meu coração começou a bater mais forte no peito. Eu podia ouvir o som do baixo no andar inferior, mas, quanto mais subíamos, mais a atmosfera parecia sombria e misteriosa. Promessas mortais estavam à frente, e eu não tinha ideia de onde estava me metendo. Para onde diabos Devon estava me levando?

Chegamos a um patamar e Devon abriu uma porta que dava para um longo corredor. Lá, eu podia ver as pessoas se movimentando silenciosamente, sem prestar muita atenção em mim, mas abrindo portas e depois desaparecendo lá dentro. Parecia que eu me lembrava de Colton falando sobre salas temáticas e minha mente começou a girar, pensando no que isso realmente significava. Segui Devon até o final do corredor, porém, quando passei, cada porta permaneceu trancada, mantendo os segredos do que quer que estivesse acontecendo por trás delas longe de meus olhos curiosos.

Quando chegamos à última porta no final, Devon a abriu e nós dois entramos em uma sala com uma garota sentada atrás de uma mesa, mexendo em seu computador. Agora eu estava realmente confusa e meu nível de irritação havia atingido o modo: essa vadia está prestes a explodir. Quem diabos era ela? E que porra estava acontecendo? Estava começando a parecer que eu tinha caído em uma armadilha, e não gostei disso.

— Acho que vou embora. — Fui me virar e sair pela porta, mas Devon a fechou e ficou na minha frente, bloqueando meu caminho. — Se não quiser levar um pé na bunda, é melhor sair da frente. Agora — avisei, mas ele apenas olhou de volta para mim e negou com a cabeça.

— Você não pode sair. Tem de dar uma chance.

— Não tenho que fazer nada. Me deixe sair. — Tentei me esquivar dele, mas ele não compraria minha falação.

— Por favor, apenas ouça, dois minutos. Se você ainda quiser sair depois disso, eu mesmo a levarei para casa — implorou.

— Como se eu fosse entrar em um carro com você — sussurrei de volta, mas, contrariando o que minha cabeça estava gritando, segui meu coração e me virei para encarar a garota sentada à escrivaninha.

— Então, qual é exatamente o problema aqui? Parece que você está prestes a me vender um seguro. — Olhei para ela, perguntando-me por que diabos ele havia me trazido até aqui. Isso era alguma piada? Estávamos prestes a entrar na sala de tortura sobre a qual eu havia brincado com Colton antes?

— A Faye só vai precisar lhe dar uma rápida passada na papelada antes de você entrar por aquela porta — disse Devon, apontando para outra porta na lateral da sala, e me virei para trás para lhe dar meu olhar mortal.

— Que diabos você quer dizer com papelada? Que porra é essa, Devon? Fale agora ou, que Deus me ajude, estou fora daqui.

— Ele quer passar um tempo com você, aqui, sozinho. Achou que essa era a melhor maneira de fazer isso.

Devon tinha toda a aparência patética de "confie em mim", mas eu não era estúpida. Eles o chamavam de Ceifador por um motivo. Ele não era um homem em quem se podia confiar. E, ainda assim, aqui estava eu, mantendo minha posição, pronta para conseguir algumas respostas.

— Usando o quê? A porra de um termo de confidencialidade para proteger a inocência dele? — respondi.

— Não. Mas existem limites.

Limites?

Sério?

Ele havia me vigiado, me perseguido por meses, e aqui estávamos falando de limites.

Isso realmente era uma piada.

Bufei com a estupidez de tudo isso. Eu estava perdendo a vontade de viver, e muito rápido.

— Provavelmente é melhor pular para a parte principal e ser rápido — disse Devon, inclinando a cabeça ao meu redor para se dirigir à recepcionista, Faye.

— Tudo bem — ela respondeu, parecendo entediada. — Assine o termo de responsabilidade, aqui e aqui. A sala é à prova de som, mas se você usar a palavra de segurança, "espinho", será liberada assim que for seguro para você. Se tiver algum limite extremo, liste-o abaixo e aproveite sua experiência. — Ela me deu um sorriso falso e voltou a digitar. Eu queria pegar a porra do laptop dela e jogá-lo do outro lado da sala.

— Limites extremos? Meus limites extremos são ser levada para a porra de uma sala e ela falar comigo como se eu fosse lixo. Estou indo embora. Diga a ele para ter uma boa vida.

Tentei passar por Devon, que segurou meus braços para me impedir.

— Acho que podemos ignorar as assinaturas dessa vez, Faye — afirmou, e depois olhou para mim. — Por favor, vá até a sala. Veja-o. Você pode sair a qualquer momento. Você está no controle.

Dei de ombros, não gostando da falta de controle que eu realmente sentia naquele momento. Mas eu tinha chegado até aqui. Não tinha ideia do que estava acontecendo e no que estava me metendo, mas certamente devia a mim mesma levar isso até o fim. Quem eu estava enganando? Eu tinha uma fascinação mórbida pelo que estava do outro lado daquela porta e sempre fui uma pessoa que assumia riscos, uma pessoa que levantava o inferno. Eu gostava do desafio.

— Tudo bem — cedi, me livrando de seu controle. — Ele tem dois minutos e depois eu vou embora.

Faye nem se deu ao trabalho de olhar para cima, apontando para uma porta à sua esquerda, e não me dei ao trabalho de agradecer por seu excelente atendimento ao cliente. Ela podia ir se foder.

Quando abri a porta, ela levava a um corredor menor. Era estreito e mal iluminado, sem janelas que proporcionassem luz natural, e na extremidade mais distante havia uma porta. Não conseguia ouvir mais ninguém lá embaixo, mas isso só aumentava a sensação sinistra do lugar. Seria essa a porta de entrada pessoal deles para o inferno?

Sentia meu coração batendo rapidamente, perdendo o ritmo regular à medida que começava a dançar erraticamente em meu peito, e minha respiração ficou superficial. Eu me sentia como a típica garota loira dos filmes de terror e, assim como aquelas idiotas, estava indo direto para o perigo sem pensar duas vezes, mas não conseguia impedir que meus pés seguissem em frente.

— Você consegue, Liv. Você consegue fazer isso — disse a mim mesma.

Quando cheguei à porta no final, bati, mas não houve resposta. Então, girei a maçaneta e ela se abriu para revelar um cômodo básico e quadrado. Não havia janelas e as paredes eram pintadas de preto. Em uma das paredes havia um sofá de couro, com uma pequena cômoda ao lado. Em outra, havia uma mesa que parecia estar aparafusada ao chão. Notei uma porta do outro lado do cômodo, mas estava fechada.

Com cautela, entrei e fechei a porta atrás de mim. Apesar dos móveis escassos e das paredes escuras, o ambiente era quente e olhei em volta, esperando ver algo pessoal que pudesse me dizer a quem pertencia o quarto. Mas não havia nada.

Então, de repente, o cômodo inteiro ficou escuro. Não havia nem mesmo um raio de luz aparecendo por baixo das portas. Estava escuro como breu e, freneticamente, comecei a procurar algo para me firmar. Ainda me lembrava da disposição da sala. Não era tão difícil. Era pequena e ridiculamente básica, então dei alguns passos à frente até chegar à mesa, depois me virei e fiquei de frente para a sala, amaldiçoando-me por não ter vindo mais bem equipada com algum tipo de arma para me defender.

Estando nessa sala escura e perdendo o sentido da visão, meus outros sentidos começaram a entrar em ação, trabalhando com mais força e ficando mais sintonizados com o espaço ao meu redor. Quando ouvi respirações suaves vindas do outro lado da sala, soube que não estava sozinha.

Mas não gritei. Fiquei parada, esperando, ouvindo. Ouvi passos cruzando o piso de madeira e tentei manter minha respiração lenta e constante, embora estivesse ficando difícil encher meus pulmões com o nível de tensão que eu estava sentindo no momento.

Agarrei a mesa com as duas mãos e fiquei de frente para a sala, e então o senti. Pude sentir seu cheiro também, aquele seu perfume másculo e almiscarado que mexeu comigo, e não consegui me impedir de dizer.

— É você. Eu sei que é você. Eu o reconheceria em qualquer lugar.

Eu o ouvi fazer um som de "shhh", mas não me deixei dissuadir.

— Por que você enviou Devon para me encontrar? E quem é aquela garota lá atrás? Que porra está acontecendo aqui?

Eu o senti colocar a ponta do dedo sobre meus lábios enquanto eu fazia uma pergunta atrás da outra.

— Eu disse, shhh — sussurrou, mas eu não deixaria que isso me impedisse.

— Você disse que queria conversar. Me trouxe aqui para conversar comigo...

— É assim que eu falo — respondeu e, sem mais nem menos, eu me calei, esperando que ele me mostrasse exatamente o que queria dizer.

Momentos depois, senti um toque como o de uma pena descendo pela minha bochecha, roçando minha pele tão suavemente que não parecia real, mas era, e meu corpo estava lentamente ganhando vida, respondendo à suavidade de sua carícia. Não sei por que, o quarto estava tão escuro, mas fechei os olhos, saboreando a sensação dele acariciando meu rosto, ao longo da minha mandíbula e, em seguida, passando o polegar gentilmente pelos meus lábios. Instintivamente, abri a boca e ele empurrou o dedo para dentro, permitindo que eu o chupasse e, em seguida, passou-o novamente pelo meu rosto e desceu até o pescoço.

Eu estava tremendo de ansiedade. Não esperava nada disso quando vim para cá, mas era como se eu fosse uma escrava desse quarto. Uma escrava do que ele quisesse fazer comigo. Ele deu mais um passo para perto de mim, seu corpo roçando o meu, e eu podia sentir seu peito nu se agitando de ansiedade. Então ele se inclinou para o meu pescoço e seu nariz passou pela minha pele, seus lábios se movendo suavemente, beijando, provocando, fazendo-me gemer e mover a cabeça para o lado, convidando-o a ir mais longe.

Soltei a mesa à qual estava me agarrando com todas as minhas forças e envolvi os braços em seu pescoço, passando as unhas pela parte de trás de seus cabelos e puxando-o para mais perto.

Ele gostou disso e se aconchegou ainda mais na curva do meu pescoço antes de mover seus lábios para cobrir os meus, beijando-me lentamente, usando a língua para me provocar e saborear. Sua mão agarrou minha nuca, forçando-me a aprofundar o beijo, e seus dedos se enroscaram em meu cabelo, puxando os fios como se não conseguisse o suficiente. Ele queria me devorar, e eu adorava isso, então respondi ao seu desespero com o meu próprio desespero. Fazia muito tempo que eu não ficava com ninguém e sentia falta disso, da paixão, da necessidade. Eu podia sentir tudo isso agora e não queria que parasse nunca.

Nós nos beijamos, perdendo-nos um no outro pelo que pareceu ser uma eternidade, e comecei a ficar mais desejosa, batendo meus quadris contra ele e gemendo.

Quando ele finalmente se afastou, ofegante, eu queria que soubesse exatamente o que eu queria, mas ele falou primeiro, em seu tom baixo e sedutor, dizendo-me:

— Não posso esperar mais, Olivia. Preciso tanto de você.

— Também preciso de você — sussurrei, e então suas mãos estavam sobre mim, puxando meu vestido de elástico até a cintura. Ele esfregou os dedos suavemente sobre meus mamilos e, em seguida, segurou meus seios, massageando-os e apertando-os, enquanto se inclinava de volta para o meu ouvido e dizia: — Eu realmente quero foder eles.

— Então faça isso — respondi, empurrando meu peito descaradamente para a frente e passando as mãos em volta de sua cintura.

Ele estava usando calça de moletom, a melhor coisa que um homem poderia usar em uma situação como essa. Um puxão para baixo e eu conseguiria o que queria. Passei os dedos sob o cós da calça e ele abaixou a mão para puxar minha saia para cima, o material do meu vestido agora preso em volta da minha cintura. Em seguida, ele colocou as mãos sob minha bunda e me levantou sobre a mesa, e dei um pequeno grito de pura excitação e expectativa.

— Deite-se — ele disse, mas não fiz o que me foi pedido. Eu queria saber o que aconteceria em seguida e gostava de estar no controle. — Eu disse... deite-se — ele sibilou por entre os dentes, e não pude deixar de sorrir. — Faça o que eu mandei, ou amarrarei suas mãos nessa maldita mesa e a foderei com minha língua até que você esteja quase lá, tão perto... e então pararei. Não deixarei você gozar. Vou deixar você implorando por isso.

Por mais divertido que fosse provocá-lo, eu sabia que ele estava falando sério, e queria o orgasmo. Eu o queria muito.

— Adoro quando você fala sujo comigo. — Sorri para mim mesma e, então, lentamente, me deitei, passando as mãos pelo seu peito e pegando o que agora eu sabia, pela sensação dele, que era um pênis muito grande e que se esforçava para sair daquela calça de moletom.

Senti que ele se ajoelhou na minha frente. O calor de sua respiração quando ele me puxou para a borda da mesa pela parte de trás dos meus joelhos. Sua cabeça se inclinou e ele me deu um beijo de boca aberta bem na minha boceta — através da seda do meu fio-dental encharcado — e gemi, levantando os quadris, querendo mais.

Ele passou os dedos por baixo das laterais da minha calcinha e lentamente a puxou para baixo das minhas coxas e depois a tirou. Em seguida, abriu minhas pernas, levantando meus joelhos para que ficassem apoiados na mesa ao meu lado. Eu estava totalmente aberta para ele, escondida na escuridão, mas ainda assim exposta para seu prazer. Só podia imaginar como ele estava agora, e isso era muito excitante.

— Sei que apenas provar nunca será suficiente. Juro por Deus, Olivia, quero comer sua boceta todos os dias pelo resto da minha vida.

— Isso me parece um bom negócio — disse e então arfei quando senti sua língua me lamber, até meu clitóris e voltar. Ele passou a língua dentro de mim, provando o máximo que podia, fodendo-me com a boca, mas depois voltou a lamber meu clitóris, circulando-o e esfregando-o.

Eu me abaixei para tocá-lo, queria agarrá-lo e foder sua cara com força, mas quando ele sugou meu clitóris para dentro de sua boca, criando uma sucção que me fez me contorcer onde estava deitada e balançar os quadris, eu sabia que estava perdida. Seus dedos começaram a massagear minha boceta enquanto ele chupava e lambia, e fechei os olhos, sentindo o orgasmo crescendo dentro de mim. Nunca foi tão bom quando eu usava meus brinquedos e deixei escapar:

— Ai, droga. A realidade é muito melhor do que a fantasia.

Merda.

Eu tinha acabado de dizer a ele que tinha fantasiado com ele, mas não me importei. Ele estava com a cabeça entre as minhas pernas, a boca no meu clitóris e os dedos enrolados dentro de mim, acariciando meu ponto G. Eu lhe daria o mundo se me pedisse.

Minhas pernas começaram a tremer e gemi, me pressionando contra ele. E então, meu primeiro orgasmo veio como uma explosão, fazendo-me gemer e jogar a cabeça para trás. Foi um orgasmo forte, mas eu sabia que era apenas o começo. Tinha sido seu aperitivo e agora ele estava prestes a experimentar o prato principal.

Ele permaneceu onde estava, beijando, lambendo e me acariciando gentilmente enquanto eu voltava à realidade, lambendo-me e me fazendo tremer com a sensibilidade que sentia. Quando afastou a boca e se levantou, rosnou:

— Deixei você ter o primeiro orgasmo, mas, da próxima vez, você só vai gozar quando eu mandar. Está entendido?

Eu não respondi. Não estava prestes a concordar com nada. Se quisesse gozar, eu gozaria. Mas acho que ele pensou que eu havia assentido, porque prosseguiu:

— Boa menina. Eu sabia que você acabaria fazendo o que lhe foi pedido.

Levantei-me para ficar sentada na mesa e dei um gemido de satisfação quando ele começou a me beijar novamente. Sentir o gosto de mim mesma nele era uma delícia, e o beijei de volta com todo o desespero e necessidade que tinha em mim. Ele estava de pé entre minhas pernas abertas, e estendi a mão para sua calça de moletom, puxando-a para baixo de suas coxas e sentindo a dureza de seu pênis ao roçar a parte interna da minha coxa. Estendi a mão para agarrá-lo, e foi então que senti. Ele tinha um piercing. A porra de uma barrra. Eu nunca tinha ficado com um cara com piercing antes, mas sempre quis. Parecia que hoje era minha noite de sorte. Além disso, ele era enorme. No que diz respeito a perseguidores, eu tinha tirado a sorte grande.

Segurei-o com a mão, passando o polegar suavemente sobre o piercing e começando a acariciá-lo; ele moveu os quadris, ofegando mais alto ao interromper o beijo para se concentrar em seus próprios sentimentos. Sua testa estava pressionada contra a minha e ouvir sua reação aos meus toques — os suaves suspiros e gemidos — me fez ansiar por mais. Eu precisava dele dentro de mim.

Comecei a acelerar, mas ele puxou os quadris para trás e afastou minha mão.

— Eu preciso te foder — sussurrou.

— Quer que eu chupe seu pau? — perguntei a ele. — Você pode foder a minha boca se quiser. — Depois da euforia que ele havia me dado, eu faria qualquer coisa por ele.

— Eu quero isso, mas ainda não — ofegou. — Se eu não estiver dentro da sua boceta nos próximos segundos, vou perder a cabeça.

Sentei-me ali, na borda da mesa, e abri mais as pernas. Pude senti-lo esfregar a cabeça de seu pênis com o piercing sobre meu clitóris e depois ao longo de minha boceta, criando uma sensação deliciosa que se espalhou pelo meu âmago. Eu estava tão molhada para ele e, quando começou a se enfiar dentro de mim, gritei com a sensação gostosa. A joia me acariciou da maneira mais sublime, o tamanho dele me fez ofegar, e a escuridão... tudo isso era tão erótico que acho que nunca havia me sentido tão excitada em toda a minha vida.

Ele agarrou sob meus joelhos, levantando minhas pernas, e se afundou cada vez mais em mim, e me agarrei a seus ombros, segurando-o com força. Assim que ele estava totalmente dentro de mim, com as bolas enterradas até o fundo e me preenchendo como eu nunca havia sido preenchida antes, começou com as estocadas — longas e fortes investidas que me fizeram gritar. Segurou minha bunda no lugar, começando a socar pra dentro de mim.

Acho que agora eu sabia por que a mesa estava presa ao chão, porque ele estava penetrando em mim como se quisesse destruir minha boceta e possuí-la como só ele sabia fazer. Seu piercing tinha um jeito incrível e alucinante de roçar bem no meu ponto G, fazendo-me contorcer e inclinar os quadris, desesperada por mais; mais forte, mais rápido.

— Você é muito gostosa — disse, entrando em mim.

— Você também! — gritei, agarrando sua bunda para forçá-lo a penetrar mais.

Ele tentou me beijar, mas nós dois estávamos tão perdidos com as sensações que se acumulavam dentro de nós que mal conseguíamos respirar. Minha boceta começou a se contrair, formigando e provocando um novo orgasmo, e então eu estava lá, pulsando e gritando quando gozei em seu pênis. Ele não parou de empurrar, apenas sussurrou:

— Porra, sim. — E aproveitou a sensação de cavalgar as ondas do meu orgasmo até que eu mal conseguia me segurar. Movi os braços para segurá-lo pelo pescoço, agarrando-me a ele, que continuava a penetrar em mim, e então ele se retirou, e arfei novamente com a perda.

Ele me pegou em seus braços e me levou até o sofá. Durante todo o tempo, eu estava tremendo com os efeitos do meu segundo orgasmo. Quando ele me deitou, sussurrou em meu ouvido:

— Vire-se. Com o rosto para baixo e a bunda para cima.

Não discuti, rolei e levantei os joelhos, colocando minha bunda no ar, pronta para ele fazer o que quisesse comigo.

— Por mais sexy que seja estar aqui no escuro com você, eu realmente gostaria de poder vê-la agora — sussurrou, subindo em cima de mim e passando a mão pela parte de trás da minha coxa e pela minha bunda, apertando com força antes de me dar um tapa. Eu gemi e empurrei minha bunda de volta para ele, sentindo seu pênis ainda duro e molhado por estar dentro de mim. Ele se posicionou contra minha boceta, mas dessa vez não foi devagar, ele bateu em mim, e me agarrei à lateral do sofá para me preparar para o que eu sabia que seria uma foda intensa.

Seu corpo cobriu o meu, a frente dele contra as minhas costas, e seus braços se apoiaram em cada lado da minha cabeça enquanto me fodia. Ele abaixou a cabeça para poder sussurrar em meu ouvido, ainda me penetrando com força por trás.

— Você. É. Minha. Essa boceta. É. Minha.

— Essas são... grandes palavras — respondi, ofegante, e estava prestes a dar a ele alguma resposta estúpida sobre promessas e sobre parar de enrolar e começar a agir, mas eu mal conseguia falar. Não queria falar. Só queria aproveitar a sensação dele, concentrar cada fibra do meu ser em como ele estava me fazendo sentir maravilhosa. Queria agradecer a cada uma de minhas estrelas da sorte pelo fato de ele ter um piercing e pela sensação que isso proporcionava.

Suas investidas se tornaram mais fortes, mais urgentes, e me empurrei de volta para dentro dele, atendendo à sua urgência com a minha própria. Então, senti que se levantou e ficou ajoelhado atrás de mim. Seu pênis ainda estava enterrado até as bolas na minha boceta, mas agora seus dedos estavam brincando em volta do meu clitóris, esfregando e acariciando.

— Caralho, isso é bom — gemi, rebolando os quadris e fechando os olhos enquanto pulsava e latejava ao seu redor. Então, ele retirou a mão e gemi em protesto, até que o senti esfregando a umidade sobre o meu ânus. Ele usou o polegar para penetrar a minha bunda, ainda metendo na minha boceta, fazendo círculos e me esticando. Eu soube imediatamente o que ele queria. Ele queria possuir cada parte de mim. Queria me foder de todas as formas possíveis esta noite.

Ele me esticou com o polegar, seu pênis enchendo minha boceta, e demonstrei minha gratidão mexendo os quadris e gemendo:

— Sim, muito bom.

Quando tirou o polegar, ele esfregou o meu cuzinho, depois inclinou o corpo um pouco mais sobre o meu e senti os dedos dele entrarem lá dessa vez. Respirei fundo, porque estava mais apertado, mas a sensação ainda era muito boa. Ele estava me preparando para o que queria, e eu também queria.

— Você já foi fodida na bunda antes? — perguntou.

— Sim — respondi, surpresa por ele realmente querer saber isso.

— Vou lidar com meus sentimentos sobre isso mais tarde — afirmou, e o senti deslizar o pênis para fora da minha boceta.

Fiquei deitada, sem saber o que estava acontecendo, mas percebi que ele havia se movido para a beirada do sofá. Então, ouvi gavetas se abrindo, movimento atrás de mim, e ele disse:

— Mantenha a bunda levantada para mim. Boa menina.

Inclinei-me em uma posição que eu sabia que lhe daria melhor acesso, e então senti a frieza do lubrificante que ele deve ter tirado da gaveta enquanto me cobria com ele.

— Você se lembra da sua palavra de segurança? — perguntou, em voz baixa.

— Não preciso de uma palavra de segurança — respondi.

— Eu lhe fiz uma pergunta, Olivia. — Pelo modo como falou, ele não estava feliz por eu estar brincando com ele agora.

— Sim. Espinhos. Agora me foda.

Ele soltou uma risada tranquila, e senti a grossura de seu pênis e a barra roçando em meu traseiro. Lentamente, ele se empurrou para dentro de mim e não sei por que, talvez fosse o tamanho ou a intensidade do momento, mas fiquei paralisada e meus músculos se contraíram.

— Deixe-me entrar — sibilou, parecendo agitado e estocando em minha bunda para tentar me abrir.

Respirei fundo mais uma vez e levantei os joelhos; ao fazê-lo, meus músculos relaxaram e ele empurrou para dentro, enchendo-me tanto que mal conseguia respirar.

Ele me deu um momento para me segurar, todo o seu corpo cobria o meu, empurrando-me contra o sofá. Então, ele recuou e, ai… meu…Deus… caralho, ele fodeu minha bunda com força. Com investidas longas e profundas, que me fizeram agarrar o braço do sofá. Colocou a mão em volta do meu pescoço, com o outro braço se apoiando sobre mim, e levantou minha cabeça, me penetrando, apertando minha garganta e me fodendo.

— Boa menina — sussurrou, repetidamente enquanto metia em mim, e tudo o que eu podia fazer era gemer, gritar e choramingar com a sensação de prazer. — Toque-se — ordenou, apertando meu pescoço novamente, depois agarrando meu cabelo e enrolando-o na mão, puxando-o e forçando minha cabeça para trás.

Levantei-me um pouco e abaixei a mão para tocar minha boceta e provocar meu clitóris, mas depois me afastei ainda mais e peguei suas bolas, raspando minhas unhas delicadamente sobre elas e massageando-as enquanto ele metia em mim. Adam gostou disso e diminuiu a velocidade de seus movimentos, depois parou dentro de mim, enchendo minha bunda enquanto eu o acariciava e brincava com ele. Podia sentir a pulsação de seu pênis enquanto ele permanecia imóvel, e então ele suspirou.

— Estou tão perto, Olivia. Tão perto, porra.

Ele começou a mover os quadris novamente, penetrando em mim, e movi meus dedos de volta para circundar meu clitóris e provocar o próximo orgasmo. Minha bunda estava se contraindo em volta dele, desesperada para fazê-lo gozar; quando comecei a tremer e meu orgasmo chegou, minhas pernas se dobraram sob mim. Ele estava deitado por cima, meu corpo preso sob o peso dele enquanto me penetrava, e então ele mesmo gritou e o senti engrossar. Ele também estava gozando. E ouvi-lo ofegar, gemer, e enterrar a cabeça em meu cabelo durante o orgasmo fez o meu voltar à vida.

Jesus Cristo. Esse era o melhor sexo que eu já havia feito em toda a vida. Eu nem sabia se teria forças para me levantar e sair deste quarto, de tão bom que estava. Mas quando o pico dos orgasmos começou a diminuir, o pavor em meu estômago voltou.

Aqui estávamos nós.

Isso era o que eu sempre esperei que acontecesse.

Ele tinha conseguido o que queria e agora tudo chegaria ao fim, como sempre acontecia. O único problema era que eu achava que seria forte o suficiente para lidar com isso. Mostrar a ele o meu verdadeiro eu, deixá-lo se deliciar com isso e então eu estaria livre. Mas, depois desta noite, minhas correntes estavam presas a ele de verdade, e esse pensamento me assustou. Assustou-me porque o sexo sempre foi apenas sexo para os homens. Pelo menos para os homens que conheci antes. Mas, para mim, eu sempre desenvolvia sentimentos, e isso me irritava, porque sentimentos significavam desgosto e eu já tinha tido desgosto suficiente para durar uma vida inteira. Chegou a hora de enfrentar essas barreiras. Eu precisava começar a me proteger.

CAPÍTULO VINTE E SETE

LIV

Nós nos deitamos no sofá e ele colocou os braços em volta de mim, sua frente contra minhas costas. Naquele momento, me senti amada, assim que ele beijou suavemente meu pescoço e meu ombro e me abraçou com força. Mas eu não era estúpida. Tinha acabado de dar a ele cada parte de mim e sabia o suficiente para entender que o abraço obrigatório sempre precedia o "obrigado por um ótimo momento e nos vemos por aí".

— Você está bem? — perguntou, em voz baixa e cautelosa. — Sei que me empolguei um pouco, mas não pude evitar.

— Foi perfeito — respondi, instintivamente passando os dedos pelos dele para segurar sua mão.

— Você é perfeita — afirmou, beijando minha nuca. — Eu sempre soube que você seria.

Não sei por que, mas podia sentir as lágrimas se acumulando e não queria prolongar mais isso. Sentei-me e seu braço se afastou de mim. Ele também se sentou, então passei por ele e saí do sofá, puxando meu vestido para baixo e depois para cima para que ficasse no lugar novamente. Eu provavelmente estava horrível. Aposto que meu cabelo estava todo bagunçado, mas eu não me importava mais com isso.

Ele esticou o braço para segurar minha mão, puxando-me de volta para si, onde estava sentado, mas eu o soltei.

— Volte para o meu quarto — ele disse. — Não quero que esta noite acabe ainda.

— Mas já acabou — respondi, apesar do nó que se formou em minha garganta.

— O que diabos isso quer dizer?

— Olha, não vamos prolongar isso, ok? Nós fizemos sexo. Sexo bom. Mas acabou. Eu preferiria ir embora agora e evitar toda a caminhada da vergonha da manhã seguinte. — Eu já tinha feito isso muitas vezes e não era divertido.

— Não vai haver uma caminhada da vergonha. De que diabos você está falando? — Ele parecia irritado agora, e dei mais um passo para trás.

— Haveria sim, não minta. Eu não sou estúpida, Adam. Eu sei o que é isso...

— Bem, ainda bem que você sabe, porque eu não tenho a menor ideia. É porque fui um pouco bruto? — Ele estava agindo como se não soubesse, mas eu não cairia nessa.

— Não. Eu gostei disso. Você foi incrível. Mas estou indo embora agora. Parabéns. Você venceu — acrescentei, porque me senti como se ele tivesse vencido. Eu era a perdedora em seu jogo de consequências.

— Eu não ganhei porra nenhuma — esbravejou. — Sente sua bunda aqui e vamos conversar.

— Você já conversou, lembra? Agora, estou indo embora — afirmei, determinada a permanecer forte e manter minha posição. — Acabou, Adam. Acabou. Pode passar para a próxima garota e jogar seus jogos. Já estou farta disso.

— O caralho que está.

Senti que ele se levantou do sofá, ouvi o rangido do couro e a presença dele quando veio em minha direção, mas voltei para a porta pela qual eu havia entrado originalmente.

— Espinhos. Pronto, eu disse. Espinhos. ESPINHOS, MERDA! — gritei, segurando a maçaneta da porta, sacudindo-a e esperando que ela se destrancasse.

— Isso é uma maldita piada. Ainda não acabou, Olivia. Nunca vai acabar. Depois de tudo o que fizemos, você ainda não está entendendo? O que mais eu tenho que fazer?

— Acho que já fizemos o suficiente — declarei calmamente para a sala, mas dei um pulo quando ouvi um estrondo alto, como se ele tivesse dado um soco em alguma coisa, e depois ouvi o clique da porta atrás de mim se destrancando. Não fiquei para vê-lo quando as luzes voltaram a se acender. Não conseguiria encará-lo ao ver as lágrimas que agora escorriam pelo meu rosto. Simplesmente me virei, atravessando a porta e fechando-a com força atrás de mim. Em seguida, corri pelo corredor, de volta ao escritório onde a Cara de Merda estava sentada olhando para mim, e saí correndo.

Para fora daquele prédio.

Da vida dele.

E desse pesadelo que parecia não ter fim.

CAPÍTULO VINTE E OITO

ADAM

Apertei o botão de liberação como se quisesse destruir a maldita coisa. Fazer o mecanismo quebrar e mantê-la trancada aqui comigo para sempre. Eu não tinha ideia do que estava acontecendo. Pensei que ela estivesse gostando tanto quanto eu, certamente parecia isso quando estava gemendo e gozando em cima do meu pau. Mas agora ela estava fugindo como se eu fosse o maldito bicho-papão. Se isso tivesse acontecido meses atrás, eu poderia ter acreditado, mas a reação dela hoje foi ridícula. Ela estava fugindo de seus sentimentos, e eu já estava farto.

Saí do cômodo escuro, batendo a porta, e depois subi as escadas, três de cada vez, para voltar para o meu quarto. Sentia minha cabeça pesar com todo aquele barulho.

Que se dane essa merda.

Faça-a pagar.

Queime a porra do mundo.

Minha raiva estava fora de controle, e eu precisava fazer algo para canalizá-la. Precisava destruir. Matar.

Arrombei a porta do meu quarto, com a fúria irradiando por cada poro. Tyson olhou para mim da cama em que estava deitado e, julgando meu humor de merda, levantou-se e saiu correndo. Fechei a porta atrás dele, sem dar a mínima para onde ele foi, e me sentei na beirada da cama, inclinando a cabeça para baixo e passando as mãos no cabelo. Tentei respirar fundo, concentrar-me em algo positivo para afastar os pensamentos assassinos, mas nada funcionou. A única coisa que funcionava ultimamente era ela. Ela me acalmava. Mas agora, ela era a razão de eu estar me sentindo assim.

Ouvi a porta se abrir e olhei para cima para ver Colton ali. Ele era a última pessoa com quem eu queria falar e lhe disse:

— Vá se foder.

Mas ele me ignorou, como sempre fazia, e se sentou ao meu lado na cama.

— O que aconteceu? — perguntou. Dessa vez, não parecia brincalhão ou zombeteiro, apenas sincero.

— Ela foi embora. — Eu não conseguia dizer mais nada. O que mais havia para dizer?

— Por quê? Ela deu um motivo? — Encarou-me e acrescentou: — Você ficou lá dentro por muito tempo. Todos nós entendemos isso como um bom sinal.

— Foi bom. Foi incrível, mas depois ela se levantou, disse que não queria a caminhada da vergonha, seja lá o que isso for, e foi embora. Ela disse que estava tudo acabado. Que eu tinha vencido. — Ri dessa última parte. *Eu tinha vencido, porra.* Se era assim que eu me sentiria ao ganhar de Olivia, eu queria ser o perdedor todas as vezes.

— Adam. Amigo — começou Colton, colocando a mão no meu joelho e depois retirando-a rapidamente quando o encarei —, o que ela disse e o que quis dizer são duas coisas completamente diferentes.

— Do que você está falando agora? Colton, vá se foder. Não estou a fim de lidar com você.

— Vou ignorar isso, já que você está tendo... problemas. Mas estou falando sério. Ela acha que você só queria transar com ela. Foi embora porque está evitando o que acha que será uma manhã constrangedora depois da noite anterior.

— Isso nunca foi uma questão de sexo para mim — garanti, cerrando os punhos, sentindo que precisava começar a bater em alguma coisa para acalmar minha agressividade.

— Eu sei disso, e você também, mas ela sabe? Ela é uma mulher, Ad. Mulheres nunca dizem o que querem dizer, você tem que ler nas entrelinhas.

— Que entrelinhas? Não houve entrelinhas. Ela disse que acabou. — Senti uma aspereza em minha garganta ao dizer isso.

— Ela disse que não queria ficar aqui, certo? — Colton perguntou, distorcendo minhas palavras.

— Sim. — Eu estava irritado além da conta e a segundos de arrastá-lo para fora do meu quarto pela nuca.

— Então, vá até ela. Mostre que ainda não acabou. Vá até ela e, pela manhã, se ela ainda o odiar, será você quem fará a caminhada da vergonha, não ela.

De repente, as nuvens sombrias em minha cabeça se dissiparam. Ele estava certo. Eu precisava ir até ela e provar que não se tratava de um caso de uma noite. Nunca se tratou disso. Eu havia passado os últimos meses apaixonado por essa garota. Que se dane, eu a amava. Não estava disposto a deixá-la ir embora depois do que acabamos de fazer. Ela também me queria. Olivia me abraçou e me amou de volta. Eu ainda não havia terminado de lutar para tê-la. E nunca deixaria de lutar.

— Então — Colton deu um tapinha nas minhas costas com um grande sorriso no rosto —, estamos bem? Você vai para a casa dela e passarão o resto da noite transando como coelhos?

Levantei-me, peguei meu capacete e as chaves da minha moto.

— É isso mesmo.

Colton sorriu, depois enrugou o nariz para mim com nojo.

— Eu tomaria um banho antes de sair, amigo — acrescentou. — Senti o cheiro de sexo sujo em você antes mesmo de entrar pela porta. — Em seguida, ele saiu do quarto, rindo para si mesmo.

— Filho da puta — falei baixinho, largando minhas coisas e indo para o banheiro para tomar o banho mais rápido da humanidade.

CAPÍTULO VINTE E NOVE

LIV

Chorei durante todo o trajeto de volta no Uber como uma idiota. Depois, quando cheguei em casa, fui para o meu quarto, abri a janela para me livrar do cheiro do meu perfume que eu havia borrifado antes e que ainda permanecia como uma triste lembrança, e entrei no chuveiro. A água se misturou com minhas lágrimas, mas deixei que elas caíssem. Precisava extravasar minhas emoções de alguma forma e, sozinha no chuveiro, parecia ser o lugar perfeito.

Depois de alguns minutos, fechei a água e peguei uma toalha para me enrolar. Quando abri a porta do banheiro e entrei no meu quarto, gritei. Lá, de pé no meio do cômodo, com os braços cruzados sobre o peito e uma carranca no rosto, estava Adam.

Jesus, ele realmente não desistiria, né?

— O que você está fazendo aqui? — perguntei, segurando a minha toalha com mais força em volta de mim, na defensiva.

— Você esqueceu uma coisa. — Ele manteve a carranca e deu um passo em minha direção. Não me mexi. Não queria que ele soubesse que estava me afetando.

— Do que eu me esqueci?

— De mim.

Senti meu coração disparar no peito e, de repente, ficou difícil respirar novamente.

— Adam, eu não... eu... — Fiquei sem palavras. — Como você entrou aqui?

— Você deixou a janela aberta. — Então sua carranca se transformou em um leve sorriso. — Realmente precisa ter cuidado com isso, nunca se sabe que tipo de perseguidores malucos estão à espreita por aí.

— Vou me lembrar disso da próxima vez que tomar banho e deixar a janela do meu quarto aberta. Acho que eu deveria ter me prevenido. Afinal, tenho uma vasta experiência em lidar com perseguidores malucos.

Ele sorriu, abaixou a cabeça e olhou para mim por entre os cílios. Eu nunca o tinha visto olhar para mim daquele jeito, como se estivesse errado e quisesse meu perdão. Isso era novo.

— Olivia, podemos conversar? — perguntou, apontando para a cama, sentando-se na beirada e olhando de volta para mim.

— Acho que não temos mais nada a dizer um ao outro.

Ele suspirou e passou as mãos pelo rosto.

— Você pode não ter nada a dizer, mas eu tenho.

Não me sentei na cama ao lado dele, mas precisava me sentar, então fui até a penteadeira e me abaixei na cadeira que havia ali.

— Isso, tudo isso — continuou — nunca foi uma questão de sexo para mim. O sexo é um bônus, não vou negar, mas o fato de eu querer me aproximar de você não foi porque eu queria um caso de uma noite ou o que quer que você pense que aconteceu hoje. Eu queria te conhecer. Estar com você. Mesmo que nunca mais façamos sexo, eu ainda a seguirei, Olivia. Ainda estarei lá, esperando, querendo você. O que aconteceu esta noite não muda nada. Pelo menos, não para mim. — Ele suspirou novamente e a maneira como olhou diretamente em meus olhos me fez sentir algo que eu nunca havia sentido com um homem antes.

Isso me fez sentir esperançosa.

Desejada.

Amada?

— Colton disse que você achava que eu só queria transar com você. Caso eu não tenha deixado claro, isso não é verdade. Eu quero você, Olivia. Lá no clube, pedi que voltasse para o meu quarto porque queria tê-la na minha cama, abraçá-la e dormir com você. Você torna tudo… mais calmo.

Eu não tinha ideia do que ele queria dizer com isso, mas fiquei em silêncio.

— Então, decidi vir até aqui, até você. Se não quiser acordar na minha casa, então eu acordo na sua, mas não vou a lugar nenhum. Nunca irei.

Eu não sabia como processar o que ele estava dizendo. Tínhamos feito sexo e ele ainda queria mais? Ele não se importava se nunca mais fizéssemos sexo? Eu não sabia se deveria acreditar nele, mas, então, por que dizer essas coisas se não estava falando sério? Supus que as ações falavam mais alto do que as palavras, mas, novamente, suas ações falavam muito.

Ele tinha vindo até aqui, escalado a lateral da minha casa e entrado pela minha janela, só para me dizer isso. Ninguém nunca havia feito algo assim por mim, nunca. E as lágrimas que eu achava que já tinham sido derramadas no chuveiro ameaçavam irromper novamente.

— O que é isso? — Apontei entre nós dois. — O que está acontecendo aqui entre nós?

— Bem, eu espero... — ele se levantou e me olhou fixamente — que estejamos construindo um relacionamento. Um relacionamento em que eu possa ficar um pouco mais perto de você do que estive nos últimos meses. Só quero uma chance, Olivia. Por favor.

Ele parecia tão sincero e honesto, que eu podia sentir minhas paredes rachando, cada tijolo caindo a cada palavra que ele dizia.

— Como posso confiar em você? — perguntei, em um sussurro. O destino não tinha sido exatamente gentil comigo ao longo dos anos, e eu achava difícil confiar.

— Posso lhe dizer para fazer isso, mas você me ouviria? Duvido. Confiança é algo que tenho de conquistar. Algo que tenho de lhe mostrar. Mas eu o farei, se você me permitir.

O anjinho em meu ombro escolheu aquele momento para se manifestar e dizer: "Ele pode ser a melhor coisa que já aconteceu com você. Os diamantes são encontrados nos lugares mais escuros. Só porque ele é uma coisa para o mundo exterior, não significa que não possa ser algo completamente diferente para você." Esse parecia ser um momento decisivo para mim. Um momento que eu poderia amar ou me arrepender pelo resto da vida e, se havia uma coisa que minha avó sempre me ensinou, era a nunca viver com arrependimentos.

— Você pode ficar — anunciei, e seu rosto se iluminou. — Mas um movimento errado e você está fora.

Ele ergueu as mãos em sinal de rendição e sorriu.

— Vou dar uma surra em mim mesmo se te machucar de novo.

E então ele puxou a camiseta por cima da cabeça e abaixou a calça de moletom, chutando-a para fora e ficando totalmente nu na minha frente.

— Ai, meu Deus, que diabos? — ofeguei.

— Vamos lá... — Ele riu e piscou o olho. Adam Noble piscou para mim, porra. — Não é como se você já não tivesse sentido cada centímetro do meu corpo esta noite. Não comece a se mostrar tímida. Estou aqui para dormir, então tire a toalha e venha para a cama comigo.

Ele levantou meu edredom e entrou na cama. Fiquei ali de boca aberta, sem acreditar no tamanho de seu pênis às claras. Isso e o fato de ele ter me surpreendido com seu pequeno discurso e depois ter subido na minha cama como se não tivesse acabado de abrir seu coração para que eu o esmagasse. Talvez ele confiasse em mim muito mais do que eu imaginava.

Deixei a toalha cair no chão e vi seus olhos escurecerem ao me ver atravessar o quarto e subir na cama para me juntar a ele. Desliguei a lâmpada de cabeceira, o quarto ficou escuro e ele passou o braço em volta de mim e me puxou para si, sendo a conchinha de fora. Ele distribuiu beijos pelo meu ombro e pescoço e sussurrou:

— Você está se sentindo bem? Está dolorida?

Estendi meu braço para trás para acariciar sua mandíbula e passar os dedos em seu cabelo.

— Um pouco, mas está tudo bem.

— Então não vou transar com você de novo esta noite. Vou esperar até de manhã. — Ele me beijou gentilmente na bochecha e depois se deitou atrás de mim, segurando-me junto a si.

Fiquei ali deitada, mal respirando, lutando para entender a jornada que fiz esta noite e, quando ouvi sua respiração se aprofundar, percebi que ele havia adormecido. Senti um calor em mim, sabendo que ele estava aqui. Tinha vindo até mim e me queria. Sem amarras. Sem mais jogos.

Seria essa a minha chance de finalmente encontrar algo?

Fechei os olhos e deixei que o ritmo de sua respiração me levasse ao meu próprio sono. A vida era certamente surpreendente, e eu tinha a sensação de que o destino ainda não havia terminado comigo.

CAPÍTULO TRINTA

LIV

Acordei com a cama balançando e sentindo o peso de Adam subindo em cima de mim. Ele afastou minhas pernas, dei um suspiro sonolento e perguntei:

— O que está acontecendo?

— Eu quero você — respondeu, acomodando-se entre as minhas pernas e depois se inclinando para me beijar. Eu o beijei de volta, aproveitando a névoa de sono e desejo misturados. Pude sentir como ele estava duro ao se esfregar em mim, e levantei os joelhos, envolvendo as pernas ao redor dele.

Não precisávamos de muitas preliminares dessa vez. Eu estava molhada para ele, que estava pronto para pegar o que quisesse.

— Desta vez — rosnou em meu ouvido —, você não deve gozar até eu mandar.

Eu gemi e arqueei as costas; tomando isso como um convite, ele me penetrou, enchendo-me com um único impulso brutal. Depois, se retirou novamente, mas voltou a me penetrar com força. As investidas longas e fortes me fizeram agarrar-me a ele. Eu adorava o fato de ele não ter medo de ser assim, punitivo, brutal, cruel e exigente. Cada investida dentro de mim era como dar mais um passo rumo ao paraíso, cortesia do próprio demônio. Mas eu adorava isso. Adorava o fato de ele não me tratar como algo delicado. Ele sabia como eu gostava.

Pressionou seus quadris contra os meus, seu piercing atingindo meu ponto G e seu pênis me esticando da maneira mais deliciosa.

— Mais forte, mais rápido — gemi, e ele levantou minha perna na altura do joelho, colocando o braço sob ela para poder me foder do jeito que eu queria.

Senti meu orgasmo se aproximando, mas ele também sentiu, parou e, em voz baixa, rosnou:

— Segure.

— Não posso — gritei, tentando desesperadamente lutar contra os fogos de artifício que queriam se libertar.

— Sim, você pode. Segure ou eu vou parar.

Assenti e me agarrei a ele, enterrando a cabeça em seu pescoço, enquanto ele começava a estocar novamente, com golpes dolorosos e punitivos que me faziam gemer e me contorcer debaixo dele.

— Boa menina. Continue assim — ofegou, seus quadris vindo mais rápido em mim. — Você é uma menina muito boa.

Eu sentia que estava prestes a explodir, não conseguia mais me segurar. Meu corpo clamava por liberação e tudo o que eu podia fazer era me concentrar em sua voz.

Ele foi ficando cada vez mais rápido até que, por fim, gritou:

— Agora, Olivia. Goze para mim.

Joguei minha cabeça para trás e gozei com tanta força que perdi a noção de mim mesma. Minhas pernas não paravam de tremer, e minha boceta estava descontrolada, ficando toda louca e pulsando em cima do pau dele. Ele gemia, estocando lentamente dentro de mim, extraindo cada maldita sensação de nossos corpos e me dizendo que eu era gostosa e que era uma boa garota.

Eu parecia não conseguir me controlar, e senti que ele me abraçou e sussurrou em meu ouvido:

— Está tudo bem, eu estou com você.

Agarrei-me a ele, com as pernas ainda trêmulas e o corpo tremendo. E durante todo o tempo em que ele me abraçou, sussurrava: "Eu estou com você". Repetidas vezes. Juro que não era apenas meu corpo que havia perdido o controle, minha mente também estava perdida... e meu coração.

Ninguém jamais havia me feito sentir assim.

Ele me abraçou e me beijou gentilmente, com seu pênis ainda enterrado profundamente em mim. Por fim, minha respiração se estabilizou e minhas pernas, embora ainda parecessem gelatinosas, pararam de tremer. Mas ele ficou quieto e acariciou minha bochecha, olhando diretamente em meus olhos enquanto dizia:

— Você é incrível.

— Isso foi incrível. — Suspirei.

— Por causa de você.

Ele se afastou lentamente de mim, e não gostei disso. Não queria que ele me deixasse, mas, quando me puxou de volta para seus braços, não pude reclamar. Quem diria que eu poderia me sentir assim? Eu certamente não sabia. Era como se eu tivesse descoberto um segredo. Um segredo sujo, imundo e proibido, e nunca quis compartilhá-lo com ninguém.

Ele era o meu segredo.

Ele me abraçou e me envolvi com ele. Não dissemos nada por muito tempo, as palavras não eram necessárias, mas, por fim, ele quebrou o silêncio.

— Você disse algo lá no clube.

Cerrei os dentes, imaginando onde ele queria chegar com isso.

— O que eu disse?

— Você disse que a realidade era melhor do que a fantasia. — Encolhi-me interiormente e fiquei em silêncio. — Você tinha fantasias comigo? — perguntou, com um tom presunçoso.

— Talvez. Pode ser que eu tivesse. — Dei de ombros e ele riu baixinho.

— Não fique com vergonha de mim agora. Se você tem fantasias e que quer que eu realize, é só me dizer. — Inclinou-se para sussurrar em meu ouvido: — É para isso que estou aqui.

Eu estremeci um pouco. Gostei do som disso e fiquei arrepiada ao pensar em todas as possibilidades.

— Você meio que realizou uma hoje à noite — eu disse, e ele se afastou para me olhar com uma expressão intrigada no rosto.

— O quarto escuro? — perguntou.

— Não. A janela.

Sua sobrancelha se ergueu e ele olhou para a janela e depois de volta para mim.

— Você já fantasiou comigo entrando aqui pela sua janela?

Assenti com a cabeça.

— Puta que pariu. Por que eu não fiz isso antes?

Eu ri e ele me beijou, depois se afastou.

— Mas estou falando sério, você tem que me contar essas merdas. Eu quero fazer isso.

— Parece que nossos jogos podem não ter acabado ainda. — Eu sorri e ele deu um tapa na minha bunda.

— Vá dormir. Mas amanhã, quero todos os detalhes sujos.

CAPÍTULO TRINTA E UM

ADAM

Mais uma noite passada com Olivia e mais uma manhã em que acordei me sentindo mais descansado do que nos últimos anos. Ela tinha esse efeito sobre mim. Um efeito que ninguém mais havia conseguido. Nem os Soldados, nem qualquer uma das famílias adotivas em que estive na infância. Ninguém. Sempre soube que ela foi feita para mim.

Eu a senti se contorcer em meus braços quando começou a acordar, e tirei seu cabelo do rosto e beijei sua bochecha. Ela sorriu antes mesmo de abrir os olhos e suspirou.

— Essa é uma boa maneira de ser acordada, embora eu tenha gostado bastante da outra forma como você me acordou na madrugada.

Ela se espreguiçou e envolveu-me com os braços. Era bom ficar deitado assim com ela. Eu só queria poder nos trancar neste quarto para sempre e nunca mais sair. Mantê-la aqui comigo, protegida do mundo exterior. Mas eu tinha um trabalho a fazer e sabia que teria de deixá-la em algum momento desta manhã. Nunca estaria longe e sempre teria meus olhos nela, mas tinha que voltar para casa. Cumprir meu dever como Soldado nesta cidade.

— Estou ansioso para ouvir tudo sobre essas suas fantasias. — Acariciei seu pescoço, meu novo lugar favorito, e então o mordi gentilmente e disse: — É melhor que não inclua sexo a três. Você me conhece bem o suficiente para saber que não compartilho.

— Acho que você é mais do que suficiente para mim. Não preciso de mais ninguém — ela respondeu, raspando as unhas na minha nuca, o que me fez estremecer com a sensação gostosa.

— Com certeza, porra. — Levantei a cabeça e depositei um beijo em seus lábios. — Talvez eu mesmo tenha algumas fantasias — acrescentei.

Foi a vez de ela levantar uma sobrancelha para mim, e um sorriso malicioso se espalhou por seus lábios.

— Talvez você precise me introduzir nesse mundo com cuidado. Ainda não sei se estou pronta para o impacto total de uma fantasia de Adam Noble. Talvez você possa vir com o nível iniciante e, depois, podemos passar para o intermediário e o avançado.

Eu ri porque ela estava certa, me conhecia muito bem. Algumas das coisas que eu tinha planejado para nós eram completamente imundas, e eu mal podia esperar.

— Nível iniciante, não é? Bem, acho que há a fantasia do chuveiro que eu tive há pouco tempo.

Ela sorriu e disse:

— Chuveiro? Eu adoro isso. Continue.

— Não vou lhe contar — declarei, dando-lhe outro beijo. — Prefiro lhe mostrar.

Ela se levantou e ficou sentada, depois jogou as pernas sobre a lateral da cama para ficar de pé.

— Vamos lá, Soldado. Mostre o que você tem.

Adorei o entusiasmo dela e a segui enquanto ela segurava minha mão e me levava ao banheiro. Ela insistiu para que nós dois escovássemos os dentes antes de entrar no chuveiro. Isso não me incomodou, mas foi um pouco engraçado ficar com ela na pia e escovar os dentes juntos como um casal. Sentia-me quente por dentro, por estar conectado a outra pessoa dessa forma. Ficar completamente nu com ela e fazer algo tão mundano, no entanto, era tudo. Era como se meu mundo tivesse passado de preto e branco, monótono e sem sentido, para cores vivas desde que ela entrou em minha vida, e eu não queria que isso acabasse.

Ela entrou no chuveiro e colocou a mão sob o jato de água para testá-lo e, quando se deu por satisfeita, começou a andar lentamente de costas para o chuveiro, puxando-me consigo e sorrindo para mim.

— Esta é a sua fantasia — disse, envolvendo os braços em volta do meu pescoço, a água caindo em cascata sobre nós dois. — Farei tudo o que você mandar.

Soltei uma risada, apreciando seu gesto, mas conhecendo-a bem o suficiente para saber que, se ela quisesse misturar as coisas ou mudar alguma coisa, ela o faria. Ninguém poderia dizer à minha Olivia o que fazer. Nem mesmo eu.

— Quando você me enviou aquela foto — sussurrei em seu ouvido por cima do som da água correndo. — Aquela do seu rosto depois de ter usado aquela… coisa.

— Ronnie? — indagou.

— Sim, isso. Entrei no chuveiro e pensei em você. Eu nos imaginei juntos, assim.

Comecei a beijá-la, agarrando sua bunda com as mãos e apertando, depois puxando seus quadris com força em direção aos meus, pressionando meu corpo contra o dela. Ela levantou a perna e a envolveu em minha cintura, e segurei sua coxa no lugar. Meu pênis roçou em sua boceta, desesperado para estar dentro dela. Mas eu não queria apressar isso. Queria tomar meu tempo e saborear cada centímetro dela.

— Você me fodeu com força contra os azulejos? Você me fez gritar? — perguntou, abaixando-se para pegar meu pênis com a mão e acariciá-lo, seu polegar rolando suavemente sobre meu piercing.

— Fiz, mas tive que provar você primeiro.

Ela deu um pequeno gemido e, em seguida, no estilo clássico de Olivia, me mostrou exatamente por que era minha garota.

— Mas isso não é justo. Você me provou ontem à noite. Eu ainda não te provei.

Eu sabia que ela encontraria alguma maneira de tentar assumir o controle, mas quando me olhou com os olhos arregalados, a minha garota perfeita implorando para ter o seu doce favorito, como eu poderia recusar?

— Acho que eu poderia mudar um pouco, só por você — eu disse, e ela sorriu e mordeu o lábio.

Prendi a respiração e ela se ajoelhou no chuveiro à minha frente. Inclinei o jato para longe dela e olhei para baixo, enquanto ela me segurava com a mão e lambia a cabeça do meu pênis, passando a língua no meu piercing e brincando com ele. Cerrei os dentes e respirei lentamente, observando-a me acariciar e lamber, provocando-me até que senti que explodiria se ela não me levasse até a garganta.

Quando ela começou a segurar minhas bolas com a outra mão e a massagear, usando as unhas para arranhar e acariciar meu pênis, senti uma onda de puro êxtase percorrer todo o meu corpo. Balancei os quadris, com ela acariciando, lambendo e chupando meu pênis tão gostoso que eu mal conseguia respirar. As sensações que ela estava criando eram alucinantes, eu não conseguia tirar os olhos. Olivia nunca esteve tão bonita como agora. Seus olhos estavam fechados em êxtase, sua boca envolvia meu pênis, seu cabelo estava molhado e preso às costas, e ela cuidava de mim.

Então, ela agarrou minha bunda e me levou mais fundo na garganta;

segurei seu cabelo, empurrando-a. Estava tão perto e tive de me segurar nos ladrilhos com um braço para me apoiar. O outro estava firmemente em seu cabelo, guiando-a, fazendo-a ir mais rápido, mostrando-lhe o que eu queria.

— Eu vou gozar — grunhi, mas não soltei sua cabeça. Estoquei para dentro da boca dela e fodi sua garganta até sentir minha pulsação e meu pênis aumentarem, então gozei lá dentro, arfando e gemendo, e ela gemeu de volta. Pude sentir sua boca me apertando com mais força enquanto ela engolia suavemente, tomando cada gota que eu tinha para lhe dar, e então ela abriu os olhos para me olhar e, porra, a onda de emoções que me invadiu naquele momento quase me fez tropeçar.

Ela era perfeita.

Ela era minha.

E eu não podia mais negar isso. Eu a amava, e queria que ela soubesse.

Afastei minha mão de seu cabelo para acariciar sua bochecha.

— Isso foi tão bom, baby. — Eu estava tão perdido que até a chamei de baby, e eu odiava esse nome. Mas, naquele momento, eu abriria meu próprio peito e arrancaria meu coração se ela me pedisse.

Lentamente, saí de sua boca, mas ela se agarrou a mim como se não quisesse que eu saísse, e quando ela deu um beijo gentil na ponta do meu pênis, eu ri e a puxei para que ficasse de pé.

— O que foi isso?

— Eu queria te beijar e, a propósito, seu gosto é incrível.

Não consegui me conter; bati meus lábios nos dela e a beijei com toda a força, empurrando-a contra os azulejos e agarrando suas pernas para envolvê-las em mim. Eu queria dominá-la, possuí-la, esculpir-me nela e vivermos juntos como um só pelo resto de nossas vidas. Ela me deixava louco, mas em um bom sentido. Essa era uma insanidade na qual eu me afogaria com prazer.

— Me fode logo — ofegou, afastando seus lábios dos meus e depois se esfregando contra mim.

— Essa é a minha fantasia, lembra? Eu deixei que você se divertisse, mas agora... você faz o que eu mandar.

Ela mordeu o lábio e assentiu com a cabeça, olhando para mim com o demônio nos olhos, como a pequena raposa que era.

Eu sabia como a queria, mas não era assim. Queria ver meu pênis afundando em sua boceta apertada. Eu a queria curvada, com as pernas abertas e pronta para mim.

— Vire-se — rosnei, e ela deslizou pelo meu corpo, colocando os pés no chão e, em seguida, virou-se e olhou sedutoramente para mim por cima do ombro.

A maneira como seu cabelo molhado se agarrava às costas e as gotas de água que escorriam pelo seu rosto e pelo seu corpo me deixavam com uma fome voraz de mais.

— Mãos na parede — instruí e, enquanto ela fazia isso, puxei sua cintura, fazendo-a se inclinar para a frente. — Preciso que você se incline — acrescentei. — Com a bunda para cima e pronta para mim. — Ela ofegou quando passei meus dedos entre suas pernas, acariciando sua boceta e esfregando seu clitóris. — Se você mover suas mãos, eu paro. — Mas eu sabia que ela não iria movê-las, porque, quando eu começasse a fodê-la com força por trás, ela precisaria daquela parede para se manter firme.

Parei um momento para olhá-la, parada ali com as mãos espalhadas sobre os ladrilhos, as pernas abertas e a boceta brilhando, convidando-me a entrar.

— Você é tão sexy. — Passei a mão por suas costas e depois agarrei sua bunda com as duas mãos, abrindo-a para mim. Ela gemeu quando comecei a esfregar meu pênis entre suas pernas, provocando-a com meu piercing e a promessa de uma foda rápida e forte.

Com uma das mãos em seu quadril e a outra segurando meu pênis, empurrei para dentro dela, meu coração quase batendo fora do peito quando me vi afundar dentro dela. Senti suas paredes macias me agarrando com força e ouvi como sua respiração mudava à medida que eu a preenchia, enterrando-me até as bolas.

— Segure firme, baby — avisei e agarrei seus quadris com as duas mãos, metendo nela várias vezes. Suas unhas começaram a arranhar as paredes enquanto ela sentia cada uma das minhas investidas, meu pênis a esticando, reivindicando-a, provando a ela, de uma vez por todas, que éramos feitos um para o outro.

— Sim, porra — gritou, enquanto eu mantinha uma velocidade punitiva, enfiando meu pênis em sua bocetinha apertada. — Mais rápido, Adam. Me foda com mais força.

Eu adorava deixá-la tão necessitada e desesperada, e fazia exatamente o que ela queria. Sempre faria. Penetrei-a com tanta força que ela mal conseguia se segurar e, sentindo que suas pernas começavam a ceder, estendi a mão para frente para agarrar seus cabelos e puxá-la para cima, de modo que ficasse de costas para mim. Empurrei-a contra os azulejos, penetrando-a com força e dizendo:

— Boa menina. Está pronta para gozar para mim?

Ela esticou o braço para trás para agarrar meu pescoço e se virou para me beijar o melhor que pôde, pois estava sem fôlego, e então gemeu:

— Estou pronta. Estou tão pronta.

Estendi a mão para esfregar seu clitóris e ela colocou a mão sobre a minha, nós dois esfregando-a enquanto eu metia nela, então senti suas paredes se fecharem em torno do meu pênis. Segurei-a em meio ao nosso orgasmo. Explodi dentro dela, que se contraiu com força ao meu redor, extraindo até a última gota que pôde.

Nós nos agarramos um ao outro, as sensações se prolongando, onda após onda do que só posso descrever como puro paraíso. Então, lentamente, eu me tirei de dentro dela, que se virou em meus braços, e nos abraçamos debaixo da água.

— Se esse foi o nível iniciante, mal posso esperar para ver o que vem a seguir — ela disse, e pude senti-la sorrir, enterrando o rosto em meu peito.

— Não existe nível iniciante no que diz respeito a você — garanti. — Você é de uma categoria só sua.

CAPÍTULO TRINTA E DOIS

ADAM

Foi difícil, depois de um começo de dia como o que tivemos, dizer adeus, mas quando eu lhe disse que tinha negócios a tratar, ela não fez nenhum alarde. Certifiquei-me de que ela soubesse que eu sempre estaria lá, sempre observando. Ela não se afastaria de mim tão facilmente.

Quando voltei à nossa sala de jogos, algumas horas depois, estavam todos sentados e Colton estava com um sorriso de enorme na cara.

— Pela sua cara, eu diria que você teve uma noite muito boa. Vai começar a pegar leve conosco agora que está apaixonado? — provocou, andando em uma linha muito tênue com minha paciência com seu comentário.

Mantive o sorriso no rosto, pois era sempre melhor quando você usava a violência com um sorriso, e fui até ele, prendendo-o na parede com a mão em volta do pescoço.

— Não há nada de leve em mim, amigo. Posso ser mais brando com a Olivia, mas o resto do mundo pode se foder, inclusive você.

Tyler veio até nós para tentar amenizar a situação, mas Colton nunca sabia quando calar a boca.

— Ser brando com a Olivia? — Colton tentou rir através da pressão que eu estava exercendo em sua traqueia. — Aposto que você estava duro pra caramba com ela ontem à noite... e hoje de manhã.

— Tudo bem, Colton. Nós entendemos a mensagem. Você gosta de zoar o Adam, mas agora não é a hora. — Tyler colocou a mão em meu braço e dei um último aperto em seu pescoço antes de soltá-lo.

Voltei ao balcão para pegar um café, e Colton esfregou o pescoço e respirou fundo para se recompor.

— Adoro nossas preliminares, você sabe disso, certo? — Ele tinha que dar uma última olhada. O cara era comprovadamente louco... mais psicótico do que eu na metade do tempo.

— Confie em mim, você não quer se meter comigo — respondi, por cima do ombro.

— Não se desmereça assim — brincou Colton, caindo no sofá e colocando os pés na mesa em frente. — Todos nós te amamos, de verdade.

Ouvi Will soltar uma risada e Tyler balançar a cabeça. Mas o rosto de Devon estava muito sério, então me virei para ele.

— O que aconteceu? Parece que você está prestes a me contar algo muito ruim — perguntei, pronto para que ele me acertasse com o que quer que o tivesse feito ficar assim.

— Recebemos outra mensagem — ele disse, indo direto ao assunto. — Do Cheslin. Ele fez o que pedimos, mas nos mandou uma mensagem de "foda-se". Verifiquei os registros da prisão e ele deve ser solto em quatro dias. Precisamos encerrar esse jogo e começar a planejar o que vamos fazer.

— Não se preocupe. Eu tenho tudo em mãos — garanti, sentindo-me um pouco irritado por ele questionar minhas habilidades de organização a essa altura. Sei que tenho estado um pouco preocupado com Olivia ultimamente, mas ainda era o Soldado que comandava o show.

— Vamos dar o golpe direto dos portões da prisão ou o quê? — perguntou Will, olhando ao redor da sala em busca de confirmação.

— Não. Isso é muito arriscado — respondi. — Conhecendo-o, ele irá direto para um bar. Quando estiver lá, faremos nossa jogada.

— E se ele não for tão previsível quanto você pensa? As pessoas podem nos surpreender, sabe? — Colton deu uma piscadela, mas o ignorei, voltando ao meu café para mexer e tomar um gole antes de responder.

— Ele será. Fez o nosso jogo a cada passo. Por que isso seria diferente? Algumas pessoas nos surpreendem e outras são tão previsíveis que tornam a vida chata.

— Não haverá nada de chato nisso quando colocarmos as mãos nele. Ele vai adorar nossa forma de diversão. — Colton se recostou no sofá, colocando as mãos atrás da cabeça. — Faz tempo que estou ansioso para colocar minhas mãos naquele canalha. Minha fera está enjaulada há muito tempo.

— Não foi isso que ouvi Sarah Pope dizer quando ela saiu ontem à noite. — Will riu, e Colton sorriu.

— Ela sempre traz à tona a fera que há em mim — ele disse, e depois revirou os olhos, irritado, e acrescentou: — Da próxima vez que ela vier ao clube caçar um de nós, alguém pode expulsá-la daqui? Sabe que não tenho força de vontade no que diz respeito ao meu pau.

Eu realmente não queria ouvir sobre a noite de Colton, então me voltei para Devon e reiterei:

— Como eu disse, ele estará em algum lugar público, tipo um pub, desfilando como um pavão. Ele é um idiota vaidoso e isso será sua ruína. É assim que o pegaremos.

— O que você precisa que façamos? — Devon indagou, parecendo pronto para começar agora.

— Preparar o armazém. Preparar as ferramentas. Montar o equipamento. Ah, e consigam uma van. Uma com abertura lateral, se puder. Cubra o interior com plástico para que seja mais fácil limpar e destruir as evidências mais tarde. E, o que quer que você faça, não fale sobre isso com ninguém. Nem uma maldita palavra. — Olhei para cada um deles com um olhar de advertência, mesmo sabendo que Devon não falaria nada e tinha certeza de que Tyler levaria tudo o que sabia para o túmulo. Mas Colton e Will? Quem sabia o que passava pela cabeça deles na maior parte do tempo?

— A quem vamos contar, porra? — Colton reclamou. — Nós só conversamos um com o outro.

Não respondi. Em vez disso, peguei meu celular para ver a mensagem que Cheslin havia enviado.

> Recebi sua mensagem e fiz o que você disse. Esta é a última vez que vocês terão notícias minhas e a última vez que farei algo por vocês, seus filhos da puta. Vocês se acham o máximo, vindo atrás de mim enquanto estou trancado aqui, mas saibam que, quando eu sair, a situação se inverterá. Vocês desejarão nunca ter me conhecido. Que se danem seus planos de soldados. Eu dou as ordens. Sempre dei, e isso não vai mudar. Logo estarei entre vocês.
> Ches.

Bufei e desliguei o celular. Eu não podia nem me dar ao trabalho de responder. Ele teve coragem de mandar aquilo, mas já havia assinado sua sentença de morte muito antes de hoje. Responder só contribuiria para suas fantasias narcisistas, e embora ele fosse um sonhador, nós éramos realistas. Nosso tipo de justiça já deveria ter sido feito há muito tempo para esse desgraçado. O dia do acerto de contas estava se aproximando, e eu mal podia esperar.

CAPÍTULO TRINTA E TRÊS

LIV

Eu estava na cozinha, escrevendo várias mensagens de texto para Adam e depois as apagando. Não queria parecer carente. Já havia sido acusada disso muitas vezes, mas, quando ele saiu hoje de manhã, depois do banho, eu me senti... vazia. Acho que, de uma forma estranha e distorcida, sentia falta dele, mas precisava conversar comigo mesma. Por mais aberto que ele tenha sido comigo, eu já havia passado por isso muitas vezes antes e ainda tinha medo de ter meu coração partido.

Na quinta ou sexta tentativa, meu celular começou a tocar com uma chamada recebida, e o nome de Emily apareceu na tela.

— Oi, Em. Você está bem? — perguntei.

— Liv! Pensei em ligar para você para saber como foi a noite passada. Sabe... o grande encontro com o homem misterioso.

Eu ainda não estava pronta para compartilhar meu segredo com as minhas amigas. Compartilharia, mas somente quando fosse a hora certa. Todas elas odiavam Adam, e eu já tinha vozes suficientes na minha cabeça, sem acrescentar as delas à mistura.

— Foi... argh. Foi chato e acho que não o verei novamente. — Fiz um bom trabalho ao soar entediada e sem interesse.

— Sinto muito em ouvir isso. — Em parecia mais desapontada do que eu.

— Fazer o quê. Não é nada demais.

— Ok, bem, acho que você precisa de um empurrãozinho? — Eu não precisava, mas deixei Em continuar: — Vamos fazer um piquenique no parque mais tarde. Eu e Ryan, Effy e Finn. Acho que Harper e Brandon vão levar os bebês. Eu realmente quero que você vá. Sinto como se não a visse há muito tempo e isso lhe dará a chance de dar uma boa e velha espairecida e depois se entregar a alguns carinhos de bebê. O que acha?

Eu não tinha mais nada planejado. Meus irmãos estavam adorando a casa dos Spencer, portanto, não voltariam ainda. Eu sabia que Adam estava ocupado com... qualquer coisa que eles fizessem durante o dia. Então, achei que poderia me juntar a eles. Ser a ponta solta em seu dia de casal.

— Parece ótimo, Em. Conte comigo.

Eu deveria ter desconfiado.

Quando cheguei ao parque algumas horas depois com uma sacola cheia de bolos e algumas garrafas de vinho, vi todos sentados juntos e lá, na ponta, estava Kieron. Ele era um cara aleatório que trabalhava na oficina do pai do Ryan e, sem dúvida, também era meu par naquele dia.

Será que eles nunca desistiriam?

Parei e fiquei imóvel, respirando fundo e esfregando meu colar de conchas na esperança de que isso me desse a confiança de que tanto precisava. Eles ainda não tinham me visto, então ainda havia tempo para dar meia-volta e sair dali. Mas então minha última gota de sorte se esgotou e Emily me viu, acenando para que eu me juntasse a elas.

— Liv! Venha se sentar aqui. — Arrastou-se para abrir espaço para mim entre ela e Effy, o que me deixou grata. Pelo menos elas não me colocariam na ponta com o Kieron, esperando que eu conversasse com ele. Não me entenda mal, ele era um cara legal. Eu o tinha visto algumas vezes em Sandland. Mas não era para mim. Ele não era Adam.

— Ouvi dizer que seu encontro foi um fracasso — disse Effy, dando-me um abraço de lado.

Sorri para mim mesma. No que diz respeito a encontros, foi o melhor que já tive, mas não podia lhes dizer isso.

— Foi bom. Só não nos entrosamos.

Emily me entregou um copo de plástico cheio de vinho até o topo.

— Aqui, você provavelmente precisa disso hoje. E se ele não se identificou com você, deve ser um idiota. Todo mundo se encanta com você.

Conversamos e bebemos nosso vinho, aproveitando o sol do meio-dia e nos sentindo despreocupados. Mas, por fim, Emily e Harper ficaram absortas falando sobre casamentos e bebês, Effy estava abraçada a Finn e eu fiquei sentada ali, olhando para o meu vinho e tentando evitar fazer contato visual com Kieron. Depois de um início promissor, era óbvio que todo esse piquenique era uma armadilha para tentar nos aproximar.

— Eu não costumo vir a este parque, mas ele é bonito, não é? — Kieron tentou quebrar o gelo e eu apenas acenei com a cabeça, com um sorriso vazio. — O tempo também permaneceu seco — acrescentou.

Nós dois olhamos para o céu sem nuvens e concordamos. Então, um silêncio desconfortável se abateu sobre nós, pois o restante do grupo permaneceu envolvido em suas próprias conversas, ignorando a estranheza do nosso lado da manta de piquenique. Em geral, eu não era de ficar quieta ou de não me esforçar em conversas, mas não queria provocar Kieron.

— Em disse que você abandonou a universidade. Tem alguma ideia do que quer fazer? — perguntou.

Eu não tinha ideia e realmente não estava com vontade de discutir isso depois de uma taça de vinho em um dia agradável em um piquenique de casais.

— Estou tirando um ano para colocar minha cabeça em ordem — respondi. — Espero que a inspiração venha a mim em algum momento, para que eu não acabe vagando pela vida pelos próximos trinta anos, dormindo naquele banco de praça ali e comendo do lixo. — Eu estava brincando, mas ele não percebeu.

— Tenho certeza de que um de nós te ajudaria. O pai do Ryan sempre precisa de ajuda nos escritórios.

Era gentil que ele estivesse me oferecendo um emprego sobre o qual ele não tinha nenhuma autoridade, mas meu próprio pai dirigia uma empresa financeira de sucesso. Se eu quisesse, o que não queria, poderia trabalhar para ele e ganhar muito mais do que Kieron ganhava em um ano.

— Vou falar com o Sr. Hardy quando chegar a hora — garanti. — Sei que é incrível trabalhar para ele.

Kieron sorriu e começou a mexer no anel de sua lata de cerveja. Então, quando ele limpou a garganta e se aproximou um pouco mais de mim, meu estômago se encheu de pavor.

— Gosta de comida chinesa? — indagou em voz baixa para que os outros não ouvissem.

Engoli antes de responder, sabendo exatamente para onde isso estava indo.

— Eu adoro, mas errr... Você poderia me dar licença? Preciso ir ao banheiro. — Levantei-me e ele estendeu a mão para me ajudar, não que eu precisasse.

— Quer que eu vá com você? — Também tentou se levantar, mas estiquei a mão para impedi-lo.

— Não. É só aquele banheiro ali. Eu posso me virar — respondi e comecei a me afastar, sem dar a ele a chance de argumentar.

Droga. Eu precisava pensar em uma desculpa para ir embora. Gostava de Kieron. Ele era um cara legal. Mas recusá-lo na frente de todos os outros seria como chutar um cachorrinho. Não daria certo de jeito nenhum.

Dirigi-me ao bloco de banheiros, abri a porta e fui para o cubículo no final. Estava prestes a trancar a porta, quando uma força do outro lado a atingiu e eu saí do caminho. A porta se abriu e lá estava Adam, com as narinas dilatadas, o peito ofegante, parecendo prestes a entrar em autocombustão. De repente, meu coração disparou no peito, batendo de forma irregular, e me segurei na parede para me firmar, tremendo — mas não de medo, e sim de expectativa.

Adam entrou no cubículo, preenchendo o espaço com toda a sua presença. Em seguida, fechou a porta e a trancou, sem tirar os olhos de mim.

Minha respiração estava superficial. Minha pele se arrepiava com a proximidade dele. Fazia horas que ele havia me fodido no chuveiro esta manhã e, mesmo assim, eu ainda queria mais.

Empurrou seu corpo contra o meu, pressionando minhas costas contra a parede ao lado do cubículo, e então segurou minha bochecha, acariciando-me com o polegar e abaixando o rosto para sussurrar em meu ouvido:

— Que porra de brincadeira é essa?

Levantei-me para acariciá-lo também, passando as unhas em sua nuca, e respondi:

— Não estou brincando de nada.

Ele soltou uma risada e disse:

— Eu estava te observando... em seu encontrinho.

— Não é um encontro. Eu nem sabia que Kieron estaria aqui. Achei que estava vindo para um piquenique com meus amigos. De qualquer forma, não preciso me explicar para você — acrescentei, parecendo uma pirralha.

— Você não precisa, mas isso não significa que eu não fique com ciúmes — rosnou. — Não gosto que ele esteja com você, Olivia. Que fale com você. Quando ele está perto de você, me dá vontade de incendiar a porra do parque. Destruir tudo só para poder tirá-lo de perto.

— Eu falei com ele para ser educada... — tranquilizei-o.

— Ele tocou em você.

— Para me ajudar a levantar. Adam, você está sendo um...

Ele me interrompeu:

— Um maldito psicopata? — Olhou-me de soslaio. — Isso é porque eu sou um.

— Não. — Suspirei. — Eu ia dizer idiota, mas se você quiser se chamar de psicopata, vá em frente.

Movi meus lábios de modo que eles ficaram pairando sobre os dele. Por mais que sua raiva estivesse me irritando, ela também estava me excitando. Eu gostava do Adam ciumento. Gostava ainda mais quando sentia que ele estava duro como uma rocha, empurrando seus quadris contra os meus e explicando como estava irritado por outro homem ter olhado para mim.

— Acho que alguém precisa de um pequeno lembrete sobre a quem pertence — afirmou, movendo os quadris com força contra mim, sua respiração se alimentando da minha e a promessa de seu beijo a apenas um sussurro de distância.

— Não preciso de um lembrete. Eu já sei. Mas vou entrar na brincadeira se isso significar que você vai me foder bem aqui contra essa parede e me fazer gritar. — Movi meus lábios para roçar em sua orelha e sussurrei: — Eu nunca fui de gritar... não até conhecer você.

Dizer isso foi como acender o pavio de seu fogo. Ele abriu os botões de sua calça jeans e a empurrou até os joelhos, depois levantou a saia do meu vestido e puxou a calcinha fio-dental para o lado, passando os dedos sobre minha boceta molhada. Em seguida, pegou o pênis com a mão e o empurrou pelas minhas dobras, esfregando meu clitóris com o piercing. Deslizou o pênis sobre mim várias vezes, provocando-me, até que finalmente estávamos ambos desesperados. Quando não podíamos mais suportar a tensão, ele me levantou, agarrando a parte de trás de minhas coxas, e envolvi as pernas ao redor dele. Então ele me penetrou com força e rapidez, fazendo com que nós dois gritássemos no banheiro vazio.

Seus quadris se moviam para dentro e para fora de mim e empurravam minha boceta, enquanto ele me segurava onde queria. Pernas abertas, corpo contra a parede, braços em volta de seu pescoço e eu implorando para que ele me penetrasse com mais força.

— Essa — grunhiu — é a minha boceta. — Eu gemi e ele continuou: — Você é minha.

Enterrei a cabeça em seu pescoço, beijando-o, amando-o, enquanto ele estocava em mim, esticando-me o melhor que podia. Seu piercing me acariciava por dentro, criando faíscas de êxtase que pulsavam em mim e sensações entorpecentes que se espalhavam pela minha boceta. Eu podia sentir minhas paredes começando a se fechar contra ele, meu orgasmo ameaçando se libertar.

— Não goze — ordenou, aumentando o ritmo, inclinando os quadris e batendo em mim com mais força, esmagando meu âmago até que eu estivesse um caco, trêmula, implorando para que ele se soltasse.

— Eu vou gozar — choraminguei, porque não conseguia mais me conter.

— Goze para mim — respondeu, e eu soltei tudo, gozando com força em seu pênis, pulsando e me contraindo, enquanto ele gemia em seu próprio orgasmo.

Nós nos agarramos um ao outro, aproveitando a sensação de pura euforia. Seus quadris estavam se movendo mais devagar agora, mas ainda deslizavam para dentro de mim. Era uma loucura, mas eu me sentia querida por ele. Adorada. Ele tinha vindo aqui para me dar uma lição, ou assim pensava, mas fizemos muito mais do que isso. Sempre éramos atraídos um para o outro; não conseguíamos nos afastar. Se eu pudesse escolher entre estar lá fora com meus amigos ou aqui dentro com ele, o escolheria todas as vezes.

Quando ele finalmente saiu de dentro de mim, foi buscar alguns lenços de papel para me limpar. Fiquei quieta, e ele começou a passar sobre mim:

— Adoro sujar você — sussurrou, e eu suspirei. Eu também adorava isso. — Eu marquei você. Agora todos eles saberão que devem ficar longe. Você é minha.

— Você me marcou há muito tempo — afirmei, inclinando-me para frente e beijando-o, saboreando-o. — E eu marquei você.

Estávamos abraçados, perdidos em beijos lentos e preguiçosos, quando ouvi a porta principal do banheiro se abrir e a voz de Emily dizer: — Liv? Você está bem? Já está aqui há muito tempo. Estávamos preocupados.

Vi os olhos de Adam se arregalarem com alguma coisa — talvez um desafio — mas mantive a mão sobre sua boca e respondi:

— Estou bem. Vou sair daqui a pouco. Só precisava de um descanso.

— Sinto muito — disse Emily, com um suspiro. — Eu nunca deveria ter dito ao Ryan para trazer alguém. Foi uma ideia estúpida.

— Sim, foi. — Os olhos de Adam ficaram escuros e ameaçadores com minha resposta. Mas eu sorri e afastei a mão, depositando um beijo gentil em seus lábios. — Não quero que me arranjem ninguém, Em. Estou bem do jeito que estou.

— Eu sei. Não vou fazer isso de novo. Prometo. Vou voltar lá para fora, mas... saia quando estiver pronta.

Ouvimos a porta se fechar novamente, e então Adam encostou a testa na minha e disse:

— Se você não quisesse ficar sozinha hoje, eu teria vindo junto.

Eu ri. Não consegui evitar. Todas as pessoas que estavam naquele piquenique odiavam Adam. Metade delas queria matá-lo, e aqui estava ele, dizendo que teria ido comigo se eu tivesse pedido.

— Aham, não. Realmente não consigo ver isso acontecendo — brinquei, mas mantive o brilho nos olhos e o sorriso no rosto para não o aborrecer.

— Eles terão que saber sobre mim mais cedo ou mais tarde — acrescentou.

— E eu prefiro mais tarde. Gosto de como as coisas estão agora. Gosto de ter um segredo.

Ele sorriu e acenou com a cabeça.

— Eu deveria perguntar como você sabia que eu estava aqui, mas acho que você tem todas as maneiras de me rastrear. Nem sei se quero saber quais são elas — afirmei, e observei quando ele deu de ombros. Ele nunca revelaria seus segredos. — Preciso voltar antes que mandem Effy ou Harper para cá.

Comecei a me arrumar, ajeitando minhas roupas e passando os dedos pelo cabelo para alisá-lo.

— Você está linda — comentou Adam, beijando-me novamente e tirando minhas mãos do cabelo para envolvê-las em seu pescoço.

Eu o satisfiz por mais alguns segundos, mas depois quebrei o beijo e lhe disse:

— Espere um ou dois minutos antes de sair. Não quero que vejam você. Acho que já tive drama suficiente por um dia.

Ele franziu a testa, e eu quase esperava que argumentasse de volta, mas então ele pareceu amolecer um pouco ao responder:

— Tudo bem. Vou lhe dar dois minutos. E você pode dizer àquele maldito lá fora para manter as mãos para si mesmo. Ninguém toca na minha garota.

Revirei os olhos para ele e destranquei a porta do cubículo em que estávamos. Lavei as mãos e olhei para ele pelo espelho, encostado no batente da porta com as pernas e os braços cruzados. A expressão presunçosa em seu rosto me deixou orgulhosa, mas também despertou algo mais em mim e me virei para encará-lo antes de sair.

— Só mais uma coisa — prossegui, segurando a maçaneta da porta principal para sair daqui e o encarando com um olhar fixo. — Se voltar a questionar minha lealdade, será você quem se ajoelhará e me provará a quem pertence. Não sou uma traidora.

Ele assentiu, com um sorriso no rosto, e olhou para o chão antes de voltar a me fitar.

— Você é perfeita, Olivia Cooper.

— E você é meu, Adam Noble.

E com isso, me virei e saí.

CAPÍTULO TRINTA E QUATRO

LIV

Mais tarde naquela noite, fui surpreendida por um Adam sorridente na porta da frente, segurando uma montanha de caixas de pizza.

— Comprei fatias extras para você — ele disse, tentando parecer contrito, mas, em vez disso, parecendo totalmente adorável. Como o perseguidor psicopata havia se tornado o cara que fazia meu coração bater mais forte? A vida certamente tem um jeito engraçado de mexer com você. Mas eu não estava reclamando. Ele era perfeito para mim. Tornava tudo... excitante.

— Não preciso de fatias extras — rebati, pegando duas das caixas do topo da torre que ele estava segurando. — Nenhum homem jamais conquistou meu coração com a promessa de mais pizza.

Ele franziu a testa diante da minha tentativa de fazer uma piada sem graça que só meus amigos entenderiam, depois deu de ombros e entrou na minha casa, indo direto para a sala.

— Espero que não haja mais entregadores de pizza por aí presos em alguma cerca — comentei ao fechar a porta, e então me encolhi interiormente. Caramba, eu estava em ótima forma hoje com minha terrível tentativa de humor.

O rosto de Adam permaneceu impassível e ele colocou as caixas de pizza na mesa da sala, depois veio até mim, com as mãos nos bolsos, de frente. Havia apenas alguns centímetros entre nós, mas eu sentia que algo estava errado. Como se houvesse uma distância em seus olhos.

— Eu... eu sinto muito — começou, abaixando a cabeça para olhar para o chão. — Eu não deveria ter te feito sentir que duvidava de você hoje. A propósito, não duvidei. Era com ele que eu estava irritado, mas mesmo assim. Nunca quero te fazer sentir que não confio em você. Eu confio... É só que...

Coloquei meu dedo sobre seus lábios para calá-lo. Suas palavras fizeram meu peito doer. Nunca pensei que um dia o ouviria pedir desculpas, não por ser quem ele era. E eu entendi. Ele era ciumento, possessivo, e o matava me ver com outro cara. Mas eu realmente não o culpava. Se fosse eu no lugar dele, teria feito exatamente a mesma coisa.

— Não precisa dizer nada. Eu teria feito a mesma coisa se fosse você sentado no parque, conversando com uma garota. Esse é um nível de loucura que você realmente não quer ver em mim. — Dei um passo à frente e o abracei. — Sei que algumas pessoas podem criticá-lo por seu ciúme, ver isso como uma bandeira vermelha ou algo assim, mas eu entendo. Eu te entendo. Você é apaixonado e não se abre facilmente com outras pessoas, então o fato de ter se aberto comigo significa muito. Você se colocou à disposição, mas, ao mesmo tempo, precisa se proteger.

Ele me apertou de volta e depositou um beijo delicado logo abaixo da minha orelha, dizendo:

— Preciso te proteger.

— Isso também. — Eu sorri para mim mesma, adorando a atenção. — Adam… Nunca se desculpe por ser quem é. Não quero que você mude. Você é você. Você é único. É isso que eu… *adoro* em você. Nunca conheci ninguém como você. — Eu me contive para não usar a outra palavra com "A". Achei que já tínhamos tido "momentos" suficientes por um dia. Mas eu estava me apaixonando, e rápido. Cada grunhido, cada olhar, a intensidade e as emoções, tudo isso era como uma montanha-russa selvagem de Adam Noble e eu estava aqui para cada curva e reviravolta. Nunca havia me sentido tão viva.

— Sei que posso ser intenso e um pouco demais para lidar, mas é só porque sou louco por você, Olivia. Sempre fui e sempre serei.

— Eu também sou louca por você.

Peguei seu rosto com as duas mãos, o coloquei na frente do meu e o beijei, esquecendo totalmente as pizzas que estavam esfriando na mesa. Depois peguei sua mão e o levei até meu quarto. Eu estava com fome e as pizzas não seriam suficientes.

Deitei em minha cama, em seus braços, olhando para as sombras no teto, as árvores lá fora dançando com a brisa. Nossas roupas estavam espalhadas pelo chão, mas eu ainda estava com meu colar de conchas. Apoiei a cabeça em seu peito, ouvindo seu suave batimento cardíaco, seus braços me envolvendo com força, seu polegar fazendo círculos em meu ombro, causando arrepios por todo o meu corpo. Eu não conseguia me lembrar da última vez em que me senti tão tranquila. Estar com ele, deitada assim, era como voltar para casa. Uma sensação de total relaxamento e bem-estar que eu não quero perder. Por mais brega que pareça, eu me sentia... completa.

Ele se abaixou para pegar o pingente do meu colar, girando-o em seus dedos para inspecioná-lo, e então disse:

— Você usa isso todos os dias. — Fiquei surpresa por ele ter notado e então acrescentou: — Acho que há uma história por trás disso. Quer me contar?

Eu não havia contado a muitas pessoas a história por trás do pingente de concha, mas fiquei comovida por ele querer saber.

— Minha avó comprou esse colar para mim. É Tiffany. — Como se isso fizesse alguma diferença para ele.

— Eu não perguntei de onde é — ele disse, beijando o topo da minha cabeça. — Queria saber qual era a história.

Suspirei e sorri, pensando em minha avó e no quanto ela fez por mim.

— Minha avó me deu pouco antes de falecer. Ela disse que era algo para me lembrar de como sou durona.

Ele riu e eu levantei a cabeça para lhe dar o meu olhar sério de "do que diabos você está rindo".

— Não estou brincando, minha avó realmente disse essas palavras — eu o repreendi, e ele tentou esconder o sorriso no rosto.

— Mas por que uma concha? — continuou, e recostei a cabeça em seu peito.

— Porque eu sempre gostei de conchas quando era pequena. Anos atrás, antes de meus irmãos nascerem, minha avó costumava me levar de férias para dar um descanso a meus pais. Ela era a mãe da minha mãe, mas era muito diferente da filha. Minha avó era realista, o dinheiro não a impressionava. As férias com a vovó não eram em hotéis chiques com clubes infantis particulares, como meus pais costumavam me inscrever para que pudessem sair e tomar sol o dia todo em paz. A vovó alugava trailers ou me levava para clubes de férias onde os adultos participavam da diversão. Ela era incrível.

— Parece que sim — comentou, aconchegando-se em meu cabelo, e suspirei com as lembranças felizes que agora inundavam minha mente.

— Um ano, fomos a um acampamento de trailers não muito longe de Sandland. Era cerca de uma hora de carro, mas ficava no litoral. Havia uma pequena praia e muitas outras crianças para brincar. Todos os dias ela me levava ao mar para remar, pescar caranguejos e coletar conchas. Depois, todas as noites, eu voltava para o acampamento, lavava a areia das conchas e as deixava enfileiradas ao lado da porta do nosso trailer para secar durante a noite. Mas todas as manhãs, quando eu acordava, descobria que as minhas conchas tinham sido esmagadas. Cada uma delas estava amassada, deixada para que eu encontrasse, como uma cena cruel de crime com conchas. Isso me irritava, mas eu não me deixava chorar por causa disso.

"Em vez disso, voltava para a praia no dia seguinte, trazia mais algumas para casa, lavava, deixava secar durante a noite, mas, na manhã seguinte, acontecia a mesma coisa. Isso acontecia todos os dias. E, no quinto dia, perdi o controle.

"Eu sabia quem estava fazendo isso, ou pelo menos tinha uma boa ideia. Havia um garoto no acampamento, um verdadeiro estranho que nunca brincava com o resto de nós. Ele costumava se esconder atrás das outros trailers e nos observar, mas sempre que um de nós o chamava para se juntar a nós, ele fugia e se escondia. Nós o chamávamos de esquisitão. Eu tinha certeza de que era ele que estava quebrando as minhas conchas.

"Então, enchi um balde com pedaços de conchas velhas e quebradas, areia e algumas algas marinhas que havia pegado na praia e, certa noite, depois de lavar e colocar minhas conchas para secar, fui até o trailer dele. A janela do quarto dele estava aberta, então voltei para o meu, peguei o banquinho que a vovó mantinha lá para me ajudar a alcançar os armários altos, levei-o de volta para a janela, subi e esvaziei toda a sujeira da praia através dela.

"Quando ouvi os gritos furiosos vindos de dentro, corri, deixando o banquinho para trás, mas não me importei. As vozes que vinham daquele trailer eram tão altas que me assustaram. Eu ainda podia ouvi-las quando voltei para o nosso e entrei correndo, trancando a porta atrás de mim, e coloquei uma cadeira de plástico contra ela porque achei que isso nos protegeria de qualquer possível agressor.

"Não dormi muito bem naquela noite. Fiquei esperando que a porta do nosso trailer se abrisse e que alguém me arrastasse para fora da cama e me obrigasse a limpar a bagunça que eu havia causado. Mas, na manhã seguinte, quando acordei, o acampamento estava tranquilo. E, quando saí, esperando encontrar uma carnificina, vi que nenhuma das minhas conchas estava quebrada. Ele as havia deixado exatamente onde estavam.

"Não sei por que, mas comecei a rir quando as vi todas alinhadas no chão, parecendo limpas e bonitas. Vovó saiu e me perguntou por que eu estava rindo, e pensei em mentir, mas nunca havia mentido para minha avó e não queria fazê-lo, então contei a ela. Contei o que tinha feito depois que ela dormiu na noite anterior e também o motivo. Achei que ela poderia me repreender, mas não. Ela me disse que estava orgulhosa de mim por não ter deixado que ele me abatesse, e disse que eu a lembrava de si mesma. Disse que eu tinha provado que as garotas da família Andrews não aceitam qualquer besteira. Andrews era o nome de solteira da minha mãe, e então ela me disse que eu deveria fazer um colar com as conchas e usá-lo. Mostrar àquele valentão que eu era melhor do que ele. E foi o que fiz. Mas nunca mais o vi. Eles devem ter deixado o acampamento mais cedo naquela manhã. Perdi minha chance.

"E é basicamente isso. Ela comprou esse colar de conchas porque queria que eu me lembrasse daquele feriado. Lembrar que eu sempre deveria me defender, mesmo quando ela não estivesse aqui."

O quarto estava silencioso e notei que Adam estava tenso. Levantei a cabeça para ver seus olhos fixos nos meus enquanto ele respirava profundamente, com o rosto congelado em um olhar de pedra.

— Coney Sands Caravan Park? — perguntou, em voz baixa.

— Sim. Como você…? — tentei continuar falando, mas minha boca estava seca.

— Você era a garota de cabelos loiros que todos queriam ter por perto. No dia anterior à sua chegada, ninguém brincava junto assim, mas, quando você chegou, todos se reuniram ao seu redor. Você era como uma sereia.

— Ai, meu Deus. — Eu apenas o encarei e o deixei continuar.

— Minha família adotiva me disse que eu não podia brincar com as outras crianças. Eu não era como elas, e eles não queriam que eu as assustasse ou causasse problemas que fariam com que todos nós fôssemos expulsos. Eu não tinha feito nada, mas era o filho adotivo que eles não queriam. O cheque de pagamento que pesava no pescoço deles. Se pudessem ter me deixado em casa, teriam feito isso. Para ser sincero, a maioria das famílias com as quais fiquei o fez. Ainda não sei por que eles se deram ao trabalho de me levar.

PSYCHO

"Mas eu te observava todos os dias, seu cabelo loiro e seu sorriso bonito. Não importava a idade das outras crianças, todas elas queriam estar com você. Eu também queria, mas você nunca me notava, e eu a odiava por isso. É por isso que costumava te observar lavando aquelas conchas e, quando todos iam para a cama, eu saía de fininho e quebrava todas elas. Não porque eu quisesse incomodá-la. Só queria que você me notasse e não sabia mais o que fazer."

Tive dificuldade para respirar, mas ele pegou meu colar na mão e deu um sorriso triste.

— Naquela noite, quando você derramou o conteúdo do seu balde pela janela, acertou meu pai adotivo em cheio. Ele colocou a culpa em mim. Disse que o resto do acampamento estava obviamente assustado com a minha presença, então encurtaram nossas férias, nos fizeram arrumar nossas coisas no meio da noite e fomos embora. Não cheguei a vê-la de novo. Eu teria adorado vê-la usando seu colar de conchas. Mas sempre pensei em você. Pensei em você todos os dias durante anos. A garota de cabelos dourados.

De repente, ele fechou os olhos e sua cabeça caiu para trás no travesseiro.

— Porra. Naquela noite na fábrica de plásticos, quando a vi pela primeira vez no vestiário do Mathers, sabia que já tinha te visto antes. Devo ter te reconhecido.

Meu coração parou no peito.

— Depois de todos esses anos? — Fiquei sem palavras.

— Acho que você está subestimando o efeito que teve sobre mim naquela época, Olivia. — Ele passou os dedos pelo meu cabelo ao falar. — Fiquei muito irritado com a minha família adotiva por nos fazer sair mais cedo, tão irritado com a ideia de nunca mais te ver, que coloquei fogo nas cortinas da cozinha quando voltei, e eles me mandaram para o serviço social naquele momento para ser realojado. Caramba, eu odiava aquela família.

— Se você tivesse vindo brincar conosco, eu teria deixado. Eu não era uma vadia naquela época. — Senti como se uma faca tivesse sido enfiada em meu peito, não conseguia respirar e havia um caroço do tamanho de uma pedra em minha garganta.

— Como eu disse, não tinha permissão. E até aquele dia, quando fomos embora, eu geralmente fazia o que as famílias adotivas me diziam. Mas, depois disso, perdi o controle. Ninguém podia me dizer o que fazer.

Parei por um momento para me recompor. Não conseguia acreditar no que estava ouvindo. Todos aqueles anos atrás, o garoto triste que se escondia do mundo. O garoto sujo que parecia tão mal-amado, como se não pertencesse a ninguém. O garoto perdido que não conseguia usar a voz, nem mesmo para outras crianças... esse era o Adam?

Um sentimento de tristeza me invadiu e, no entanto, percebi que nós dois havíamos evoluído desde aquela época. Eu o conheci e isso me fez perceber o meu valor. Ele me conheceu e decidiu que não ficaria encolhido nas sombras.

Ele seria visto.

Seria ouvido.

Ele era alguém.

— Eu fiz de você alguém durão, então? — disse, pensando em um garotinho que havia atingido seus limites. Um garotinho que queria que sua vida significasse algo mais do que ser deixado de lado e ignorado. Que sabia o que era ser abandonado, jogado fora pela sociedade e tratado como lixo. E agora, era ele quem defendia as pessoas sem voz. Ele havia criado esse poder dentro de si mesmo. Não era um monstro; era um lutador. Alguém que lutava pela liberdade. E eu o amava, porra.

Ele riu, acariciando meu cabelo.

— Acho que você me transformou em uma pessoa durona.

— Nós nos moldamos um ao outro — continuei, esperando que ele pudesse ver o que eu via. E beijei seu peito, bem no local onde seu coração batia. A onda de amor que eu sentia por ele estava começando a me dominar.

— Você deu sentido à minha vida — respondeu, entendendo perfeitamente o que eu estava querendo dizer. — Quando era criança e agora. Parece que sempre fomos feitos um para o outro. Você e eu. Foi o destino. — Ele colocou a mão atrás da minha cabeça, puxando-me para um beijo. Quando nos separamos, ele sorriu e disse: — O que você está fazendo comigo, Olivia Cooper? Estou me transformando em um fracote. Se os outros pudessem me ouvir agora, me dariam uma surra.

— Não se preocupe, não contarei a ninguém. Sua reputação de psicopata está segura comigo. — Passei meu nariz ao longo do dele e depois dei um leve beijo em seus lábios.

— Não é uma reputação. É um fato. — Ele sorriu e depois me lançou aquele olhar psicopata que eu já o tinha visto fazer inúmeras vezes antes de conhecê-lo de verdade.

Suspirei e apoiei o queixo nos braços cruzados sobre o peito dele, e olhei em seus olhos.

— Só há uma coisa neste mundo maldito que pode silenciar os demônios na minha cabeça — prosseguiu. — Há vinte e dois anos eles me atormentam, mas agora tenho um antídoto.

— Que é?

— Você.

Eu não tinha palavras. O que eu poderia dizer a isso? Um "eu te amo" não teria significado tanto quanto o que ele acabara de admitir para mim. Então, me aconcheguei nele, o inspirei e me agarrei a ele, sabendo que sempre me agarraria a ele.

Silenciei os demônios em sua cabeça. Ele silenciou a dúvida em meu coração.

Talvez meu coração estivesse seguro em suas mãos, afinal de contas?

Talvez.

Eu realmente esperava que sim, porque ele era o dono, e não havia mais volta para mim. Eu havia caído e nunca quis ser livre.

CAPÍTULO TRINTA E CINCO

ADAM

Minha cabeça estava confusa, tentando se concentrar no golpe que havíamos planejado, mas, com Olivia nadando por ali também, era difícil mudar para o modo psicopata total. Eu precisava fazer isso e, quando fosse a hora certa, eu faria. Mas ter mais controle sobre o botão de desligar era bom. Minha vida agora era mais do que apenas uma busca por vingança. Significava mais, e a empolgação que isso me dava, os nervos em minha barriga, tudo isso era incrível.

Hoje, eu estava com meus soldados, verificando o depósito, certificando-me de que estávamos totalmente preparados para o que estávamos prestes a fazer. A cadeira gamer com as amarras para os braços e pernas que havíamos parafusado no chão estava pronta. Devon havia colocado plástico no chão e nas paredes para facilitar a limpeza posterior. Não que estivéssemos envolvidos nisso, pois o Gaz ainda tinha essa tarefa, mas não fazia mal garantir que a limpeza fosse mais fácil e completa. No canto, havia uma mesa com todas as ferramentas doentias imagináveis para realizar nosso estilo característico de tortura. E então, havia o suporte para as provas em vídeo.

Por que nos filmávamos no ato?

Porque sempre nos dava uma emoção doentia assistir ao vídeo, criticar a nós mesmos e aprimorar nossas técnicas para a próxima vez. Além disso, era uma prova extra que muitos de nossos clientes gostavam de receber. Eles queriam ver os jogadores sofrerem tanto quanto nós. Era uma vingança para eles depois do que nossas vítimas haviam feito.

Poderíamos ser identificados por meio das provas de vídeo?

Provavelmente, mas até agora não havíamos sido pegos e, para sermos honestos, não estávamos nem aí. Mantínhamos nossas máscaras, mas a maioria de nós tirava a camisa porque era um trabalho árduo torturar alguém. Além disso, não queríamos sujar nossas roupas com manchas de sangue. Aqueles que tinham tatuagens provavelmente poderiam ser identificados, mas, com a polícia em nossa folha de pagamento, passando a maior parte do trabalho para nós, não nos preocupávamos com isso. Éramos os mocinhos fazendo coisas muito, muito ruins. Anjos caídos fazendo o trabalho do diabo.

— Já arrumei a van. Está estacionada nos fundos do Asilo e, quando estivermos prontos, ela estará pronta — Devon me informou, pegando as ferramentas sobre a mesa para inspecioná-las.

Os instrumentos eram sua parte favorita, e eu sorri quando ele pegou uma espada katana e começou a cortá-la no ar como um samurai antigo. O cortador de carne ou o facão eram mais o meu estilo, mas deixei que ele tivesse seu momento. Ele estava em seu elemento.

— Vamos rastreá-lo da prisão? — Colton perguntou, pegando os cortadores de fio e começando a estalá-los na direção de Will.

— Sim. Ficaremos atrás para que ele não nos veja, mas nosso trabalho é observar, esperar, preparar a armadilha e então pegá-lo. Vamos trazê-lo para cá e fazer o que fazemos de melhor. E isso não é um brinquedo, Colton. — Fui até ele e arranquei os cortadores de suas mãos.

— Eu não brinco. Não quando temos um trabalho a fazer. Você sabe disso. Posso ser um idiota inútil no resto do tempo, mas quando estamos em time, trabalhando como mestres, eu estou lá. Estou lá com todos vocês.

Ele também estava certo. Ele era menos palhaço e mais Coringa quando precisávamos dele.

Tyler estava verificando o equipamento de vídeo e, de onde eu estava, podia ver o cérebro de Colton entrar em parafuso.

— Então, quando o seguirmos até o bar ou onde quer que ele decida ir, o que faremos? — Colton se encostou na parede, cruzando os braços sobre o peito e tentando parecer presunçoso, como se tivesse feito uma pergunta válida.

— Eu escrevi tudo na mensagem de grupo. Não vou falar de novo. Leia — respondi, sentindo meu celular zumbir no bolso.

Quando o tirei do bolso, vi uma mensagem de texto de Olivia e dei as costas para os outros para que não vissem como meu rosto mudou ao ver seu nome.

> Olivia: Estou pensando em fazer um pouco de jardinagem hoje. Mas sou péssima nisso. Espero realmente não ser pega pelo meu jardineiro rabugento e sexy que quer me dar uma surra por ser uma menina má e destruir as roseiras.

Quase joguei meu celular contra a parede de tão furioso que fiquei.

> Eu: Que porra é essa e quem eu preciso matar?

> Olivia: Ninguém! É o nosso novo jogo.

> Eu: Não brinque comigo, Olivia. Quem diabos é esse jardineiro? Eu vou matá-lo, porra.

> Olivia: Não existe jardineiro. É você. Sei que gosta de jogos, e essa é uma das minhas fantasias. Você sendo o jardineiro mal-humorado, me curvando e me fodendo na terra porque fiz algo ruim. Eu teria escolhido o limpador de piscina, mas não temos piscina. Mas eu tenho um jardim com muitas áreas isoladas... então... Você está pronto para jogar?

Dei uma risada baixa e neguei com a cabeça. Minha garota quase me deu um ataque cardíaco e fez meu cérebro entrar em uma espiral de ciúme psicótico, então é melhor ela estar pronta. Eu estava prestes a fazer mais do que bater em sua bunda e fodê-la na terra. Gostaria de lhe dar uma lição sobre como não acender o fusível da bomba-relógio que estava girando dentro de mim. Não era preciso muito para cutucar essa fera e fazê-la revidar, mas ela tinha feito mais do que cutucar com aquela primeira mensagem. Ela me deu um tapa na cara. Acho que precisávamos conversar sobre códigos a serem usados para que eu soubesse o que ela queria dizer no futuro.

> Eu: Estarei aí em dez minutos. Esteja pronta.

Enviei uma mensagem de volta e, em seguida, guardei o celular no bolso, virando-me para os outros.

— Preciso ir.

Devon e Tyler trocaram um olhar que eu não ia me dar ao trabalho de enfrentar naquele momento. Will deu de ombros. Mas Colton deu um passo à frente, olhando ao redor da sala em busca de apoio e disse:

— Você não pode ir embora. Ainda não examinamos o itinerário. Preciso que me explique cada passo e não em um maldito grupo de mensagens.

— Você não precisa de mim para isso. Todos os outros sabem o resultado, eles podem lhe dizer. Tenho outras coisas para fazer.

— Você quer dizer que tem a Olivia para foder. — Colton estava pisando em uma linha muito tênue e eu avancei para desafiá-lo, mas Tyler se levantou e colocou a mão no meu peito para me impedir.

— Só vai, cara. Tenho certeza de que podemos responder a qualquer pergunta que Colton possa ter. — Tyler olhou entre nós dois e depois acrescentou: — Sei que você elaborou um plano sólido, Ad. Já fez o suficiente. Também sei que não sairia daqui a menos que fosse realmente necessário.

Ele dirigiu esse comentário a Colton, olhando-o com firmeza, mas uma leve pontada de culpa por tê-los abandonado me atingiu. Lutei contra isso, lembrando-me de que eu tinha o direito de fazer o que me deixasse feliz. Eu havia entregado toda a minha vida a essa equipe. Se quisesse me dar ao luxo de passar algum tempo com minha namorada, eu o faria. Ela sempre viria em primeiro lugar.

— Voltarei para casa mais tarde, e então vamos nos preparar para a ação. Já fizemos isso centenas de vezes. Não haverá nenhum problema. — Afastei-me, mantendo meu foco em Colton, e então me virei e saí, pronto para me perder por algumas horas em Olivia. Amanhã seria uma história diferente. Libertaríamos os monstros que mantínhamos acorrentados e a salvo do resto do mundo e mandaríamos outro filho da puta para o inferno, onde ele pertencia. Amanhã, os Soldados da Anarquia estavam saindo para brincar.

CAPÍTULO TRINTA E SEIS

ADAM

Chegou o dia do acerto de contas, pelo menos para Karl Cheslin. Enviamos uma confirmação ao pai da vítima de que hoje seria o dia em que o filho da puta que destruiu a vida de sua filha daria o último suspiro. Dissemos a ele que enviaríamos as provas assim que estivessem prontas e o agradecemos por seu serviço de chamar nossa atenção para a escória. Acabar com o mal como ele era o que fazíamos, era para isso que vivíamos, e quando estávamos juntos fazendo nossas verificações finais, a onda de energia e adrenalina parecia irreal.

Soldados lado a lado.

Guerreiros pelas vítimas silenciosas.

A voz que nunca seria silenciada.

Todos nós usávamos roupas escuras, capuzes pretos erguidos e bandanas sobre o nariz e a boca. Cada um de nós carregava uma faca que mantinha escondida, mas as ferramentas de nosso ofício estavam nos esperando no depósito. Quando chegássemos lá, com nosso alvo preso na cadeira aparafusada, cada um de nós escolheria a arma de sua preferência. Cinco soldados, cinco instrumentos de tortura e cinco métodos de usá-los para levá-lo à insanidade antes que finalmente encontrassem seu criador.

— Colton e Devon, quero que vão na frente na van comigo — eu disse. — Tyler e Will, acham que podem dirigir a cabine principal, esperar lá dentro e vigiá-lo quando o levarmos para dentro? Há um conjunto de algemas presas a uma grade na parede que vocês podem usar para segurá-lo, mas, quando estivermos dirigindo, ele vai tentar todos os truques possíveis para fazer barulho e escapar. Preciso que fiquem de olho nele. Mantê-lo quieto. Amordaçá-lo...

— Ou cortem a porra da língua dele, se for preciso — acrescentou Colton, sem um pingo de humor na voz.

— Podemos fazer isso. — Tyler acenou com a cabeça, olhando para Will para concordar.

— Só não dirija como um maldito lunático ou também ficaremos cobertos de sangue — Will gemeu, e então, depois que Tyler olhou para ele, acrescentou: — Mas está tudo bem. Nós o vigiaremos. Esse filho da puta não vai se mover um centímetro ou fazer a porra de um som quando tivermos terminado com ele.

— Guarde um pouco para o resto de nós — avisou Devon, ao passar por nós e sair para o pátio nos fundos do Asilo, onde a van estava esperando por nós.

— É hora do show — cantarolou Colton. E o restante de nós saiu, ocupando nossos lugares na van.

Uma hora depois, estávamos estacionados a uma boa distância da prisão, olhando para o portão pelo qual sabíamos que os prisioneiros eram libertados. Havia uma janela pela qual Tyler e Will podiam ver por trás, e todos nós nos sentamos, esperando e observando.

Eu estava no banco do motorista, Devon no meio e Colton na ponta, e as faíscas de energia que vinham de todos nós eram palpáveis. Nós não falamos. Estávamos muito concentrados em nos preparar para o evento principal. Mas, quando o portão se abriu e o vimos sair primeiro, segurando sua sacola de plástico e olhando para cima e para baixo na estrada com uma expressão arrogante no rosto, nós ficamos sentados.

Todos os nervos de nossos corpos se acenderam, nos animando.

Todos os músculos ficaram tensos em preparação.

Estávamos prontos.

Era a hora.

Ele se aproximou de um Range Rover preto estacionado no lado oposto da rua e abriu a porta do passageiro, jogando sua bolsa no banco de trás antes de entrar. Não vimos os outros ocupantes do carro. Estava parado há tanto tempo quanto nós e ninguém havia saído, mas não nos importamos. Tínhamos nossos olhos nele e isso era o suficiente. Calça jeans azul, camiseta preta; ele parecia querer se misturaria à multidão, mas, para nós, ele se destacava como um peixe fora d'água. Agora era hora de colocar nosso plano em ação. Primeira etapa: seguir o alvo até seu destino.

O Range Rover saiu para a estrada, que era relativamente tranquila, e fizemos o mesmo, mantendo a distância para não o alertar de nossa presença. Enquanto ele dirigia pelas ruas de Sandland e voltava para Brinton, conseguimos mantê-lo na cola. Os semáforos estavam do nosso lado e as ruas eram movimentadas o suficiente para nos esconder, mas não para impedir que ele fosse perseguido.

Depois de cerca de vinte minutos, eles pararam no estacionamento do Red Lion, em Brinton Manor, e vimos Karl e outro cara saírem do carro, brincando e rindo como se não estivessem nem aí para o mundo, enquanto se dirigiam diretamente para o pub.

— Acho que é um dos irmãos dele — comentou Devon, e todos nós ficamos em silêncio, observando os dois desaparecerem pela porta do bar.

— Etapa um concluída — informei. — Temos nosso alvo encurralado. Agora, para a segunda etapa, precisamos saber que porra está acontecendo lá dentro.

Peguei meu celular e comecei a ligar para Gaz. Ele estava de prontidão, preparado para estar onde precisássemos dele e, no momento, esse lugar era dentro do Red Lion, descobrindo exatamente o que estava acontecendo, quem estava lá e nos ajudando a chegar ao nosso alvo.

— Red Lion, Estrada Cedar — eu disse, assim que ele atendeu a ligação. — Quero números, detalhes, entre lá e me diga exatamente o que estamos enfrentando.

Gaz começou a tentar fazer conversa fiada, mas encerrei a ligação. Não estava no clima e precisava me concentrar.

Dez minutos depois, Gaz e alguns de seus amigos pararam alguns carros abaixo de nós e, quando ele saiu, o idiota acenou para nós.

— Que porra ele está fazendo? — Colton sibilou por entre os dentes, se afundando no assento e abaixando ainda mais o capuz sobre o rosto para se esconder. — Esse cara é um completo idiota. Não sei por que ainda o usamos.

— Ele pode ser um idiota, mas é leal — respondeu Devon. — De qualquer forma, não há nenhuma janela no pub com vista para essa parte do estacionamento. Ninguém lá dentro poderia ter visto.

— Como você sabe que ele está lá dentro e não na parte de trás, fumando um cigarro? — Colton respondeu.

Encerrei a discussão deles, pois o barulho na minha cabeça já era alto o suficiente, não precisava que o aumentassem, mas liguei o motor e lentamente puxei a van para os fundos do pub, onde havia uma pequena área para fumantes do lado de fora. Não havia ninguém lá no momento, o que era perfeito para nós. Esperei para verificar se Gaz havia entrado no bar, e agora era hora de esperar em nossa zona-alvo, escondida da rua.

Virei-me para acenar para Tyler e Will, e os dois saíram da van e foram até as câmeras de vigilância apontadas para as áreas de fumantes. Levando os tacos de beisebol que tínhamos guardado na parte de trás da van, eles as esmagaram até ficarem inúteis e penduradas na parede. Não correríamos nenhum risco com esse caso. Atacar, agarrar e correr. Não deixar nenhum rastro para trás. Esse era o plano.

Enviei uma mensagem de texto ao Gaz para avisá-lo que estávamos em posição e prontos, e ele respondeu rapidamente:

> Gaz: Ele está aqui com um grupo de outros quatro caras. No momento, estão todos no bar, bebendo. Nada fora do comum. Um deles foi ao banheiro agora há pouco, mas, pelas fotos que o Will me enviou, não era ele. O que você precisa que eu faça? Não posso lhe dizer muito mais.

Li a mensagem para os outros. Estávamos acostumados a esperar, a tomar nosso tempo em relação a um alvo até que ele estivesse no ponto certo. Então, respondi ao Gaz, dizendo-lhe que ficasse quieto, ouvisse e, se o nosso homem se separasse do grupo, ele teria de nos avisar. Não havia pressa aqui. Faríamos isso corretamente. Não havia espaço para falhas.

Poucos minutos depois, recebi outra mensagem.

> Gaz: Eles acabaram de pedir outra rodada de bebidas. Quer que eu vá até eles? Para obter alguma informação?

Passei a mão no rosto em sinal de exasperação e nem me dei ao trabalho de contar aos outros o que a mensagem dizia. Gaz estava obviamente ansioso e desesperado para provar seu valor.

> Eu: Não. Faça o que fizer, não fale com eles. Nem mesmo olhe para eles. Seu trabalho é ouvir. Não chame a atenção para si mesmo. Seja invisível. Não estrague tudo, Gaz.

— Nosso alvo está se movendo? — Colton inclinou sua cabeça ao redor de Devon para me perguntar.

— Não, mas acho que o Gaz pode estar, se ele não seguir o plano — respondeu Devon.

Ele obviamente leu a mensagem por cima do meu ombro, mas sabia que não deveria compartilhar seu conteúdo com o resto deles. Gaz era um cão solto para nós no momento, e eu precisava controlá-lo sem assustar os outros.

> Gaz: Não vou decepcioná-lo.

Fiquei olhando para sua resposta e torci para que não o fizesse. Eu o havia enviado porque ele era um desconhecido. Não podia arriscar que um de nós entrasse e alguém dissesse algo ou descobrisse nossa identidade. Os Soldados poderiam ficar incógnitos quando estivéssemos em um trabalho, mas, em Brinton, a maioria das pessoas sabia quem éramos. Bem, a maioria, com exceção de Karl Cheslin. Parece que ele não tinha entendido o recado. Gostaríamos de corrigir esse pequeno problema muito, muito em breve.

O tempo passava e eu podia sentir que os outros estavam ficando impacientes. O joelho de Colton estava balançando para cima e para baixo com nervosismo. Os dois de trás estavam bufando de irritação e sentados no chão da van com a cabeça baixa. Devon se manteve controlado, mas, se eu olhasse com atenção, havia sinais evidentes de que estava ficando irritado. Um suspiro silencioso, batendo o pé muito mais do que o normal e, quando olhei para o meu lado, pude ver o tique de sua mandíbula enquanto ele cerrava os dentes. Precisávamos de ação, e agora.

Levantei meu celular para fazer uma ligação e, instantaneamente, recebi uma mensagem de Gaz.

> Gaz: O alvo está em movimento. Ele acabou de dizer aos outros que vai lá fora fumar um cigarro e um outro cara disse que se juntaria a ele depois de mijar. Esta pode ser sua oportunidade, mas é uma oportunidade pequena. Precisa que eu faça alguma coisa?

Digitei de volta rapidamente.

> Eu: Tente empatar o cara que está mijando. Mas fique do lado de dentro. Enviarei uma mensagem quando for seguro para você sair e, quando eu enviar a mensagem, saia de lá o mais rápido possível sem parecer óbvio. Entendido?

Segundos depois, recebi minha resposta.

> Gaz: Entendido. Estou cuidando disso.

— Hora de começar — gritei, batendo na divisória atrás de mim para os outros dois na parte de trás. — O estágio dois está pronto, agora vamos para o estágio três. Vamos colocar esse filho da puta nessa maldita van e sair daqui.

Liguei o motor enquanto eles abriam a lateral da van, colocavam os capuzes e as bandanas no lugar e pegavam o equipamento necessário. Nossa próxima manobra era algo que já havíamos feito tantas vezes que não precisávamos ensaiar ou verificar nossas funções. Éramos como uma máquina bem lubrificada. Tyler e Will estavam na linha de frente, Colton e Devon na retaguarda, mas somente se fossem necessários, e eu era o motorista que corria como um louco para nos tirar dali.

Ficamos observando de dentro da van enquanto Karl Cheslin saía para a área de fumantes, acendia um cigarro e começava a mexer no celular, totalmente alheio ao que acontecia ao seu redor. Tyler e Will se aproximaram dele e, antes mesmo que ele tivesse a chance de olhar para cima, Will já havia jogado o saco sobre a cabeça dele, agarrando-o com força enquanto ele tentava agarrá-los. Mas ele não era tão forte assim, e eles logo o colocaram de bruços no concreto.

Will se ajoelhou de costas, prendendo as amarras em seus pulsos. Mais tarde, passaríamos a usar correntes, porém, por enquanto, as amarras eram suficientes. Tyler agarrou os tornozelos e fez o mesmo, e então eles o levantaram, correndo para a van o mais rápido que puderam com o cara nos braços, depois o jogaram na parte de trás, entrando e gritando:

— Vai, vai, vai.

Acelerei, assim que a porta lateral da van se fechou, e saímos de lá.

Eu disse ao Devon para enviar uma mensagem para Gaz e dizer que ele precisava sair do pub naquele exato momento, e ele o fez, me avisando quando Gaz respondeu que a barra estava limpa. Gaz saiu, pegamos o Cheslin e nenhum dos filhos da puta naquele bar tinha a menor ideia do que havia acontecido. O plano estava indo de acordo com o planejado e, agora que acabamos com a parte mais difícil, tudo estava bem encaminhado. Os jogos de verdade poderiam enfim começar.

CAPÍTULO TRINTA E SETE

ADAM

Eu conhecia as estradas secundárias de Brinton Manor como a palma da minha mão e dirigi o mais rápido que pude para chegarmos ao depósito. Podíamos ouvir batidas e gritos vindos da parte de trás da van, mas, depois de um ou dois minutos, eles diminuíram. Tyler e Will devem tê-lo amordaçado e conseguido acorrentá-lo para que ele não se debatesse. Eu sabia que, apesar de parecer relaxado e despreocupado quando saía para a área de fumantes, esse cara era um mestre em se esquivar das coisas. Ele não havia recebido a devida justiça antes, mas agora receberia. Não conseguiria se safar dessa.

A van começou a balançar quando passei para o chão instável na parte de trás do nosso armazém, e Colton e Devon se seguraram no painel para se apoiar. Sem dúvida, eu ouviria de Tyler e Will, que estavam atrás, sobre minha péssima direção pelo resto da noite, mas era um risco do trabalho. Eu não me desculparia com ninguém.

Quando estacionamos com a porta lateral da van ao lado da entrada do depósito, Colton e eu abrimos as portas e saímos do veículo. Esticamos as pernas e viramos o pescoço, prontos para começar a próxima fase do trabalho, a aniquilação total e completa da escória que achava que podia destruir a vida de uma menina e depois aterrorizar ela e a sua família.

— Estou muito animado — disse Colton, pulando no local e rolando os ombros como se fosse um lutador prestes a entrar no ringue. — Vamos tirá-lo de lá e começar o show.

Eu não poderia concordar mais, então abri a porta lateral da van e encontrei Tyler e Will de pé sobre ele. Havi uma fita adesiva enrolada firmemente em torno de sua boca, mas ainda tentava falar através dela, gaguejando e dando um grito abafado, se debatendo contra as correntes que o prendiam na van. Virou-se para a porta aberta, semicerrando os olhos por causa da luz do sol atrás de nós e, quando me viu, seus olhos se arregalaram e ele aumentou sua resistência, sacudindo as pernas e tentando se afastar de nós.

Colton encostou o braço na parte superior da porta aberta da van e, com um sorriso, disse:

— Talvez você queira guardar um pouco dessa energia para mais tarde, amigo. Não é como se você fosse a algum lugar e, com o que planejamos para você, acho que vai precisar de toda a energia que conseguir.

Karl apenas ofegou através do espaço que Will e Tyler haviam gentilmente deixado para ele respirar quando o calaram. A cada respiração, mais catarro começava a sair de seu nariz, criando bolhas que se formavam no local onde ele estava expelindo sua nojeira. Olhou para Colton como se estivesse lhe dando um aviso por ousar falar com ele daquele jeito, que jogou a cabeça para trás e riu.

— Se olhares pudessem matar, hein? — Colton disse, depois suspirou com falsa tristeza. — Mas não matam. — Ele bateu com o dedo no lábio inferior e fingiu estar pensativo. — Sabe o que mata? Nós! Portanto, aperte o cinto de segurança, Ches. Você vai ter uma viagem turbulenta.

Tyler e Will sorriram e tiraram as algemas que o prendiam dos pulsos e, em seguida, cada um pegando um braço, levantaram-no e o arrastaram para fora da van e para dentro do depósito.

Fui o último a entrar e fechei a velha porta de metal, girando as trancas para garantir que não seríamos incomodados. Tyler e Will estavam ocupados amarrando Cheslin na cadeira. Eles começaram com as pernas, mas, surpreendentemente, ele não resistiu muito. Porém, quando cortaram as amarras de seus pulsos, ele se lançou, fazendo uma tentativa fraca de se libertar. Foi inútil. Em segundos, os dois o prenderam. Não havia como sair daquela cadeira depois de trancado, não até que tivéssemos terminado com você.

Tyler foi até o equipamento de vídeo para se certificar de que estava tudo pronto, e caminhei lentamente até o meio da sala, com os olhos fixos no desgraçado que estava ofegando com seu hálito pútrido, os olhos passando de desesperados e suplicantes para furiosos e vingativos.

— Bem-vindo ao seu último jogo de consequências, Sr. Cheslin — avisei, minha voz soando abafada pelo material da bandana. Inclinei minha cabeça para o lado e me aproximei mais um passo. — Achou que iríamos simplesmente nos afastar? Achou que poderia terminar o jogo sozinho?

— murmurei e neguei com a cabeça. — Errado. Nós decidimos quando o jogo termina, e esta é sua última tarefa.

Agachei-me na frente dele, olhando diretamente em seus olhos, lembrando-o de seus crimes antes de proferir sua sentença.

— Estamos aqui para fazer justiça. Uma justiça que você evitou por muito tempo, assim como o maldito rato que você é. Só que não mais, Karl. Isso acaba hoje.

Tirei do bolso de trás da calça a foto da menina que Michael Felton havia nos enviado por e-mail. A foto que ele queria que mostrássemos ao Karl. E a coloquei diante de seu rosto, forçando-o a olhar para ela.

Seus olhos se arregalaram e ele começou a sacudir a cabeça e a gritar um "não" abafado, fazendo uma última tentativa de se salvar. Eles sempre faziam isso quando chegavam a esse estágio. Engraçado, eles não demonstravam nenhuma piedade com as vítimas que machucavam quando eram eles que estavam no controle, e eu lhe disse exatamente isso.

— Está vendo aquilo, bem ali? — Apontei para ele. — Esse olhar de medo em seus olhos, é assim que ela se parecia, aquela garotinha que você roubou das ruas e violentou? Aquela mesma garota que você provocou por meses e meses de sua cela de merda na prisão?

Ele estava soluçando agora. Uma bagunça patética de um homem. Um maldito covarde.

— Bem, adivinhe só? Aquela câmera montada atrás de mim? — Apontei por cima do ombro para o suporte com o equipamento que estava pronto para capturar sua morte em todos os detalhes gloriosos. — Ela vai gravar cada segundo de suas últimas horas, e serão horas; longas, dolorosas e demoradas. Seus dias de aterrorizar garotinhas acabaram. Você está prestes a enfrentar a justiça, do jeito dos Soldados. E, quando terminar, mostraremos a essa família o que fizemos contigo, para que ela possa ter algum tipo de paz sabendo que você foi mandado para o inferno da pior maneira possível. Não há lugar para um estuprador e traficante como você em Brinton. Estamos fazendo um favor ao mundo ao tirá-lo de lá.

Levantei-me e virei-me para falar com os outros.

— Todos vocês já escolheram suas armas? Espero que tenham me deixado algo bom.

Tyler ergueu um alicate de corte, Will um facão, Colton levantou um taco de beisebol coberto de arame farpado e celebrou, e Devon olhou para sua espada katana como se fosse seu primogênito.

— Está na hora de eu escolher. — Fui até a mesa, tirei meu capuz e depois a bandana. Tínhamos as balaclavas dispostas sobre a mesa, peguei uma e a coloquei. Bandanas eram boas, mas quando você estava realmente focado, as máscaras de esqui eram melhores, pois não escorregavam.

Os outros seguiram o exemplo, colocando as máscaras, e então nos voltamos para Karl Cheslin, que estava sentado choramingando na cadeira, com a cabeça baixa e os olhos bem fechados, para que não pudesse ver as ferramentas que estávamos prestes a usar nele.

— Assustado demais para nos enfrentar? — gritei, do outro lado do armazém. — Com muito medo para abrir os olhos e ver o que temos para você?

Ele não mordeu a isca, apenas manteve os olhos fechados e negou com a cabeça, gemendo e fazendo algumas tentativas fracas de puxar as amarras.

Fui até ele e me inclinei para seu rosto.

— Só para você saber — sussurrei —, eu escolhi o bisturi. É um dos meus favoritos. Muito... preciso. — E passei a lâmina em sua bochecha, com as chamas da satisfação queimando em mim quando ele gritou e se afastou. Eu tinha tirado a primeira gota de sangue, mas haveria mais de onde essa veio.

— Precisamos de música — anunciou Colton, jogando os braços para o lado de forma dramática. — Acho que um evento dessa magnitude precisa de algo épico.

Tínhamos um sistema de som montado no armazém para ajudar a concentrar e canalizar nossas energias. Algumas músicas pareciam se prestar a momentos como esse. Mas quando o som de *Bonkers*, de Dizzee Rascal, tocou, eu me irritei.

— Não. De jeito nenhum. Desligue isso. — Fui até o Colton, e ele riu.

— Tem alguma sugestão melhor? Quero dizer, nós somos loucos pra caramba. Achei que a letra poderia ser irônica.

— Não quero ironia. Quero emoção. Dor. Pura agonia. — Folheei a lista de reprodução e encontrei exatamente o que estava procurando.

Papercut, do Linkin Park.

Aumentei o volume para obter o máximo efeito e, quando a música começou a tocar, era possível sentir o veneno percorrendo nossos corpos. Como uma droga injetada em nossas veias, ele se arrastou e consumiu todos nós.

Todos nós, os cinco, nos posicionamos em volta de Karl Cheslin, cantando a letra da música e o encarando. Estávamos conectados e prontos para criar o caos e ele era a nossa tela. Nossa musa para a obra-prima que estávamos prestes a produzir usando sua carne, sangue e ossos.

Encarou cada um de nós com uma súplica patética nos olhos, mas, assim que o refrão chegou e aquela crescente de notas misturada com a voz do mestre, Chester Bennington, penetrou no ar, Colton balançou seu taco de beisebol e acertou em cheio na nuca de Karl.

O maldito caiu para frente em seu assento, mas não o deixamos escapar de nada. Não permitiríamos que ele desmaiasse. Tínhamos baldes de água prontos e outros métodos menos humanos de despertá-lo de volta ao estado de lucidez à mão.

Avancei e agarrei um punhado de seu cabelo, puxando sua cabeça para cima. Então, quando a letra da música falava sobre o rosto que todos nós tínhamos dentro de nós, que estava bem debaixo da nossa pele, peguei meu bisturi e o passei ao longo da linha do cabelo, empurrando bem fundo e rindo quando vi o sangue escorrer pelo seu rosto e entrar em seus olhos. Ele não quis me olhar. Em vez disso, cerrou os dentes e sibilou enquanto eu enfiava o bisturi com mais força, querendo que ele sentisse cada segundo de dor, cada corte da lâmina. A descarga de adrenalina era verdadeiramente hedonista e eu saboreava cada choro e grito. Estava focado e nada poderia me deter agora.

Will se aproximou de mim, e me movi para deixá-lo enfiar o facão nas pernas do desgraçado, cortando suas coxas através da calça jeans azul e deixando-as roxas com o sangue que estava encharcando o tecido grosso. Dois ou três golpes da lâmina e o bastardo imundo parecia que prestes a ceder, então peguei um balde de água para trazê-lo de volta a realidade. Não haveria escapatória para ele. Ainda não.

Eu não me importava em compartilhar uma morte com meus Soldados, mas essa parecia pessoal, então joguei o bisturi no chão e puxei minha faca. Em seguida, fiquei atrás de Cheslin, agarrando seu rosto e puxando-o para trás, de modo que pudesse enfiar a ponta da faca em seus olhos, em suas bochechas, em qualquer lugar para infligir o máximo de dor. Quando seus gritos se intensificaram, arranquei a fita adesiva que cobria sua boca e coloquei minha lâmina entre seus lábios, empurrando-a contra a carne macia de seu rosto, cortando suas bochechas e até suas malditas orelhas, dando-lhe um sorriso tão macabro que deixaria o Coringa com inveja.

Fizemos questão de dar a Cheslin nosso tratamento cinco estrelas. Tyler ficou na frente dele com seus alicates de corte prontos e um sorriso maluco.

Como o profissional experiente que era, ele segurou a mão de Cheslin e prendeu o alicate com força em seu dedo, grunhindo e usando toda a força que tinha para cortá-lo completamente. O estalo quando o osso se conectou com o metal e depois se quebrou foi pura satisfação.

Sentado na cadeira, coberto de sangue e fedendo a merda, Cheslin respirava ofegante, se contorcendo e gemendo em agonia. Isso me fez rir ainda mais, porque ainda nem havíamos começado. Quando Devon colocasse as mãos nele, o verme desejaria que os cortadores de arame fossem o pior de tudo.

As músicas da lista de reprodução mudaram. Nossa torrente de tortura continuava. E o tempo todo, Cheslin lutava contra a vontade de ceder.

Fizemos pausas para recarregar as baterias e encontramos novas maneiras de utilizar nossas ferramentas. Tyler trocou seu cortador de fios por um alicate, e todos nós nos afastamos e vimos a dupla Tyler e Devon trabalharem. Tyler prendeu o alicate em um dos pregos da mão de Cheslin e, em seguida, segurou o cabo com força, o arrancando para trás, arrancando o prego de Cheslin, que gritava e se debatia. Depois que Tyler a arrancou, ele o jogou no chão e deixou Devon entrar em seu lugar.

Devon sorriu para si mesmo e ficou de pé sobre Cheslin, sussurrando:

— Você não tem utilidade para isso agora, tem? — E então levantou sua espada no ar e a fincou no pulso de Cheslin, arrancando sua mão. Esse era o tipo de ironia que eu adorava.

A essa altura, Cheslin estava tão fora de si que entrava e saía do estado de consciência. Fizemos um ótimo trabalho para fazê-lo sofrer, e o vídeo registrou cada segundo satisfatório.

— É hora de encerrar isso — anunciei, indo até a mesa e pegando o machado que eu estava guardando para esse momento. Em seguida, voltei para a cadeira onde estava o patético pedaço de merda, Cheslin. Ele ainda estava ofegante e se agarrando a este mundo, mas era sua hora de partir. Hora de conhecer seu criador, o próprio demônio.

Eu não perdia tempo com discursos de merda, queria acabar com isso. Então, fiquei atrás de sua carcaça ranzinza e podre e levantei o machado bem alto no ar, abaixando-o no meio de seu crânio com tanta força que o cabo se partiu.

— Que merda. — Colton riu. — Parece que precisamos comprar um machado novo.

A lâmina do machado estava cravada em seu crânio e caminhei até a frente da cadeira, sentindo o orgulho me invadir por ter feito isso com ele, por todos nós termos feito isso com ele. Abaixei-me para ver melhor o rosto dele, uma bagunça de carne e sangue, e sorri.

— Fim de jogo — sussurrei, sobre seu cadáver. — Espero que apodreça no inferno.

Olhei para o resto dos soldados que estavam ao meu redor e, quando vi o rosto de Devon parecendo desapontado, percebi que talvez eu tivesse feito uma pequena besteira. Eu havia prometido a ele a próxima morte, mas foi uma pena. Eu queria essa, e precisava levá-la até o fim. Ele sabia melhor do que ninguém que meu interruptor de morte estava quebrado.

— Sinto muito, Devon. — Dei de ombros, sem realmente sentir muito. — Se você quiser brincar com o cadáver, fique à vontade. — Sorri e me afastei para o lado. Era justo que eu o deixasse criar sua obra-prima, depois de eu mesmo tê-lo matado.

Devon assentiu com a cabeça e se aproximou da cadeira. Ele respirou fundo algumas vezes, colocou a mão no cabo de sua espada katana e disse em voz baixa e ameaçadora:

— Tenho uma irmã da mesma idade da garota que você machucou. Você mereceu tudo o que te aconteceu hoje. — E então ele se inclinou para o lado, segurou a espada com firmeza com as duas mãos e a balançou com força no ar, cortando o pescoço de Cheslin e arrancando sua cabeça.

— Puta merda! — Colton gritou e todos nós ficamos de pé observando Devon, que respirava fundo, um sorriso lento se insinuando em seu rosto. Finalmente, ele tinha conseguido o que queria.

Ele olhou para sua espada e depois para todos nós.

— Sabe, uma espada katana pode cortar um homem ao meio. — Ele olhou para trás, para o corpo da carcaça de Cheslin ainda preso na cadeira. — Eu pensei nisso, mas não quis danificar a cadeira.

— Ai, meu Deus, você não tem preço. — Colton riu. — Posso ficar com a espada katana da próxima vez?

— Não, a menos que você pratique. Ela pode ser muito perigosa nas mãos erradas — explicou Devon, com a expressão facial vazia, mostrando que estava falando totalmente sério.

— Nas mãos erradas — brincou Colton, achando que Devon estava brincando. — Como se qualquer um de nós tivesse as mãos certas. Somos loucos pra caramba.

— Acho que precisamos nos limpar e chamar o Gaz e sua equipe para resolver isso — avisei, pegando uma toalha para me limpar.

Atrás de mim, ouvi um baque e me virei para ver Devon puxando o corpo de Cheslin do assento onde estava sentado para o chão.

— Mudou de ideia sobre cortá-lo ao meio? — Will brincou enquanto Devon estava de pé sobre o corpo no chão, com os olhos arregalados e usava a ponta da espada para levantar a camiseta de Cheslin.

— Ou ele quer dar uma espiada nos mamilos dele — Colton sussurrou, sem fôlego.

Mas quando Devon começou a ofegar algumas palavras, todos nós paramos o que estávamos fazendo para olhar:

— Não. Não. Não. — Ele levantou a cabeça e engoliu em seco antes de seguir dizendo o que nos levaria a uma espiral de caos total. — Acho que pegamos o cara errado.

O sangue correu para os meus ouvidos, tocando uma sirene em meu cérebro que me fez sentir como se estivesse prestes a explodir exatamente onde eu estava.

De que diabos ele estava falando?

Todos nós atravessamos a sala para nos juntarmos ao Devon, olhando para o corpo que ele estava encarando.

— Não pegamos o cara errado. Esse é Karl Cheslin. Eu vi a foto dele. Eu o vi do lado de fora daquele maldito pub. Era ele — afirmou Tyler, cerrando os dentes de raiva.

— Se esse é o caso, então onde está a tatuagem dele? — Devon apontou sua espada para o torso novamente e Colton se ajoelhou, puxando a camiseta para cima para que todos pudéssemos ver melhor.

— Talvez Jake Colt tenha mentido para nós quando disse que o havia tatuado na prisão? — disse, olhando de volta para todos nós.

— Não. — Neguei com a cabeça, afirmando que não era esse o caso. Não conseguia entender o que estava acontecendo, mas não acreditava nem por um segundo que Jake Colt fosse mentir para mim. — Deve haver alguma outra explicação. Colt não faria isso.

Tyler enfiou a mão no bolso da calça jeans e tirou o que eu supunha ser a carteira de Karl Cheslin. Ele tirou um cartão de banco e, quando leu o nome na frente, colocou a mão sobre a boca e disse:

— Não é possível.

Ele abriu o compartimento principal da carteira, tirando notas, e então uma fotografia e seu rosto ficou pálido.

— Este não é Karl Cheslin — soltou, acenando com a cabeça para o corpo. — Este é Paul Cheslin. — Virou a foto para que pudéssemos ver os dois homens na imagem. — Seu irmão gêmeo.

CAPÍTULO TRINTA E OITO

ADAM

— Está brincando comigo, porra? — gritei, indo até a mesa com as ferramentas e deslizando meu braço pela superfície com raiva, fazendo com que todas elas caíssem no chão. — Quatro de vocês. Quatro malditos Soldados, e nenhum de vocês descobriu que ele tinha um irmão gêmeo quando fizeram a pesquisa?

Peguei o taco de beisebol do chão e comecei a esmagá-lo contra a mesa, a parede, qualquer coisa que eu pudesse para tentar conter a raiva que me invadia.

— A única vez… a única maldita vez que eu não fiz o reconhecimento e isso acontece. Eu tenho que fazer tudo por essa equipe? Vocês são todos tão inúteis que não podem nem se dar ao trabalho de fazer uma verificação de antecedentes adequada?

Os outros ficaram parados enquanto eu perdia a cabeça, sem se mexer nem dizer nada.

— O que mais vocês não viram, hein? Será que temos um exército de estupradores prestes a entrar e nos matar pelo que acabamos de fazer? — berrei, estendendo os braços furiosamente, gesticulando para as portas.

— Sabíamos que ele tinha irmãos, três — disse Devon, mas eu não queria ouvir.

Era tarde demais, agora já não adianta.

— Esta é a última vez que deixo os detalhes para qualquer um de vocês. — Eu estava tão furioso que não conseguia ficar quieto. Tentei pensar qual seria meu próximo passo, andando para cima e para baixo e balançando o taco, mas tudo o que eu conseguia ver era a névoa vermelha da minha fúria circulando ao meu redor.

— Para ser justo, fizemos o melhor que podíamos — Colton se atreveu a dizer. — Você só tem se preocupado com a sua namorada ultimamente.

Ele tinha acabado de passar dos limites, ousando me desafiar, e joguei o taco de beisebol no chão com raiva e fui até ele, pronto para dar cabo do babaca.

— Deixe-a fora disso — rosnei na cara dele, enquanto Will e Tyler estavam na frente dele, tentando amenizar a situação.

— Não estou dizendo que a culpa é dela ou sua. — Colton deu de ombros e olhou ao redor do grupo. — Não é culpa de nenhum de nós. É um erro. Erros acontecem. E, vamos ser honestos, ele era irmão gêmeo de um estuprador envolvido com tráfico sexual, então é provável que fosse um cliente em espera. Eu apostaria todo o dinheiro do mundo que ele também precisava de nossa justiça. Então, nós nos adiantamos. Eliminamos um futuro jogador do jogo. A meu ver, matamos dois coelhos com uma cajadada só hoje.

— Mas não matamos, não é mesmo? — Devon respondeu. — Não matamos duas pessoas. Ao menos sabemos onde *Karl* Cheslin está neste momento?

Passei as mãos no rosto e tentei pensar em um plano. Era provável que eles tivessem saído do pub e estivessem nos procurando. Eles iriam para o Asilo? Tentariam nos emboscar lá? E por que diabos Gaz não havia notado que havia dois gêmeos idênticos no bar? Eu sabia que ele não era bem um Soldado, mas certamente teria notado algo tão óbvio como isso, certo?

Dizer que minha cabeça estava perdida era um eufemismo. As vozes, aqueles demônios na minha cabeça, realmente assumiram o controle agora. Meu botão de desligar estava quebrado, preso no modo psicopata, e isso não mudaria tão cedo.

— Você precisa verificar seu celular — Tyler anunciou de repente, com calma, a cautela em sua voz cortando a atmosfera tensa no armazém.

Quase o ignorei, concentrado demais em como chegaríamos a Cheslin — o Cheslin certo — antes que alguém descobrisse o que tínhamos feito.

— Apague a porra desse vídeo — ordenei, apontando para o equipamento. — Ninguém vê isso, está me ouvindo? Ninguém.

Depois, peguei meu celular e fiz uma careta ao desbloquear a tela e encontrar uma mensagem de texto da Olivia.

> Olivia: Hora da fantasia. (Veja, usei uma palavra de aviso). Estou prestes a entrar no chuveiro, mas acho que posso ter deixado a porta dos fundos destrancada. Espero que alguém não arrombe e suba as escadas, entre no meu banheiro e me foda contra os azulejos. Ou, pior ainda, sobre a pia, para que possa ver meu rosto no espelho enquanto me faz gozar.

Uma mensagem como essa normalmente me faria correr até ela, mas eu a fechei. Não conseguia me concentrar em nada além desse trabalho. Eu tinha que colocar Olivia em uma caixa fechada na minha cabeça e mantê-la lá até tudo isso acabar.

— Não tenho nada no celular. — Olhei para cima e vi os outros checando os deles e depois olhando para mim, como se eu tivesse duas cabeças.

— Dê uma olhada em nossos e-mails — disse Devon, e eu olhei.

O que vi rasgou meu coração e fez com que a raiva que estava borbulhando dentro de mim explodisse como um maldito vulcão.

Lá, em nossa caixa de entrada, havia uma mensagem.

Para: soldadosdaanarquia@gbmail.com
De: vasefoder.com@gbmail.co.uk
Assunto: Surpresa, filhos da puta!

Sabe, para uma equipe que diz ser implacável e imparável, vocês realmente são uma merda nisso.
Acharam que eu deixaria vocês brincarem comigo e não fazer minha lição de casa?
Acharam que não passei cada momento dentro da prisão reunindo informações sobre vocês também? Esperando o dia em que pudesse usar o que sei?
Sempre estive um passo à frente de vocês. Sempre.
Então, acho que agora você já percebeu que não foi a mim que pegou. Também acho que você ferrou o meu irmão.
Eu sabia que vocês estavam nos seguindo antes mesmo de chegarmos ao pub. Eu o vi estacionado em sua van de merda no fim da rua. Então, fiz meu próprio jogo. Troquei de lugar no carro com meu irmão, Paul. Ele pegou minha camisa, eu peguei a dele. E, quando chegamos ao Red Lion, Paul e nosso amigo Mark saíram. Eu não. Esperei, escondido no banco de trás, até que você deu a volta nos fundos do pub e depois saí, dirigindo o carro de Mark até o verdadeiro destino da minha festa de boas-vindas.
Veja bem, acredito muito naquele velho ditado "olho por olho" e vejam só o que peguei para conseguir isso.

Boa sorte em nos encontrar.
Até mais, soldados.

Ches.

Abaixo da mensagem havia uma foto de Cheslin, e ele estava segurando minha Olivia contra si, com a mão sobre a boca dela, tirando uma maldita selfie e sorrindo. O desafio em seus olhos quase me quebrou. Ela lutaria contra ele com tudo o que tinha, e bastardos como ele se alimentavam dessa merda, era a kryptonita deles.

Eu tinha que chegar até ela. Tinha que impedir o que estava prestes a acontecer. Isso era culpa minha. Não fiz o reconhecimento, fiz merda, e agora Olivia pagaria a porra do preço.

— Sinto muito, cara. Nós o pegaremos. Você ainda tem o rastreador no celular da Liv? — Tyler perguntou.

Minha mente estava longe, meu cérebro embaralhado, cada instinto me empurrando para sair dali. Mas respirei fundo e abri o aplicativo para ver o ponto vermelho piscando, dizendo que ela ainda estava em casa.

— Vou verificar as câmeras de segurança dela — acrescentou Colton, e meu coração afundou quando ele balançou a cabeça e olhou de volta para mim. — Estão desligadas. O desgraçado deve ter cortado os fios.

Nem parei para pensar, apenas peguei as chaves da van na mesa e atravessei a sala para destrancar a porta.

— Ei, espere, nós vamos com você — Colton gritou atrás de mim.

— Não dá tempo, porra. Ligue para o Gaz. Resolva essa maldita bagunça. Posso pelo menos confiar em você para fazer isso? — gritei de volta.

— Os soldados não agem sozinhos. Trabalhamos juntos, espere — acrescentou Tyler, e podia ouvi-los me seguindo, mas eu era muito rápido.

Entrei na van, liguei o motor e acelerei, assim que um deles a alcançou e começou a bater na lateral para que eu parasse. Mas eu nunca pararia. Tinha que chegar até ela, não importava o que acontecesse. O problema era meu, a culpa era minha, e eu tinha que acabar com isso.

CAPÍTULO TRINTA E NOVE

ADAM

Acelerei pelas estradas, ignorando os semáforos e desviando dos carros ao me dirigir de Brinton para Sandland. O tempo todo, ligava para o celular de Olivia, rezando para que ela atendesse, mas ela nunca o fazia. Cada uma das minhas ligações ia direto para a secretária eletrônica. Os Soldados tentaram me ligar, mas desliguei cada uma de suas chamadas. Eu não tinha nada a dizer a eles.

Coloquei meu celular no painel à minha frente enquanto dirigia, mantendo o aplicativo de rastreamento aberto para que pudesse ver se ela se movia. Rezei para que não fosse tarde demais. Se ele a tivesse machucado, se tivesse tocado nela, eu o destruiria. E também me despedaçaria. Como poderia viver comigo mesmo sabendo que tinha feito isso com ela? Que tudo isso era culpa minha?

Quando finalmente entrei em sua garagem, vi que não havia outros carros. Inclinei-me e enfiei a mão no porta-luvas, tirando a faca que estava escondida lá para emergências. Era apenas uma faca de caça, não era uma katana, mas isso não importava. Eu tinha a melhor arma contra qualquer predador: eu.

Abandonei a van, deixando o motor ligado e a porta aberta, e subi correndo os degraus até a porta da frente. Ela estava trancada e eu estava prestes a chutá-la para abri-la, mas, em vez disso, optei pela opção mais rápida e corri pela lateral da casa até a porta dos fundos, que estava escancarada. Abri com força, batendo-a contra o reboco da parede com raiva; depois, passei rapidamente pela cozinha e entrei no corredor, agarrando-me ao corrimão e subindo as escadas três de cada vez para chegar ao quarto dela. Podia ouvir o assobio do chuveiro que ainda estava ligado e abri a porta, esperando encontrá-lo lá com ela, mas o quarto estava vazio. Fui até o banheiro e abri a porta com força, mas, novamente, nada.

O ar estava cheio de vapor e eu entrei no chuveiro para desligá-lo, tremendo de raiva pelo fato de que ela não estava aqui, tinha ido embora. Ele a havia levado, e eu não tinha a menor ideia de como encontrá-los.

Quando me virei, vi uma mensagem rabiscada no vapor de seu espelho que fez com que a fera dentro de mim quisesse arrancar minha própria pele.

Vejo você no inferno.

Rugi como um animal, liberando minha raiva. Eu já estava no inferno, um maldito inferno criado por mim mesmo, e peguei um pote de vidro que estava ao lado da pia e o arremessei no espelho, quebrando-o, estilhaçando-o em um milhão de pedaços, assim como meu coração. Eu o veria no inferno, mas ele iria para lá primeiro, depois que eu o caçasse.

De pé no meio do banheiro dela, uivei, segurando minha faca, desesperado para causar dor. Eu precisava encontrá-los. Precisava despedaçá-lo e dizimar cada centímetro dele, até que todas as vozes em minha cabeça que estavam uivando — tão alto quanto eu — fossem silenciadas. Silenciadas pela retribuição. Ninguém tocava no que era meu e saía ileso.

Voltei para o quarto dela e peguei meu celular novamente, ligando para ela e orando a um Deus em que eu não acreditava para que ela atendesse. Ela não atendeu, mas ouvi um zumbido suave e foi então que percebi que seu celular estava na mesinha de cabeceira. Encerrei a chamada e fui até ele, pegando-o e vendo a lista de chamadas perdidas e mensagens de texto listadas em sua tela inicial, e todas de uma única pessoa: eu. Ela tinha meu número salvo como "Meu Homem" e meu maldito coração se contorceu dentro do peito, as partes quebradas e estilhaçadas me perfurando por dentro, dificultando a respiração. Minha vida não valeria a pena ser vivida sem ela. Olivia era a porra da minha vida.

Meu celular começou a vibrar na mão e vi que era Devon ligando. Atendi, mas não conseguia falar. A realidade do que estava acontecendo era demais para suportar.

— Ad, você está aí? — Devon perguntou, e eu grunhi um som. — Conseguimos acessar o back up da câmeras de segurança da Liv. Vimos o que aconteceu antes de ele a desmontar. Ele não é tão esperto assim. — Meu coração disparou ao ouvir o que ele disse, e me agarrei à parede, com a outra mão segurando o celular, desesperado por algo que pudesse usar, qualquer coisa que me levasse até ela. — Não havia nenhum Range Rover capturado pela câmera, acho que ele o abandonou, mas vimos uma van branca lá. Conseguimos obter a placa do veículo e o Tyler está no celular agora mesmo com o cara da polícia para ver se podemos arranjamos uma localização atual por meio do reconhecimento da placa.

— Quanto tempo isso vai levar? Não seria mais rápido invadirmos os sistemas da polícia nós mesmos? — perguntei, com o desespero me dominando.

— Não dessa vez. Tyler disse que é mais rápido assim — Devon respondeu, depois acrescentou: — Não acho que ele a manterá em Sandland. Brinton é sua área de caça. Ele conhece a área. Talvez seja melhor você voltar para cá e assim que chegarmos…

— Não vou a lugar nenhum, a menos que seja para encontrar Olivia. Vou dirigir por todas as estradas, ruas, caminhos, trilhas de terra e becos de Brinton até encontrá-la. Vou queimar a porra da cidade até o chão, se for preciso. — Eu não desistiria. Não colocaria nada em espera, aguardando que algum policial verificasse um programa de computador. Ela vinha em primeiro lugar. Nada mais importava além da minha Olivia.

— Tudo bem, quando tivermos notícias, eu ligo para você.

— É melhor que sim — disse e desliguei, saindo do quarto dela e descendo as escadas com o celular em uma das mãos e a faca na outra.

Se o maldito Karl Cheslin achava que tinha passado por maus bocados na prisão, se achava que já tinha conhecido filhos da puta malvados, então estava prestes a levar um choque. Ele estava prestes a ficar cara a cara com o melhor deles. Eles não me chamavam de Psycho à toa, e ele estava prestes a descobrir o porquê.

CAPÍTULO QUARENTA

ADAM

Dirigi por todas as ruas, procurando sem rumo por qualquer sinal de onde eles poderiam estar. Um esforço inútil, mas o que mais eu poderia fazer? Os soldados estavam tentando localizá-los, eu havia tentado falar com todos os malditos da minha lista de contatos que poderiam saber de algo obscuro acontecendo para ver se tinham ouvido alguma coisa, mas não consegui nada. Minha próxima parada era os outros irmãos de Cheslin para dar uma surra neles e descobrir a verdade, mas então meu celular tocou e vi o nome de Devon na tela.

— O quê? — gritei, meu coração batendo na garganta com puro pavor do que ele diria.

— O reconhecimento de placas tem um rastro. — Cada parte de mim estava em alerta vermelho, desesperada para ouvir o veredicto. — A van foi vista pela última vez na Rua Queen. Isso foi há cerca de dez minutos.

Não esperei para ouvir mais nada; já sabia tudo o que precisava. Meu cérebro e meu corpo estavam mudando para o piloto automático, e eu sabia o que tinha que fazer. Encerrei a ligação, joguei o celular no assento ao meu lado e afundei o pé no acelerador, correndo para chegar lá.

Rua Queen.

Seria apenas uma coincidência o fato de que aquela era a mesma rua em que ficava o Centro Comunitário de Brinton? O mesmo prédio de onde havíamos jogado Harvey todos aqueles meses atrás.

Parecia que as coisas na minha vida estavam fechando o círculo.

Agarrei o volante, com os nós dos dedos brancos de tensão, e quando desviei para a rua em questão, inclinei-me para a frente, examinando a estrada em busca de uma van branca. Então eu a vi, estacionada ao lado do Centro Comunitário. Eles tinham que estar aqui, e eu estava rezando para que não tivesse chegado tarde demais. Se ele a tivesse machucado, nunca me perdoaria.

Parei ao lado da van e saí do meu veículo. Uma rápida olhada no interior me disse que não havia ninguém lá dentro, então preparei minha faca e corri para a entrada do centro, pronto para fazer chover o inferno. O prédio tinha sido abandonado, mas as fechaduras estavam quebradas e qualquer pessoa podia acessá-lo. O local perfeito para um crime, nós sabíamos disso e, ao que parece, Cheslin também.

Uma vez lá dentro, tentei escutar qualquer sinal de que Olivia estava aqui, mas tudo o que pude ouvir foram os rangidos ocasionais de um prédio antigo, o barulho de camundongos ou ratos fugindo da minha presença, e o vento assobiando através das janelas quebradas e com tábuas e das vigas do telhado. Percorri os corredores vazios, subi as escadas, verifiquei os outros andares, mas não havia nada. Sentia-me desesperado e furioso ao mesmo tempo. Mas então, de repente, um rangido acima de mim chamou minha atenção. Sacudi a cabeça para olhar para cima e ouvi o som de passos se movendo.

Eles estavam aqui.

Só podiam ser eles.

Corri em direção às escadas e subi para o telhado, pronto para soltar a fera que implorava para ser libertada dentro de mim e enfrentar outro tarado desta cidade. Levá-lo à justiça em um telhado que, em várias ocasiões, já tinha visto do que eu era capaz e o que aconteceria se você estivesse no radar dos Soldados. Viver pela espada, morrer pela espada, e esse cara estava prestes a fazer exatamente isso. Ele havia tocado no que era meu, a levou para longe, e agora precisava pagar o preço.

Abri a porta que dava acesso ao telhado e saí correndo como um animal selvagem, pronto para despedaçar meu inimigo. Mas, então, parei em meu caminho, meu coração batendo freneticamente no peito, e observei a cena diante de mim.

Eu a havia encontrado.

Eu também o havia encontrado.

E, naquele momento, meu mundo inteiro girou em torno de seu eixo.

Ele a tinha em seus braços, com uma arma apontada para sua cabeça, e estava olhando diretamente para mim, sorrindo enquanto apertava sua cintura, abraçando-a com força e deleitando-se com o que achava ser seu triunfo. Cada instinto, cada osso do meu corpo me dizia para lutar, mas eu não conseguia, porque aquele instinto assassino, a própria natureza de quem eu era... estava lutando contra outra coisa.

As emoções.

Eu não dava a mínima para o que ele faria comigo. Mas e ela? Ela vinha em primeiro lugar, sempre. Eu tinha que fazer isso de forma diferente se quisesse salvá-la. Tinha que pensar de forma mais inteligente.

— Noble. — Ele gargalhou. — Vejo que trouxe uma faca para uma luta de armas. — Então balançou a cabeça, dando uma risada falsa. — Bem preparado, como sempre.

Fiquei parado, olhando para os dois, minha mente tentando calcular maneiras de dominá-lo e tirá-la dele. Qualquer coisa para virar o jogo, que não estava a meu favor no momento.

— Adam, não — Olivia implorou, seus olhos suplicando para que eu não fosse em frente e piorasse as coisas.

Ela me conhecia tão bem. Sabia que eu estava a segundos de me chocar contra esse desgraçado e nos mandar do telhado para morrer no chão. Mas vê-la presa contra sua vontade, sem poder chegar até ela, estava me matando. As pontadas de dor que eu havia sentido na casa dela não eram nada comparadas à agonia absoluta disso. Ele havia feito sua pesquisa na prisão, e encontrou minha kryptonita, meu calcanhar de Aquiles. Era ela. Sempre seria ela. Minha maior força e minha maior fraqueza.

Karl olhou para ela e então o filho da puta a beijou na lateral da cabeça, fazendo meu sangue ferver e minha mão segurar com mais força o cabo da faca. Ele pagaria por isso.

— Ela é linda. — Ele sorriu. — Posso ver por que gosta dela.

— Tire a porra das mãos de cima dela — rosnei, dando um passo à frente, mas ele moveu a arma para apontá-la para mim e, em seguida, a segurou contra a cabeça de Olivia, empurrando-a com força em sua têmpora, onde ele tinha acabado de deixar seu maldito beijo sujo.

— Acho que você não está em posição de fazer exigências aqui, não é? — Cheslin rosnou e então se inclinou para mais perto de Olivia, lambendo sua bochecha e rindo de mim enquanto eu ficava ali, minha respiração saindo em lufadas agudas, e tentava controlar minha fúria.

Aqueles malditos instintos e emoções estavam brincando dentro de mim, lutando em uma batalha pelo controle. Eu queria que meus instintos assumissem o controle e desligassem todos os outros pensamentos em meu cérebro para que eu pudesse atacá-lo, despedaçá-lo com minhas próprias mãos e que se danassem as consequências, mas não podia. Ele estava com ela. E se puxasse o gatilho, seria o fim do jogo para todos nós. Eu não podia perdê-la. Não dessa forma. Os instintos que eu havia aprimorado durante anos foram abafados por minhas emoções. Minha vida não valia a pena ser vivida se ela não estivesse aqui, e eu reduziria o mundo a cinzas se ela fosse tirada de mim.

— Tenho um dilema aqui — prosseguiu Cheslin, passando o cano de sua arma para cima e para baixo na lateral do rosto de Olivia. Ela tentou não demonstrar nenhuma emoção, mantendo a cabeça erguida para meu benefício, mas eu a conhecia. Sabia tudo sobre ela e podia dizer que ela estava assustada.

— Veja, eu realmente adoraria transar com ela na sua frente. Fazer você assistir a cada minuto e depois estourar seus miolos, ou...

Não pude evitar, aquelas palavras acenderam um fogo dentro de mim que eu não conseguia controlar, e fui até ele, mas quando Olivia começou a gritar, eu parei.

— Não, Adam. Por favor. Não dê ouvidos a ele!

Ouvir o desespero em sua voz me fez voltar ao momento.

Pense de forma mais inteligente, Noble.
Não deixe que ele o persuada.
Leve-a para um lugar seguro primeiro.

— Você vai pagar por isso! — gritei. — Você é um homem morto, Cheslin.

— Diz o cara sem arma — zombou de mim, esfregando as mãos imundas nela e continuando a pressionar a arma contra sua cabeça. — Interrompa-me novamente e escolherei a opção que eu quiser — avisou, cuspindo pela boca, zombando e rosnando para mim.

— Deixe-me facilitar as coisas para você — comecei, apontando a faca para ele durante a fala. — Você a deixa ir e me leva. É a mim que você quer, certo? Ela é apenas a isca que você usou para me trazer até aqui.

— Ela é mais do que uma isca. — Inclinou-se para falar no ouvido de Olivia, dizendo: — Não dê ouvidos a ele. Você é muito mais do que isso. — Em seguida, seus olhos se arregalaram com más intenções e ele me encarou. — Jogue a faca aqui — exigiu, e eu neguei com a cabeça. — Jogue a faca ou eu a jogarei no precipício. Não me teste, porra. — Seus olhos eram maníacos enquanto ele me encarava e, naquele momento, eu soube. Louco reconhece louco, e ele era capaz de qualquer coisa. Ele era tão fodido quanto eu.

— Adam, por favor — implorou Olivia. — Apenas faça o que ele mandou.

PSYCHO

Eu não queria, mas tinha que fazer algo para mantê-la segura. Tentar entrar em sua mente e fazê-lo pensar que estava ganhando era uma maneira de jogar. Então, levantei minha faca no ar e a joguei do telhado do prédio. Não havia a menor chance de eu jogá-la para ele. Se o fizesse, ele provavelmente a teria usado nela.

— Não é o que eu queria, mas acho que serve. — Sorriu. — Tenho que admitir que, quando descobri tudo sobre você... — Apontou a arma para mim e meus olhos se fixaram nos de Olivia, querendo que ela se afastasse e fugisse, mas ela apenas negou com a cabeça e me disse "não" enquanto ele continuava com suas divagações sem sentido. — Não havia nada que eu quisesse mais do que estourar seus miolos. Você se acha muito esperto. Achou que poderia me aterrorizar na prisão, tratando-me como um maldito fantoche.

— Como você aterrorizou aquela garotinha? — rosnei de volta para ele.

— Ninguém é perfeito, não é mesmo, Adam? Aposto que sua contagem de corpos excede em muito a minha. Quando nós dois chegarmos aos portões do inferno, você terá um passe rápido para o evento principal. Não vamos fingir. Nenhum de nós é inocente, não é mesmo?

— Ela é — declarei, acenando com a cabeça para a minha Olivia. — Então, deixe-a ir e podemos terminar o assunto. Isso é entre mim e você.

Ele riu, então seu rosto ficou maníaco novamente, seus olhos brilhando e arregalados como se estivesse usando alguma coisa.

— Ela não vai a lugar algum, e eu meto uma bala no cérebro dela antes mesmo de você chegar perto de nós, portanto, não tenha nenhuma ideia inteligente. Vamos nos lembrar de quem está no controle aqui — falou calmamente, como se essa fosse uma transação cotidiana e ele estivesse nos informando como seria. Ou como esperava que fosse.

Mas eu sabia como sua mente funcionava. Ele queria aproveitar isso, arrastar a situação e se deleitar com cada detalhe. A única coisa é que suas táticas de enrolação funcionavam a meu favor. Quanto mais tempo ele ficava ali falando, mais tempo os outros soldados tinham para chegar. E quando eles invadissem o telhado, ele seria totalmente aniquilado.

Os soldados trabalhavam juntos.

Éramos uma equipe.

Eles sabiam onde eu estava, e era apenas uma questão de tempo até que as chances estivessem novamente a meu favor.

— Se você quer estar no controle, tudo bem — avisei, falando devagar. — Você tem duas opções aqui. Ou você a mata, e então nós nos matamos, o jogo acaba, ninguém ganha. Ou...

— Ou? — Ele inclinou a cabeça, esperando minha resposta.

— Ou você a deixa ir. Faça o que quer que seja que você queira fazer comigo, mas ela vai embora.

— Não — disse Olivia com os dentes cerrados, mas foi minha vez de balançar a cabeça. Ela precisava fazer o que lhe foi dito, confiar em mim e me dar o tempo que eu precisava nessa situação para mudar as coisas.

— Eu gosto das duas opções, mas tenho uma terceira. — Cheslin sorriu. — Eu atiro em você. — Apontou a arma para mim e, quando o fez, Olivia tentou se desvencilhar, mas ele era forte demais e riu, puxando-a de volta contra si e colocando a arma de volta em sua têmpora. — E ela verá você ter seus miolos estourados. Depois, vou transar com ela antes de matá-la também. Não posso deixar nenhuma ponta solta para trás, não é?

— Você não vai tocá-la. — Dei um passo à frente, falando com calma, e os olhos dela se arregalaram de medo quando ele engatilhou a arma, pronto para atirar. Então, parei e levantei as mãos, tentando ganhar tempo para nós dois. — Que tal fazermos um acordo? Tire a arma dela, faça o que tiver que fazer comigo, mas deixe-a ir.

— Nunca vou deixá-la ir. — Ele riu e então um sorriso sinistro se espalhou por seu rosto. — Mas vou lhe dizer uma coisa, vou aceitar sua oferta. Vou deixá-la ir para o lado e ver se você a substitui. Mas quero que você esteja algemado. Não posso confiar que não escondeu mais nenhuma arma com você.

Não escondi, e a percepção do que isso significava me matou, mas eu tinha uma arma muito mais mortal do que qualquer faca.

Eu.

Só precisava planejar isso corretamente e não perder a cabeça.

Ele acenou com a cabeça para uma mochila que estava a uma pequena distância de nós no chão e acrescentou:

— Lá dentro, você encontrará um par de algemas. Coloque-as, depois vá até a beira do telhado e ajoelhe-se, de frente para a cidade que você tanto ama. Será a última coisa que você verá antes de eu mandá-lo para o inferno.

Não parei para pensar. Eu não tinha mais opções, e essa era a única via que podia ver diante de mim. Respirando fundo para acalmar meus demônios que uivavam para que eu resistisse, caminhei lentamente até a bolsa. Olivia me implorou para não o fazer, mas tirei as algemas.

— Afaste-se dele, Olivia — ordenei, segurando as algemas na mão e olhando para os dois, esperando que ele a soltasse.

— Não até que as algemas estejam colocadas — ele reafirmou, mantendo-a em seu aperto mortal, e cerrei os dentes, prendendo-as em um pulso antes de prendê-las no outro. O tempo todo, eu estava observando a porta, esperando pelo reforço.

— Agora. Deixe. Ela. Ir — exigi, em um tom baixo, cada palavra dita com convicção.

Cheslin olhou para Olivia e depois de volta para mim. Eu esperava que ele recusasse e virasse o jogo, mas ele tirou a arma da cabeça dela para apontá-la para mim e a empurrou para o chão à sua frente, fazendo-a tropeçar e cair.

— Fuja, e eu atirarei em você. Vou mirar nas pernas, assim você ainda estará consciente quando eu te foder — avisou, piscando para ela, que estava deitada no chão, ofegante e olhando para ele. Então colocou a arma de volta nela e sorriu. — Me teste. Acho que você vai descobrir que eu cumpro minhas promessas.

— Tenho quatro amigos que matariam para protegê-la — rosnei. — Não vamos nos enganar. Você não vai sair vivo desse telhado.

— Ou posso simplesmente apertar o gatilho e mandá-la para o céu agora — acrescentou. — Duvido que ela vá se juntar a você no inferno, não com uma cara dessas. — Ele sorriu para Olivia e virou a arma de volta para mim. — Agora se ajoelhe na borda, Noble, como eu disse para você fazer.

Eu não tinha escolha. Fui até o parapeito e me ajoelhei, e Cheslin veio até mim, apontando sua arma para a minha nuca. O tempo estava se esgotando e examinei as ruas abaixo, procurando por qualquer sinal dos Soldados, mas não os vi. Onde diabos eles estavam? Talvez não fossem impedir isso, afinal de contas? Talvez eu tivesse que pensar em outra saída? Distrair Cheslin para que Olivia pudesse correr e ir o mais longe possível. Eu tinha que fazer alguma coisa. Não podia deixar que as coisas acontecessem como ele queria.

Então, aproveitei aquela fração de segundo para girar sobre meus joelhos e tentar derrubar Cheslin enquanto gritava:

— Corra, Olivia. Saia daqui.

Mas minhas tentativas de dominar Cheslin não saíram como eu havia planejado. Ele tinha reflexos melhores do que eu esperava e desviou de minhas tentativas de ir contra ele, deixando-me contorcendo e me jogando no chão, tentando recuperar o equilíbrio. Ele conseguiu me puxar de volta de joelhos e depois me empurrou para a posição, chutando-me e rosnando sua raiva.

— Chega de brincadeira — ele resmungou. — Estou cansado de seus jogos. Acabou o tempo, Noble.

Eu podia ouvir Olivia chorando e cerrei a mandíbula, fechando os olhos e desejando ter feito mais para ajudá-la.

Por que ela não havia fugido?

Por que eu não tinha conseguido salvá-la?

O que mais eu poderia fazer para impedir isso?

— Parece que temos nosso próprio Romeu e Julieta bem aqui. Adoro uma boa tragédia — disse Cheslin, zombeteiro, depois se inclinou para falar em meu ouvido. — Você tem alguma última palavra antes de morrer?

Ele apontou a arma para a minha nuca e ouvi Olivia começar a gritar histericamente e exclamar:

— Não, por favor, não.

— Saia daqui, Olivia. Por favor — implorei, com lágrimas escorrendo pelo meu rosto. Lágrimas que eu nunca deixaria que ela visse.

Mas ela não me ouviu, apenas soluçou e continuou repetindo:

— Não, Adam. Por favor, não.

— Essas são suas últimas palavras? — disse Cheslin, enfiando a arma ainda mais em meu crânio e gargalhando.

— Eu... — Minha garganta parecia crua, como se lâminas de barbear estivessem alojadas lá dentro, tentando me impedir de dizer o que eu precisava. Meu corpo tremia ao sentir a areia em meu cronômetro escorrer até o último grão.

Onde eles estavam?

Onde estavam os malditos Soldados?

— Eu amo você, Olivia — falei, minha voz áspera e dolorida com todas as emoções e dores que estavam me matando.

Eu nunca havia dito a ela que a amava. Mas não podia morrer sem que ela soubesse. Não queria que minhas últimas palavras ou meus últimos pensamentos fossem cheios de ódio. Queria morrer com ela em minha mente e em meu coração. Seu nome em meus lábios enquanto eu dava meu último suspiro.

Minha Olivia.

— Não — ela se lamentou. — Não. Não assim. Eu amo você, Adam. Eu amo você, porra. Não se atreva a desistir! Não me deixe, porra...

Não havia soldados ao meu lado quando o tiro foi disparado. Apenas os gritos de Olivia e depois...

A escuridão.

CAPÍTULO QUARENTA E UM

ADAM

Nada.

Preto, sinistro, nada.

Achei que, quando eu morresse, seria diferente. Eu veria alguma coisa. Sentiria algo. Talvez as chamas do inferno ou os gritos das masmorras da morte que me manteriam prisioneiro por toda a eternidade. Mas não isso. Nunca esperei esse silêncio entorpecente e angustiante.

Eu não conseguia sentir, ouvir ou ver nada. Mas dentro de minha alma havia uma dor. Uma dor que era tão insuportavelmente aguda que me fazia querer me despedaçar só para me livrar dela.

Talvez esse fosse o meu inferno? Ficar aqui para sempre, com a dor do que eu havia feito. Eu a havia deixado para trás para enfrentá-lo sozinha. Ela estava sozinha, e tudo o que eu podia fazer agora era rezar para que os outros chegassem até ela a tempo. Protegê-la melhor do que eu. Eu havia falhado com ela. E era com isso que eu teria que lidar por toda a eternidade. O inferno de saber que eu a havia deixado, perdida, abandonada para o próprio demônio.

A única pessoa que amei de verdade em toda a minha miserável vida.

Minha razão para respirar e meu pesadelo para me arrepender para sempre. Meu céu e meu inferno.

Minha Olivia.

CAPÍTULO QUARENTA E DOIS

LIV

Eu amo você, Olivia.

Aquelas palavras me arrasaram. Ninguém nunca havia dito que me amava antes, e me partiu o coração saber que estava terminando assim. Ele não podia ir embora. Ele não podia me deixar com nada além de um sussurro de uma lembrança de como era ser amada e um coração vazio que nunca se recuperaria.

Tudo aconteceu em câmera lenta. O tempo parou enquanto eu gritava seu nome e implorava para que ele lutasse. A dor me atravessou, mas não parei para pensar, apenas agi, lançando-me para a frente e pulando sobre o cara que estava tirando tudo de mim, forçando-o a cair, o tiro sendo disparado. Pude ver Adam cair no chão pelo canto do olho, mas continuei forte. Tinha que lutar contra esse homem com tudo o que eu tinha. Não podia deixar que a morte de Adam fosse em vão. Eu devia tudo a ele.

A arma havia caído e estava a alguns metros de nós, fora de alcance enquanto lutávamos, mas ele era forte demais e conseguiu me virar de costas com facilidade, me dominando e sorrindo para mim.

— Parece que agora é sua vez — ele disse.

E mantive meu foco nele, meus olhos se fixando nos dele, assim que Devon se inclinou lentamente para pegar a arma do chão e então levantou o braço e, com precisão mortal, atirou na nuca de Cheslin.

O homem caiu em cima de mim, mas o empurrei, chorando e me arrastando até Adam, o puxando para o meu colo. Sua camisa estava encharcada de sangue e senti que ele se infiltrava em meu vestido de verão, mas não me importei. Agarrei-me a ele, balançando-o em meus braços, mesmo deitado ali, mole e sem vida. Havia um enorme corte na lateral de sua testa, derramando sangue em seu rosto, mas eu ainda o beijava e sussurrava em seu ouvido, implorando para que não me deixasse.

— Tire uma foto do corpo dele e depois traga o Gaz para cá. Precisamos levar o Ad de volta para a van.

Eu não sabia de quem ele estava falando e não me importava. Fiquei ali sentada, segurando meu mundo inteiro nos braços e rezando para que isso não estivesse acontecendo. Senti alguém me abraçar e dizer gentilmente:

— Precisamos tirá-lo daqui. Ele vai ficar bem, mas temos que levá-lo para casa.

Mas neguei com a cabeça, recusando-me a deixá-lo. Ele não era deles para levar a lugar nenhum. Ele era meu.

— Você não vai levá-lo — gritei, soluçando tanto que as lágrimas começaram a distorcer minha visão. — Por favor. Façam com que ele volte para mim.

Senti que um deles se ajoelhou ao meu lado e depois colocou os dedos no pescoço de Adam.

— Ele ainda está vivo — afirmou, e meu coração disparou dentro do peito.

— Liv, você precisa soltá-lo. Precisamos levá-lo — outra voz falou freneticamente, mas eu me recusei a soltar. Não podia.

— Ele precisa de um hospital — implorei, sabendo que discordariam. Não era assim que eles trabalhavam, mas eu não estava nem aí para o protocolo dos Soldados no momento. Tudo o que me importava era dar ao Adam a atenção médica de que ele precisava. Eu precisava que ele voltasse para mim.

— Ela tem razão — disse outra voz. — Se esperarmos mais, ele pode sangrar até morrer.

— Ok, eu concordo com você, mas sabe que teremos a polícia nos perseguindo. É um ferimento de bala e ele está algemado.

— E lidaremos com isso quando for necessário. Temos muita influência para mexer nos bastidores. Jesus, é do Adam que estamos falando, pelo amor de Deus.

— Você tem razão. Vamos levantá-lo, colocá-lo na van e levá-lo para a porra do hospital.

Minha cabeça estava confusa com todo o vai e vem entre eles, mas, quando me cercaram e começaram a tirar Adam dos meus braços, chorei e o soltei.

Um deles me abraçou e falou gentilmente, dizendo:

— Ele vai ficar bem, Liv. Ele nunca a deixaria. Ele a ama demais. — Limpei meus olhos e me virei para olhar para Devon, que estava me guiando em direção à escada.

Ele me segurou enquanto descíamos a escada, seguindo os Soldados que davam cada passo o mais rápido que podiam com Adam nos braços. Acho que eu não teria conseguido ficar de pé se não fosse por Devon, e eu o usei, me confortando naquilo enquanto ele me segurava.

— Você o mudou — sussurrou, tentando me acalmar com suas palavras. — Você o transformou em um homem melhor. Todos nós percebemos. Ele ama você mais do que tudo.

Assenti com a cabeça, fungando.

— Eu também o amo — proferi, ao chegarmos ao andar térreo.

Os outros entraram pelas portas, forçando a abertura com as costas e protegendo Adam, mas Devon hesitou e me soltou para correr e ajudá-los, depois foi até a van estacionada na frente para abrir as portas.

— Não na parte de trás — avisou, quando foram colocá-lo no chão da van. — Coloque-o na frente, com a Liv. Eu vou dirigir. Vocês podem ir atrás.

Todos concordaram com a cabeça sem discutir uma palavra.

Entrei na van, e eles colocaram o corpo de Adam sobre o banco da frente e parcialmente sobre mim.

— Não queria te esmagar — disse Colton, depois fechou a porta e correu para entrar no banco de trás.

— Vou dirigir rápido — Devon me disse, entrando no banco do motorista, ligando o motor e acelerando.

— Aguente firme — sussurrei no ouvido de Adam. — Vai dar tudo certo. Por favor, aguente firme.

CAPÍTULO QUARENTA E TRÊS

LIV

Quando chegamos à entrada do hospital, Devon dirigiu para a pista das ambulâncias e saiu da van quando estávamos perto das portas. Os outros três empurraram a porta lateral da van para se libertarem da parte de trás e eu me sentei ali, segurando Adam nos braços, assegurando-lhe que tudo ficaria bem.

Devon abriu a porta do passageiro e eles entraram, tirando Adam de mim, e então todos correram em direção ao prédio. Eu também corri e, quando chegamos à área da recepção, Colton começou a gritar:

— Precisamos de ajuda aqui!

Um grupo de enfermeiras nos viu e veio correndo, uma delas pegou uma maca e a levou até nós para que pudéssemos colocar Adam nela. Em seguida, vimos médicos correndo pelo corredor em nossa direção, todos entrando em ação, prontos para fazer o que fosse possível para salvá-lo. Fiquei observando, parada no meio da área de recepção, enquanto eles corriam com o carrinho, gritando algo sobre equipes de trauma. Parecia que o mundo inteiro tinha parado, e aqui estava eu, vendo a vida acontecer como se fosse um sonho. Um sonho muito ruim. Movimentos, sons, vozes, tudo estava acontecendo ao meu redor e, ainda assim, eu não conseguia me mover, não conseguia falar.

— Liv? Liv! Você está bem? Fale comigo?

Tentei responder, tentei acenar com a cabeça, mas nada estava funcionando.

— Acho que ela está entrando em choque. Liv? Diga alguma coisa. Liv!

As estrelas estavam dançando diante dos meus olhos, e comecei a me sentir enjoada e tonta.

— Precisamos arrumar alguém para ajudá-la. Sentem-na aqui.

Deixei que me carregassem e me afundei na cadeira para a qual estavam me empurrando. Essa vida não parecia mais real para mim.

— Você está entrando em choque. Fique conosco.

Dei um pulo quando senti um tapa na minha bochecha e depois outro. Devon segurou meu rosto com as mãos, se ajoelhando na minha frente e falando claramente:

— Olhe para mim. A enfermeira foi buscar algo para você, mas você precisa lutar contra isso. Seja forte pelo Adam. Pode fazer isso por mim?

Assenti com a cabeça e depois estremeci quando Colton se sentou ao meu lado e forçou um copo de plástico em minhas mãos.

— Beba isso. É um café de merda, mas já é alguma coisa.

Levantei a xícara até meus lábios e tomei o líquido amargo, estremecendo quando ele queimou um caminho em minha garganta. Devon estava certo. Eu tinha que me manter forte. Não podia deixar que isso me derrotasse. Tinha que manter a fé de que havia uma vida pela qual eu poderia lutar. Um amor do qual eu não poderia desistir.

Tyler tirou o casaco e o colocou em volta dos meus ombros, e passei os braços pelas mangas, recebendo o calor.

Os quatro me cercaram como se fossem meus guarda-costas pessoais enquanto eu tomava o café e respirava fundo. Quando uma enfermeira veio até nós, segurando alguns comprimidos, neguei com a cabeça, recusando-me a ser sedada ou o que quer que fosse que estavam tentando me dar. Eu precisava ficar alerta, caso Adam precisasse de mim. Não queria ser drogada e não sentir as coisas.

— Posso ver por que você é a garota do Adam — disse Will, cruzando os braços sobre o peito. — Você é mais teimosa do que ele.

O resto deles deu uma risada baixa e triste, então Colton se inclinou para frente para olhar para Devon e disse:

— Boa sorte para explicar por que você deu um tapa na cara da mulher dele.

O rosto de Devon empalideceu e ele se virou para mim para avaliar minha reação, dizendo:

— Fiz o que tinha de fazer. Não tive a intenção de machucá-la. Era tudo o que eu conseguia pensar no momento.

— Está tudo bem. — Eu sorri tristemente para ele. — Você já me salvou muitas vezes hoje. Acho que não precisa se desculpar por nada.

Por fim, quando o barulho e a agitação da área principal da recepção se tornaram excessivos, fomos para uma sala de espera lateral. Uma vez lá, nós cinco ficamos sentados, roendo as unhas, olhando para a porta, desesperados por notícias. Colton achava que poderia convencer as enfermeiras a obter informações mais rapidamente, mas não funcionou. Elas tinham um trabalho a fazer e, desde que estivessem salvando Adam, isso era tudo o que importava para mim.

Não demorou muito para a polícia aparecer, mas Colton e Devon assumiram o controle e saíram com os policiais para dar seus depoimentos. Quando voltaram, eles me garantiram que tudo estava resolvido. Eu não precisava me preocupar. Mas a polícia era a menor de minhas preocupações. Tudo o que me importava era o Adam.

Depois de algumas horas em que estávamos todos sentados em relativo silêncio, presos em nossas próprias versões do inferno, um médico veio até a porta e chamou o nome de Adam. Todos nós nos levantamos e ele olhou para nós antes de perguntar:

— Qual de vocês é o parente mais próximo?

Fiquei com o estômago embrulhado por ele estar fazendo essa pergunta. Por que ele precisava do parente mais próximo? Adam havia morrido?

Os Soldados deram de ombros e Devon disse:

— Ele não tem nenhum parente próximo. Nós somos sua família.

Mas dei um passo à frente e disse:

— Eu sou.

O médico me olhou de cima a baixo e depois perguntou:

— E você é?

— A noiva dele — respondi com orgulho.

Ele franziu a testa e esfregou a nuca, depois anunciou:

— Suponho que isso tenha que servir.

Ouvi Colton zombar atrás de mim, mas o ignorei.

— Como ele está, doutor? Vai ficar bem? — Fiquei nervosa ao perguntar, mas, ao mesmo tempo, queria sacudir o homem e lhe dizer para parar de enrolar e falar de uma vez.

— Talvez seja melhor irmos para uma sala particular para conversarmos — disse o médico, mas neguei com a cabeça.

— Não. Podemos fazer isso aqui? Qualquer coisa que você tenha a dizer, pode dizer na frente de todos nós.

Os Soldados ficaram de pé, de braços cruzados, concordando com a cabeça.

— Certo. — O médico fez um gesto para que nos sentássemos em alguns bancos no canto, e ele se juntou a nós, colocando o celular na mesa à sua frente. — Ele teve muita sorte hoje. A bala atravessou seu ombro e, felizmente, a arma usada era de baixo impacto, caso contrário, o resultado poderia ter sido bem diferente. A bala por pouco não atingiu a artéria subclávia e não há grandes danos ao plexo braquial...

— Ei, ei, ei — disse Colton, levantando a mão. — Doutor, o senhor pode falar no nosso idioma, por favor? Não tenho a menor ideia do que você está falando.

O médico gaguejou um pedido de desculpas antes de continuar:

— Falando claramente, não houve danos a nenhuma artéria ou nervo principal. Ele sentirá muita dor por um tempo e o ombro precisará de tratamento para garantir que não infeccione. Não tenho certeza do que o Sr. Noble faz para viver, mas ele não poderá usar esse braço por um tempo. Além disso, vamos mantê-lo em observação. A pancada que ele levou na cabeça quando caiu o derrubou e o deixou com uma concussão muito forte. — Ele viu meus olhos se arregalarem e acrescentou: — Mas não há motivo para preocupação. Só precisamos ficar de olho nele, mantê-lo sob observação. — Ele olhou em volta da mesa para cada um de nós. — Vocês têm alguma pergunta?

— Ele está acordado? — perguntei.

— No momento, não. Ele está sedado.

— Quando poderei vê-lo? — acrescentei, sentindo uma necessidade desesperada de olhar para ele e ficar por perto só para poder me convencer de que ele estava bem, porque minha mente ainda estava esperando que alguém entrasse correndo e me dissesse que era tudo mentira.

— Você pode vir vê-lo agora. Mas só permitimos dois de cada vez ao lado da cama.

Olhei para os outros e, com cautela, sussurrei:

— Tudo bem se eu for sozinha por enquanto?

Eles não discutiram e me levantei, pronta para seguir o médico até o quarto de Adam.

Caminhamos pelo corredor em silêncio, eu seguindo seus passos e ele liderando o caminho. Quando chegamos à porta do quarto, o médico a abriu e ficou de lado para me deixar entrar. Não pude deixar de ofegar baixinho para mim mesma quando o vi. Adam estava inconsciente na cama, com máquinas e fios por toda parte. Sua cabeça e seu ombro estavam enfaixados, mas ele parecia tão tranquilo, seu rosto suave em meio ao descanso.

— Vou deixá-la sozinho por um tempo — disse o médico. — Se precisar de alguma coisa, há uma campainha na parede. Uma enfermeira virá vê-lo em breve. — E então fechou a porta.

Fui até o lado da cama de Adam e me abaixei para beijá-lo, acariciando seu rosto e sussurrando.

— Está tudo acabado. Ele se foi. Vai ficar tudo bem.

Em seguida, puxei uma cadeira para perto da cabeceira da cama para poder sentar e segurar a mão de Adam enquanto ele dormia. Os bipes suaves das máquinas ao nosso redor e a iluminação fraca do quarto fizeram com que a exaustão contra a qual eu vinha lutando voltasse a me dominar, e deitei a cabeça em seu braço e fechei os olhos, adormecendo.

CAPÍTULO QUARENTA E QUATRO

LIV

Fui acordada por dedos suaves passando pelo meu cabelo e levantei a cabeça para ver Adam acordado e me olhando, com preocupação estampada no rosto.

— Você está acordado — ofeguei, pegando sua mão e beijando-a, enquanto ele começava a acariciar meu rosto.

— Você está bem? Ele… Ele te machucou? — disse Adam, visivelmente lutando para conseguir dizer as palavras.

— Não. — Balancei a cabeça, apertando sua mão para tranquilizá-lo. — Os outros vieram logo depois que ele atirou em você, e Devon, ele o matou. Está tudo acabado.

Adam fechou os olhos e disse baixinho:

— Graças a Deus. — Depois, a parte de trás da cabeça bateu no travesseiro em sinal de alívio, mas ele estremeceu quando o ferimento o lembrou de que ele não era invencível.

— Quer que eu chame uma enfermeira? Precisa de algum alívio para a dor? — perguntei, tentando me levantar da cadeira, mas ele me impediu.

— Não, estou bem. Você está aqui e isso é tudo de que preciso.

— Quer falar sobre isso? — Prendi a respiração, sem saber ao certo por que havia perguntado isso a ele. A última coisa que eu queria fazer era reviver aquilo.

— Na verdade, não. Ele está morto. Não me importo mais. Desde que você esteja bem, isso é tudo o que importa para mim. — Adam manteve sua mão na minha, mas sua cabeça permaneceu presa ao travesseiro. Ele estava sentindo mais dor do que queria deixar transparecer.

— A polícia esteve lá. Mas Colton e Devon resolveram o problema. — Quando eu estava prestes a contar a ele tudo o que o médico havia dito, a porta se abriu e entraram Colton, Will, Tyler e depois Devon.

— Finalmente! — disse Colton, levantando as mãos para cima. — Você está acordado. Não foi nada confortável dormir em uma cadeira de plástico a noite toda, posso lhe dizer.

— Vocês ficaram aqui a noite toda? — perguntei.

— Onde mais poderíamos estar? — Devon respondeu e depois se virou para olhar para Adam deitado na cama. — Você está bem, amigo?

— Estou ótimo — respondeu, sem sequer abrir os olhos para olhar para eles.

— É bom ver que aquela experiência de quase morte não estragou seu humor alegre. — Colton sorriu e se sentou na cadeira do outro lado da cama.

— Pensei que tinham dito que eram apenas dois visitantes por vez? — Franzi a testa, olhando para os quatro.

— Será que parecemos o tipo de visitantes que seguem as regras? — Colton respondeu, estreitando os olhos para mim.

— Estou cansado — avisou Adam. — Como vocês podem ver, eu estou bem. Podem ir para casa agora. Tyson vai precisar se alimentar de qualquer maneira. — Adam esfregou a testa e sibilou com a dor que sentia no ombro.

— Adam, não seja grosseiro — pedi. — Esses caras passaram a noite toda neste hospital, esperando para saber se você ficaria bem. Você nem estaria aqui se não fosse pelos quatro. Eles o tiraram do telhado, colocaram na van e depois o carregaram para este maldito hospital. Eu não poderia ter feito isso. E também não estaria aqui se eles não tivessem aparecido. Eles salvaram minha pele. Devon atirou no cara, pelo amor de Deus.

— A morte mais rápida que já o vi fazer também — Tyler acrescentou.

— Porra. — Adam suspirou, inclinando-se para frente para tentar se sentar, e eu saí do meu assento para ajudá-lo. — Desculpa. Obrigado. Obrigado por salvá-la.

Todos eles acenaram com a cabeça e murmuraram em sinal de reconhecimento; em seguida, Adam perguntou:

— Alguém entrou em contato com o pai?

Eu não tinha ideia do que eles estavam falando, mas não os questionei sobre isso. Minha cabeça já estava confusa o suficiente com o que havia acontecido e eu realmente não queria saber mais.

— Sim, tiramos uma foto e a enviamos por e-mail para ele. Ele enviou um bônus também, disse que estava feliz com nosso trabalho — disse Devon.

Todos ficaram em silêncio e então Colton se levantou da cadeira, anunciando:

— Agora que vimos que você está vivo com nossos próprios olhos, vamos embora. Temos coisas para fazer e tudo mais.

Adam deu um leve sorriso e então Devon caminhou lentamente até a cama e concluiu:

— Fico feliz que esteja bem. As coisas tomaram um rumo assustador lá atrás e estamos acostumados com coisas malucas, mas não como essa. Por favor, não faça isso conosco novamente.

— Sim, nunca mais nos abandone — disse Will. — Os soldados trabalham juntos. Essa é a última vez que você se desvia. Somos uma equipe. Uma família.

Adam sorriu, mas não disse uma palavra, pois não precisava. Todos eles se entendiam e sabiam como ele estava se sentindo.

Um por vez, cada um deles se aproximou da cama, apertou sua mão e depois nos deixaram sozinhos, fechando a porta silenciosamente para nos trancar de volta no nosso mundo.

Adam soltou outro longo e profundo suspiro quando estávamos apenas nós dois novamente, e levantou minha mão para beijar as costas olhando profundamente em meus olhos.

— Eu falei sério, lá no telhado — sussurrou.

Respirei fundo. Meu coração estava batendo fora do peito, nós dois sentados olhando um para o outro. Perdidos um no outro.

— Eu amo você, Olivia. Sempre amei e sempre amarei.

— Eu também amo você. — Funguei e me inclinei sobre ele para beijá-lo. — Achei que você tinha me deixado, e isso me matou. Não conseguia suportar pensar em uma vida sem você — declarei, soluçando com minhas palavras.

— Você nunca precisará — acrescentou, acariciando meu cabelo e me calando em um beijo suave.

— Mas preciso saber uma coisa. — Ele agarrou meu colarinho e o puxou gentilmente, fazendo uma careta. — De quem é o moletom que você está usando?

Eu ri e me inclinei para trás, olhando para o moletom que estava vestindo.

— É do Tyler. Ele me deu para me manter aquecida e cobrir a bagunça do meu vestido. — Eu temia pensar em minha aparência, sentada com o cabelo todo emaranhado e um vestido manchado de sangue.

— Tyler realmente te deu algo de presente? Essa é a primeira vez. Ele normalmente só pega coisas, nunca dá — disse Adam, referindo-se à reputação de Tyler no grupo. — Ele deve gostar de você.

— Ele estava fazendo uma coisa boa — comentei, dando um tapinha no peito de Adam para tranquilizá-lo.

— Sim, bem, não gosto de ver você com as roupas de outro homem, mas vou deixar passar dessa vez.

— Você vai deixar passar? — Eu ri, cutucando-o em seu braço bom. — Preso em uma cama com um ferimento de bala e você ainda está fazendo o papel de homem das cavernas.

Mas ele não viu o lado engraçado.

— Eu sempre vou ser assim quando se trata de você.

— Acho que nós dois teremos que aprender a deixar algumas coisas passarem. Em outras ocasiões, talvez não. — Eu não estava prestes a me tornar uma covarde. Tinha meu jeito de fazer as coisas e ele teria de aprender a conviver com isso. Mas eu sabia de uma coisa: a vida com ele certamente seria interessante.

— Sei que não sou o cara mais fácil de se amar, e estou fadado a cometer mais do que meu quinhão de erros. Mas preciso que saiba que não vou a lugar algum. Isso é tudo para mim. Você é tudo para mim.

Suas palavras foram como um bálsamo para minha alma. Combustível para as chamas do meu coração. Nunca pensei que algum dia vivenciaria um amor como os dos romances que Effy e Em estavam sempre me enviando. Mas isso? Era melhor. Era melhor porque era cru e real, corajoso e honesto, e era meu. Eu não precisava ler sobre o amor em livros ou assisti-lo na TV porque, para mim, a realidade era muito melhor do que a fantasia.

— Eu me sinto da mesma forma — soltei, colocando a cabeça ao lado da dele e subindo gentilmente para o lado da cama.

— Ótimo.

Ficamos deitados por um momento, eu ouvindo sua respiração tranquila e ele alisando meu cabelo. Depois, dei uma risadinha para mim mesma e olhei em seus olhos.

— Sabe que sou um pouco difícil de lidar, não sabe? — indaguei, dando-lhe uma piscadela provocante e atrevida.

— É por isso que tenho duas mãos, Olivia. O que quer que você jogue na minha direção, eu pego. É o meu trabalho, como seu namorado.

Gostei do som disso e suspirei, me acomodando novamente em seu calor. Então, um pensamento me ocorreu.

— Sim, quanto a isso. Se algum dos funcionários perguntar, sou sua noiva.

— Está bem — ele respondeu. Sem perguntas. Nada de: "Do que você está falando, Olivia?". Apenas: "Está bem".

— Não quer saber por quê? — perguntei.

— Na verdade, não. Namorada, noiva, é tudo a mesma coisa para mim. Você é minha e isso é tudo o que existe. Todo o resto é apenas... detalhe.

— Detalhe?

— Sim, detalhe. E falaremos mais sobre isso quando eu sair daqui.

Pensei em discutir com ele ou pressioná-lo sobre o que ele estava falando, mas decidi não fazer isso. Tínhamos acabado de passar pelo pior dia de nossas vidas e tudo o que eu queria fazer agora era deitar com ele, estar com ele, amá-lo. Como eu havia dito antes, nós dois tínhamos que aprender a deixar as coisas de lado às vezes, e agora? Agora eu não queria nada mais do que me apegar a esse momento e a ele. Apreciar o fato de que estávamos aqui, juntos, seguros, e que nada jamais o tiraria de mim novamente.

CAPÍTULO QUARENTA E CINCO

LIV

Um mês depois...

Estávamos sentados na loja de vestidos de noivas, eu e Effy nos sofás de um lado da cortina, enquanto Emily conversava conosco do outro lado e colocava o seu vestido. Éramos apenas nós três hoje. Emily queria que fosse assim. Três melhores amigas que haviam passado por tudo juntas, escola, namorados, todos os dramas familiares que não davam para acreditar. Mas hoje, estávamos aqui porque Emily queria que fôssemos as primeiras a ver que ela havia escolhido. Esse era um momento especial para ela e para todas nós, na verdade.

— Se vocês odiarem, vão me contar, não vão? — perguntou ao ouvirmos o som do tecido balançando enquanto ela entrava na peça.

— Como se você fosse escolher algo de que não gostaríamos — eu disse a ela.

— Você fica linda em tudo o que veste — Effy acrescentou, e nós duas sorrimos uma para a outra.

— Certo, bem, aqui vou eu.

A vendedora abriu a cortina e nós duas ficamos boquiabertas ao ver Emily à nossa frente, usando o vestido de noiva mais deslumbrante que eu já tinha visto. Era perfeito, e tão ela. O corpete sem alças lhe caía como uma luva, e as pérolas e os cristais brilhavam quando ela balançava de um lado para o outro. A saia era cheia e volumosa, fazendo com que ela parecesse uma princesa da Disney; na cabeça, tinha a mais deslumbrante tiara de diamantes, que brilhava e complementava perfeitamente seus longos cachos castanho-chocolate.

Ouvi Effy começar a fungar e ela pegou um lenço de papel na bolsa. Eu não era de chorar em ocasiões como essa, pelo menos era o que eu pensava, mas até eu tinha uma lágrima no olho. Estava tão orgulhosa da minha melhor amiga. Tão honrada por ela ter pedido que nós duas viéssemos aqui hoje e compartilhássemos esse momento especial com ela. Ninguém mais, apenas nós. E vê-la chorar também e sorrir, ver o amor irradiar dela, foi tudo. Ela passou por tanta coisa; lutou como todas nós lutamos para chegar ao seu felizes para sempre e eu não poderia estar mais feliz por ela. Tudo isso significava muito para Emily, ser a primeira a se apaixonar, a primeira a ficar noiva e, agora, ela seria a primeira a se casar.

Só que não foi.

Porque ontem Adam e eu estávamos diante de um juiz de paz e fizemos nossos próprios votos. Eu, usando um vestido de seda branco, e ele, pela primeira vez, de terno. Ele me disse que eu poderia convidar minhas amigas para o nosso casamento, mas eu disse que não. Falei que ele poderia convidar os soldados para acompanhá-lo, mas ele recusou. O dia era nosso e, mesmo sentindo falta da presença de minhas melhores amigas — e me sentindo culpada por não ter contado a elas —, não me arrependi de minha decisão. Se elas estivessem lá, eu teria ouvido sussurros do tipo: "Será que ela sabe o que está fazendo?" ou "Será que ele é mesmo a pessoa certa para ela?". E eu não precisava ouvir isso, porque ele era a pessoa certa para mim. Nunca haveria outra pessoa e, mesmo que elas não gostassem particularmente de Adam, isso não me incomodava. Elas não o conheciam como eu.

Talvez um dia o conhecessem melhor. Mas a história que ele tinha com os rapazes, o noivo de Emily, Ryan, e o namorado de Effy, Finn, era complicada, e eu não conseguia ver isso mudando tão cedo.

Talvez um dia Adam e eu contássemos às pessoas o que havíamos feito. Ou talvez organizássemos nosso próprio casamento em alguns meses e fingiríamos que era a primeira vez. O que quer que fizéssemos, não importava. Tudo o que importava era que éramos o mundo um do outro e, ontem, tornamos isso oficial.

Liv Cooper não existia mais.

Eu era Olivia Noble, e não poderia estar mais orgulhosa de ter esse nome.

Coloquei a mão no peito, sentindo a aliança de casamento que estava na mesma corrente do pingente de concha, escondida sob a gola alta do meu suéter, e pisquei para conter as lágrimas. Que tipo de amiga eu seria se contasse minhas novidades e tirasse o brilho da minha melhor amiga em um dia que significava tanto para ela? Porque para que servem os amigos se não para nos elevar? Eu jamais tiraria seu brilho. Era o dia dela e ela merecia isso.

— Em, você está deslumbrante — eu disse, lutando contra as lágrimas. — Se eu vasculhasse essas prateleiras e olhasse todos os vestidos de noiva desta loja, não encontraria um único que ficasse melhor em você. Ele vai perder a cabeça quando vir você caminhando até o altar com esse vestido.

— Realmente acha isso? — ela perguntou.

— Eu sei que sim — respondi, inclinando a cabeça para o lado e dando a ela meu olhar de "você sabe que sempre falo a verdade".

Ela alisou as mãos na frente do vestido e suspirou, balançando os quadris suavemente como uma garotinha e sorrindo para si mesma enquanto observava a saia rodopiar ao seu redor.

— Mal posso esperar para caminhar pelo altar. — Ela olhou para nós e sorriu. — Mal posso esperar para ser a Sra. Hardy, e vocês duas também ficarão incríveis com seus vestidos de dama de honra.

— Claro que sim — garanti, sorrindo e batendo o ombro no de Effy.

— Você pode convidar o Adam para ir ao casamento... se vocês ainda estiverem juntos — disse Em, envergonhada, e o fato de ela ter insinuado que poderíamos ter terminado até então fez minhas costas se erguerem, mas não demonstrei isso.

Em vez disso, me recostei, sorri e disse:

— Não acho que Ryan, Brandon ou Finn vão querer ver Adam lá. Mas tudo bem, ele encontrará uma maneira de entrar sorrateiramente e assistir de um canto, em algum lugar escondido, para não incomodar ninguém.

— Mas isso não parece ser muito complicado para você? — disse Emily, franzindo a testa. — Talvez possamos começar a estabelecer alguns limites, conversando com os rapazes sobre a aceitação do fato de que você e Adam são uma coisa agora? Quem sabe, talvez consigamos colocá-los todos juntos na mesma sala sem querer matar uns aos outros.

— Não sei. — Dei de ombros. — Não vejo isso acontecendo tão cedo, mas é uma boa ideia. Obrigada, Em.

Emily assentiu e voltou a olhar para o vestido, atordoada. Effy colocou a mão no meu joelho, depois se inclinou para mim e sussurrou:

— Sei que Adam e Finn têm uma história ruim e sei que o que Adam fez com ele foi horrível. Mas se isso a faz se sentir melhor, sei que Finn não guarda rancor. Ele é a pessoa que mais perdoa que eu conheço e, com o tempo, deixará isso passar. Se Adam for a pessoa certa, nós estaremos aqui para você.

A lágrima que eu estava segurando caiu livremente agora, escorrendo pela minha bochecha enquanto eu colocava minha mão sobre a de Effy.

— Obrigada, Eff. Isso significa muito. E sim, ele é a pessoa certa.

Ela me deu um sorriso conhecedor.

— Foi o que pensei. Nunca vi você tão feliz. Está brilhando tanto quanto a Emily hoje.

E eu mordi a língua, querendo desesperadamente dizer a ela por que eu estava brilhando, mas sabendo que não podia.

Um calor se espalhou por mim ao segurar a mão da minha melhor amiga e observar minha outra melhor amiga dançando à nossa frente, perdida em sua pequena bolha de felicidade.

Emily e Ryan tinham um amor que parecia perfeito, idílico para todos, por fora. Mas o amor significava coisas diferentes para pessoas diferentes. Nem sempre era uma imagem perfeita, com raios de sol e arco-íris. Às vezes, era caos e confusão. Uma paixão que rasgava sua alma. O amor pode ser lindo, mas também pode ser bagunçado, feio e trabalhoso pra caramba, mas ele vale a pena, porque acordar todos os dias, sabendo que você vai passar o resto da vida com sua alma gêmea, era coisa de sonho. Não tinha preço.

Nossa história não foi como nos filmes ou nos livros. Foi difícil no começo e teve mais altos e baixos do que a maioria das montanhas-russas, mas era a nossa história e eu a amava. De uma garota e um garoto quebrados, a um psicopata que achava que podia me derrubar. Um perseguidor que observava todos os meus movimentos, para um homem que me conhecia e me via como eu realmente era. Encontrei o meu "felizes para sempre". Meu homem louco, insano, levemente psicótico e ridiculamente autoritário, mas totalmente arrebatador, esmagador de almas, e incrivelmente forte; ele era tudo de que eu precisava. Era o meu para sempre.

Meu Adam.

Meu marido.

Minha vida.

FIM.

Até a próxima história dos Soldados…

No entanto, se quiser ser a terceira testemunha do casamento secreto de Adam e Olivia, continue lendo o *capítulo bônus* no final desta história.

CAPÍTULO BÔNUS

EPÍLOGO

Quando contei a meus pais, no dia em que voltaram das férias, que estava me mudando para morar com meu namorado, a alegria deles por eu finalmente ter encontrado um homem se transformou em apreensão por tudo estar acontecendo tão rapidamente e, depois, em pânico com a ideia de que a babá não estaria mais disponível.

Quando contei que ele era de Brinton Manor, o pânico se transformou em pura mortificação e desespero total com a vergonha que eu estava causando à família. Aparentemente, já era ruim o suficiente que minhas amigas estivessem com garotos "daquele lado" de Sandland, mas eu tinha que dar um passo além e vasculhar a sujeira que era Brinton para encontrar meu par, e esse foi o veredicto deles antes mesmo de conhecê-lo. Pensar em como seria quando, um dia, eu conseguisse reunir meus pais e Adam na mesma sala me encheu de pavor. Esse era um encontro que eu não organizaria tão cedo. Mas não deixei que os preconceitos de meus pais afetassem a mim ou meus sentimentos por Adam. Eu o amava. Sempre o amaria. Eles teriam que aprender a conviver com isso.

Saí de casa com algumas malas prontas e dei um abraço em meus irmãos, avisando que eles viriam dormir conosco o mais rápido possível. Eu sabia que, quando conhecessem Adam, iriam adorá-lo como um herói. Adam já havia me dito que queria apoiá-los em seus treinos de futebol e levá-los para assistir ao jogo do United. Ele seria o irmão mais velho perfeito. Pelo menos dois membros da minha família ficariam felizes por mim.

Mas eu tinha de admitir que me sentia um pouco culpada ao descer os degraus da casa de minha infância, usando um simples vestido de seda branco com alças delicadas sobre os ombros. Saber o que eu estava prestes a fazer hoje me deixava animada e, ainda assim, havia um leve arrependimento por não ter convidado meus irmãos ou minhas amigas. Mas respirei fundo ao abrir a porta do carro e me lembrei de que esse era o nosso dia. Um dia para mim e para Adam. Sem distrações, sem drama, apenas para que disséssemos um ao outro o quanto nos amávamos e nos valorizávamos. Para sempre.

    Fechei a porta do carro e olhei para o pequeno buquê branco que estava no banco do passageiro ao meu lado. Meu cabelo estava solto, mas eu o havia prendido de lado e estendi a mão para pegar algumas das flores menores do arranjo e, usando o espelho do carro, coloquei-as no cabelo. Eu podia não ter uma tiara sofisticada, mas as flores me faziam sentir especial.

    Dirigi a curta distância até o cartório de Sandland na cidade e estacionei bem em frente ao prédio. Quando o vi encostado na parede, vestido com seu terno preto, camisa branca e gravata preta, com as mãos nos bolsos da calça, meu coração disparou. O fogo que sempre ardia dentro de mim quando o via explodiu em chamas incontroláveis. Ele estava lindo pra caramba, e eu não conseguia acreditar que era todo meu.

    Fiquei em meu carro, observando-o. O perseguidor havia se tornado o perseguido, e estudei a maneira como ele inclinava a cabeça, tentando parecer discreto, mas ainda examinando a rua, observando e percebendo tudo. A maneira como sua perna tremia levemente com energia nervosa, como se ele nunca conseguisse ficar totalmente relaxado, sempre havia um limite para ele. E então ele sacou o celular e sorriu, levantando a cabeça para olhar diretamente para mim. Aquele sorriso, aquele que era só para mim, fez meu estômago revirar de emoção. Era isso. Eu estava prestes a torná-lo meu para sempre. Sem cláusula de saída. E eu não podia esperar nem mais um minuto.

    Desci do carro, segurando meu pequeno buquê e minha bolsa de mão, e fui até ele. Nós dois não quebramos o contato visual enquanto eu atravessava a rua e ficava na sua frente.

— Você está linda. — Passou os dedos pelos fios do meu cabelo e sorriu, depois segurou meu rosto e se inclinou para me beijar delicadamente nos lábios. — Você sempre está linda, mas hoje está deslumbrante.

— Você também não está nada mal — eu disse, olhando fixamente para os olhos dele e me perdendo ali por um momento.

— Tem certeza de que quer fazer isso? — perguntou e, quando viu meus olhos se arregalarem um pouco, acrescentou: — Quero dizer, sem suas amigas. Tem certeza de que quer que sejamos só nós dois?

— Sempre foi sobre nós. Não quero que seja de outra forma — tranquilizei-o.

Ele assentiu e, em seguida, enfiou a mão no bolso da calça, tirou o punho fechado e o estendeu à sua frente. Então, quando o virou, vi uma única concha na palma de sua mão.

— O que é isso? — Eu ri, tirando-a dele. — Não me diga que você guardou uma das minhas conchas de todos aqueles anos atrás.

— Não. — Ele negou com a cabeça e vi um leve rubor aparecer em suas bochechas. Isso era novo. Ele estava envergonhado? Eu nunca tinha visto Adam assim antes. — Comprei hoje de manhã — ele me disse. — Queria lhe dar algo para lembrá-la de que também te acho uma pessoa durona. — Meu coração, que já estava batendo em ritmo acelerado, deu uma pequena cambalhota para trás com suas palavras. — Não é Tiffany, mas...

— É melhor do que algo da Tiffany — eu o interrompi. — É você. Nada extravagante, sem frescuras, apenas você. É isso que eu adoro em você. O que você vê é o que você tem.

— Pode ter certeza — afirmou, colocando os braços em volta de mim e me puxando para si. — Eu nunca vou mudar.

— Espero que não. Amo você do seu jeito. E me casaria com você em trapos e com um anel de plástico se fosse preciso.

Ele se afastou um pouco para me beijar e disse:

— Tenho alianças de ouro para nós dois. Não há necessidade de fingir nesse aspecto. Tudo o que acontecerá hoje é real.

— Nesse caso... — Peguei minha bolsa e tirei o único cravo branco que tinha lá e o prendi na lapela do paletó do terno dele. — Nós dois temos que ter a mesma aparência.

Demos as mãos, subindo as escadas do cartório de Sandland, prontos para dizer nossos votos. Não senti dúvida nenhuma em meu coração quando passamos pela área principal da recepção até a sala onde nos casaríamos. Já havíamos dito ao oficial que não levaríamos nenhum convidado, então, quando chegamos lá, vimos as testemunhas que eles haviam organizado para nós sentadas nos lugares designados. Não caminhei pelo corredor ao som de música enquanto Adam, nervoso, olhava. Em vez disso, caminhamos juntos, de mãos dadas. Unidos em nossas promessas um ao outro, mesmo antes de oficializarmos o casamento. Eu sempre estaria ao seu lado, e ele sempre estaria ao meu. Hoje não foi diferente.

O juiz de paz iniciou o serviço e, embora pudéssemos ouvir sua voz, não olhamos para mais ninguém, apenas um para o outro. Quando ele pediu a Adam que repetisse as palavras na sequência, dizendo-lhe que declarasse solenemente que não havia nenhum impedimento legal para que ele não pudesse se casar comigo, Adam repetiu cada palavra com amor e convicção ardentes em seus olhos. Nunca soube que o amor poderia ser tão intenso até Adam. Eu morreria por aquele homem que estava na minha frente, segurando minhas mãos e dizendo seus votos como se fossem as últimas palavras que ele diria.

Quando chegou a minha vez, repeti meus votos para ele, apertando suas mãos nas minhas e respirando fundo ao sentir as lágrimas em meus olhos. Quando chegou a hora de trocar as alianças, nós dois estávamos tremendo com a intensidade do momento. Coloquei minha aliança em seu dedo, ele sorriu e colocou a dele no meu. Em seguida, entrelaçamos nossos dedos, ambos olhando para nossas mãos e sentindo a onda de amor fluir através de nós.

— Agora eu os declaro marido e mulher — anunciou o juiz de paz.

— Obrigado por isso, porra. — Adam respondeu e pegou meu rosto com as duas mãos, beijando-me como um homem faminto.

As testemunhas aplaudiram e eu ri durante o beijo, enquanto nós dois permanecíamos ali abraçados, como se fôssemos os únicos na sala.

Assinamos toda a papelada necessária e Adam colocou tudo no bolso interno do paletó.

— Vamos lá, Sra. Noble. — Ele sorriu, colocando o braço em volta dos meus ombros e me levando para a saída. — Vamos consumar a porra desse casamento.

Eu ri de volta para ele. Essa era uma noite que eu nunca esqueceria.

— Vamos voltar direto para o Asilo? — perguntei. Tínhamos concordado em nos mudar para o quarto dele até encontrarmos um apartamento próprio.

— Não. Reservei a suíte de lua de mel para os próximos dias no Hotel Park Avenue. — Ele olhou para mim e acrescentou: — Você realmente achou que eu passaria minha noite de núpcias com aqueles quatro filhos da puta lá em casa à espreita do lado de fora? Sem a menor chance.

— E quanto ao seu ombro? — perguntei, franzindo a testa para o braço que ainda estava enfaixado sob a camisa dele.

— Já tomei analgésicos o suficiente para anestesiar esse maldito por enquanto. Não se preocupe, Sra. Noble, estou pronto. Suas necessidades são minha maior prioridade de agora em diante.

— Eu gosto do som disso. — Dei uma piscadela e, quando chegamos ao final da escada, parei e me virei para encará-lo. — Nunca deixe de me amar, Adam Noble, porque juro por Deus que, se você deixar, farei com que sua perseguição pareça brincadeira de criança. Você é a porra do meu mundo inteiro. Espero que saiba disso.

Ele suspirou e deu um passo em minha direção, envolvendo seus braços em minha cintura e descansando sua testa contra a minha.

— Eu a amarei nesta vida e na próxima. Sempre te amarei. Você é a minha Olivia. A única pessoa neste maldito mundo que eu sempre amei e sempre amarei. É você. Sempre foi você. Sempre será você. Sempre e para sempre.

— Droga, você sempre diz as coisas certas. — Suspirei, inclinando-me para ele e fechando os olhos.

— Nem sempre. Já cometi muitos erros em minha vida, mas você? Você é a única coisa que eu acertei. — Ele deu um beijo gentil na ponta do meu nariz que me fez enrugá-lo e soltar um suspiro suave. — Agora vamos lá, Sra. Noble. Temos o resto de nossas vidas para toda essa merda. Tenho uma garrafa de champanhe esperando por nós, uma cama king size que precisa ser batizada, e…

— E espere para ver os presentes que coloquei em minha mala para nós. —Dei uma piscadela e peguei sua mão, puxando-o em direção ao carro. Joguei as chaves do carro para ele, que as pegou. — Você pode dirigir — afirmei. — Eu gosto de você no banco do motorista.

Ele deu uma palmada na minha bunda quando entrei no carro, fechou a porta para mim e foi para o lado do motorista.

— Eu sempre estarei no banco do motorista. Coloque o cinto de segurança. — Piscou para mim e ligou o motor. — A vida está prestes a ficar emocionante.

FIM…

AGRADECIMENTOS DA AUTORA

Preciso começar agradecendo imensamente à minha família por me permitir escapar do mundo louco em que vivemos e me entregar às mentes mais loucas de meus personagens. Vocês são minhas rochas e eu estaria perdida sem vocês.

Em seguida, quero agradecer imensamente às minhas melhores amigas dos livros! Lindsey, Ashlee, Lauren e Robyn, vocês são incríveis. Vocês me fazem rir todos os dias e valorizo muito a amizade de vocês. Obrigada por estarem sempre presentes e por todas as risadas.

Robyn, a melhor assistente pessoal de todos os tempos! Obrigada por ser totalmente incrível e organizar tudo. Sem você, eu estaria perdida. Seus teasers são de maravilhosos e você se esforça muito para divulgar nossos livros. Você é um anjo, e sou muito grata por seu trabalho árduo e sua amizade. Se você ainda não a segue, então faça isso. Você a encontrará em: @books4days_with_robyn ou @robynpa_

Um agradecimento especial a Lindsey Powell, da Liji Editing, e a Lou J Stock, por serem absolutamente brilhantes e polirem essa história para mim. Estou muito feliz por ter encontrado vocês. Vocês ajudaram a fazer meu pequeno livro brilhar ainda mais. Obrigada, senhoras.

À Michelle Lancaster, por tirar a foto perfeita para a capa do Adam, e ao Tommy Dupanovic por ser o Adam perfeito. E, por último, mas não menos importante, a Lori Jackson, por desenhar uma capa de arrasar. Vocês são demais!

Sempre ficarei em dívida com o trabalho árduo e o apoio de todos os blogueiros e blogueiras de livros nas mídias sociais. Suas publicações são incríveis e vocês sempre vão além. Obrigada por cada publicação, compartilhamento e comentário. Isso significa muito. Eu gostaria de poder listar todos, mas os agradecimentos seriam mais longos do que a própria história!

Todos vocês fizeram um trabalho fantástico. Muito obrigada.

Para a comunidade de autores independentes, adoro como vocês são encorajadores, solidários e absolutamente incríveis. Sinto-me orgulhosa de fazer parte de uma comunidade tão incrível. #AutoresIndependentesArrasam

Por último, mas não menos importante, a todos os leitores que se deram ao trabalho de baixar, ler e resenhar meu livro. Obrigada por darem uma chance a mim. Serei sempre imensamente grata por cada leitura e resenha. As resenhas são a salvação de todos os autores, especialmente de nós, pequenos e independentes. Vocês fazem o meu dia valer a pena.

Obrigada por lerem a história de Adam e Liv. Fiquem ligados para mais!

Com muito amor,

Nikki x

CONHEÇA TAMBÉM:

JOGOS SELVAGENS

Da autora **best-seller** *do USA Today,* Rachel Leigh, *chega às suas mãos um romance com valentões no colégio, repleto de suspense e pecado.*

"A profundidade e o medo que esta história trouxe com a sensualidade, tudo junto, de maneira fenomenal, fez dessa uma baita leitura e estou morrendo de vontade de ler o livro dois."
- Tara Lee, autora da série *The Lord's Of Crestwood Prep*

SINOPSE:

Eu não deveria estar aqui.

Deixe-me reformular isso... Eu nunca quis estar aqui. Nunca pedi por nada disso.

Não pedi pela Sociedade em que nasci. Definitivamente, não pedi pela escola onde deveria estudar.

E, com certeza, não pedi pelo grupo com o qual preciso interagir.

Infelizmente, inúmeras suspensões escolares me lançaram ao mundo em que jurei nunca conviver.

Academia Boulder Cove: Onde os Ilegais reinam e aqueles que estão abaixo deles não passam de escória.

Os três líderes deste lugar – Crew, Jagger e Neo – sempre foram um incômodo na minha vida.

Quando as coisas se complicam, não tenho escolha a não ser recorrer aos garotos que detesto.

Aceitação significa que me torno escrava de seus desejos mais sombrios.

Um corpo para devastar. Uma mente para abalar.

No meio de tudo isso, começo a enxergar a verdade. Eles nunca tiveram a intenção de me ajudar.

Tudo o que querem é me destruir.

Um jogo de cada vez.

Jogos Selvagens é um romance de harém reverso em que a personagem principal tem múltiplos interesses amorosos ao longo de três livros. Por favor, esteja ciente de que esta série retrata um romance dark com elementos de bullying.

The GiftBox
EDITORA

A The Gift Box é uma editora brasileira, com publicações de autores nacionais e estrangeiros, que surgiu no mercado em janeiro de 2018. Nossos livros estão sempre entre os mais vendidos da Amazon e já receberam diversos destaques em blogs literários e na própria Amazon.

Somos uma empresa jovem, cheia de energia e paixão pela literatura de romance e queremos incentivar cada vez mais a leitura e o crescimento de nossos autores e parceiros.

Acompanhe a The Gift Box nas redes sociais para ficar por dentro de todas as novidades.

🏠 www.thegiftboxbr.com

f /thegiftboxbr.com

📷 @thegiftboxbr

🐦 @GiftBoxEditora